徐胜男 著

道教与唐前志怪小说专题研究

儒道释博士论文丛书

巴蜀书社

《儒道释博士论文丛书》编委会

《儒道释博士论文丛书》由上海城隍庙和北京东岳庙资助出版

《儒道释博士论文丛书》缘起

国家“985 工程”四川大学宗教、哲学与
社会研究创新基地首席科学家
《儒道释博士论文丛书》
编委会主编　卿希泰

儒道释是中华民族传统文化的三大支柱，源远流长，内容丰富，影响深远，它对中华民族的共同心理、共同感情和强大凝聚力的形成与发展，均起了极其重要的作用，是我们几千年来战胜一切困难、经过无数险阻、始终立于不败之地的精神武器，在今天仍然显示着它的强大生命力，并在新的世纪里，焕发出更加灿烂的光彩。

自从 1978 年中国共产党第十一届三中全会确立改革开放路线以来，我国对儒道释传统文化的研究工作，也有了很大的发展，在全国各地设立了许多博士点，使年轻的研究人才的培养工作走上了有计划有组织地进行的轨道，一批又一批的博士毕业生正在茁壮成长，他们是我国传统文化研究方面的一支强大的新生

力量，是有关各学科未来的学术带头人。他们的博士学位论文有一部分在出版之后，已在国内外的同行学者中受到了关注，产生了很好的影响。但因种种原因，学术著作的出版甚难，尤其是中青年学者的学术著作出版更难。因此还有相当多的博士学位论文难以及时发表。不及时解决这一难题，不仅对中青年学者的成长不利，且对弘扬中华优秀传统文化，促进学术交流也不利。我们有志于解决此一难题久矣，始终均以各种原因未能如愿。直到1999年，经与香港圆玄学院商议，喜得该院慨然允诺捐资赞助出版《儒道释博士论文丛书》，当年即出版了第一批共5本博士学位论文。此后的10余年间，在圆玄学院的鼎力支持及丛书编委会同仁的共同努力下，一批又一批优秀的博士学位论文通过这个平台展现在世人面前，到2013年，已出版了15批共130部；这些论著的作者，有很多已经成长为教授、博士生导师。2014年，圆玄学院因自身经济方面的原因，停止资助本丛书，我们深感遗憾，同时也对该院过往的付出与支持致以敬意和感谢！

令人欣慰的是，当陈耀庭教授得知本丛书陷入困境的消息后，即与上海城隍庙商议，上海城隍庙决定慷慨施以援手。2015年，慈氏文教基金有限公司董事长王联章先生也发心资助本丛书。学术薪火代代相传，施善之士前赴后继。在党中央弘扬中华民族优秀传统文化的英明决策指引下，本丛书必然会越办越好，产生它的深远影响。

本丛书面向全国（包括港澳台地区）征稿。凡是以研究儒、道、释为内容的博士学位论文，皆属本丛书的出版范围，均可向本丛书的编委会提出出版申请。

本丛书的编委会是由各有关专家组成，负责审定申请者的博士学位论文的入选工作。我们掌握的入选条件是：(1) 对有关学科带前沿性的重大问题做出创造性研究的；(2) 在前人研究的基础上有新的重大突破、得出新的科学结论从而推动了本学科向前发展的；(3) 开拓了新的研究领域、对学科建设具有较大贡献的。凡具备其中的任何一条，均可入选。但我们对入选论文还有一个最基本的共同要求，这就是文章观点的取得和论证，都须有科学的依据，应在充分占有第一手原始资料的基础上进行，并详细注明这些资料的来源和出处，做到持之有故、言之成理，避免夸夸其谈、华而不实。我们提出这个最基本的共同要求，其目的乃是期望通过本丛书的出版工作，在年轻学者中倡导一种实事求是地、一步一个脚印地进行学术研究的严谨学风。

由于编委会学识水平有限和经验与人力的不足，难免会有这样或那样的失误，恳切希望能够得到全国各有关博士点和博士导师以及博士研究生们的大力支持和帮助，对我们的工作提出批评和建议，加强联系和合作，给我们推荐和投寄好的书稿，让我们一道为搞好《儒道释博士论文丛书》的出版工作、为繁荣祖国的学术文化事业而共同努力。

2015年10月1日于四川大学宗教、哲学
与社会研究创新基地，道教与宗教文化研究所

编委会按：2017年，慈氏文教基金有限公司因自身原因中止资助，其资助金额由北京东岳庙管委会慷慨承担，谨此致谢。

目　录

序

鲁迅先生曾指出："中国根柢全在道教……以此读史，有许多问题可以迎刃而解。"鲁迅强调道教在中国文化中的根本地位，这与人们通常认为儒家思想是中国文化的核心的观点不一样。但从不同角度来看，这两种观点都有一定的道理。就历代官方意识形态的主干和古代知识阶层教育的主体内容来看，儒家思想和儒学教化，显然是主流；然而就民间信仰、世俗文化、士人个体对精神超越的追求等方面来看，道家和道教的地位之重要、影响之巨大，同样不可小觑，可以说也是一个主流。这两个思想文化传统一官一民、一朝一野、一明一暗，同时又互相交织、互相渗透，共同对中国传统文化产生了巨大影响。鲁迅先生非常重视古代俗文学和说部文献的研究，且卓有成就，其所见有别于专以读圣贤之书为主业的传统知识分子，故能独具慧眼地点明了道教在中国文化中的重要地位。因为正是在这些古代精英士大夫往往不屑一顾的俗文学、街谈巷议、野史杂说、小说家言中，更多保存了社会底层的真实知识世界和精神信仰，而道教正是其中一个非常重要的因素。尤其是在志怪类小说中，道教作为其主要的知识和信仰背景之一，有着更为广泛的影响。因此将道教与志怪小说结合起来进行研究，是一个很有学术价值且饶有兴趣课题。

徐胜男博士的学位论文《道教与唐前志怪小说专题研究》对唐以前道教与志怪小说两者之间的关系做了深入而又全面的研究，仔细分析了与道教相关的各种因素在这些小说中的具体呈现，论述了道教的神仙信仰、鬼神观、女性观以及服食、镇妖、尸解、洞天福地等一系列道教理论和实践因素为志怪小说提供的资源与素材，从而揭示了先唐志怪小说中许多故事类型、小说主题、人物形象、叙事结构、情节描写中所蕴涵的道教文化内涵。魏晋南北朝时期，既是道教、佛教文化迅速发展并向社会各层面渗透的时期，同时也是中国古代志怪小说萌发并大量产生的时期，这两者之间的内在关联和复杂关系的确很值得深入探讨。胜男的研究聚焦于这一时期的道教与志怪文学，在前人已有相关成果的基础上，进一步广泛收集资料，发掘问题，多所创获，在一些具体问题上颇有独到的发现和新颖的观点，将前人的相关研究又向前推进了一步。胜男这部著作不仅对研究先唐志怪小说和道教之间关系问题感兴趣的学者具有学术参考价值，而且对一般读者来说也具有很好的知识性和趣味性。书中对道教在魏晋南北朝时期的发展历史有很好的概述，对先唐时期志怪小说的类型、特色等做了全面介绍，在具体研究中涉及了许多生动有趣的问题，引述了大量第一手资料，为读者呈现了当时在道教观念影响下人们的信仰、习俗、宗教实践、价值观念等方面的精彩图像，读来饶有趣味。相信不同层次的读者读了此书都会各有收获。

胜男在硕士阶段师从王青教授，在宗教与神话研究、先唐说部文献研究方面打下了比较扎实的专业基础知识，这为她对道教与唐前志怪小说关系进行专题研究准备了良好的学术条件。进入博士阶段的学习以后，胜男更加刻苦勤奋，克服种种困难，顺利完成学业。现在，胜男的博士论文即将出版，嘱我写序，我作为她的博士生导师非常为她感到高兴，欣然应允。希望胜男以本书的出版作为新的起点，再接再厉，不断努力，在学术研究的道路上攀登新的高峰！

徐克谦

2020 年 8 月于南京

绪　论

第一节　研究缘起和意义

道教是我国的传统宗教，但道教思想的影响却远比道教的历史久远。神仙信仰、阴阳五行、谶纬方术等源自本土的古老神秘主义文化都是道教信仰借鉴并改造的主要思想。因此道教思想在古代中国不仅有着丰厚的发展土壤，还有着几乎无孔不入的影响力。尤其是在汉魏晋南北朝时期，该时期是道教形成发展的重要时期，不仅继承了以前的民间宗教传统，而且还在此基础上有道教经典化的制度性改造。多元的宗教思想、系统化的理论、上层化的发展道路进一步加大了道教思想以及神仙信仰的影响力。在道教从准道教思想到早期道教再到经典化道教的曲折发展道路上，唐前志怪小说是一个形影相随的伙伴。唐前志怪小说数量可观、种类众多，但至唐传奇才“始有意为小说”，它的这种文学不自觉性，使它成为反映当时社会现实、思想意识、宗教信仰等多方面思想的主要载体。“在成熟之后的小说形态里，宗教未必会有多大的作用；但在小说最初的兴起过程中，宗教却扮演着重要的角色。”① 因此道教思想广泛地渗透入唐前志怪小说中，当然志怪小说对道教思想并不是全盘照搬，而是在借鉴的基础上，进行了世俗化、通俗化的改造，使之减少了宗教教义上的繁冗感，而增添了几分世俗趣味。

其实，道教与文学已经成为当今文学研究中的重要方面，已有的研究成果大多立足于文学本位，将道教作为文学发展的背景来考察。但在唐代之前，道教与文学尤其是与志怪小说的关系要复杂得多。道教信仰与艺术形态在哪些方面影响志怪小说以及志怪小说如何体现道教内容，对这些问题的探讨，均需从道教信仰、道教典籍以及志怪小说文本等方面具体分析。因此，道教与唐前志怪小说关系的个案分析是必不可少的。本研究的意义不仅在于道教与文学的交叉研究，还在于对唐前志怪小说典型论题的道教文化角度的深入解读，力求在前人的启发下，对道教思想的世俗化影响以及唐前志怪小说故事的宗教化内容有更加深入的探究。

第二节　国内外研究现状

一　唐前志怪小说研究

中国古代小说的历史十分悠久，但古代文人并不重视小说，

① 韩云波：《唐代小说观念与小说兴起研究》，成都：四川民族出版社，2002年，第188页。

导致大量古代小说亡佚，仅赖类书及其他书籍的征引而佚文得存。真正意义上的中国古代小说研究是从近代才开始的，近人吴曾祺1914年出版了《旧小说》二十集，辑佚自汉魏至近代的说部佚文，对小说研究具有开创之功。1923、1924年出版的鲁迅《中国小说史略》，是中国第一部小说史专著，此外，鲁迅还编写了《古小说钩沉》《唐宋传奇集》《小说旧文钞》等著作，为后世的小说研究提供了方法和借鉴。继鲁迅《中国小说史略》之后，范烟桥《中国小说史》、郭箴一《中国小说史》、王秋萤《中国旧小说选》等，都是研究中国古小说的先驱。

新中国成立后，尤其是80年代以来，古代小说的研究开始受到学者们的广泛重视，小说学术研究开始繁荣并取得了一定的成果。此时期的古小说研究，从多方面、多角度、多理论、多领域对古小说发展脉络、内容思想等特点进行了研究阐释。首先，专门的小说研究书目的出现为进一步的小说研究奠定了基础，如袁行霈、侯忠义《中国文言小说书目》，程毅中《古小说简目》，宁稼雨《中国文言小说总目提要》等，这些书目对各个时代小说的作者、著录、存佚情况作了介绍，成为研究唐前小说的基本工具书。该时期对古小说有了文言小说与通俗小说的区分，文言小说的研究成果，如刘叶秋《古典小说笔记论丛》，侯忠义《中国文言小说参考资料》《中国文言小说史稿》，陈文新《中国文言小说流派研究》《中国文言小说审美发展史》，吴志达《中国文言小说史》等。其中对唐前小说的专门研究有，刘叶秋《魏晋南北朝小说》、侯忠义《汉魏六朝小说史》、王枝忠《汉魏六朝小说史》、陈文新《六朝小说》等，而以志怪小说为专题的则有李剑国《唐前志怪小说史》、张庆民《魏晋南北朝志怪小说通论》、彭磊、鲜京宸《先秦至唐五代妖怪小说研究》等。在这方面台湾学者的研究成果较为丰硕，如王国良《魏晋南北朝志怪小说研究》《六朝志怪小说考论》，周次吉《六朝志怪小说研究》，谢明勋《六朝志怪小说变化题材研究》《六朝志怪小说故事考论》《六朝小说本事考索》等。其中王国良还有对单部小说的具体研究，如《〈神异经〉研究》《〈汉武洞冥记〉研究》《〈海内十洲记〉研究》《〈搜神后记〉研究》《〈冥祥记〉研究》《〈续齐谐记〉研究》《〈颜之推冤魂志〉研究》等。

在诸多学者的研究基础上，浙江古籍出版社 1997 年出版了“中国小说史丛书”，共十七种，分四个单元：断代史，题材史，体裁史，通史类。可视为对小说史性质研究的初步总结。此外，学者们还对古小说进行了校注、点校等文献整理工作，在多位学者整理研究的基础上，中华书局陆续推出了“古小说丛刊”以及“古体小说丛刊”等丛书，其中包括大量唐前志怪小说的文献整理，这些都为本研究的展开奠定了扎实的基础。

二 道教研究

20 世纪二三十年代是国内外道教研究的发轫期，道教研究通史如：日本的小柳司气太《道教概说》、许地山《道教史》、傅勤家《中国道教史》等。总体上，国内对道教的研究是在 80 年代之后才逐渐繁荣起来，道教研究专著也如雨后春笋般涌现，并且形成了诸多研究门类。目前，“道教研究大约已经形成了 16 个门类，即道教史（道教宗派、道教人物）、道教教理与教义（道教哲学）、道教经籍、道教斋醮仪式、道教伦理和戒律、道教符箓法术、道教医药、道教养生方法（内丹、外丹、房中术）、道教神仙、洞天福地与宫观、道教的文学和艺术、道教和民间宗教、道教和民俗、道教研究史、道教在海外的传播以及海外的道教研究等。”① 关于道教研究的现状，朱越利《三十七年来的道教学研究》（《中国文化与中国哲学》，三联书店 1988 年）、陈敏《20 世纪中国道教学研究》（《中国宗教研究年鉴 1997—1998》）、卿希泰《百年来道教研究的回顾与展望》（《中国宗教研究年鉴》）等综述性文章均有介绍。

1. **道教史研究**

道教史通论性质的研究在道教研究中较早，成果也较多。在对道教史总论性质的研究方面，较有代表的学者有任继愈、李养正、卿希泰、孔令宏、胡孚琛等，如王家佑《道教论稿》，任继愈《中国道教史》，李养正《道教与中国社会》，中国道教协会研究室编《道教史资料》，卿希泰主编《中国道教》，金正耀《中国的道教》，牟钟鉴、胡孚琛、王葆玹《道教通论：兼论道家学说》，孔令宏《中国道教史话》，柳存仁《道教史探源》，潘雨廷《道教史发微》，王卡《道教史话》，卿希泰、唐大潮《道教史》等。其他从总论的角度探究道教与古代社会、文化的研究还有陈鼓应、冯达文主编《道家与道教》，吕锡琛《道家道教与中国古代政治社会》，黎志添主编《道教研究与中国宗教文化》等。

道教断代史研究方面，陈垣的《南宋初河北新道教考》较有开创性，其以丰富的文献资料为依据，对南宋初新出现的全

① 陈耀庭：《道教在海外》，福州：福建人民出版社，2000 年，第 280 页。

真、大道、太一等教派的发生、发展作了系统描述。目前学术界的道教断代史研究多集中于道教史、道教思想、道教流派等方面，其中唐前道教断代史代表著作有：汤一介《早期道教史》《魏晋南北朝时期的道教》，胡孚琛《魏晋神仙道教：〈抱朴子内篇〉研究》，姜生《汉魏晋两南北朝道教伦理论稿》，葛兆光《屈服史及其他：六朝隋唐道教的思想史研究》，钟玉英《汉末魏晋南北朝道教与社会分层关系研究》等。此外，近几年对地方性道教史及地方性道教文化研究的关注度越来越大，有关各地道教史、道教文化的研究专著陆续出版，其中较为典型的如：李远国《四川道教史话》，张宗奇《宁夏道教史》，萧霁虹《云南道教史》，任颖卮《崂山道教史》，樊光春《西北道教史》，吴国富《庐山道教史》，孔令宏、韩松涛《江西道教史》，赵芃《山东道教史》，孔令宏、韩松涛、王巧玲《浙江道教史》等。

2. 道教文献、思想研究

王明先生在中国哲学思想史和道教史研究方面有突出贡献，在道教文献的整理上，主要著作有《太平经合校》《抱朴子内篇校释》《无能子校注》等。此外对道教文献、道教经典的书目等文献资料进行考证整理的还有：陈国符《道藏源流考》，任继愈主编、钟肇鹏副主编《道藏提要》，李养正、张继禹《道教经史论稿》，朱越利《道经总论》《道教考信集》，钟肇鹏编《新编道藏目录》，潘雨廷《道藏书目提要》，丁培仁《增注新修道藏目录》，刘屹《经典与历史：敦煌道经研究论集》《敦煌道经与中古道教》，赵益《六朝隋唐道教文献研究》等。

对道教思想、道教教义进行探究的专著较多，以唐前道教为主要内容的如：王明《道家与道教思想研究》，何建明《道家思想的历史转折》，陈耀庭、刘仲宇《道·仙·人——中国道教纵横》，李刚《劝善成仙——道教生命伦理研究》，姜生《汉魏两晋南北朝道教伦理论稿》《宗教与人类的自我控制——中国道教伦理研究》，李申《道教本论：黄老、道家即是道教》，李霞《生死智慧——道家生命观研究》，刘屹《敬天与崇道：中古道经形成的思想史背景》，卿希泰《中国道教思想史》，胡孚琛《道教与仙学》，丁长春《道教性命学概论》等。而以唐前道教流派为主要研究对象的专著又有：郭树森《天师道》、王纯五《天师道二十四治考》、钟国发《茅山道教上清宗》、张崇富《上清派修道思想研究》、王士伟《楼观道源流考》、宇汝松《六朝道教上清派研究》等。

3. 道教文化等其他角度研究

道教与传统文化、民间习俗关系的研究也是道教研究的一个重要方面，如：葛兆光《道教与中国文化》、卿希泰《道教与中国传统文化》、刘守华《道教与民俗文学》、王明《道家与传统文化研究》、马书田《中国道教诸神》、韩秉方《道教与民俗》、黎志添《道教与民间宗教研究论集》、路遥《道教与民间信仰》等。此外，道教的方术众多、仪式复杂，此角度进行的研究成果数量也非常多，如韩秉方《道教长生术》、刘仲宇《道教法术》、张泽洪《道教神仙信仰与祭祀仪式》、吕鹏志《唐前道教仪式史纲》等。不管是在实际应用中，还是学术研究中，道教与科学技术、养生术、医学关系也十分密切，此方面的研究成果有：陈撄宁《道教与养生》，金正耀《道教与科学》，陈耀庭《道教养生术》，盖建民《道教医学》，姜生、汤伟侠主编《中国道教科学技术史》，蒋艳萍《道教修炼与文艺创作思想论》等。

三　道教与小说研究

道教与文学的关系在近代之后才受到广泛重视。20 世纪 30 年代，此方面具有开创意义的研究多是由道家兼及道教，如鲁迅《魏晋风度及文章与药及酒之关系》、宗白华《清谈与析理》、冯友兰《论风流》、余英时《汉晋之际士之新自觉与新思潮》《名教思想与魏晋士风的演变》、陈寅恪《陶渊明之思想与清谈之关系》、唐长孺《清谈与清议》《魏晋玄学之形成及其发展》等。广义上的道教也包括道教成立之前的准道教思想意识形态，顾颉刚《〈庄子〉和〈楚辞〉中的昆仑和蓬莱两个神话系统的融合》一文，以及陈寅恪《天师道与滨海地域之关系》等文都对道教之前的准宗教思想进行了论述。对于道教与文学关系的研究，有滕固《中世人的苦闷与游仙的文学》、杨树芳《老庄思想与六朝唐宋文学之影响》、刘国钧《老子神化考略》等。40 年代之后，李长之《道教徒的诗人李白及其痛苦》一书较明确地关注道教对文学的影响。1971 年郭沫若的《李白与杜甫》一书专列了《李白的道教迷信及其觉醒》一节。80 年代之后，学者们对道教与文学的研究进入全面发展阶段。

首先，文学史角度的研究可分为“道教文学”“道教与文学”两个角度。古存云在《中国大百科全书 · 宗教卷》中指出，凡是以道教活动为题材内容的文学作品都是“道教文学”，包括藏外文学。詹石窗进一步明确了道教文学的范围及外延，认为“凡是以说明道体本身或者叙说道教神仙及信仰者（包括道士）的事迹、活动以及描写道教的宫观、名山，记录道教斋醮仪式活动和阐明道教教义，并宣扬信奉之效果及自我体道的情怀为题材的文学作品都可以说属于道教文学的范畴。”① 其《道教文学史》一书将“道教文学”作为一个独立门类予以研究。詹氏之后，对道教文学进行专门研究的又有杨建波的《道教文学史论稿》。但整体上，道教文学的范围不甚确定，学术界更多是从道教与文学的角度进行研究。

道教与文学的研究，除了总论性质的研究之外，还有不同体裁的分类研究。道教与诗歌关系的研究以游仙诗为主，如钟来因《中古仙道诗精华》是较早关注仙道诗的仙道诗选本。台湾学者李丰楙《忧与游：六朝隋唐游仙诗论集》则以六朝隋唐游仙诗为研究对象，探讨了道教对游仙诗的本质、源流、形成、流变等方面的影响。其他游仙诗研究专著还有陈华昌《曹操与道教及其游仙诗研究》、张宏《秦汉魏晋游仙诗的渊源流变论略》、蒋浩《游仙诗：自然史》等。除了游仙诗，从总体上考察诗歌与道教关系的如黄世中《唐诗与道教》、孙昌武《诗苑仙踪——诗歌与神仙信仰》等。道教与戏曲的研究则以神仙道化剧为主，詹石窗《道教与戏剧》是研究道教与戏曲关系的开创性成果。此外，类似研究还有张松辉《元明清道教与文学》、倪彩霞《道教仪式与戏剧表演形态研究》、吴国富《全真教与元曲》、李艳《明清道教与戏曲研究》、王汉民《道教神仙戏曲研究》、童翊汉《中国道教与戏曲》等。道教与小说的研究，有一部分包含在道教与文学关系的整体研究中，如黄兆汉《道教与文学》、李生龙《道家及其对文学的影响》、张成权《道家、道教与中国文学》

① 詹石窗：《道教文化十五讲》，北京：北京大学出版社，2003 年，第 312 页。

等，都包括道教与小说关系的研究。此方面还有一些较有影响的单篇论文，如葛兆光的《想象的世界——道教与中国古典文学》（《文学遗产》1987 年第 4 期）从道教刺激文学想象力的角度总论道教对文学的影响，探讨宗教与文学思维的关系。此外还有伍伟民的《道教对中国古代文学影响刍议》（《世界宗教研究》1988 年第 4 期）、陈辽《论我国古代小说中的宗教》（《吉林大学社会科学学报》1995 年第 2 期）、黄勇《方士小说向道士小说的嬗变》（《新疆大学学报》2004 年第 1 期）等。

道教与断代文学关系的研究中主要探讨唐代以前道教与文学关系的专著有：张松辉《汉魏六朝道教与文学》、姚圣良《先秦两汉神仙思想与文学》、张松辉《先秦两汉道家与文学》、葛晓音《汉魏六朝文学与宗教》、蒋振华《汉魏六朝道教文学思想研究》、赵益《六朝南方神仙道教与文学》等。上述著作都是从某个历史时代文学的整体现状出发，总论道教对该时期文学作品思想、内涵、艺术特色等方面的影响。道教与小说的关系是道教与文学研究的热点，有总体探究道教与古小说关系的，也有探讨道教对作家作品的专门研究等。此方面的研究如，香港学者文英玲《陶弘景与道教文学》一书主要探究《真诰》《周氏冥通记》《华阳陶隐居集》等三部作品的思想特色、艺术特征等内容。徐翠先编著《道教文言小说选》是对道教文学文献资料的整理。苟波《道教与神魔小说》是从道教角度出发研究神魔小说的代表性专著。孙逊的《中国古代小说与宗教》则系统考察了宗教与古代小说的关系，其中涉及道教与古代小说的论述都极为精彩。孙昌武《道教与唐代文学》中也有对唐代神仙传记的研究，其认为唐代的新型神仙传说体现了强烈的入世精神，这是与道教神仙思想的世俗化相一致的。黄景春《道心人情——中国小说中的神仙道士》以古代小说为材料，探讨神仙道士的文化渊源、类别、形象等问题。王连儒《志怪小说与人文宗教》探究了志怪小说之宗教特质与源流考辨、汉魏六朝志怪中的道教养生、唐宋志怪中的宗教世俗化倾向、明代神魔志怪小说之宗教意蕴、宗法晋唐的清代志怪及其宗教特质等内容。罗争鸣《杜光庭道教小说研究》一书是对杜光庭道教小说的一部专门研究，论者从宗教、文学、历史、文献等视角对杜氏的作品分别作了专题研究。刘敏《天道与人心：道教文化与中国小说传统》从文化传统的角度考察道教与小说的关系。此外，还有黄勇的《道教笔记小说研究》、苟波《仙境、仙人、仙梦——中国古代小说中的道教理想主义》等专著。另外还有对道教具体作家作品的研究，如王家葵《陶弘景丛考》、孙亦平《杜光庭评传》、钟国发《陶弘景评传》等。

对于道教与唐前志怪小说的关系，上述论著都有所涉及，而在对道教与唐前小说的具体研究中，台湾学者李丰楙成果丰硕，其在道教与文学研究领域的成果有《忧与游：六朝隋唐仙道文学》《神化与变异：一个常与非常的文化思维》《仙境与游历：神仙世界的想象》《误入与谪降：六朝隋唐道教文学论集》等。此外，相关研究专著还有程丽芳《神仙思想与汉魏六朝志怪小说研究》等。就目前研究现状而言，各研究者虽对道教与唐前志怪小说均有所论述，但还没有专论道教与唐前志怪小说的专著，此方面还有进一步研究的空间。对道教与唐前志怪小说的研究在论文方面的成果则相对较多，其中总论道教与小说关系的如詹石窗的《道教小说略论》（《道家文化研究》第四辑，上海古籍出版社 1994 年）一文，从不同的角度对道教与唐前小说的关系进行了详尽的分析，此外，相关研究论文还有：苟波《中国古代“凡男遇仙”故事与道教》（《宗教学研究》2004 年第 1 期），苟波《中国古代的“仙境”观念、“游历仙境”小说和道教伦理》（《江西社会科学》2004 年第 9 期），刘敏《汉魏神怪小说的宗教形态述论》（《四川师范大学学报（社会科学版）》2008 年期第 3 期），曾维加《汉魏六朝道教与民间信仰的关系——以志怪小说为中心》（《西南民族大学（人文社科版）》2008 年第 10 期），李大伟、薛莹《魏晋南北朝时期的蓬莱仙话与佛教志怪》（《东岳论丛》2009 年第 2 期），曾礼军《〈太平广记〉神仙小说中“青竹”的宗教文化意蕴探析》（《宗教学研究》2009 年第 3 期），陈洪《〈列仙传〉的道教意蕴与文学史意义》（《文学评论》2010 年第 3 期），陈杉、赖全《“鬼神志怪之书”的神仙思想初探》（《中华文化论坛》2010 年第 3 期），刘惠卿《佛经文学与六朝仙道类小说创作》（《西南民族大学学报（人文科学版）》2010 年第 4 期），刘湘兰《论儒释道梦观念对六朝志怪小说的楔入》（《安徽大学学报（哲学社会科学版）》2011 年第 2 期），程丽芳《六朝隋唐神仙考验小说道教意蕴》（《北方论丛》2013 年第 6 期），万晴川《道教上清派存思术对宋前小说创作的影响》（《文艺理论研究》2016 年第 3 期）等。这些单篇论文除了综合考察道教与志怪小说的关系外，还以唐前志怪小说为主体，探究其典型故事叙事模式与道教的关系，这为我们研究道教与唐前志怪小说提供了思路。学位论文方面，关于道教研究的博士论文涉及历史学、哲学、宗教学等多个领域，其中涉及道教与文学研究的博士学位论文主要有：苟波《道教与神魔小说》(四川大学1999年)、赵益《六朝道教与文学》(南京大学1999年)、党芳莉《八仙仙事演变及相关文学研究》(复旦大学2000年)、凤录生《道教与唐五代小说》(上海师范大学2000年)、罗争鸣《道教与唐五代小说研究》(复旦大学2003年)、黄勇《道教笔记小说宗教思想研究》(四川大学2005年)、刘敏《道教与中国古代通俗小说研究》(四川大学2006年)、刘育霞《魏晋南北朝道教与文学》(山东大学2012年)、段祖青《宋前茅山宗文学研究》(湖南师范大学2013年)、王鹏飞《道家与道教思想史批判》(浙江大学2014年)等。

除了小说之外,对道教与叙事性文学的研究还出现了"道教仙话""道教神话"等概念。仙话是中国特有的一种文学样式,其以宣扬长生不死为主要内容,叙述有关神仙的种种传奇经历,大多由道家方士编造,也有部分由民间创作。古人相信人可以通过炼丹苦修而达到羽化成仙、长生不死的目的,因此产生了种种关于凡人成仙以及神奇仙人的传说。仙话包括多种文学体裁,其中与小说的关系尤为密切,程迅《满族神话传说与道教仙话》(《民间文艺季刊》上海文艺出版社1988年)一文已将仙话纳入道教文学。仙话研究方面的专著主要有:闵智亭编《道教仙话》,罗永麟《中国仙话研究》,梅新林《仙话——神人之间的魔幻世界》,汪涌豪、俞灏敏《中国游仙文化》,张兴发《道教神仙信仰》,川大宗教研究所主编《道教神仙信仰研究》,黄景春《中国古代小说仙道人物研究》等。学位论文方面,尚没有对仙话做专门研究的博士论文,但相近的则有:姚圣良《先秦两汉神仙信仰研究》(山东大学2006年)、张文安《周秦两汉神仙信仰研究》(郑州大学2005年)、杨显《神仙与阴阳

——〈淮南子〉道家神仙思想研究》（武汉大学 2010 年）、李小光《生死超越与人间关怀——神仙信仰在道教与民间的互动》（四川大学 2002 年）、罗文卿《唐前游仙文学研究》（山东大学 2011 年）、盛莉《〈太平广记〉仙类小说类目及其编纂》（华中师范大学 2006 年）、向群《葛洪〈神仙传〉研究——以文本流变为中心的考察》（山东大学 2015 年）等。

道教神话与志怪小说是另外一个相关研究角度，神话是人们以不自觉的艺术方式加工过的自然界和社会形态，多表现为对自然力量的崇拜及想象。这些由人民集体口头创作的民间文学，具有较高的哲学性、艺术性，与道教的关系十分密切，许多神话都包含着形成道教的早期因素。茅盾、程憬、闻一多、袁珂等前辈在神话的研究方面已有相当成果。王青的博士论文《道教神话研究》（南京大学 1992 年）将《列仙传》《汉武帝内传》《拾遗记》《十洲记》及散见于诸典籍中的封禅神话、黄帝神话均纳入道教神话的范围，并考察了传经神话在道教中的功能。此外，他的《汉朝的本土宗教与神话》《先唐神话、宗教与文学考论》等著作，都对神话给予了多方面的研究与解读。关注道教与神话关系的单篇论文则有：王青《道教神话研究》（《文学遗产》1993 年第 2 期）、陈建宪《论道教对中国神话的继承与发展》（《华中师范大学学报（人文社会科学版）》2003 年第 6 期）、宁胜克《试析中国神话的道化现象》（《郑州大学学报（社会科学版）》2007 年第 2 期）、赵红《"嫦娥奔月"神话的仙话化与道教月仙的确立》（《宗教学研究》2009 年第 4 期）等。以神话为研究对象，并涉及道教研究的博士论文则有：张文安《中国神话研究与文化要素分析》（陕西师范大学 2004 年）、张勤《西王母神话传说研究》(苏州大学2005年)、王宪昭《中国民族神话母题研究》(中央民族大学2006年)、刘杰《汉武帝故事及其文化阐释》(南开大学2010年)、陈刚《唐前蓬莱神话流变考》(华中师范大学2011年)、杨显《汉代神话研究》(四川师范大学2012年)、张华《汉代文学中的神话研究》(陕西师范大学2013年)、杜文平《西王母故事的文本演变及故事内涵》(南开大学2014年)等。

另外，道教与文学尤其是道教与小说关系的研究中，道教与女性已然成为一个研究专题。道教存在着明显的女性崇拜倾向，近年来随着女性主义的发展，道教与女性的问题也成为研究者们广为关注的问题。此部分的专著较少，早在李丰楙、朱荣贵主编的《性别、神格与台湾宗教论述》一书中即有关注女性与道教问题。詹石窗的《道教与女性》是第一部研究道教与女性的著作，以独特的视角揭示了道教女性崇拜背后的奥秘，体现了道教对女性的健康与美丽的追求。另外还有岳齐琼的《汉唐道教修炼方式与道教女性观之变化研究》，全书以道教修炼方式从双修向清修的演变为主线，探究这一变化的原因，从而指出了道教女性观的复杂性与矛盾性，即道教在崇拜女性的同时又无法摆脱歧视女性观念的影响。这方面的其他单篇论文有：孙亦平《论道教女仙崇拜的特点——从杜光庭〈墉城集仙录〉谈起》(《中国道教》2000年第1期)、陈霞《道教贵柔守雌女性观与生态女权思想》(《西南民族学院学报》2000年第8期)、李素萍《从道教成仙修炼看女性之地位》(《中国道教》2001年第3期)、李莉《杜光庭笔下的女仙世界——从〈墉城集仙录〉探析道教女仙崇拜的特点》(《中国道教》2002年第5期)、陈静《道教的女仙——兼论人仙和神仙的不同》（《宗教学研究》2003 年第 2 期）、苟波《道教与“女仙降临”故事》（《宗教学研究》2003 年第 3 期）、陈云《“女性原则”与道教的生态关怀》（《中华文史论坛》2007 年第 4 期）、刘敏《亦仙亦凡：唐传奇小说女性形象审美特征的道教底蕴》（《中华文史论坛》2008 年第 3 期）、杨燕《女性大美与道教养生的现代意义解读》（《宗教学研究》2016 年第 2 期）等。此外，还有对道教女仙西王母、女娲、妈祖等进行个案研究的，其中对西王母的专门研究较多，如张泽洪《道教西王母信仰与昆仑山文化》（《青海社会科学》2010 年第 6 期），施传刚《西王母及中国女神崇拜的人类学意义》（《青海社会科学》2011 年第 1 期），罗燚英《从神话女神到道教女仙——论西王母形象的演变》（《中山大学研究生学刊（社会科学版）》2007 年第 2 期），张金涛、徐才金《略谈道教对西王母的崇拜》（《中国道教》2007 年第 1 期），李彧《宗教中的女神——基督教圣母与道教西王母的演变崇拜》（《美术大观》2008 年第 6 期）等。此外，研究者对道教女仙麻姑[①]、九天玄女[②]、骊山老母[③]等也有关注。博士学位论文方面，对道教与女性问题的专题研究，有杨莉《道教女仙传记〈墉城集仙录〉研究》（香港中文大学 2000 年）。硕士学位论文中此类研究则相对较多，如胡蔚《唐五代说部道教女仙考》（四川大学 2005 年）、肖娟《从〈墉

① 如曹红亮：《麻姑考辨》，《宗教学研究》，2006 年第 1 期。胡长春：《道教女仙麻姑考》，《中国道教》，2004 年第 5 期。

② 如邢东田：《玄女的起源、职能及演变》，《世界宗教研究》，1997 年第 3 期。李景梅：《古代小说中的“九天玄女”考论》，《明清小说研究》，2006 年第 2 期。

③ 杨柳：《“骊山老母”历史形象及其文学流传研究》，《云南民族大学学报（哲学社会科学版）》，2014 年第 3 期。此外，杨柳的博士学位论文也是研究骊山老母的典型代表（《骊山老母信仰研究》西北大学 2014 年）。

城集仙录〉论唐代道教的女仙谱系和女仙崇拜》（四川大学2006年）、李昭《唐代道教女仙群体研究》（首都师范大学2009年）、张德兰《道教神仙谱系流变中女仙形象及地位演变初探》（华中师范大学2012年）、陆扬《道教的女仙崇拜——以仙传为中心的考察》（南京大学2013年）、何桂花《道教女仙的起源、信仰特征及其社会意义》（华侨大学2014年）、张月《先唐女仙形象研究》（北华大学2015年）等。

综上所述，前人对道教与小说的研究已有一定的成果，尤其是许多单篇论文对道教与唐前志怪小说的微观角度研究，都为本研究提供了借鉴。唐前志怪小说篇幅短小，故事性大于文学性。本书以对唐前志怪小说的整体考察为基础，从故事类型、叙事模式、情节安排、思想倾向等方面，展开对道教与唐前志怪小说的探究。

第一章　唐前道教及志怪小说发展概况

第一节　唐前道教发展概况

一　道教起源及早期流派

道教是我国的本土宗教，其思想驳杂，融汇老庄、儒、墨、阴阳、方技等各家思想，吸收了传统文化多方面的思想养料，故鲁迅言“中国根柢全在道教”[①]。道教的起源及构成也成为学者们关注的重要问题，孔令宏认为：“它由宗教化了的道家学说、长生成仙理论及斋醮符箓等三个相互联系的方面组成。”[②] 钟肇鹏观点与其相同，认为道教“是把中国古代的神仙思想、道家学说、鬼神祭祀以及占卜、谶纬、符箓、禁咒等巫术综合起来的

① 鲁迅：《书信·致许寿裳》，《鲁迅全集》第九卷，北京：人民文学出版社，1958年，第285页。

② 孔令宏：《道教概论》，杭州：浙江大学出版社，2013年，第1页。

产物”。[①] 李养正则认为道教是在鬼神崇拜、神仙方术、黄老学说中的神秘主义成分等三种原始宗教意识的基础上衍化而来：“道教是以我国古代社会的鬼神崇拜为基础；以神仙存在、神仙可求论和诱使人们用方术修持以追求长生不死、登仙享乐和用祭祀醮仪以祈福免灾为主体内容和特征；又文饰以道家阴阳五行家、儒家谶纬学说中的神秘主义成分为神学理论；带有浓厚的万物有灵论和泛神论性质的宗教。”[②] 综其所论，道家学说、鬼神崇拜、神仙信仰构成了道教信仰的主要方面，同时杂以阴阳五行、谶纬、方术等神秘主义内容。“道家之术，杂而多端”[③] 已成为古往今来学者们的共识，这也决定了我们在探究道教起源的时候，无法找到一个唯一的、公认的源头，而只能综合分析。许地山曾在《道教史》中用图表的形式列举过道教发展源流，也充分说明了道教起源问题上的复杂性。[④]

道教的形成是一个漫长的过程，先秦两汉时期早期道教教派主要有方仙道、黄老道、太平道、五斗米道等，其中方仙道、黄老道存在于道教正式成立之前，没有系统的教义和宗教理论以及宗教组织形式，并不是成熟的宗教形态。“方仙道是战国至秦汉间方士所鼓吹的成仙之道，其著名代表人物，在战国末年为宋毋忌、正伯侨、充尚、羡门高等人；秦始皇时有徐市（徐福）、韩终（韩众）、侯生、石生、卢生等人；汉武帝时有李少君、谬忌、少翁、栾大、公孙卿等神仙方士。”[⑤] 齐威王、齐宣王、燕

① 钟肇鹏：《道教小辞典》，上海：上海辞书出版社，2001 年，第 1 页。
② 李养正：《道教概说》前言，北京：中华书局，1989 年，第 3 页。
③ （元）马端临：《文献通考》，北京：中华书局，1986 年，第 1810 页。
④ 许地山：《道教史》，北京：团结出版社，2007 年，第 196 页。
⑤ 卿希泰、唐大潮：《道教史》，北京：中国社会科学出版社，1994 年，第 31 页。

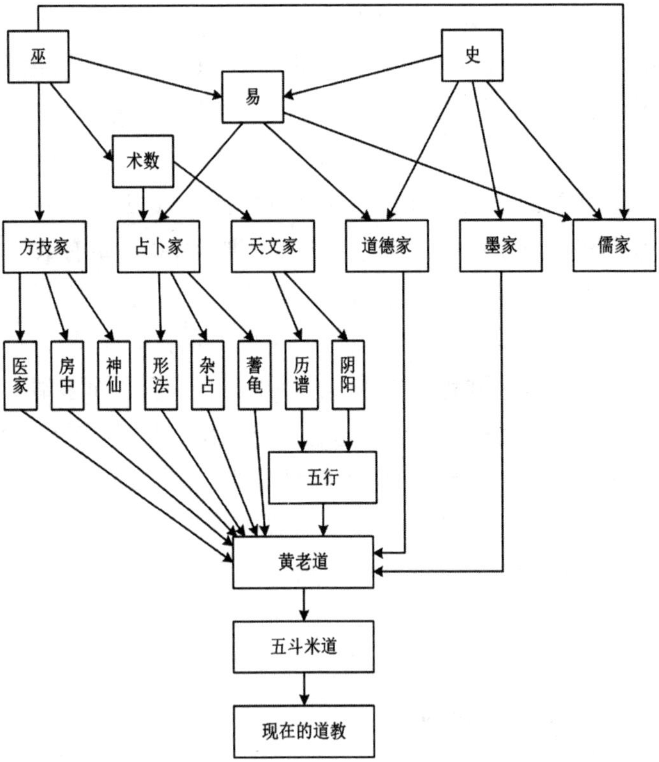

昭王、秦始皇以及汉武帝等贵族统治阶级的求仙活动极大地推动了方仙道的发展，战国末期邹衍的阴阳五行说也为方仙道术等提供了理论依据。但方仙道欺诞迂怪，仍受到明智之士的攻击，如《汉书·艺文志》中即曾评价神仙曰：

神仙者，所以保性命之真，而游求于其外者也。聊以荡意平心，同死生之域，而无怵惕于胸中。然而或者专以为务，则诞欺怪迂之文弥以益多，非圣王之所以教也。孔子曰："索隐行怪，后世有述焉，吾不为之矣。"①

加之求仙无验、方术无效，诸求仙方士被杀，方仙道逐渐沉沦并分化，但神仙信仰以及诸多神仙方术则被道教所吸收。卿希泰认为，神仙家的神仙信仰及方术皆为道家所承袭，神仙方术演化为道教修炼方术，神仙方士则逐渐衍化为道士。② 李养正也指出：方仙道是道教的前身。③ 胡孚琛认为，方仙道是魏晋神仙道教的先驱。④

"黄老道"则可追溯到西汉时期学术上的黄老学派，其名始见于《后汉书·王涣列传》："延熹中，桓帝事黄老道，悉废诸房祀。"⑤ 黄老道神仙化黄帝与老子，托黄帝以言神仙之术，托老子而言修道养寿。汉武帝时方仙道已衰落，神仙家便依附于当时社会上有影响的黄老之学。但黄老之学自汉武帝时起已从治国纲领的政治地位上退了下来，需要寻求新的道路，故汉武帝之后逐渐形成了具有宗教色彩的黄老道。方仙道仙化了黄帝，在崇奉黄帝、老子的前提下认老子为教祖，增强了道教对帝王的诱惑力。黄老道虽然缺乏构成真正宗教组织的教理、制度等，只是道教的前身，但对后世的影响十分深远。李养正认为：鬼道、方仙道、黄老道是道教的母体，而黄老道后世在民间的传播发生分化演变为三支：太平道、五斗米道、金丹道。⑥ 陈撄宁也指出：黄

---

① （汉）班固：《汉书》，北京：中华书局，1962 年，第 1780 页。

② 详参卿希泰：《试论道教在中国传统文化中的地位》，《哲学研究》，1988 年第 1 期。

③ 详参李养正：《道教概说》，北京：中华书局，1989 年，第 10 页。

④ 详参胡孚琛：《道教与仙学》，北京：新华出版社，1991 年，第 29 页。

⑤ （南朝宋）范晔撰，（唐）李贤等注：《后汉书》，北京：中华书局，1965 年，第 2470 页。

⑥ 李养正：《道教概说》，北京：中华书局，1989 年，第 30 页。

老道分化形成太平道与五斗米道，是中国早期道教的组织形态。①

太平道是汉灵帝时由张角创立的民间道教，属于早期道教教派之一。汉成帝时甘忠可的赤精子之道、汉顺帝时于吉的太平清领道，都是张角太平道的前身。甘忠可曾造《包元太平经》，其死后《包元太平经》被禁止流传，只能隐秘流传于民间。至汉顺帝时，作为甘忠可继承者的于吉收集当时所流传的各种版本，纂成一百七十卷《太平清领书》即《太平经》。最终孙策以于吉"此子妖妄，能幻惑众心"而杀之。张角继承于吉的太平清领道于汉灵帝时创立太平道，以《太平经》为经典，奉黄天为至上神，行太平之道，追求无剥削压迫、人人自由幸福的太平世界。中平元年（184年）张角以太平道为组织发动黄巾起义，建安二十年（215）被曹操剿灭，随着黄巾起义的败亡，太平道亦湮灭。太平道已经具备了完整的宗教因素，其宗教性主要体现在两个方面，一是具有信奉的经典《太平经》，并确立了"致太平"的基本教义和宗教理想："天地中和同心，共生万物。男女同心而生子，父母子三人同心，共成一家。君臣民三人共成一国。"②二是太平道具有系统的教义、教团及宗教活动，如以跪拜首过、符水治病等。《三国志·魏书》卷八《张鲁传》中裴松之注引《典略》曰："太平道者，师持九节杖为符祝，教病人叩头思过，因以符水饮之，得病或日浅而愈者，则云此人信道，其或不愈，则为不信道。"③ 在教团组织方面，太平道以"方"为传教区，

① 陈撄宁：《道教与养生》，北京：华文出版社，1989年，第107页。
② 王明编：《太平经合校》，北京：中华书局，2014年，第155页。
③ （晋）陈寿：《三国志》，北京：中华书局，1959年，第264页。

共建三十六方。太平道有自己信奉的经典、完整的教理教义以及教团组织，已经非常接近严格意义上的宗教。因此李养正甚至认为："《太平经》的行世，即太平道的完成与行世；实际上《太平经》的出现与传播，即标志着道教的形成。"① 而且太平道的宗教理想"已经不只是崇拜神仙，修长生和祈求幸福，而是幻想在大地上建立一个能够让人们生存的太平乐土"。② 黄巾起义便是太平道宗教理想的实践，秦汉时期利用道教组织发动的战争不胜可数，这与秦汉时期的社会现状相关。秦汉社会对宗教有一种迫切需求，如《汉书·食货志》载：

> 至秦则不然，用商鞅之法，改帝王之制，除井田，民得卖买，富者田连阡陌，贫者亡立锥之地。……故贫民常衣牛马之衣，而食犬彘之食。重以贪暴之吏，刑戮妄加，民愁亡聊，亡逃山林，转为盗贼，赭衣半道，断狱岁以千万数。③

"人民云乱，皆失其居处，老弱负荷，夭死者半，国家昏乱迷惑。"④ 东汉时期各种社会矛盾的激化是宗教思想发展的温床，民众渴望一种超越人间的力量来解救苦难，神仙观念在民间的持续发酵，导致东汉时期宗教思想盛行，并形成了各种以神学为号召的武装力量。"汉末、魏晋，天下大乱，老百姓走投无路，往往投靠宗教。那时中央政权对全国失去控制，正是宗教发展的良好时机。"⑤ 东汉民间各种假借天意发生的叛乱不在少数，史书

① 李养正：《道教概说》，北京：中华书局，1989 年，第 22 页。
② 同上，第 30 页。
③ （汉）班固：《汉书》，北京：中华书局，1962 年，第 1137 页。
④ 王明编：《太平经合校》，北京：中华书局，2014 年，第 194 页。
⑤ 任继愈主编：《中国道教史·序》，上海：上海人民出版社，1990 年，第 2 页。

中多称其武装力量为"妖贼""妖巫"，如《后汉书》卷一《光武帝纪下》载："秋七月，妖巫李广等群起据皖城，遣虎贲中郎将马援、骠骑将军段志讨之。"① 《后汉书》卷六《孝顺孝冲孝质帝纪》载："三月，扬州六郡妖贼章河等寇四十九县，杀伤长吏。"② "妖贼"一词未见前代史书，而在《后汉书》中大量出现，此后《晋书》中出现次数更多。

> 古代中国，由于皇权垄断了所有合理性和合法性，使得凡是不符合主流的所有宗教信仰，都要蒙上"妖""淫""乱"这类名称，不得不渐渐边缘化、秘密化或民间化，退出上层的、精英的思想世界。③

"妖"字反映的是当时政府对宗教结社的认识，也表明了早期道教巨大的群众性以及与政权之间不可调和的矛盾。

五斗米道又称天师道，东汉顺帝时张陵创于西蜀鹤鸣山，因奉道者须交信米五斗，故称；④ 又因张陵自称太上老君降命其为天师，故亦称天师道。张道陵在巴蜀地区开创五斗米道与于吉传创太平清领道同时，五斗米道至张道陵之孙张鲁而兴旺，于吉的太平清领道则被张角的太平道所继承。五斗米道重视醮事章符，多巫觋杂术，注重道德教化，教人奉道悔过，中心教法是治病，《三国志·魏书》卷八《张鲁传》中裴松之注引《典略》曰：

---

① （南朝宋）范晔撰，（唐）李贤等注：《后汉书》，北京：中华书局，1965年，第68页。

② 同上，第260页。

③ 葛兆光：《屈服史及其他：六朝隋唐道教的思想史研究》，北京：三联书店，2003年，第10页。

④ 或称因其崇拜五方星斗和斗姆而被称为五斗米道。

光和中，东方有张角，汉中有张修。骆曜教民缅匿法。角为太平道，修为五斗米道。太平道者，师持九节杖为符祝，教病人叩头思过，因以符水饮之。得病或日浅而愈者，则云此人信道。其或不愈，则为不信道。脩法略与角同，加施静室，使病者处其中思过。又使人为奸令祭酒，祭酒主以《老子》五千文，使都习，号为奸令。为鬼吏，主为病者请祷。请祷之法，书病人姓名、说服罪之意。作三通，其一上之天，著山上，其一埋之地，其一沉之水，谓之三官手书。使病者家出米五斗以为常，故号曰五斗米师。①

天师道的治病方法分为两种，一是病人静室思过，饮咽符水；二是作三官手书向三官请祷。天师道认为，疾病是对人之罪过施加的鬼神之祟，若要治病则必须反省自己所犯罪过，通过符水与上章的咒力，得到善神之助。此外，张鲁将传教区设为二十四治，治内设立师君、祭酒、鬼卒等以领导教民，并实行父死子继的教权世袭制。五斗米道以《道德经》为主要经典，其注释本《老子想尔注》是一部哲学兼丹经的经典著作。《老子想尔注》奉老子为教主，并对老子思想加以神仙思想的附会，其思想内容虽与《道德经》不尽相同，甚至有所违背，但其在一定程度上反映了当时民众的良好政治愿望，具有积极的意义。不过，早期道教在理论上十分粗糙，学理上的不足注定早期道教在思想性、宗教性、超越性方面缺乏深度发展的内在可能。

① （晋）陈寿：《三国志》，北京：中华书局，1959 年，第 264 页。

二 魏晋时期的道教

（一）魏晋社会与道教

汉末太平道、五斗米道等早期道教展现出的组织力和破坏力，给统治者敲响了警钟，魏晋各政权鉴于黄巾起义的前车之鉴，均加大了对宗教的管理力度。其中尤以曹操采取的措施最为全面，其“毁坏祠屋，止绝官吏民不得祠祀。及至秉政，遂除奸邪鬼神之事，世之淫祀由此遂绝”。[①] 禁绝民间宗教的政策在西晋初依然存在，如晋武帝“遣兼侍中侯史光等持节四方，循省风俗，除禳祝之不在祀典者”。[②] 另外，曹操还采取招安、诱降等政策控制道教势力，如于公元 192 年、196 年先后招降黄巾军，将所收编的黄巾军组成青州军为己所用；公元 215 年招降张鲁，还与之联姻。天师道也在北迁至江南的过程中，与江南的风土人情相融合，为六朝道教的发展奠定了基础。此外，曹操身边还有一大批修道之士，如封君达、鲁女生、东郭延年等。曹植解释曹操的这一行为说：“本所以集之于魏国者，诚恐斯人之徒，挟奸宄以欺众，行妖隐以惑民，故聚而禁之也。”[③] 曹丕也曾利用谶纬神学为自己代汉立魏称帝作筹划铺垫。东吴政权对于道教神仙之说也颇信任。东吴独特的地理位置、社会文化等因素，为神仙观念的活跃提供了条件，孙权本人对神仙思想也十分信仰，

---

① （晋）陈寿：《三国志》，北京：中华书局，1959 年，第 4 页。
② （唐）房玄龄等：《晋书》，北京：中华书局，1974 年，第 53 页。
③ 《辩道论》，（清）严可均辑：《全上古三代秦汉三国六朝文 · 全三国文（上）》，北京：商务印书馆，1999 年，第 181 页。

其在位期间曾多次根据符瑞现象更改年号，如黄龙、嘉禾、赤乌等。黄龙二年（230），孙权派诸葛直、卫温率人出海访求夷洲、亶洲，颇有出海寻仙的味道。尽管魏晋各政权对道教采取打压措施，但在当时政权割据的分裂形势之下，仍难免宗教力量参与到政治斗争中。如西晋八王之乱中，为赵王伦出谋划策的军师孙秀即出身天师道世家。孙恩、卢循以道术聚结群众，以宗教结社掀起长达十二年之久的武装斗争，给东晋王朝带来致命的威胁。此类宗教结社起事的例子在魏晋时期非常多，如《晋书》以“李弘”之名发生的起义就有数起。[①] 李弘本是东晋一位靠宗教起事的领袖。公元370年，“广汉妖贼李弘，诈称汉归义侯势之子，聚众万余人，自称圣王，年号凤凰。陇西人李高，诈称成主雄之子，攻破涪城，逐梁州刺史杨亮。九月，益州刺史周楚遣子琼讨高，又使琼子梓潼太守讨弘，皆平之”。[②] 李弘之乱虽被平定，但自此之后，李之名便成为依靠道教反抗朝廷起事军首领常用的名字。正如汤用彤指出的那样：“‘李弘’一名当为其时利用道教领导农民起义领袖的代名词。”[③]

一方面民间道教备受打压，另一方面社会上的神仙风气逐渐向社会上层发展，士人们逐渐注重对“神”的修炼以及“形”的养生。“神”是指一种超脱的精神状态与神韵，“神仙”一词

---

① 《晋书》中有四处，汤用彤：《康复札记·妖贼“李弘”》，《汤用彤学术论文集》，北京：中华书局，1983年，第310页。此外，唐长孺又补充多数，唐长孺：《史籍与道经中所见的李弘》，《唐长孺先生社会文化史论丛》，武汉：武汉大学出版社，2001年，第176—184页。

② （宋）司马光编著，（元）胡三省音注：《资治通鉴》，北京：中华书局，1956年，第3232页。

③ 汤用彤：《康复札记·妖贼“李弘”》，《汤用彤学术论文集》，北京：中华书局，1983年，第310页。

逐渐成为形容魏晋士人非凡相貌与潇洒风度的代名词。如王羲之称赞杜乂“肤若凝脂，眼如点漆，此神仙人也”。[①] 这种称赞常见于《世说新语》中，表明当时士人阶层对一种潇洒脱俗的外表与精神状态的肯定与向往。养形则主要体现在服食之风的盛行上，好服食者如晋哀帝“雅好黄老，断谷，饵长生药，服食过多，遂中毒”；[②] 又如竹林七贤中的嵇康、王戎热衷服食，还与道士孙登在山中服食修炼；王羲之雅好服食，曾与道士许迈共修服食；裴秀因服食失节度而死。《太平御览》载靳劭“创制五石散方，晋朝士大夫，无不服饵，皆获异效”。[③] 五石散又称寒食散，可用于治疗虚弱，因食用后会令人体发热，需服寒食，故得名寒食散，是魏晋时期常见的一种服食物。余嘉锡在《寒食散考》中指出：“盖自何晏服寒食散之后，京洛之间浸以成俗，至抱朴之时，而此风被于江左矣，至使常人效尤。”[④] 余氏还考证指出，五石散应是取自东汉名医张仲景的两个方子合并而成。[⑤] 养生与神仙观念存在着紧密联系，但服食更像一种养生之道，虽然也有许多人参与道教修炼，但这些行为背后修仙的色彩则较寡淡。虽然当时服食之人并不全是道教徒，服食或修炼也并非渴望成仙，但文人、士人对神仙观念的信奉是魏晋时期道教发展的社会背景。对贵族阶层而言，最大的苦恼便是“人居世间，日失一日，去生转远，去死转近，而贪富贵，不知养性，命尽气绝即

① （唐）房玄龄等：《晋书》，北京：中华书局，1974 年，第 2414 页。
② 同上，第 208—209 页。
③ （宋）李昉：《太平御览》，北京：中华书局，1960 年，第 3200 页。
④ 余嘉锡：《寒食散考》，《余嘉锡文史论集》，长沙：岳麓书社，1997 年，第 176 页
⑤ 同上，第 189—195 页。

死。位为王侯，金玉如山，何益于是为灰土乎？独有神仙度世，可以无穷耳”。[①] 神仙道教逐渐革除了道教原有的“反动”成分，以一种宗教美、精神美，满足了人们在心理上对自由长生的希冀与渴望。尤其是在东晋葛洪对道教理论总结改革之后，正式确立了神仙道教的基本信仰，为魏晋之后神仙道教的发展指明了方向。葛洪之后，寇谦之、陆修静、陶弘景等人都对神仙道教的发展起到了重要作用。

魏晋时期，道教由此也分裂为民间道教与神仙道教两个鲜明的阵营。关于二者的区别，王明说：

> 民间道教与贵族道教的主要区别：前者叫作鬼道或巫鬼道，如张鲁据汉中“以鬼道教民”，以符水治病；后者叫仙道或方仙道，即服食药物企求长生不死的神仙道。[②]

民间道教致力于治病消灾、周穷救急，实用性特点突出，东晋时期民间的于君道、帛和道、李家道为其中代表。神仙道教则主要在士人阶层流传，通过修炼求取长生，追求形神兼修的生命理想。整体上，魏晋时期民间宗教发展缓慢，上层道教则在教理、教义、教团组织方式等方面得到全面发展。

（二）魏晋时期南方的葛氏道

葛氏道[③]是以吴地为中心的江南地区为活动区域，代代以葛氏一族为中心继承的道流，始于三国的左慈，左慈之后，又有葛

---

① （晋）葛洪撰，胡守为校释：《神仙传校释》，北京：中华书局，2010 年，第 140 页。

② 王明：《抱朴子内篇校释·序》，北京：中华书局，1985 年，第 3—4 页。

③ 葛氏道之名，由日本学者福井康顺在《葛氏道研究》（津田左右吉编辑的《东洋思想研究第五》所收，1953 年）中最早使用。

玄、郑隐、葛洪、葛望、葛巢甫等。葛氏道随着天师道教徒南渡，逐渐与天师道融合，至南朝刘宋末期逐渐消失。东晋葛洪是葛氏道的集大成者。葛洪出身于丹阳葛氏，是三国吴以来的官宦世家，具有浓厚的家传道教背景，从祖葛玄、祖父葛系、父亲葛悌均对葛洪的道教修习起到了重要作用。葛洪从小接受传统的儒家教育，遍阅儒家经典以及“诸子百家之言”，曾因镇压石冰起义有功被封为关内侯。葛洪早年跟随郑隐学道，得受葛玄的经书及法术，由此可概括葛洪的道教师承：左慈→葛玄→郑隐→葛洪，这也是葛氏道的基本发展脉络。得天独厚的道教渊源以及儒家传统教育，为葛洪对道教的改革打下了基础。

葛洪肯定神仙实有，但否定神仙乃“自然”，认为仙可通过学习而致，这加大了道教求仙长生的可操作性，某种程度上是对求仙的鼓励。在修炼方式上，葛洪确立“服丹守一”的外修内养、形神兼修的修炼之道，认为服食金丹为成仙之大道：

> 余考览养性之书，鸠集久视之方，曾所批涉篇卷，以千计矣，莫不皆以还丹金液为大要者焉。然则此二事，盖仙道之极也。服此而不仙，则古来无仙矣。[①]
>
> 长生之道，不在祭祀事鬼神也，不在导引与屈伸也，升仙之要，在神丹也。[②]

葛洪提出“我命在我不在天，还丹成金亿万年”，[③] 将金丹法作为最高仙术，认为人可以通过自身的努力来控制自然，摆脱

---

① 王明：《抱朴子内篇校释》，北京：中华书局，1985 年，第 70 页。
② 同上，第 77 页。
③ 同上，第 287 页。

死亡，强调了人的主观能动性。除了金丹之外，房中、导引、行气、服食、存思等都是有益身心的修仙术，其中服食、行气、房中是左慈以来葛氏道的传统仙术。在内在修炼方面，葛洪重视“守一”，魏晋之后，守一又逐渐与存思、导引等融为一体，成为后世内丹修炼的重要方法。此外，葛洪摒弃了早期道教的许多教法，认为“长生之道不在祭祀事鬼神也”，同时也否定暗诵仙经咒术的作用。如《抱朴子内篇·释滞篇》曰：

> 五千文虽出老子，然皆泛论较略耳。其中了不肯首尾全举其事，有可承按者也。但暗诵此经，而不得要道，直为徒劳耳。又况不及者乎？①

诵读经典尚无法领会仙道本质，更何况诵读没有价值的一般经书呢？纵观《抱朴子内篇》，其中并没有劝诱诵读仙经的文字，这是葛氏道区别于同时期其他道派的显著特点，如天师道要求信徒诵读《道德经》，上清派主张诵咏《上清大洞真经》。葛洪重视德行，强调应该以忠孝和顺仁信为本，指出“若德行不修，而但务方术，皆不得长生也”，② 认为欲成仙应当先积德，行好事。

葛洪之后，葛氏道的发展脉络不甚明晰，只能从东晋、刘宋时期成书的葛氏道的经典中把握其从东晋到刘宋中期的思想变迁。整体而言，该时期的葛氏道较之葛洪的道教思想已经发生了一些新变，主要体现在以下几点：其一，对金丹法的重视有所下降，转而更加提倡存思、服食等仙术；其二，咒符、祭祀等得到

---

① 王明：《抱朴子内篇校释》，北京：中华书局，1985 年，第 151 页。
② 同上，第 53 页。

重视，这也与葛洪斥责祭祀鬼神，不信符咒的做法不同；其三，对诵读经典也加以重视，如《灵宝经》《洞渊神洞经》即强调诵读经典的效用。葛氏道的修道方式更加易行，或是受到天师道咒术性祭祀倾向的影响，与佛教、上清派也存在一定关联。到刘宋末期，葛氏道则停止了独立活动，究其原因是天师道与葛氏道的融合。天师道道徒南迁以来，迅速发展成为江南道教主流，也积极地运用葛氏道经典、教理制定自身经典。天师道在尊崇“三张”的同时，也尊称葛氏道的葛玄、葛洪二人为“二葛”，因此佛教徒称道教徒为“张葛之徒”。此后，葛氏道或因自己的经典被天师道包摄而逐渐成为天师道道徒。虽然葛氏道在刘宋末之后便再无独立活动，但南朝新兴的灵宝派则与葛氏道存在着密切的联系，甚至是密切的渊源关系。

（三）魏晋天师道

三国时期张鲁割据汉中，建立起了政教合一的五斗米道组织，并以此统治蜀地近三十年。曹操招安了张鲁后，优待张鲁，道民北迁，五斗米道在迁徙的过程中被瓦解，原在蜀地的二十四治之类的教团组织及其他有效的治理制度都几近崩溃。与此同时，天师道的发展情况亦不明确，至少西晋时南方地区鲜有天师道痕迹，如葛洪《抱朴子内篇》中并无关于天师道的记载，表明在葛洪之前江南地区天师道未发展成势。江南天师道的实质性宗教活动始于以西晋八王之乱为契机的北方贵族和流民的南渡，以及天师道教徒由北向南的移住。[①] 八王之乱后天师道传入江南地区，此后快速发展，至东晋末期已成为江南道教的主流。

---

① 详参唐长孺：《魏晋间北方天师道的传播》，《魏晋南北朝史论拾遗》，北京：中华书局，1983 年，第 218—224 页。

东晋时期的天师道主要是以家族的形式存在，直至刘宋时期才又有了新的发展。当时出现了许多天师道世家，如琅邪王氏、高平郗氏、吴郡杜氏、会稽孔氏、义兴周氏、陈郡殷氏、丹阳葛氏、东海鲍氏、丹阳许氏、丹阳陶氏、吴兴沈氏等。① 任继愈在《中国道教史》中指出，东晋南北朝的许多门阀士族，都是信奉五斗米道的世家。北方的大士族如清河崔氏、范阳卢氏、冯翊寇氏、京兆韦氏等；南方侨姓士族琅琊王氏、高平郗氏、陈郡殷氏、颍川庾氏、泰山羊氏、谯国桓氏等；吴姓士族丹阳葛氏、许氏、吴兴沈氏、会稽孔氏、钱塘杜氏、吴郡顾氏、陆氏、张氏等等。这些家族中都有人信奉道教，这表明五斗米道在东晋以后向上层的传播取得了很大的成功。②

魏晋天师道，尤其是东晋天师道，在教法方面更加全面，仍以治病法为第一教法，兼有除厄法、房中术以及诵读老子《道德经》等教法。该时期还撰写有以咒鬼经典为中心的《千二百官仪》《女青鬼律》《太上正一咒鬼经》等天师道经典。东晋天师道教法是源自后汉天师道的传统方法，还是魏晋时期才开始，尚不清楚。大致后汉天师道中已存在后世天师道的教法雏形。早期天师道以治病除厄为根本教法，魏晋天师道继承了此教法，以正一盟威之道为治病除厄之法。如《太平广记·张道陵传》中载张道陵与弟子住鹄鸣山，“忽有天人下，千乘万骑，金车羽盖，骖龙驾虎，不可胜数。或自称柱下史，或称东海小童，乃授陵以新出正一明威之道。陵受之，能治病。于是百姓翕然，奉事

① 陈寅恪：《金明馆丛稿初编》，北京：三联书店，2015 年，第 17—38 页。
② 任继愈：《中国道教史》，上海：上海人民出版社，1990 年，第 114 页。

之以为师。"[1]"正一盟威之道"这样的称呼在早期天师道中是否存在已不可知，可以确定的是东晋时期天师道继承了早期天师道符水治病的宗旨，以正一盟威之道为治病之法。天师道认为灾厄皆是由鬼神作祟引起的，想要解除疾病之外的灾厄，需要击退作祟的鬼神。其实，广义上，治病法也属于除恶法的一种，因为在天师道看来，疾病与灾厄均是由鬼神作祟引起的，需要驱除鬼神方可治愈，二者在本质上是一致的，只是因为治病法地位重要才区别于一般的除恶法，故也可总称魏晋天师道的重要教法为治病除厄法。

天师道的教法中还有房中术。天师道视房中术为张道陵所授，如《神仙传·张道陵传》中张道陵曾对众人曰："尔辈多俗态未除，不能弃世，正可得吾行气导引房中之事，或可得服食草木数百岁之方耳。"[2] 后世改革天师道将房中术视为"三张伪法"，加以贬斥，如北魏寇谦之《老君音诵诫经》中曰："妄传陵身所授黄赤房中之术，授人夫妻，淫风大行，损辱道教。"[3] 将房中术作为张道陵以来天师道的传统教法，就目前资料来看没有明确证据。"黄赤房中之术，是东晋初期的天师道教徒受到葛氏道房中术的刺激而新开创的，为了使它看上去像是天师道的正统教法，鼓吹成是源于张陵的。"[4] 天师道积极采用房中术当在东晋之后，"推测是在东晋时期，从北方南渡而来的天师道教

---

① （宋）李昉等编：《太平广记》，北京：中华书局，1961 年，第 56 页。

② 同上。

③ 《老君音诵诫经》，《道藏》第 18 册，北京：文物出版社，上海：上海书店，天津：天津古籍出版社，1988 年，第 211 页。

④ 〔日〕小林正美著，李庆译：《六朝道教史研究》，成都：四川人民出版社，2001 年，第 192 页。

徒，接触到葛氏道的教法，受其影响，摄取了房中术”。[①] 总之，天师道自西晋末南渡江南之后，积极借鉴江南葛氏道教理及经典，最终融合了葛氏道，在东晋末期成为江南道教的主流。

三　南北朝时期的道教

（一）南北朝社会现状及道教改革

南北朝上承东晋十六国，下启隋朝，自公元420年刘宋建立，到公元589年隋朝灭陈，前后绵延了近一百七十年，是中国历史上的又一大乱世。自西晋永嘉之乱，晋室南渡之后，便已形成了南方东晋与北方十六国之间的对峙，南北朝时期是这种南北分裂形势的继续。六朝政权更迭频繁，皇权不稳定，与此形成鲜明对照的是世家大族的稳定性。自两晋以来世家大族凭借世资，占据高官重位。而且世家大族产业丰广，稳定的庄园经济奠定了其在政治、经济、文化等活动中的重要地位，使六朝成为世家贵族型社会。“但是也由于世家大族在政治、经济诸方面都有其固定的优越地位，因此都只孜孜于保持他们的家门富贵。君统的变易，朝代的更迭，反而一似与己无关。在禅代废立之际，世家大族不是不预闻，便是帮忙篡位，均以自己门第利益为转移。”[②] 柳诒徵也曾有过陈述：“魏晋以降，易君如举旗，帝王朝代之号如传舍。……当时士大夫，于无意中保守此制，以地方绅士，操朝廷用人之权。于是朝代虽更，而社会之势力仍固定而不为摇

① 〔日〕小林正美著，李庆译：《六朝道教史研究》，成都：四川人民出版社，2001年，第190页。

② 王仲荦：《魏晋南北朝史》，上海：上海人民出版社，2016年，第377页。

动，岂惟可以激扬清浊，抑亦所以抵抗君权也。”[①] 世家大族在政治、经济上的优越性保证了其在精神文化上的发展与追求，为道教、佛教等思想的发展提供了一个良好的受众群体。

早期道教理论粗糙，无法适应社会发展的需要。经葛洪神仙道教理论改造后，六朝道教无论是在经典撰写还是在教派组织等方面都有了显著提高，形成了上清派、灵宝派、天师道共存的繁盛局面。南北朝时期对道教发展贡献最大的当为陆修静，自东晋中后期开始，道教的发展催生出许多新的道教经典，杂乱无章，真伪混杂，亟须系统性的整理与规范，承担这一历史使命的便是陆修静。陆修静自称“三洞弟子”，以调和天师道、上清派、灵宝派为务，其贡献大致可分为几个方面：一是搜集道教典籍，对道经进行分门别类的整理，并确立了“三洞四辅”的道教经典分类方法。“三洞”以洞真部为首，以《上清经》为中心，洞玄部以《灵宝经》为中心，洞神部以《三皇经》为中心，“四辅”则是对“三洞”的解说。二是系统撰订了道教的斋醮科仪，在理论上确立了有法可依的典式。陆修静重视上清斋法，广造斋仪，将上清斋法与灵宝、天师及三皇斋法融汇，形成了道教统一的“九斋十二法”。三是以道观修行制度取代祭酒制度，建立了新的道教组织方式。陆修静兴建道观，筑馆聚徒出家修行，这种新的组织方式，既受到佛教寺庙修行的影响，也是早期道教的静室、精舍、洞室等形式的进一步发展。四是废除世袭制，依功受箓，健全了道官晋升制度。陆修静在葛洪的基础上进一步强调神仙的伦理道德要求，体现出儒道融合的伦理观，因此六朝时期，

---

① 柳诒徵：《中国文化史》，上海：上海古籍出版社，2001 年，第 433 页。

积功累德、死后成仙成为新的成仙信仰，道教也由此进一步向官方道教性质转变。

（二）上清派

上清派是道教史上的重要门派，为天下道学之所宗。该派以《上清经》《黄庭经》为主要经典，奉元始天尊、太上道君为最高神，修炼方法以存神服气为主，辅以修功德。上清派以魏华存为开派祖师，但实际上，上清派何时、由何人创立，至今没有确论，对上清派发展做出巨大贡献的则主要是东晋天师道道士杨羲、许谧、许逊等人。晋哀帝兴宁二年（364），杨羲扶乩降笔，称南岳魏夫人降授《上清真经》并命其用隶书写出，后杨羲传经于句容许谧、许翙父子，二许传上清经于世。从起源上看，上清派假借神话自神其教，杨羲、许谧、许翙等人用降神扶乩的方式创造了《上清经》，包括华侨、魏华存等人在内，便形成了上清派造经的第一次高潮。二许去世后，其所造经书四散，其中许翙之子许黄民继承道流，保管了许多真迹。东晋元兴元年（402）许黄民入剡，避乱于马朗、马罕处，并委托马氏保管真经。东晋末，道徒王灵期求经于许黄民，并将所得《上清经》改编增删为五十余篇新的上清经法。王灵期所造《上清经》广受推崇，是继杨、许之后，上清派的第二次造经活动。王灵期一方面通过真经缺目创造新经，另一方面通过将真经与《灵宝经》杂糅，造构新经五十余篇，掀起了上清派的造经热潮，从此上清经广泛流传。许黄民见王灵期传经门徒众多，故也造经于世，“许见卷袠华广，诡信丰厚，门徒殷盛，金帛充积，亦复莫测其然，乃鄙闭自有之书，而更就王求写”，[①] 致使“许王齐轡，真伪比踪”。而此前，许黄民留于马家的真经则为殳季真所得并付与陆修静。陆修静在继承前代经典的基础上总括三洞并撰《三洞经书目录》，在陆修静的努力下，上清派具备了规范的斋仪以及高素质的宗教理论，并且平衡了与政治权力的关系，得到了官方认可。后来陆修静以三洞并杨、许真书授弟子孙游岳，梁代陶弘景又师事孙游岳，获杨、许手书及真人手迹。陶弘景曾对二许所造经书进行过整理，但今已失传，《真诰》卷十九、卷二十中对二许真迹各经书的流传情况进行了较详细的记述。《真诰》采取尊崇二许及杨羲真笔的立场，将王灵期所造经书斥为伪经，以二许到许黄民，再到马朗、马罕一系为上清派主流。但不可否认，上清派道流不止马氏兄弟一系，正是各种尊崇《上清经》的人促进了上清经的发展。南朝刘宋以后，上清派与天师道之间对抗互存，直到梁代陶弘景创立茅山宗，上清派势力才凌驾于天师道之上。“上清派其实是江南士族文人在批判改造早期民间道教的基础上，将魏晋玄学、地域文化、士人心态以及当时的神仙道教进行糅合而产生的道教新道派。”[②] 任继愈也指出上清派是“东晋以后南方五斗米道、帛家道等道派被门阀士族融合改造而形成的士族神仙道教新派别”。[③] 由于世族的特点，上清派具有与众不同的文士气质，在修炼方法上不重符箓、斋醮和外丹，贬斥房中术，而重视精神修炼，以存思为主要修炼方法。《黄庭内景经》认为人体百脉关窍各有主神，通过存思，人体之神可与

① (南朝梁)陶弘景撰，赵益点校：《真诰》，北京：中华书局，2011 年，第 342 页。
② 宁汝松：《六朝道教上清派研究》，济南：山东文艺出版社，2009 年，第 48 页。
③ 任继愈主编：《中国道教史》，上海：上海人民出版社，1990 年，第 136 页。

天地之神交融，从而使人长生不老，飞升上清。此外，上清派在理论上吸收儒家的伦理纲常和佛教的远世精思，同时对于自身的科仪、组织建设等方面予以加强完善。

六朝上清派发展至陶弘景形成了茅山宗，代表着上清派的完善与成熟。陶弘景（456－536），丹阳秣陵（今江苏南京）人，出身于丹阳陶氏，永明十年（492）退居句容之句曲山（茅山）修道，是六朝上清派代表人物。在陶弘景及弟子的经营下，茅山成为上清派的中心，并由此形成了“茅山宗”。茅山宗在上清存思的基础上，提倡形神双修、佛道双修，提倡清修，以存思为主要法门，认同儒家伦理思想，推崇儒家人物，且文儒兼宗。陶弘景以三教兼容为宗旨，养性与炼形并重，主张形神双修，重视斋仪、符箓、儒家谶纬，是南朝道教改革的集大成者。此外，陶弘景还广泛搜集整理上清典籍，撰有《真诰》《登真隐诀》《养性延命录》《真灵位业图》等，为上清派成为隋唐道教的主流奠定了基础，陶弘景因此成为南朝道门领袖。经过陶弘景的努力，茅山逐渐成为上清派的中心，上清派也进入了新的发展阶段。“南朝时，以茅山为中心的道观遍布江南各地，后传入北方道教圣地终南山一带。”① 陶弘景之后，茅山宗成为后世道教中的显耀宗派，其影响几乎涵盖了道教史的各个时期。

（三）灵宝派

南方葛氏道在南朝刘宋末期逐渐消失，但葛氏一派的思想并

① 潘一德：《茅山道院简史》，上海：上海科学技术文献出版社，2001 年，第 53 页。

未消失，东晋南朝时新出的“灵宝派”即与葛氏道存在密切联系。[①] 灵宝派以元始天尊为最高神，以葛玄为祖师，以符箓科仪为主要修炼方法，用以召神役鬼、消灾除病、上通天神、名登仙籍。灵宝派重斋醮科仪，这方面与天师道相接近，而与上清派有区别。强调劝善度人是灵宝派区别于天师道、上清派的独有特点。可以说，灵宝派介于当时新旧道派之间，既保留了天师道的传统，也兼有上清派的新法术，因此能招徕各层次的信徒。

灵宝派以葛玄为开派祖师，实际的创立者是葛洪的族孙葛巢甫。东汉末，至迟到汉魏之际，已有《灵宝五符经》出现，道士们将其托为夏禹或帝喾所传，其出世年代较早，但卷帙较少，流传不广。直到东晋中叶，继杨羲、许谧造作“上清经”之后，葛巢甫以古《灵宝经》为基础，大量造作“灵宝经”，逐渐形成以此经书命名的灵宝派。《灵宝经》全称《洞玄灵宝经》，有古今之别，古《灵宝经》即今《五符经》或《灵宝五符经》，其渊源说法不一，或云三国吴赤乌中，太极真人授予葛玄。今《灵宝经》即《灵宝无量度人上品妙经》，古称《度人经》，此经为晋葛洪从孙葛巢甫所造，并传道士任延庆、徐灵期，至南朝宋时，复经陆修静增修。《度人经》强调劝善度人，是灵宝派立教的主旨，被后世灵宝派道士所重视，《正统道藏》收其作为第一部经书，因此成了灵宝派的祖经，许多道士皆为之作注。

陆修静对当时流行的多种《灵宝经》逐一辨别，剔除伪经，编出《灵宝经目》；又系统撰订斋醮科仪，总结了三张五斗米、寇谦之改革天师道、葛巢甫肇建灵宝派所制各种斋法，重新造作

① 葛氏道与灵宝派有着天然的联系，有时候二者甚至等同，表示“灵宝派又称葛家道”。

了包括上清、灵宝、天师各派斋仪在内的“九斋十二法”。[①] 至此，道教斋醮仪式基本上形成了完整的体系。灵宝派经陆修静的弘扬大行于世。陆修静之后，灵宝派逐渐沉寂，直至北宋初，在江西阁皂山形成了传授灵宝经箓的阁皂宗，灵宝派才再次显名于世。至元代，北方全真教崛起，南方符箓各宗则渐合流为正一派，在这种局面下，灵宝派仍得以传承与发展。

（四）天师道

天师道始自后汉张道陵的五斗米道，三国魏时，道徒北迁，教团组织土崩瓦解，天师道在魏晋时期的发展也不成体系。南北朝时期天师道教团组织得以重建，与此同时，天师道也进行了内部的理论改革，如北方的寇谦之改革，南方的陆修静改革。

寇谦之修道嵩山三十年，宣扬新科，改革“三张”伪法，对天师道进行了较为彻底的改革，使道教摆脱了原始宗教的粗陋浅薄的风貌，从而得到北魏朝廷的承认。寇谦之对天师道的改革主要体现在以下方面：一是坚决反对利用天师道犯上作乱；二是废除以前天师道征收租米钱税的制度；三是加强戒律，整顿组织，废除了私授教职以及教职世袭制，唯才是举；四是修订戒律、科仪，并且撰写《老君音诵诫经》20卷，用忠孝等儒家思想作为道士的行为准则，“专以礼度为首，加之以服食闭练”，符合儒家的礼的规范，将儒家礼教作为道教主要教义。经过寇谦之改革的天师道，为了与以前的五斗米道相区别，称为北天师道或新天师道，寇谦之也因对道教从民间进入殿堂做出了巨大贡献，而成为一代道教宗师。此后，道教不断得到历代道教大师的

① 其中有灵宝斋九法：金箓斋、黄箓斋、明真斋、三元斋、八节斋、自然斋、三皇斋、太一斋、指教斋。

丰富、发展，完善了思想体系和斋醮仪式，使道教成为中华民族传统文化的一个重要组成部分。

南方陆修静改革道教，则以调和天师道、上清派、灵宝派三派为务，并不专攻某一派，在道教发展史上具有重要意义。天师道经魏晋至六朝时期，尤其是在东晋末孙恩、卢循天师道教徒的叛乱被平定后，为适应发展的需要，亟须内部整顿，提升道德素养。故天师道紧承葛洪以来神仙道教的发展趋势，摒弃早期道教组织中腐败、堕落、“反动”的因素，顺从于政治统治，使道教发展成为一种有利于封建统治的宗教。如陆修静面对刘宋初期天师道教团秩序混乱、纪律松弛的现状，撰写《陆先生道门科略》，以求恢复教团组织的秩序，重建教团组织制度；又撰有《老君百八十戒》，纠正祭酒伦理的颓废，确立道德性的自律；《玄都律文》规定了天师道教徒日常生活中应当遵守的道德规范，如生病时的治病法以及上章方法、教团的制度、道士的服装规定等。至此，刘宋时期的天师道改革教团组织，制定教团规则，努力提高祭酒及信徒们的素养，使天师道秩序得以恢复。

关于天师道的教法，《陆先生道门科戒》“盟威清约之正教”注曰：

> 盟威法，师不受钱，神不饮食，谓之清约。治病不针灸汤药，唯服符饮水，首罪改行，章奏而已。居宅安冢，移徙动止，百事不卜日问时，任心而行，无所避就，谓约。千精万灵，一切神祇，皆所废弃，临奉老君三师，谓之正教。①

① 《陆先生道门科略》，《道藏》第24册，北京：文物出版社，上海：上海书店，天津：天津古籍出版社，1988年，第782页。

天师道的清约规定，祭酒不得向信徒索要金钱，也不对诸神进奉酒食。盟威之法即治病法，是对张道陵以来符水治病法的继承，如饮用符水、告白罪过、改过、奏章等。此外，天师道主张万事不卜问凶吉，应自由决定，不祭祀一切神祇，只信奉老君以及三师（张陵、张衡、张鲁），如此方为正教。可以说，六朝时期的天师道以正一盟威之法为根本教理。此外，天师道还积极摄取《灵宝经》《三皇经》《上清经》等经典中的理论，编汇成新的经典与教理。① 天师道在六朝之后仍然有长远发展，至唐末宋初形成了以龙虎山为本山的天师道，至北宋，龙虎山的正一派成为“符箓三宗”之一。

第二节　唐前志怪小说概述

一　志怪小说概念界定及分类

“小说”之名首见于《庄子·外物篇》：“饰小说以干县令，其于大达亦远矣。”② 其所指为琐碎之语。《荀子·正名篇》中又有“小家珍说”，亦指不经之谈。至汉代，“小说”的含义继承先秦小说观，并具有简单的定义，如东汉桓谭《新论》说：“若其小说家，合丛残小语，近取譬论，以作短书。治身治家，有可

---

① 详参〔日〕小林正美著，李庆译：《六朝道教史研究》，成都：四川人民出版社，2001 年，第 197 页。

② （清）郭庆藩撰，王孝鱼点校：《庄子集释》，北京：中华书局，2012 年，第 918 页。

观之辞。”① 班固《汉书·艺文志》依据刘向、刘歆的《七略》，专列小说一家：“小说家者流，盖出于稗官。街谈巷语，道听途说者之所造也。”② 桓谭与班固对于“小说”的定义是从“小说家”的角度进行的，整体上“小说”尚缺乏独立的文体意识。至魏晋南北朝时期，许多文人热衷于小说创作，小说作为一种“文体”也悄然跻身于文学之林。小说获得了独立的文体资格，但现代意义上的小说是在唐代之后才“始意为小说”，唐前古小说并不具备小说的完整要素，只是小说的雏形。

早期对小说的分类有许多不同的观点。历代史志目录对志怪小说少有明确区分，更无“志怪”名类。“志怪”之名首见于《庄子·逍遥游》：“齐谐者，志怪者也。”此处“志怪”为记录怪异的人、事、物之意，并非特定名词。至魏晋南北朝时期，记载怪异之书繁盛，自晋朝开始便已出现以“志怪”为书名的情况，“志怪”逐渐变为书名的专称。梁元帝萧绎《金楼子》中即有《志怪篇》，孔约、祖台之、曹毗等人均撰有《志怪》，与之相近的还有《列异传》《搜神记》《甄异记》《异苑》《幽明录》等古小说。南北朝时期史学勃兴，小说依附于史学以史传形式存在，故目录学中多将小说归于史部杂传，直到宋代《崇文总目》《新唐书·艺文志》中南北朝志怪小说才被列入小说类，明代胡应麟《少室山房笔丛》始列小说“志怪”一目。虽然“志怪小说”名目晚出，但志怪小说却早已存在，不同书目对其有不同的分类，如阮孝绪《七录》中立“鬼神”部，《隋书·经籍志》

① （汉）桓谭撰，朱谦之校辑：《新辑本桓谭新论》，北京：中华书局，2009年，第1页。

② （汉）班固撰：《汉书》，北京：中华书局，1962年，第1745页。

中“杂传”类有“鬼神”，《旧唐书·艺文志》“史部·杂传”类有“鬼神”“仙灵”两类，郑樵《通志·艺文略》、焦竑《国史经籍志》中于“传记”类中立“列仙目”。明代胡应麟首次将志怪小说作为小说的一个类别，并在《少室山房笔丛·九流绪论下》中对古小说进行了分类：

> 小说家一类，又自分数种：一曰志怪，《搜神》《述异》《宣室》《酉阳》之类是也；一曰传奇，《飞燕》《太真》《崔莺》《霍玉》之类是也；一曰杂录，《世说》《语林》《琐言》《因话》之类是也；一曰丛谈：《容斋》《梦溪》《东谷》《道山》之类是也；一曰辨订：《鼠璞》《鸡肋》《资暇》《辨疑》之类是也；一曰箴规：《家训》《世范》《劝善》《省心》之类是也。谈丛、杂录二类最易相紊，又往往兼有四家，而四家类多独行，不可搀入二类者。至于志怪、传奇，尤易出入。或一书之中，二事并载，一事之内，两端俱存，姑举其重而已。①

胡应麟首次赋予“志怪”以小说分类学上的含义，并对古小说进行了比较科学的分类，在小说史上具有极大的研究意义。《四库全书总目》对小说的分类即参考了胡氏的分类，但对古小说品类的划分及命名仍不够准确。直到鲁迅将古小说分为“志怪小说”“志人小说”两类，才有了更简单科学、方便研究的小说分类法，“志怪小说”之名正式确定。

志怪小说在中国古代文学史上占据着重要地位。就唐前志怪小说而言，先秦两汉时期是志怪小说发展的初始期，小说文体尚

① （明）胡应麟：《少室山房笔丛》，北京：中华书局，1958年，第374页。

不独立，故志怪小说多依附于史、儒、道，该时期的小说只是小说的初始文本。至魏晋南北朝时期，在猎奇志异、张皇鬼神的风气之下，志怪小说创作繁荣。就志怪小说成书方式来看，其资料来源大约有转录古籍、引用同期志怪书、作者见闻、地方传说、改写佛经故事等几种途径。[①] 这种成书方式加之唐前志怪小说文体不成熟、数量众多的现状，使得在对唐前志怪小说进行分类时难以达成共识。鲁迅以小说作者的身份及创作意图为标准，将志怪小说分为三类：第一类是文士之传志怪，如《列异传》《博物志》《搜神记》《搜神后记》《异苑》《幽明录》《续齐谐记》等；第二类是释家之明因果，如《冥祥记》等；第三类是方士之行劝诱，如《神异记》《拾遗记》等。郭箴一在《中国小说史》中基本模仿了鲁迅的分类，将六朝志怪文学分为“文士之传志怪”和“佛教徒之鬼神志怪书”两类。这种分类法，只注重创作动机，不注意小说的内容题材、表达方式，存在一定的偏颇。目前，学术界普遍运用的方法是按作品题材、表达方式的不同对小说进行分类。刘叶秋是第一个以此标准对六朝志怪小说进行分类的：

> 一、兼叙神仙鬼怪，不专谈某种宗教或方术，夹杂着零星琐碎没有故事性的记载，以晋干宝的《搜神记》为代表。
>
> 二、兼叙山川、地理、异物、奇境、神话、杂事等，而着重宣扬神仙方术，以晋张华的《博物志》为代表，乃《山海经》系统的延续。

---

① 详参王国良：《六朝志怪小说考论》，台北：文史哲出版社，1988 年，第 6—10 页。

三、专载神话传说，以人系事，体同纪传，以晋葛洪的《神仙传》为代表，乃汉刘向《列仙传》的模仿和扩大。苻秦王嘉《拾遗记》为古代野史杂传之发展，尤具特色，自成类型。①

刘叶秋的这种分类被李剑国所承袭，李氏在《唐前志怪小说史》中将志怪小说分为三类：地理博物体、杂史杂传、杂记体。其分类基本与刘叶秋一致，只是表述更加简单。侯忠义在总结概括前两者的基础上，在《中国文言小说史稿》中将魏晋南北朝志怪小说分为“记怪类”“博物类”“神仙类”三类。此后又有陈文新《中国文言小说流派研究》中“搜神体”“博物体”“拾遗体”的分类，吴志达《中国文言小说史》中“地理博物类”“杂记体”“野史杂传体”的分类，王枝忠《汉魏六朝小说史》则直接引用侯忠义的分类。可以说自刘叶秋、李剑国、侯忠义以来关于魏晋南北朝志怪小说的分类已经基本达成共识。②

二　唐前志怪小说的时代划分

早期志怪小说多与神话、历史、传说等内容相交融，加之小说文体不独立，故先秦两汉时期的小说只能算作小说的初始状态。李剑锋在《唐前小说史料研究》中总结汉前小说具有以下

① 刘叶秋：《古典小说笔记论丛》，天津：南开大学出版社，1985 年，第 6—7 页。

② 当然，对魏晋南北朝志怪小说的分类还存在其他例外的情况，如张庆民在《魏晋南北朝志怪小说通论》中，以宗教背景为标准，将其分为“古代宗教类”、“宣佛类”、“宣道类”三类。袁行霈《中国古代文学史》中将志怪小说分为，地理博物、鬼神怪异、佛法灵异三类。

三个特点：依附性、难辨性、基因性。[①] 依附性即小说文体不成熟，大多依附历史而存在；难辨性即小说文体难辨、托名汉人小说真假难辨；基因性即汉前小说规约后世小说发展方向。汉前小说的复杂性让我们在界定先秦两汉志怪小说时，迷雾重重。关于汉前小说，鲁迅在《中国小说史略》中指出："现存之所谓汉人小说，盖无一真出于汉人，晋以来，文人方士，皆有伪作，至宋明尚不绝。"[②] 后世学者对鲁迅此观念并不完全认同，侯忠义在《汉魏六朝小说史》中将汉代的小说创作分为三类：《汉书·艺文志》小说家、汉代小说《燕丹子》《列仙传》、托名小说。侯氏将被鲁迅否定了的汉代小说作保守化处理，列于"托名小说"一类，包括《神异经》《十洲记》《洞冥记》《汉武故事》《汉武内传》等。后世学者多考证这些小说成书年代为汉代，如李剑国在《唐前志怪小说史》中认为先秦两汉志怪小说包括汉代之前的《汲冢琐语》《山海经》，成书于两汉时期的地理博物小说《括地图》《神异经》《洞冥记》《十洲记》，以及杂传体志怪小说《列仙传》《汉武故事》《蜀王本纪》《徐偃王志》《汉武内传》《异闻记》。王枝忠持相同观点，其在《汉魏六朝小说史》中云："现在可以考定确为汉代人所作而至今仍基本保存完好的小说共九部。"[③] 这九部小说为：《燕丹子》《汉武故事》《汉武内传》《飞燕外传》《列仙传》《西京杂记》《洞冥记》《神异经》《十洲记》。此外，王氏还列有佚失的汉代小说《蜀王本纪》

---

① 李剑锋：《唐前小说史料研究》，济南：山东教育出版社，2015 年，第 6—7 页。
② 鲁迅：《中国小说史略》，北京：中华书局，2010 年，第 15 页。
③ 王枝忠：《汉魏六朝小说史》，杭州：浙江古籍出版社，1997 年，第 34 页。

《徐偃王志》《神仙传》[1]《异闻记》。不同学者对志怪小说的成书年代问题存在分歧。如侯忠义认为《西京杂记》为葛洪所撰，《飞燕外传》亦非汉伶玄所撰，均不属于汉代小说，王枝忠则考订二者均为汉人所作。这是先秦两汉小说研究中的常见现象，也进一步增强了先秦两汉小说的难辨性。近几年新出的研究成果，如李剑锋在《唐前小说史料研究》中认为先秦两汉小说除了《汉书·艺文志》所载十五家小说之外，还包括《山海经》《穆天子传》《燕丹子》，以及旧题汉人小说的《神异经》《十洲记》《汉武故事》《汉武内传》等。总而言之，可以确定的先秦两汉的志怪小说有《山海经》《穆天子传》[2]《列仙传》。此外，旧题汉代小说的有《神异经》《洞冥记》《十洲记》《汉武故事》《汉武内传》。旧题成书于秦汉的小说在创作年代上都存在一定的争议，本书作保守处理，仍将其列入先秦两汉志怪小说的行列。

魏晋南北朝志怪小说较先秦两汉志怪小说内涵明确。《隋书·经籍志》中“杂传类·鬼神”中的21部作品，均属魏晋南北朝志怪小说，它们是《列异传》《古异传》《述异记》《近异录》《搜神记》《神录》《研神记》《志怪》《孔氏志怪》《荀氏灵鬼志》《谢氏鬼神列传》《幽明录》《齐谐记》《续齐谐记》《感应传》《系应验记》《冥祥记》《因果记》《冤魂志》《集灵记》《旌异记》。《旧唐书》的著录与《隋志》同，归于“杂传”类，《新唐书》则将这21部作品归于“小说家”类。实际上，志怪类小说数量众多，但由于时代久远，许多已丢失亡佚，今天所能见到的许多志怪小说也非完本。魏晋六朝志怪小说是唐前志

① 此《神仙传》并非葛洪所著《神仙传》。
② 《穆天子传》出自《汲冢琐语》。

怪小说的主体，除去已亡佚或今存佚文不多的小说之外，现存魏晋六朝志怪小说大致可分类如下：

地理博物体（博物类）：《博物志》《玄中记》、任昉《述异记》；

杂史杂传（记怪类）：《列异传》《搜神记》《搜神后记》《陆氏异林》《孔氏志怪》《曹毗志怪》《殖氏志怪》《祖氏志怪》《甄异记》《录异传》《灵鬼志》《异苑》《齐谐记》、祖冲之《述异记》《集异集》《续异记》；

杂记体（神仙类）：《神异记》《神仙传》《拾遗记》《周氏冥通记》；

宣佛类小说：《幽明录》《宣验记》《冥祥记》《续齐谐记》《冤魂志》《集灵记》《旌异记》《异记》《应验记》《续光世音应验记》《感应传》《冥验记》《系观世音应验记》等。

三　唐前志怪小说文献举例

就唐前志怪小说的现状而言，志怪小说数量众多，但完整保留下来的却较少。印刷术发明之前，书籍流传主要依靠抄写，收藏困难，流通不便。唐五代之后，雕版印刷术逐渐流行，宋代之后更加发达，这为书籍的流通提供了有利的条件。但先秦、汉、唐间的古籍，在宋、元时期若无刻印者，便将随抄书而散佚，永绝于世。而且，古代书籍遭受了多次天灾人祸的毁绝。加之古代小说一直被士大夫视为“小道”，不受重视，因此唐前志怪小说能保持全貌并流传至今者甚少。除去仅存书目、内容亡佚以及佚文存量较少的小说，在现有资料的基础上，本书所考察的志怪小说的基本情况如下。

《山海经》　今存，十八卷，晋郭璞注，内容驳杂，不仅是古代神话传说的渊薮，也是现存最早的志怪小说。《汉书·艺文志》列入“数术略·形法”类，《隋书·经籍志》著录于“史部·地理”类，《旧唐书·经籍志》《新唐书·艺文志》均著录于“地理”类，《宋史·艺文志》列入“五行”类，明清之后一般将其归为“小说”类。关于《山海经》的成书年代及作者存在一定的争议。《山海经》始见于《史记·大宛列传》，旧说禹、益二人所作，王充《论衡》、张华《博物志》等皆承其说。但因《山海经》中所记有禹、益身后之事，故朱熹、胡应麟等人认为其作者应为战国好奇之士，至明代杨慎、清代梁玉绳则认为《山海经》非成书于一时，这种观点逐渐为现代学者所认同，如袁珂即认为其并非一时一人所作，各部分内容的成书先后及年代众说纷纭，大概是从战国初年到汉代初年的楚国或楚地人所作。[①] 袁珂的《山海经校注》将《山海经》分为《山经》（《五藏山经》）、《海经》（含《海外经》《海内经》《大荒经》各四篇，《海内经》一篇）两部分，《山经》部分成书稍早于《海经》。李剑国则认为《山海经》各部分均产生于战国时期。总而言之，其资料来源较原始，大部分内容成书于先秦，因此《山海经》很大程度上是先秦时期甚至更古老年代的思想产物。

《穆天子传》　出自西晋汲冢，汲冢书出土后经荀勖、和峤等人整理校订而行于世，至唐时已亡佚大半，至今则《穆天子传》仅存，《汲冢琐语》《竹书纪年》存佚文。《穆天子传》经

① 袁珂：《中国神话传说》，北京：中国民间文艺出版社，1984年，第19页。

郭璞作注后，历代书目均有著录，宋元之前多视为史书，如《隋书·经籍志》《旧唐书·经籍志》《新唐书·艺文志》著录于“史部·起居注”类，《宋史·艺文志》列入“别史”类，《郡斋读书志》《崇文总目》入“传记”类等。明清以来，《穆天子传》的真实性逐渐受到怀疑，姚际恒《古今伪书考》即认为其为伪书，与此同时其小说性质逐渐得到认同，《四库全书》即将其归入“小说家”类。《穆天子传》主要记述周穆王游行四海的经历，历史故事与神话传说相杂糅，胡应麟称其为“小说滥觞”。[①]

《十洲记》　又名《海内十洲记》《十洲三岛记》，《隋书·经籍志》《旧唐书·经籍志》《宋史·艺文志》《崇文总目》著录于“史部·地理”类，《新唐书·艺文志》著录于“道家”类。旧题东方朔撰，但其作者及成书年代至今仍存争议，明清以及今世学者多认为其为六朝伪作，王国良则认为《十洲记》作者应为道门弟子且兼擅文采者，成书年代应在宋、齐之间。[②] 李丰楙进一步指出《十洲记》与上清派有密切联系，其成书年代不应晚至六朝晚期，大概在东晋末刘宋初，上清派伪造经书时期。[③] 李剑国则反对六朝说，认为《十洲记》为方士道徒所作，成书年代应在东汉末期，最晚不可能出自魏后。[④] 虽然小说成书时间不确定，但学者对其作者的身份则基本达成共识，认为应该是当时的方士或道士。小说带有宣教色彩，道教的仙境理论、成

① （明）胡应麟：《少室山房笔丛》，北京：中华书局，1958年，第456页。
② 王国良：《海内十洲记研究》，台北：文史哲出版社，1993年，第8页。
③ 李丰楙：《仙境与游历：神仙世界的想象》，北京：中华书局，2010年，第266页。
④ 李剑国：《唐前志怪小说史》，北京：人民文学出版社，2011年，第200页。

仙法术等内容均有体现。《十洲记》通过汉武帝与东方朔的问答，讲述了八方巨海中的灵洲仙岛，建立起一个以中国为中心的仙境体系，是对早期仙境理论的阐述。又因其包含大量动植物产、珍禽异兽、奇闻逸事等内容，而被视为地理博物小说。

《神异经》　又称《神异记》《神异录》《神异传》，一卷，今存。《隋书·经籍志》《旧唐书·经籍志》著录于"史部·地理"类，《新唐书·艺文志》列入"道家"类，《直斋书录解题》开始列入"小说家"类。旧题东方朔撰，唐代之后逐渐认为《十洲记》当为六朝文士假托之作，陈振孙、胡应麟、纪昀皆持此观点。李剑国则认为此书虽非东方朔所作，但却是汉人作品。[①] 王国良《神异经研究》中反对此观点，认为其作者应为魏、晋时期一位熟识当世习俗风尚的文士或方士。[②] 《神异经》受《山海经》影响较大，与《山海经》内容性质相似，记述了神话故事、历史传说、动植物地理等内容，但比《山海经》更具有小说意味。

《洞冥记》　又名《汉武洞冥记》《汉武别国洞冥记》，《隋书·经籍志》归于"杂传"类，《旧唐书·经籍志》著录于"杂传"类，《新唐书·艺文志》列入"道家"类，其后诸家著录多与两《唐志》同，至《直斋书录解题》列入"小说家"类。今本四卷，前有作者序，后有郭宪序，不过该序为后人所加。关于该书作者，前人已疑非郭宪，如胡应麟《少室山房笔丛》《四库全书总目》以及鲁迅《中国小说史略》均认为其作者应为六朝人。也有人认为作者是南朝萧绎，如宋晁载之《续谈

① 李剑国：《唐前志怪小说史》，北京：人民文学出版社，2011年，第176页。
② 王国良：《神异经研究》，台北：文史哲出版社，1985年，第36页。

助》、余嘉锡《四库提要辨证》等均持此说。李剑国在《唐前志怪小说史》中考证认为《洞冥记》乃郭宪作品。《洞冥记》是地理博物体志怪小说的一种，以汉武帝求仙为中心，记载了各种神山仙境、珍禽异兽、奇花异草、奇幻方术等内容，尤其是其中关于异国景况、远国遐方之事的记载，神仙思想尤为突出。

《汉武故事》　又名《汉武帝故事》《汉孝武故事》，原书二卷，旧题班固撰。始见葛洪《西京杂记题辞》，不题撰人。《隋书·经籍志》列入“史部·旧事”类，《旧唐书·经籍志》《新唐书·艺文志》列入“史部·故事”类，均不著撰人。《崇文总目》“杂史”类、《宋史·艺文志》著录《汉武故事》五卷，班固撰，其他著录《汉武故事》者多不题撰人。《汉武故事》有后人增益的内容，故在成书年代及作者的问题上也存在一定的争议。如《崇文总目》《宋史·艺文志》主班固说，晁公武《郡斋读书志》主王俭说，《四库全书总目》并列班固、王俭二说，胡应麟《少室山房笔丛》主六朝人说，姚振宗《〈隋书·经籍志〉考证》、孙诒让《西京杂记题辞》主葛洪说。该小说内容上主要记载汉武帝一生遗闻轶事，尤其详述其求仙之事，仙道色彩明显。

《汉武帝内传》　又名《汉武内传》《汉武帝传》，始著录于《隋书·经籍志》“杂传”类，《旧唐书·经籍志》列入“杂传”类，《新唐书·艺文志》列入“道家类·神仙家”，《郡斋读书志》列入“传记”类，《中兴馆阁书目》列入“杂传”类，《宋史·艺文志》列入“传记”类，《遂初堂书目》列入“杂传”类等。唐宋诸目皆不著撰人，明清诸本则多题班固撰，不知何据，“盖误传班固作《汉武故事》，又连类而及《内传》也”。[①] 其作者又有葛洪说，如晁载之《续谈助》、孙诒让《札迻》、余嘉锡《四库提要辨证》等均持此说。其作者难以考证，成书年代也众说纷纭，主要有唐代说、齐梁说、魏晋说、北魏说等。李剑国认为其成书在东汉末至曹魏间。[②]《汉武帝内传》系敷衍增饰《汉武故事》中武帝会西王母的内容而成，以西王母、上元夫人降会汉武帝为故事中心，文采绚烂，宣扬道术的意图十分明显。

《列异传》　《隋书·经籍志》著录于“史部·杂传”类，魏文帝撰；《旧唐书·经籍志》列入“杂传类·鬼神”目，张华撰；《新唐书·艺文志》列入“小说家”类，张华撰；《册府元龟》卷五五五亦云张华撰。姚振宗《隋书经籍志考证》卷二十载：“意张华续文帝书，而后人合之”，[③] 有一定道理。对于文中所载文帝以后事，鲁迅认为：“或后人有增益，或撰人是假托，皆不可知。”[④] 小说作者虽存在一定的争议，但作者为魏晋之人则无疑。该小说受当时列异志奇社会风气的影响，内容多记怪异之事，因此历来被视为志怪体。《列异传》佚文散见于《水经注》《三国志注》以及史注及类书中，鲁迅《古小说钩沉》辑得50条，多为今人依据的底本。

《异林》　又名《陆氏异林》，不见著录，清人文廷式《补晋书·艺文志》“子部·小说家”类有存目。佚文一则见《太平

① 李剑国：《唐前志怪小说史》，北京：人民文学出版社，2011年，第239页。
② 同上，第240页。
③ 姚振宗：《隋书经籍志考证》，《二十五史补编》第4册，北京：中华书局，1956年，第5379页。
④ 鲁迅：《中国小说史略》，北京：中华书局，2010年，第22页。

御览》，鲁迅辑入《古小说钩沉》。裴松之根据佚文中“叔父河清太守说如此”之句，推测作者为陆云之侄、陆机之子。成书年代当在西晋太安二年（303）之前。

《外国图》　成书于西晋，撰者不详，史志无著录，原书不存，《古小说钩沉》未辑，佚文散见《水经注》《北堂书钞》《艺文类聚》《法苑珠林》《太平御览》等书中。该书模仿并多取材于《括地图》，亦被《博物志》《玄中记》所采用。

《博物志》　西晋张华撰，《拾遗记》载张华“好观秘异图纬之部，捃采天下之遗逸，自书契之始，考验神怪，及世间闾里所说，造《博物志》四百卷，奏于武帝”。[①]《晋书·张华传》中载张华撰写《博物志》十篇，此后历代书目均著录张华撰《博物志》十卷，多归于“小说家”类或“杂家”类。《隋书·经籍志》归于“杂家”类，《旧唐书·经籍志》《新唐书·艺文志》《崇文总目》均归于“子部·小说”家，《通志·艺文略》归“杂家”类，《郡斋读书志》归“小说家”类，《中兴馆阁书目》《宋史·艺文志》均归“杂家”类，《直斋书录解题》“杂家”类及“小说家”类均收录。该小说为地理博物小说的代表作，其内容“包罗很杂，有山川地理的知识，有历史人物的传说，有奇异的草木虫鱼以及飞禽走兽的描述，也有怪诞不经的神仙方技故事的记录，其中还保存了不少古神话的材料”。[②]《博物志》今存，但散佚严重，版本众多，目前最完备的版本为中华书局1980年出版的范宁《博物志校正》。

---

① （晋）王嘉撰，（梁）萧绮录，齐治平校注：《拾遗记》，北京：中华书局，1981年，第211页。

② （晋）张华撰，范宁校证：《博物志校证》，北京：中华书局，1980年，第2页。

《神异记》　史志无目，清人文廷式《补晋书·艺文志》“子部·小说家”类有目。《太平御览》《太平广记》等书征引数则，《太平御览》卷八六七中首称王浮著，则小说当成书于西晋，王浮事迹略载于《高僧传》卷一《帛远传》。鲁迅《古小说钩沉》有佚文八则，较完整者仅有三条。

《玄中记》　又名《郭氏玄中记》，郭璞撰，成书于两晋之际，郭璞事迹见《晋书·郭璞传》。《玄中记》史志均未载，《崇文总目》《通志·艺文略》“地理”类著录《玄中记》一卷，不题撰人。李剑国考证该小说作者为郭璞无疑。[①] 郭璞“好古文奇字，妙于阴阳算历。有郭公者，客居河东。精于卜筮，璞从之受业”。[②] 曾为《山海经》《穆天子传》作注，并为其注入了不少神仙和长生的内容。《玄中记》内容上也是数术、动植物等内容的混合，属地理博物类。该书已佚，目前最完备的辑本为鲁迅《古小说钩沉》本，共有佚文 71 则。

《搜神记》　东晋干宝撰，干宝乃东晋史官，“性好阴阳术数，留思京房、夏侯胜等传”，[③] 《搜神记》序言指出其创作意图，“发明神道之不诬”。《晋书·干宝传》中载干宝撰《搜神记》三十卷。《隋书·经籍志》《旧唐书·经籍志》“史部·杂传”类著录《搜神记》三十卷，《新唐书·艺文志》“子部·小说家”类有《搜神记》三十卷。《崇文总目》《中兴馆阁书目》《宋史·艺文志》著录《搜神记》仅有十卷。此后史志书目大多

---

① 李剑国：《唐前志怪小说史》，北京：人民文学出版社，2011 年，第 323—3266 页。

② （唐）房玄龄等撰：《晋书》，北京：中华书局，1974 年，第 1899 页。

③ 同上，第 2150 页。

不载，可见，该书南宋至元初已佚。《搜神记》是志怪类小说的代表作，内容上广采前书记录当时异闻。明清时期有多种辑本，目前最佳的版本为中华书局 1979 年汪绍楹校注版，但据李剑国考证其佚文仍有许多。

孔约《志怪》　孔约在东晋干宝之后，故该书成书当在《搜神记》之后。《隋书·经籍志》“杂传”类著录《志怪》四卷，孔氏撰。《旧唐书·经籍志》“杂传”类，不题撰人，《新唐书·艺文志》“小说家”类著录同《隋志》。该书当于宋代亡佚。鲁迅《古小说钩沉》中有佚文十则，李剑国考证其中“落民”条当为误辑，佚文实有九则。

祖台之《志怪》　《晋书·王国宝传》中附有《祖台之传》，其中记载祖台之撰志怪书，未云卷数。《隋书·经籍志》“杂传”类著录《志怪》二卷，《旧唐书·经籍志》“杂传”类、《新唐书·艺文志》“小说家”类作四卷，或为析分卷帙所致。《通志·艺文略》“传记”类著录据《隋志》。大约在宋代该书已亡佚，鲁迅《古小说钩沉》中有佚文 15 则。

曹毗《志怪》　《晋书·文苑传》载曹毗事迹，该书成书年代当在东晋初晋成帝、康帝前后。该书仅见清文廷式《补〈晋书·艺文志〉》“子部·小说家”类著录，原书已佚，鲁迅《古小说钩沉》有佚文一则。

《拾遗记》　又名《王子年拾遗记》，东晋王嘉撰，《晋书·王嘉传》云王嘉撰《拾遗录》十卷。王嘉被姚苌杀害后，《拾遗记》散佚，后被萧绮收集编订为十卷，并为之叙录，传世的十卷本乃萧绮删补而成。《隋书·经籍志》“杂史”类著录《拾遗录》一卷，又著录有《王子年拾遗记》十卷，注萧绮撰，此为萧绮整理本。两《唐志》“杂史”类著录《拾遗录》三卷，《直斋书录解题》始列入“小说家”类，十卷。《崇文总目》“传记”类、《通志·艺文略》“传记类·冥异属”、《郡斋读书志》“传记”类、《中兴馆阁书目》“别史书”类、《文献通考·经籍类》“小说家”类、《宋史·艺文志》“小说”类等均收录《拾遗记》十卷。该小说传世版本也多为十卷本，1981 年中华书局出版的齐治平校注本为目前最完备的版本。《拾遗记》是神仙类志怪小说的代表作品，前九卷以时间为次序，以名山做结，似乎一书而备二体，并且体现出强烈的宣教企图。

《神仙传》　东晋葛洪撰，《晋书·葛洪传》载葛洪撰《神仙传》十卷，这与《神仙传自序》《抱朴子外篇·自序》中的内容相合。此外，葛洪撰《神仙传》十卷著录于《隋书·经籍志》“杂传”类、两《唐志》“道家”类、《郡斋读书志》“传记”类、《宋史·艺文志》“道家”类等。该书是神仙类志怪小说的代表，也是典型的仙传小说。今传《神仙传》各本皆非完帙，在其众多版本中，以《增订汉魏丛书》本和《四库全书》本最重要。不同版本收录神仙人物数量不同，汉魏本记载神仙 92 人，颇有伪漏；《四库》本本于毛晋辑本，共记载神仙 84 人，辑者用心较周密，内容更加可靠。

荀氏《灵鬼志》　荀氏，不详何人，内容多记东晋事，成书当于东晋末。《隋书·经籍志》“史部·杂传”类著录《灵鬼志》三卷，荀氏撰。《旧唐书·经籍志》“杂传”类、《新唐书·艺文志》“小说家”类、《通志·艺文略》“传记”类著录均同。该书当于北宋时亡佚，《古小说钩沉》有佚文 24 条，但尚不完备，有待于进一步补辑。小说内容中包含一定的佛教思想，但精魅妖怪作祟为主要内容，是典型的志怪类小说。

《甄异记》　作者戴祚，《晋书》无传。《隋书·经籍志》“杂传”类著录《甄异记》三卷，晋西戎主簿戴祚撰。《封氏闻见记》云，戴祚晋末从刘裕西征姚泓，可见该书当成书于东晋末。《旧唐书·经籍志》“杂传”类、《新唐书·艺文志》“小说家”类，《通志·艺文略》“传记”类均作三卷。南宋书目不见著录，应在宋代亡佚。鲁迅《古小说钩沉》中有佚文 17 条。该书内容大多写鬼怪之事，彰显怪异意图明显。

《搜神后记》　陶渊明晚年遣兴之作，当作于入刘宋后。《隋书·经籍志》“史部·杂传”类著录十卷，陶渊明撰。此后，两《唐志》《崇文总目》及宋元书目均无著录。《搜神后记》为《搜神记》的续作，其内容与《搜神记》一脉相承，多荒诞虚幻的志怪内容。其版本众多，今本《搜神后记》十卷，最好的版本是 1981 年中华书局出版的汪绍楹校注本。

《幽明录》　刘义庆撰，成书于刘宋初。《隋书·经籍志》“杂传”类著录《幽明录》二十卷，两《唐志》作三十卷，盖分法不同，此后，除《通志》据《隋志》著录外，不见后世书目著录。该书当亡佚于南宋，有多种辑本，鲁迅《古小说钩沉》为最完备的本子，共有佚文 265 条，但仍存在误辑漏辑的内容。1986 年郑晚晴辑注《幽明录》，以《钩沉》本为底本，又多辑佚文 11 则，为目前最好的版本。

《异苑》　刘敬叔撰。刘敬叔《宋书》《南史》均无传，明胡震亨汇集史料编有《刘敬叔传》。李剑国考证，其成书于宋文帝元嘉前后。《隋书·经籍志》著录《异苑》十卷，宋给事刘敬叔撰，唐宋元史志书目皆无目，《四库全书》入“子部·小说家·异闻”类。中华书局1996年出版的范宁点校本，是目前研究《异苑》的最好版本。《异苑》十卷，内容丰富，前三卷有博物性质，其余七卷则多神灵怪异之事。

祖冲之《述异记》　祖冲之《南齐书》《南史》均有传，祖冲之历仕宋齐两代，该书成书于宋齐之时。《隋书·经籍志》“杂传”类著录祖冲之撰《述异记》十卷，《旧唐书·经籍志》“杂传”类、《新唐书·艺文志》“小说家”类同，《册府元龟·国史部》《玉海·艺文》《通志·艺文略》中均著录祖冲之撰《述异记》。祖氏《述异记》原书已佚，佚文多存唐宋类书中，古无佚本，今有鲁迅《古小说钩沉》辑录90条，但存在一定的疏误。郑学弢校注的《列异传等五种》，以《钩沉》为底本，是目前最好的版本，内容多吉凶征兆妖异事。

《述异记》　任昉撰，成书于南朝梁天监三年。该书至宋代始见著录，《崇文总目》“小说”类著录任昉撰《述异记》二卷，《中兴馆阁书目》同。晁公武《郡斋读书志》云：“昉家藏书三万卷，天监中采辑前代之事，纂《新述异》，皆时所未闻，将以资后来属文之用，亦博物之意。”① 此后《玉海·艺文》《通志·艺文略》《类说》《绀珠集》《文献通考·经籍考》《宋史·艺文志》《国史经籍志》等多有著录。《四库全书总目提要》认为其为伪书，但在现有资料的基础上，学术界普遍倾向于承认该书为任昉所作。任昉《述异记》是地理博物小说的代表作之一，今存主要版本有明代《格致丛书》本、《稗海》本、《汉魏丛书》本、《广汉魏丛书》本，清代《增订汉魏丛书》本、《四

① （宋）晁公武撰，孙猛校证：《郡斋读书志校证》，上海：上海古籍出版社，1990年，第546页。

库全书》本、《龙威秘书》本、《百子全书》本，近代《说库》本等，诸本条目次序多有异，但内容相差无几。此外，还有《五朝小说》《重编说郛》等一卷节本。

《齐谐记》　东阳无疑撰，史传不载，《隋书·经籍志》“杂传”类著录《齐谐记》七卷，宋散骑侍郎东阳无疑撰，则该书成书于刘宋时期。《旧唐书·经籍志》与《隋志》同，《新唐书·艺文志》入“丙部·小说家”类，《通志·艺文略》“传记”类据《隋志》。从内容上看，《齐谐记》属志怪类小说，当在宋代亡佚，鲁迅《古小说钩沉》中存佚文15条，李剑国《唐前志怪小说史》中对鲁迅的疏误多有补充。

《续齐谐记》　吴均撰，成书于齐梁间，《梁书》《南史》吴均本传均不载。《隋书·经籍志》《旧唐书·经籍志》“史部·杂传”类著录吴均撰《续齐谐记》一卷，《新唐书·艺文志》“丙部·小说家”类、《通志·艺文略》“传记”类、《直斋书录解题》“小说家”类、《文献通考·经籍考》“小说家”类、《宋史·艺文志》“小说家”类皆有著录。该书版本众多，均为一卷，内容17则，李剑国《唐前志怪小说史》考证还应添加佚文5则。

《周氏冥通记》　陶弘景弟子周子良生前记载的他梦中与仙真交谈情形的日记，由陶弘景整理完成。陶弘景《梁书》《南史》有传，《隋书·经籍志》“史部·杂传”类著录《周氏冥通记》一卷，不著撰人。《旧唐书·经籍志》“杂传”类题陶弘景撰。《崇文总目》“小说”类著录《周子良冥通录》三卷，《通志·艺文略》“传记”类著录《周子良冥通记》、《宋史·艺文志》“小说”类著录《周子良冥通记》四卷，无撰人。今本《周氏冥通记》四卷，记载周子良感遇神仙事，是道教神仙类小说的代表，收入《道藏》《津逮秘书》《丛书集成初编》等。

《神异录》　成书于梁初，刘之遴撰。刘之遴《梁书》《南史》中均有传。《隋书·经籍志》“杂传”类、《旧唐书·经籍志》“杂传”类、《新唐书·艺文志》“小说家”类、《通志·艺文略》“传记”类均著录该书，作五卷。该书在宋后书目中未见著录，盖此时亡佚。鲁迅《古小说钩沉》有佚文三条，内容多神仙灵迹祠庙之事，但尚需补订。

《录异传》　作者不详，成书于南朝初，历代公私书目均未著录。原书已佚，鲁迅《古小说钩沉》有佚文27条，内容多记鬼神精怪异事，属于志怪类小说。

《续异记》　作者不详，书中所记多为后汉至梁事，作者或为梁、陈间人。原书已佚，鲁迅《古小说钩沉》辑佚文11条，内容多精怪变化之事。

《观世音应验记三种》　南朝“释氏辅教之书”，“三种”分别为傅亮《光世音应验记》、陆杲《系光世音应验记》、张演《续光世音应验记》。傅亮《光世音应验记》成书于宋初，《隋书·经籍志》“杂传”类著录《应验记》一卷，刘宋光禄大夫傅亮撰。张演《续光世音应验记》成书于宋初，《隋书·经籍志》未著录。陆杲《系光世音应验记》约成书于齐，《旧唐书·经籍志》“杂传”类、《新唐书·艺文志》“小说家”类著录《系应验记》一卷，讹作“陆果”撰。《观世音应验记三种》中土已佚，现所见乃日本所传古抄卷子本。国内主要版本有1994年中华书局孙昌武《观世音应验记三种》点校本，2002年江苏古籍出版社董志翘《观世音应验记三种》译注本。

《宣验记》　成书于宋初，刘义庆晚年撰，是南朝第一部宣扬因果应验佛教观念的志怪书。刘义庆本传未录，《隋书·经籍志》《通志·艺文略》“杂传”类著录十三卷。原书已佚，《古小说钩沉》有佚文35条，另外据李剑国《唐前志怪小说史》考证还应有佚文13条。①

《冥祥记》 王琰撰，史书无传，成书于南朝齐中兴年间，内容皆记宣佛。《隋书·经籍志》“杂传”类著录十卷，《旧唐书·经籍志》同，《新唐书·艺文志》“小说家”类作一卷。此后不见著录。原书已佚，鲁迅《古小说钩沉》辑佚文131条，李剑国考证其有疏误，② 台湾学者王国良《冥祥记研究》在鲁迅辑本基础上有所补充，为目前最完备的辑本。

《冤魂志》 又名《还冤志》，颜之推晚年作品，内容多为释家报应之说，本传不载。《隋书·经籍志》“杂传”类著录《冤魂志》三卷，颜之推撰。《旧唐书·经籍志》“杂传”类、《新唐书·艺文志》“小说家”类、《通志·艺文略》“传记”类同。《崇文总目》“小说”类、《宋史·艺文志》“小说”类皆作《还冤志》，《直斋书录解题》“小说家”类又作《北齐还冤记》。原书已佚，台湾学者王国良《颜之推冤魂志研究》有佚文60条，附录5条。罗国威《冤魂志校注》亦辑60条，附辑佚文6条，此二者为目前最完备的辑本。

《穷怪录》 又名《八朝穷怪录》，撰人不详，史志无目。文题“八朝”具体所指难以明确，所载内容全系南北朝事。近人吴曾祺《旧小说》认为其属唐人作品，李剑国认为其似乎出于隋人之手。原书已佚，佚文见于《太平寰宇记》《太平广记》

---

① 李剑国：《唐前志怪小说史》，北京：人民文学出版社，2011年，第587页。
② 同上，第590—591页。

《舆地纪胜》等书。是书古无完整辑本，明人陶珽《重编说郛》卷一一七辑阙名《穷怪录》一卷，近人吴曾祺《旧小说》乙集有阙名《八朝穷怪录》四则，鲁迅《古小说钩沉》未辑，李剑国《唐前志怪小说史》中指出《八朝穷怪录》有佚文十则。《八朝穷怪录》由多个互无关联的故事组成，未脱魏晋六朝小说特点。但单个故事的篇幅大大增长，已初步脱离“残丛小语”的状态，文学性、艺术性增强，有明显向唐传奇过渡的痕迹。内容上，文人艳遇故事占大半，此种世俗化、人情化的倾向与唐代爱情传奇故事风格吻合，故《八朝穷怪录》成书应不晚于唐初，产生于六朝至唐的过渡阶段。

除上述存世内容较多的小说外，还有许多佚文较少或内容不存、仅存其名的小说。如成书于南朝晋宋之际的朱君台所撰《征应传》佚文不存，成书于南朝刘宋的齐谐所撰《异记》未有佚文，成书于刘宋末的王延秀所撰《感应传》未有辑本，成书于南朝梁代的萧绎所撰《研神记》有佚文一则，成书于南朝梁代的颜协所撰《晋仙传》未有佚文，成书于南朝梁代的王曼颖所撰《补续冥祥记》不存佚文，南朝刘宋颜延之所撰《集灵记》仅佚文一则。

第三节　唐前志怪小说中的道教因素简析

一　作者身份与志怪小说创作

志怪小说并非成熟的小说样式，在文本形态上并无统一的规范，小说自由无拘束的形态以及包罗万象的内容，为各阶层作者提供了一个传达意愿的途径。在不同的创作动机之下，形成了志怪小说称道鬼神灵异的盛况。志怪小说时代久远，只有少部分作品保留有作者的序言或成书理据，表明小说创作的动机及缘由，如《博物志》《神仙传》《搜神记》等。绝大多数志怪小说中并没有作者的序言，因此作者的身份可以作为探究志怪小说写作缘由的依据。如鲁迅便以小说作者的身份及创作意图为标准将志怪小说分为三类：文士志怪、释家明因果、方士行劝诱等。一般而言，志怪小说作者的身份可以分为文人学士、方士道士、佛教信徒三类。

传统文士深受儒家思想影响，服膺儒家伦理道德，并不迷信宗教理论，但也不完全排斥，文士或受巫觋数术、阴阳灾异等思想影响，或搜集史料汇聚奇闻以为谈资，或因个人际遇有感而发，多采旧闻异说，融三家思想以撰志怪之书。文士出身者如张华、干宝、祖台之、曹毗、戴祚、刘敬叔、东阳无疑、郭季产、刘质、祖冲之、刘之遴、吴均、顾野王、颜之推等。此外，撰《异林》的陆氏、《志怪》孔氏、《灵鬼志》的荀氏、《志怪记》的殖氏、《鬼神列传》的谢氏等，也可归入文士之属。其中很多文士出身寒门，如张华、干宝、曹毗、吴均、顾野王等。《列异传》《博物志》《搜神记》《搜神后记》《异苑》《幽明录》《续齐谐记》等志怪小说都是出自文士之手。方士、道士之属称道绝域，以长生久视鬻卖帝王，以凶吉祸福感召民众。早期方士以小说铺陈神仙思想，后期道士以志怪小说宣扬道教法术。关于方士、道士创作志怪小说的动机，王瑶先生在《小说与方术》中云：

> 无论方士或道士，都是出身民间而以方术知名的人，他们为了想得到帝王贵族们的信任，为了干禄，自然就会不择手段地夸大自己方术的效异和价值。这些人是有较高的知识的，因此志向也就相对地提高了；于是利用了那些知识，借着时间空间的隔膜和一些固有的传说，援引荒漠之世，称道绝域之外，以吉凶休咎来感召人；而且把这些来依托古人的名字写下来，算是获得的奇书秘籍，这便是所谓的小说家言。①

唐前志怪小说中，方士、道士创作的小说主要有：《汉武故事》《汉武内传》、刘向《列仙传》《十洲记》、郭宪《洞冥记》、葛洪《神仙传》、王浮《神异记》、王嘉《拾遗记》、周子良《周氏冥通记》等。佛教徒则明因果报应之理，以宣扬佛法。魏晋以来，佛教兴盛，佛经翻译渐多，佛经故事内容生动、形式新颖，为志怪小说提供了丰富的素材。笃学之人为宣扬佛教，借小说之体寄寓宗教之旨。南北朝时期，受佛教影响较大的志怪小说主要有：刘义庆《幽明录》《宣验记》、王琰《冥祥记》、傅亮《观世音应验记》、张演《续观世音应验记》、范晏《阴德传》、陆杲《系观世音应验记》、萧子良《冥验记》、颜之推《冤魂志》等。

唐前志怪小说及作者身份统计表

朝代	小说	作者	身份	存世情况
先秦	《山海经》	不详	不详	现存
战国	《汲冢琐语》	不详	不详	存佚文

① 王瑶：《中古文学史论》，北京：北京大学出版社，2014年，第118页。

续表

汉	《括地图》	不详	不详	辑存
汉	《汉武故事》	旧题班固	文士	辑存
汉	《汉武帝内传》	旧题班固	文士	现存
汉	《十洲记》	旧题东方朔	方士	现存
汉	《神异经》	旧题东方朔	方士	现存
汉	《列仙传》	刘向	方士	现存
汉	《蜀王本纪》	扬雄	文士	辑存
汉	《徐偃王志》	不详	不详	存佚文
汉	《玄黄经》	不详	不详	存佚文
汉	《异闻记》	陈寔	文士	辑存
汉	《洞冥记》	旧题郭宪	方士	现存
三国	《列异传》	曹丕	贵族	辑存
三国	《神异传》	不详	不详	存佚文
魏或西晋	《异说》	不详	不详	存佚文
西晋	《博物志》	张华	文士	现存
西晋	《玄中记》	郭璞	方士	辑存
西晋	《外国图》	不详	不详	存佚文
西晋	《神异记》	王浮	道教徒	辑存
西晋	《异林》	陆氏	文士	辑存
东晋	《搜神记》	干宝	文士	辑存
东晋	《曹毗志怪》	曹毗	文士	辑存

续表

东晋	《观世音应验记》	谢敷	世族；佛教徒	亡佚
东晋	《搜神后记》	陶渊明	文士；道教徒	辑存
东晋	《灵鬼志》	荀氏	文士	辑存
东晋	《甄异记》	戴祚	文士	辑存
东晋	《孔氏志怪》	孔约	文士	辑存
东晋	《志怪》	祖台之	文士	辑存
东晋	《神仙传》	葛洪	道教徒	现存
晋宋间	《鬼神列传》	谢氏	文士	辑存
后秦	《拾遗记》	王嘉	道教徒	现存
南朝宋	《幽明录》	刘义庆	贵族；佛教徒	辑存
南朝宋	《宣验记》	刘义庆	贵族；佛教徒	辑存
南朝宋	《异记》	齐谐	不详	亡佚
南朝宋	《观世音应验记》	傅亮	世族；佛教徒	现存
南朝宋	《续观世音应验记》	张演	世族；佛教徒	现存
南朝宋	《阴德传》	范晏	世族；佛教徒	亡佚
南朝宋	《齐谐记》	东阳无疑	文士	辑存
南朝宋	《异苑》	刘敬叔	文士	辑存
南朝宋	《近异录》	刘质	文士	亡佚
南朝宋	《古异传》（《石异传》《古今异传》）	袁王寿	文士	辑存
南朝宋	《集异记》	郭季产	文士	辑存

续表

南朝宋齐间	《感应传》	王延秀	佛教徒	亡佚
南朝宋齐间	《桂阳列仙传》	不详	不详	辑存
南朝齐	《系观世音应验记》	陆杲	世族；佛教徒	现存
南朝齐	《述异记》	祖冲之	世族；道教徒	辑存
南朝齐	《冥验记》	萧子良	贵族；佛教徒	存佚文
南朝齐	《徽应传》	朱君台	佛教徒	亡佚
南朝齐	《冥祥记》	王琰	佛教徒	辑存
南朝梁	《补续冥祥记》（《续冥祥记》）	王曼颖	佛教徒	亡佚
南朝梁	《赤县经》	江淹	文士	亡佚
南朝梁	《述异记》	任昉	文士	现存
南朝梁	《续齐谐记》	吴均	文士	现存
南朝梁	《神录》（《神异录》《伸异录》）	刘之遴	文士	辑存
南朝梁	《晋仙传》	颜协	文士	亡佚
南朝梁	《金楼子志怪篇》	萧绎（梁元帝）	贵族	辑存
南朝梁	《仙异传》	萧绎	贵族	亡佚
南朝梁	《研神记》（《妍神记》）	萧绎	贵族	亡佚
南朝梁	《周氏冥通记》	陶弘景	道教徒	辑存
南朝梁	《梦记》	陶弘景	道教徒	亡佚
南朝梁	《列仙传》	江禄	文士	亡佚

续表

南朝梁陈间	《稽神异苑》	旧题焦度	不详	存佚文
南朝梁陈间	《续异记》	不详	不详	辑存
南朝梁陈间①	《志怪记》	殖氏	文士	辑存
南朝梁陈间	《洞仙传》	见素子	道教徒	现存
南朝梁陈间	《录异传》	不详	不详	辑存
南朝陈	《续洞冥记》	顾野王	文士	亡佚
南朝梁	《冤魂志》	颜之推	世族；佛教徒	辑存
北齐	《集灵记》	颜之推	世族；佛教徒	辑存
北朝	《妖异记》	不详	不详	存辑文
南北朝	《因果记》	刘泳	佛教徒	亡佚
隋	《旌异记》(《精异记》《积异传》)	侯白	佛教徒	辑存
隋	《鬼神录》	释彦琮	佛教徒	亡佚
隋	《感应传》	释净辩	佛教徒	亡佚
隋	《观世音感应传》	不详	不详	亡佚
隋	《益部集异记》	不详	不详	亡佚
隋	《五行记》	萧吉	文士	辑存
隋	《洽闻志》	崔颐	文士	亡佚
隋	《灵异记》(《灵异录》《灵异志》)	许善心	文士	亡佚

① 据李剑国：《唐前志怪小说史》，北京：人民文学出版社，2011 年，第 569 页。鲁迅《古小说钩沉》作晋朝。

续表

隋	《穷怪录》(《八朝穷怪录》《八庙怪录》)	不详	不详	存佚文
不详①	《许氏志怪》	许氏	不详	存佚文
不详	《杂鬼神志怪》	不详	不详	辑存
不祥	《说仙传》	朱思祖	不详	亡佚

二 唐前志怪小说中的道教因素

就唐前志怪小说的全貌或全部内容作考察并非易事，一是因为古小说散佚严重，诸书佚文多者数十百条，少者三四条，亦有仅留书名而片语不存者，故现存小说不能客观反映全部志怪小说的内容；二是辑佚的小说，由于各种原因存在一定的疏漏，部分文字真伪难辨，或直接影响结论的正确性；三是早期小说文体不成熟，志怪小说内容驳杂，无所不包，很难进行明确的分类；四是小说篇幅简短，又有多方辑录古书者，因此记事或详或略，故事完整度不一致。因此目前的研究必须在这种现状的基础上，尽量考察唐前志怪小说这个整体，以探究志怪小说的特点及其深层思想。

道教文化是志怪小说兴起、发展的重要文化背景，对志怪小说产生了深远影响。首先，神话传说、阴阳五行、谶纬方术、原始巫术、神仙信仰等可视为宽泛意义上的道教文化因素，构成了志怪小说中重要的文化意蕴背景。其次，道教丰富了文学的内容

① 或成书东晋南朝间，李剑国：《唐前志怪小说史》，北京：人民文学出版社，2011 年，第 642 页。

与表现，葛兆光在《想象力的世界》中指出道教为文学提供了三类意象：“一类是神仙与仙境，神仙如天尊、老君、西王母、王乔、赤松、安期生等等，仙境如蓬莱、瀛洲、方丈、昆仑及各洞天福地等；一类是鬼魅精怪，如鬼魂、虐鬼、赤眼鬼、蛇精、龟精、狐精等等；一类是道士及法术，包括各著名道士，他们的手段如雷法、符法、咒法等等。”① 这些意象都是唐前志怪小说中重要的道教文化因素。再次，道教神仙信仰构成了志怪小说的重要组成部分，如《太平广记》五百卷中有“神仙”55卷，“女仙”15卷，还有“道术”“方士”等其他与道教相关的类别，均体现了道教神仙思想对志怪小说的影响与渗透。正因为道教对唐前志怪小说影响深远，张庆民才在《魏晋南北朝志怪小说通论》一书中，从宗教的角度，将志怪小说分为反映古代宗教思想、道教思想、佛教思想的三类，并指出：志怪小说的主题思想与道教的基本信仰、教义有极密切的关系，相当数量的志怪小说甚至就是为了宣扬道教信仰而创作的；有些志怪小说作品在思想上并不是为了宣扬道教信仰、宗旨，但小说叙写的内容却与道教息息相关，故而一并划入道教志怪小说行列。② 总之，道教与志怪小说存在天然联系，亦如四库馆臣所指：“后世神怪之迹，多附于道家，道家亦自矜其异，如《神仙传》《道教灵验记》是也。”③ 而与道教联系最为紧密的则当为仙传小说，仙传小说是指由方士、道士等宗教内部人员创作的道教小说和受道教

① 葛兆光：《想象力的世界》，北京：现代出版社，1990年，第29页。
② 张庆民：《魏晋南北朝志怪小说通论》，北京：首都师范大学出版社，2000年，第161页。
③ （清）永瑢等：《四库全书总目》，北京：中华书局，1965年，第1241页。

影响较大的文人创作的道教色彩较浓的仙传小说。其与志怪小说存在一定程度上的内容重合，但在体制、内容等方面存在一定的差异。仙传小说，主题专一，以“成仙”为核心，与史学、杂传小说关系密切，以“人”为重，对成仙之事描述翔实，仙道理论夹杂其中，其宣教意图强烈，是积极宣教者的选择。唐前仙传小说以《列仙传》《神仙传》《洞仙传》《周氏冥通记》等为典型，此外，晋郭璞注的《穆天子传》，托名班固的《汉武帝内传》[①]《汉武帝外传》与道教联系十分紧密，均可划为仙传小说一类，旧题东方朔的《十洲记》也与道教仙境理论相连，也是道教传记类的作品。

三　唐前仙传小说及代表作品

战国时期神仙思想渐兴，《史记·封禅书》《汉书·郊祀志》《汉书·五行志》以及《后汉书·方士列传》中均记载了方士活动。此外，诸子百家的只言片语中，如《庄子》《淮南子》等，也不乏神仙故事，由此仙话逐渐形成。仙话主要宣扬神仙思想和道家文化，描述仙人生活、成仙经历等，[②] 其后进一步发展成为仙传小说。仙传小说以“成仙”为核心，以“人”为重点，描述成仙始末，宣教意图明显。对于唐前仙传小说的发展可总结如下：“秦汉之际，方士迭出，宣扬神仙之说，秦皇汉武，深信寻

---

① 《汉武帝内传》又称《汉武内传》，明清人有云为汉班固或晋葛洪撰者，皆无确据，实为后人伪托。《四库全书总目》云当为魏晋间士人所为，《守山阁丛书》推测为东晋后文士造作。

② 参考袁珂：《中国神话史》，上海：上海文艺出版社，1988 年，第 123 页。

求。于是神仙传说，遂累见于史传之中。随道教之兴起，记述神仙故事的专著——《列仙传》，也随之问世。企求长生，成为神仙，是道教的理想，而《列仙传》宣传神仙之存在而可成，体现了道教的要求。《列仙传》之后，《神仙传》继之；从此踵事增华，层出不穷。”[①]《隋书·经籍志》“史部·杂传”类收录的神仙传记数量达26种之多，一系列的神仙传记主要有：《列仙传》《神仙传》《洞仙传》《续仙传》[②]《三洞群仙录》[③]《墉城集仙录》[④]《搜神记》[⑤]《三教搜神大全》[⑥]《历世真仙体道通鉴》[⑦]等。其中前三者形成于唐前，与本书研究联系密切，其余则形成于后世。[⑧]

相对于道学系统中收录的神仙传记，仙传小说的范围相对广泛，除了以《列仙传》为缘起的一系列仙传汇集类著作之外，文学类和道学类及相关传记作品都可视为仙传小说。大致而言，

---

① 中国大百科全书总编辑委员会《宗教》编辑委员会编：《中国大百科全书》宗教卷，北京：中国大百科全书出版社，1989年，第350页。

② 《续仙传》南唐沈玢撰，其自序言为感于神仙之事，国史不书，事散于野，惧其失传，故编录之，名曰《续仙传》，收于《正统道藏》。

③ 南宋陈葆光撰，全书搜集始自盘古，迄于北宋的神仙故事一千余个，自谓网罗九流百氏之书，下逮稗官俚语之说，凡载神仙事者，汇编成书。收入《正统道藏》。

④ 唐末五代道士杜光庭撰，以西王母为首的女仙体系。《云笈七籤》本作3卷，《正统道藏》本作6卷。

⑤ 现存有二，一为干宝撰志怪小说，另一个为明张国祥校梓的神谱著作，全书收录儒、释、道之圣哲与众神160余条，详列姓名、爵里与灵迹，间亦附有诞辰，收于《万历续道藏》。

⑥ 神像图录，撰人不详，搜集儒、释、道三教圣贤及世奉众神画像。

⑦ 简称《仙鉴》，元赵道一撰，作者感于儒家有《资治通鉴》，释门有《释氏通鉴》，故集录上至黄帝，下至宋末的得道仙真故事而成。另有《续编》5卷，录34人兼及金元北七真之事，《后集》6卷，记述120位女仙故事。皆收入《正统道藏》。

⑧ 唐前仙传小说创作繁荣，尚有梁朝萧绎的《仙异传》，梁朝严协的《晋仙传》，以及无名氏的《集仙传》等，但原书已佚。

唐前仙传小说包括《道藏》中收录的传记类作品：佚名撰、晋郭璞注的《穆天子传》，托名班固的《汉武帝内传》《汉武帝外传》，[①] 陶弘景的《周氏冥通记》，华侨的《紫阳真人内传》，旧题东方朔的《十洲记》。另外，有佚名的《桓真人升仙记》所记为南朝宋人桓凯升仙之事，又有疑系顾欢《道迹经》残卷的《道迹灵仙记》。《道藏》“洞真部·谱录”类中的《真灵位业图》，“洞玄部·谱录”类中的《上清后圣道君列记》[②] 也均属于道教神仙传记。《道学传》[③]《楼观内传》[④] 也是成书于唐前的仙传作品。[⑤] 此外，中古道教上清派系诸真内传，见于《云笈七籤》卷一百四、一百五所辑录，主要有：《玄洲上卿苏君传》《太和真人传》《太极真人传》《太清真人传》《太元真人东岳上卿司命真君传》《清灵真人裴君传》《清虚真人王君内传》《紫

① 《汉武帝内传》又称《汉武内传》，明清人有云为汉班固或晋葛洪撰者，皆无确据，实为后人伪托。《四库全书总目》云当为魏晋间士人所为，《守山阁丛书》推测为东晋后文士造作。《汉武帝外传》，撰人不详。从内容看，应为东晋南北朝道士所作，原为《汉武帝内传》之续篇，《正统道藏》收入洞真部记传类。书中记述东方朔、拳夫人（即钩弋夫人）、稷丘君、淮南王、李少翁、公孙卿、鲁女生、封君达、李少君、东郭延、尹轨、蓟辽、王真、刘京十四人神异故事。主要取材于《十洲记》、《神仙传》、《汉武帝故事》等魏晋志怪小说。

② 王远游撰，日本学者吉冈义丰考证其成书于萧梁初年或宋齐之际（吉冈义丰《六朝道教种民思想》，《日本中国学会报》第十六集）。该书前半部分记“上清金阙后圣帝君”生平，后半部分记青童君语。

③ 《道学传》南朝陈马枢撰，道教人物的专门传记。《隋书·经籍志》史部杂传类始著录二十卷，无撰人。《旧唐书·经籍志》始题马枢撰。此书至迟在明正统年间编《道藏》时已散佚，今有陈国符《道藏源流考》的辑佚本。

④ 北魏末梁谌撰《楼观先生本行内传》一卷，后周韦节续作一卷，唐尹文操又续一卷，合称《楼观内传》，又名《楼观先师传》、《楼观本行传》，皆亡佚，仅在他书中存有佚文，陈国符《道藏源流考》有详细考证。

⑤ 此外，东晋前后还出现了许多单篇的神仙传记，如蔡邕的《王乔传》、李遵的《茅三君传》、范邈《南岳魏夫人内传》、王羲之《仙人许远游传》、佚名的《刘根别传》、《葛仙公别传》等。但多为辅教之书，宗教内容突出而文学性差。

阳真人周君内传》《马明生真人传》《阴真君传》《吴猛真人传》《许逊真人传》《许迈真人传》《杨羲真人传》《鲍靓真人传》。上清系诸真传作者均为道教的教内人员，有着比仙传小说更加重要的宗教地位，这确保了其道教谱系的方向发展，而不仅仅只是道教理论的宣传工具。唐前仙传小说众多，以其成就和影响来看，《列仙传》《神仙传》《洞仙传》分别可为两汉、魏晋、南北朝三个不同历史阶段中的代表。

（一）《列仙传》

《列仙传》是我国现存最早的一部神仙传记，东汉末王逸注《楚辞·天问》中最早提到《列仙传》一书，但未说明撰人。葛洪在《神仙传》序中首称刘向撰《刘仙传》。此后，《隋书·经籍志》“杂传”类、《旧唐书·经籍志》“杂传”类、《新唐书·艺文志》“道家”类均作刘向撰。此外，《抱朴子内篇·论仙篇》《世说新语》注、《水经注·洛水》注、《颜氏家训·书证篇》《真诰》卷十七均提及刘向作《列女传》事。宋代诸家著录也大多上承古意，如《崇文总目》“道书”类、《郡斋读书志》“传记”类、《中兴馆阁书目》“神仙家”类、《宋史·艺文志》“道家”附“神仙”类、《通志·艺文略》“道家”类等均著录刘向作《列女传》。[1] 但《列女传》在《七略》及《汉书·艺文志》中无目，虽然《隋志》中有记载，但这种前代未载的情况是存在疑问的，故在宋代疑经风潮之下，《列仙传》的作者及成书年

---

① 《列仙传》二卷，《宋书·艺文志》著录作三卷，当附有郭元祖赞。《隋书·经籍志》杂传类著录曰：“《列仙传赞》三卷，刘向撰，鬷续，孙绰赞。《列仙传赞》二卷，刘向撰，晋郭元祖赞。”《通志·艺文略》道家类据《隋志》著录刘向《列仙传》二卷、孙绰《列仙传赞》三卷、郭元祖《列仙传赞》二卷。

代问题受到怀疑，如南宋陈振孙《直斋书录解题》“神仙”类卷十二也著录《列仙传》二卷，但陈氏同时提出质疑：“似非向本书，西汉人文章不尔也。”① 明胡应麟《少室山房笔丛·四部正讹下》，以《汉志》记录证明，该书当为六朝人伪撰。清代姚际恒在《古今伪书考》中基本承袭了胡应麟的观点，认为乃六朝人所作。清代四库馆臣也认为“或为魏晋间方士为之，托名于向”。② 清末杨守敬《日本访书志》中认为，《列仙传》为东汉方士所托。③ 可以说从宋代到清代，《列仙传》的作者是刘向这个命题基本被否定，多数学者认定该书的成书年代为六朝，但整体上论证不足，可以说，这一阶段仅是提出了《列仙传》作者及成书问题，但未能解决。直至余嘉锡《四库提要辨证》对《列仙传》进行了明确的论述，认为《列仙传》乃托名刘向的伪书，其作者应是东汉明帝以后、顺帝之前之人。但对此，现代学者大多承认刘向的著作权，如鲁迅、侯忠义、李剑国、王枝忠、欧阳建等人，④ 其中李剑国论说最详细，他在《唐前志怪小说史》中对上述古今学者所提出的疑义一一进行了驳斥，认为就目前的证据而言，尚不足以推翻刘向《列仙传》的著作权。今本《列仙传》与刘向定本内容上存在一定的差距，则今本应是

① （宋）陈振孙：《直斋书录解题》，上海：上海古籍出版社，1987 年，第 345 页。

② （清）永瑢等撰：《四库全书总目》，北京：中华书局，1965 年，第 1248 页。

③ 杨守敬《日本访书志》理由有二：一是《世说新语》注引《列仙传序》有“七十二人已在佛经语”，但刘向之时佛经尚未传入；二是今本《列仙传·文宾》中“太丘”为后汉地名，《木羽传》中又有“钜鹿南和”之语，而南和至后汉时蔡改属钜鹿。

④ 鲁迅认为，现存的汉人小说皆伪托，唯有刘向的《列仙传》是真的，详见《鲁迅全集》第九卷《中国小说史的历史变迁》，人民文学出版社，1981 年，第 305 页。但此说与《中国小说史略》意见似有不同，此处略备一说。

经过后人的整理与删改，故尽管至今仍有人就《列仙传》的作者、成书年代等问题提出自己的看法,[①] 本书仍倾向于认为《列仙传》乃西汉刘向所撰。

《列仙传》将上古三代至秦汉的神仙传说加以整理汇总，形成了我国最早、最系统的神仙传记，保留了大量的上古仙话，对后世仙传有开创之功。而且《列仙传》成书年代较早，是对早期神仙信仰的体现，带有浓厚的民间色彩。其在神仙观、成仙方式、神仙法术、神仙形象等方面均与成熟的道教存在区别，是神仙信仰原始状态的体现。

（二）《神仙传》

东晋葛洪有感于《列仙传》“殊甚简略，美事不举”，故作《神仙传》以宣传道教神仙信仰。《神仙传》上承《列仙传》，下启《洞仙传》《墉城集仙录》，无论在小说形式还是思想内容上，都为后世仙传确立了范式，是神仙传记成熟的标志。《神仙传》最早见于《抱朴子内篇·自叙》，《隋书·经籍志》“史部·杂传”类、《旧唐书·艺文志》“史部·杂传”类、《新唐书·艺文志》“子部·神仙”类、《宋史·艺文志》“神仙”类、晁公武《藏书志·传记类》均有著录。《神仙传》流传至今颇有散佚，今本《神仙传》并非葛洪原本，不同版本收录的神仙数量也不同，这一问题也是《神仙传》研究中的重要问题。《神仙

---

① 关于《列仙传》的作者以及成书年代问题，有不少学者有专论提出过自己的见解。如王青师认为今本《列仙传》基本定型在东汉永和五年（140）至西晋太安二年（303）。(《〈列仙传〉成书年代考》，《滨州学院学报》2005年第1期) 陈洪从具体条目出发，考察认为汉末极有可能存在《列仙传》的古本，而《列仙传》续定本则在曹魏时期已基本定型，今本大体上延续了续定本。(《〈列仙传〉成书年代考》，《文献》2007年第1期) 程亚恒认为今本《列仙传》最终成书时间应该不早于唐代。(《今本〈列仙传〉成书时代问题》《长江学术》2011年第2期)

传》主要版本有《增订汉魏丛书》本、《四库全书》本。其中汉魏本记载神仙 92 人，颇有伪漏；四库本本于毛晋辑本，共记载神仙 84 人，辑者用心较周密，内容更加可靠，故多依据此本。

葛洪在儒道兼综的思路下创作的《神仙传》，在形式上走向叙事化，神仙故事情节更加丰富。而且葛洪提出了“神仙可学而致”的成仙理论，强调修炼成仙，至此神仙道教理论完成了成仙由“他力”到“自力”的转变，《神仙传》便是“自力成仙”成仙观的体现，在思想上确立了道教神仙信仰的主体化精神，推动了道教的发展，促进了仙传走向成熟。

（三）《洞仙传》

《洞仙传》是六朝时期仙传小说的代表，其题名源自于道教的洞天仙真思想。《洞仙传》原书已佚，现存文本主要是《云笈七籤》中节录的 77 人，李丰楙认为这部分内容仅为原书的四分之一。《隋书·经籍志》著录《洞仙传》十卷，不题撰者。《旧唐书·经籍志》《新唐书·经籍志》《宋史·艺文志》均著录见素子撰《洞仙传》十卷。该书作者见素子不可考，关于其成书年代也多有争议。《四库提要》最早对《洞仙传》考证，指出宋代所编书目均未记载，但《太平广记》《云笈七籤》中均载，故成书当在宋前。陈国符《道藏源流考》中考证该书作者见素子至迟应为南北朝人，① 李丰楙考证其作者应为“梁朝末而熟谙《上清经》的道门中人”。② “疑为茅山道派中人，其活动时代约

① 陈国符：《道藏源流考》，北京：中华书局，2014 年，第 190 页。

② 李丰楙：《仙境与游历：神仙世界的想象》，北京：中华书局，2010 年，第 325 页。

在梁、陈”。[1] 由此可见作者见素子的时代应该在南朝梁、陈时期，可视《洞仙传》为南北朝时期仙传小说的代表。

《洞仙传》是六朝仙传的集大成之作，传记性质更加明显，叙事简洁，从现存佚文文本来看，其有多方资料渊来源，尤其是与《真诰》具有渊源关系。《洞仙传》从《真诰》中取材较多，如徐季道、赵叔期、毛伯道、刘道恭、谢稚坚、张兆期、庄伯微、刘道伟、傅先生、姜伯真、青谷先生、刘文饶、夏馥、杜契、展上公、郭四朝、张玄宾、赵威伯等人皆见于《真诰》。甚至《洞仙传》中诸仙真的排列次序也大致与《真诰》次序相近。除了《真诰》《十洲记》，茅山道派经典等也都是《洞仙传》的资料来源。

① 李丰楙：《仙境与游历：神仙世界的想象》，北京：中华书局，2010 年，第 337 页。

第二章　道教神仙信仰与志怪小说成仙故事

第一节　唐前道教神仙信仰的形成及特点

一　早期神仙信仰

（一）“神仙”释意及不死信仰

“神”“仙”二字本各有所指，“神”产生于春秋之前，《说文解字》解释说：“神，天神引出万物者也。”① 即神是天生的，乃自然之力，源自于先民对自然及无法解释现象的敬畏。“仙”则出现在战国时期，《说文解字》解释说：“仙，长生迁去。”② 即仙是获得长生、远离人世的人，源自于人们对于长寿的渴望。“神”与“仙”本存在着一定的差别，但在长生不死这一点上是

① （汉）许慎：《说文解字》，北京：中华书局，1963 年，第 8 页。
② 同上，第 167 页。

一致的，故随着时代的发展，“神”与“仙”的概念区别越来越模糊，二字遂连用指代那些超脱尘世、长生不老的异类人物。神仙信仰出于对生命的珍视，“不死”是神仙信仰的最初形态。早在《山海经》中即流露出浓浓的不死观念，如《山海经》的神秘仙境中，有不死神人、仙人，并有不死草药、琼浆玉液等。

《山海经·海外南经》：不死民在其东，其为人黑色，寿，不死。①

《山海经·海内西经》：开明北有视肉、珠树、文玉树、玗琪树、不死树。②

开明东有巫彭、巫抵、巫阳、巫履、巫凡、巫相、夹窫窳之尸，皆操不死之药以距之。③

《山海经·大荒南经》：有不死之国，阿姓，甘木是食。郭璞注：甘木即不死树，食之不老。④

《山海经·大荒西经》：大荒之中，有山名曰大荒之山，日月所入。有人焉三面，是颛顼之子，三面一臂，三面之人不死，是谓大荒之野。⑤

《山海经·海内经》：流沙之东，黑水之间，有山名不死之山。⑥

闻一多进一步指出神仙源自于灵魂不死，所谓神仙者，实即

① 袁珂校注：《山海经校注》，上海：上海古籍出版社，1980年，第196页。
② 同上，第299页。
③ 同上，第301页。
④ 同上，第370页。
⑤ 同上，第413页。
⑥ 同上，第444页。

“灵魂不死观念逐渐具体化而产生出来的想象的或半想象的人物”。[①] 灵魂不死的观念源自于西方羌族，他们认为灵魂是不死的，解放灵魂的方式是毁坏尸体，用火化尸体的方法来释放自然死亡之人的灵魂。[②] 这在先秦典籍中得到了印证，如《墨子·节葬下》：“秦之西有义渠国者，其亲戚死，聚柴而焚之，熏上，谓之登遐。”[③] 义渠即属羌族。又如《吕氏春秋·义赏篇》：“氐羌之民，其虏也，不忧其系累，而忧其不死焚也。”[④] 西周在与羌族不断通婚内迁的过程中，一部分羌人适齐，并带去了魂灵不死的观念。灵魂不死与华夏文明相结合，形成了齐地重视肉体完整的不死信仰。顾颉刚则认为燕齐、荆楚等地区的神仙思想都是由昆仑文化区传入的，并逐渐形成了昆仑、蓬莱两大神话系统。[⑤] 顾颉刚先生的论证缜密，几成定论。当然，神仙思想源起多元，其他学者多有补充，如梅新林认为山海幻景、火葬风俗、飞行动物、气功体验、药物作用等，都是神仙思想的起源。[⑥] 杨英指出，神仙渊源驳杂，道家真人思想，上古医术和养生思想，杂祀、巫术和数术等都是神仙家的渊源，加之神仙家在实践上的服食、导引、炼丹等，又组成了后世道教的渊源。[⑦] 日本学者则多以大渊忍尔的观点为圭臬，认为神仙思想产生于祭祀及邹衍学

---

① 闻一多：《神话与诗》，北京：北京联合出版公司，2013 年，第 148 页。

② 同上，第 146—147 页。

③ 吴毓江撰，孙启治点校：《墨子校注》，北京：中华书局，1993 年，第 263 页。

④ （战国）吕不韦著，陈奇猷校释：《吕氏春秋新校释》，上海：上海古籍出版社，2002 年，第 786 页。

⑤ 顾颉刚，《〈庄子〉和〈楚辞〉中昆仑和蓬莱两个神化系统的融合》，《古史辨自序》，石家庄：河北教育出版社，2000 年，第 776—808 页。

⑥ 梅新林：《仙话——神人之间的魔幻世界》，上海：三联书店，1995 年，第 17—28 页。

⑦ 杨英：《神仙家渊源考》，《宗教学研究》，2004 年第 2 期，第 72—77 页。

说。神仙本是原始思维、原始宗教观念下“万物有灵”思想的发展与补充，后来逐渐成为人们面对自然、社会以及精神困境时不自觉、无意识又无可奈何的一种精神举措。“神”反映了人类对自然与自我的认识，神圣就是现实。

（二）道家思想对神仙信仰的影响

道家与道教分属哲学与宗教两个范畴，但二者联系密切。道家思想的产生早于道教，且道家思想是道教的立教之本，深远影响着道教神仙信仰的诸多方面。首先，老庄哲学清静无为的思想启发了后世道教的神仙修炼之法。老庄哲学以“道”为宇宙本体，认为清静无为合于道，可令人从世俗纷扰之中解脱，保全生命，甚至超越死亡。道家关于如何体道的理论启蒙了后世道教修炼之法，如老子承认存在“根深固柢，长生久视之道”，[①] 因此围绕着“体道”，道家理论阐述了多种修道延年的方法。如在精神修炼方面，庄子提出“心斋”“坐忘”，认为通过恪守精神，可使心灵达到一种混沌无知、纯朴洁净、物我两忘的状态。在实践方面，老子的载营魄抱一、专气致柔，庄子的导引、辟谷等，都成了道教重要的成仙法术。其次，道家塑造了原始神仙的形象。道家经典中并未有“神仙”一词，但道家得道者却是神仙的雏形，如《老子》中的“圣人”，《庄子》中的“真人”“至人”“神人”等。但他们大多只是一些抽象的概念，较为具体的描述见于《庄子》对原始神仙形象的塑造，如：

藐姑射之山，有神人居焉，肌肤若冰雪，绰约若处子。

① 王弼注，楼宇烈校释：《老子道德经注校释》，北京：中华书局，2008 年，第 156 页。

> 不食五谷，吸风饮露。乘云气，御飞龙，而游乎四海之外。①

此外，神仙拥有神通广大的本领："登高不栗，入水不濡，入火不热。"② "至人神矣！大泽焚而不能热，河汉沍而不能寒，疾雷破山飘风振海而不能惊。若然者，乘云气，骑日月，而游乎四海之外。死生无变于己。"③ 这正是后世道教神仙的基本特点。因此，虽然庄子作品中并未有对"神仙"的直接表述，但《庄子》所讲至人、神人、大人"皆仙人的别名"。④ 而且《庄子》对神仙的塑造还直接地成为后世神仙传记的素材，如《列仙传》中的务光基本取材于《庄子·让王》中务光的相关记载，《神仙传·广成子》中黄帝向广成子求长生不死之术的片段也取材于《庄子·在宥》。总之，老庄哲学以世人渴望的理想人格为蓝本刻画出神仙雏形，为其进一步宗教化奠定了基础。再次，道教方术是对道家养生法的继承。如辟谷食气、呼吸导引之术，早在《庄子·刻意》中即有"吹呴呼吸，吐故纳新，熊经鸟申，为寿而已矣；此道引之士，养形之人，彭祖寿考者之所好也"。⑤ 这种本意在于强身健体的舞蹈，发展成为后世道教呼吸导引之术。从现存的出土文物来看，早在西汉时期，导引术就已在上层阶级中间流行。如1973年长沙马王堆汉墓出土帛画《却谷食气篇》及《导引图》，是对当时却谷食气、导引等方术的演示指导。三

① （清）郭庆藩撰，王孝鱼点校：《庄子集释》，北京：中华书局，2012年，第31页。
② 同上，第231页。
③ 同上，第102页。
④ 闻一多：《神话与诗》，北京：北京联合出版公司，2013年，第151页。
⑤ 同上，第536页。

国时期的华佗曾将导引术总结为“五禽戏”，其后导引术被道教吸收，并与运气、行气相结合，成为道教中一个内涵丰富的方术门类：“或伸屈，或俯仰，或行卧，或倚立，或踯躅，或徐步，或呻或息，皆导引也。”① 最后，道家典籍对仙境、仙物以及神异世界的描绘是后世道教仙境的雏形。如《庄子》在《逍遥游》《大宗师》《列御寇》《刻意》《天下》《应帝王》《达生》等篇中均有对仙人、仙境的描绘。《列子》继承并发展了《庄子》的神仙信仰，不仅对仙人、真人进行了引申，还勾勒出更加完整的神仙之境。如《列子·汤问》描绘了五座仙山：岱舆、员峤、方壶、瀛洲、蓬莱。

道家思想能够深刻影响道教，或许是因为其本身即存在宗教的影子，闻一多即认为老庄思想其实是一种古宗教的反映，这个古宗教就是被称为巫教的原始宗教，也可称之为“古道教”。② 法国道教学者康德谟也认为：“道家和道教并不如一般人所说的那么不同，他们彼此来自同一种极古老的宗教根源。”康德谟还进一步指出：“道教是道家思想的继续和延长。”③ 李丰楙也指出，道教经典中“真人”入水不濡、入火不热、飞翔空中、遨游名山等理想人物特征，根源于一种原始宗教与神话。道家心斋坐忘的修养方法也是受到古巫的启发。④ 道家思想这种浓厚的原

① 《抱朴子别旨》，《道藏》28册，北京：文物出版社，上海：上海书店，天津：天津古籍出版社，1988年，第251页。

② 闻一多：《神话与诗》，北京：北京联合出版公司，2013年，第134页。

③ 康德谟《法国两位先哲对于中国道思想的看法序言》，收于《中国学志》第5本，东京：泰山文物社，1969年，第383页。转引自李丰楙：《仙境与游历：神仙世界的想象》，北京：中华书局，2010年，第3页。

④ 李丰楙：《仙境与游历：神仙世界的想象》，北京：中华书局，2010年，第4—5页。

始宗教色彩为其后世的进一步宗教化奠定了基础。

（三）秦汉时期神仙信仰的发展与分化

神仙信仰最早在方士手中得到发展，“鼓吹神仙的叫作方士，想是因为他们懂得神奇的方术，或者收藏着许多药方，所以有了这个称号”。[①] 战国时期，燕齐方士首先将神仙与世人——尤其是贵族统治者——对长生的渴求联系起来，宣扬可通过寻求神仙，获取不死药而得长生。在大肆的舆论造势下，神仙之说甚嚣尘上，形成了神仙信仰的基本雏形。

贵族统治阶级对神仙信仰的推崇是道教神仙信仰发展壮大的重要原因。春秋末年神仙思想已在社会上流传，如《左传·昭公二十年》载：

> 齐侯（齐景公）至自田，晏子侍于遄台，子犹驰而造焉……饮酒乐。公曰：‘古而无死，其乐若何？’晏子对曰：‘古而无死，则古之乐也，君何得焉？’”[②]

《韩诗外传》中也有相关记载：“齐景公游于牛山之上，而北望齐，曰：‘美哉国乎！郁郁蓁蓁，使古而无死者，则寡人将去此何之！’俯而泣之沾襟。”[③] 此外，《韩非子》中记录了很多战国时期的相关故事：

> 客有教燕王为不死之道者，王使人学之，所使学者未及学而客死。王大怒，诛之。[④]

① 顾颉刚撰：《秦汉方士与儒生》，上海：上海古籍出版社，2005 年，第 10 页。
② 杨伯峻：《春秋左传注》，北京：中华书局，2009 年，第 1419—1421 页。
③ 许维遹：《韩诗外传集释》，北京：中华书局，1980 年，第 350 页。
④ （清）王先谦撰，钟哲点校：《韩非子集解》，北京：中华书局，1998 年，第 291 页。

有献不死之药于荆王者。谒者操之以入，中射之士问曰："可食乎?"曰："可。"因夺而食之。①

统治阶级在占有权力与富贵的基础之上，渴望更加长久地享乐，因此在春秋战国时期，神仙信仰便已进入燕齐上层统治者的视野。随着方仙道的流行，神仙信仰更加刺激了贵族统治者求仙寻药的行为。如《史记·封禅书》载：

自威、宣、燕昭使人入海求蓬莱、方丈、瀛洲。此三神山者，其传在渤海中，去人不远；患且至，则船风引而去。盖尝有至者，诸仙人及不死之药皆在焉。其物禽兽尽白，而黄金银为宫阙。未至，望之如云；及至，三神山反居水下。临之，风辄引去，终莫能至云。世主莫不甘心焉。及至秦始皇并天下，至海上，则方士言之不可胜数。始皇自以为至海上而恐不及矣，使人乃赍童男女入海求之。船交海中，皆以风为解，曰未能至，望见之焉。②

齐威王、齐宣王、燕昭王等帝王的求仙活动在秦始皇时达到一个新的高潮，秦始皇对求仙有着至死不渝的热情，最终也病死在求仙途中。秦始皇之后，汉武帝掀起第二次求仙热潮，汉武帝痴迷神仙长生之说，给了燕齐方士新的机会，也极大地刺激了神仙信仰的传播，在社会各阶层形成了一定程度的求仙效应，甚至渗入政治斗争，淮南王刘安谋反以及巫蛊之祸都与求仙有一定联

① （清）王先谦撰，钟哲点校：《韩非子集解》，北京：中华书局，1998年，第189页。

② （汉）司马迁撰：《史记》，北京：中华书局，1959年，第1369—1370页。

系，其中巫蛊之祸尤甚。① 汉武帝疯狂的求仙活动也在社会上造成了巨大的负面影响："苦身劳形，入深山，求神仙，弃二亲，捐骨肉，绝五谷，废诗书，背天地之宝，求不死之道。"② 此外，神仙思想也渗入下层社会，汉乐府中即有许多带有神仙色彩的民歌，而且神仙思想在民间逐渐向宗教方向发展。西汉晚期出现了神仙救世的思想，主要表现在两个方面：一是原始道经《包元太平经》的问世；二是民间渴望神仙救世的祭祀西王母活动。由此神仙思想在贵族与民间形成了两个不同的发展方向，东汉神仙思想便沿着这两个方向继续发展，一方面知识分子围绕神仙有无的争论越来越激烈，另一方面民间大众修祠立庙促进了原始道教的诞生。关于东汉神仙观念盛行的力证便是汉墓中的画像石等画像资料，其中包含了西王母、东王公等许多与神仙有关的内容，如 1953 年出土的河南南阳宛城区熊营东汉墓中，画像石即有西王母、东王公以及凤鸟、捣药兔等。③ 又如 1962 年河南南阳市区出土的东汉墓中的升仙图，展现了墓主人死后仙人接引成仙的景象。④

统治者的无形宣传以及神仙思想在社会上的流传为神仙信仰的宗教化奠定了一定的基础。东汉末年《太平经》《老子想尔注》《周易参同契》等相继问世，五斗米道、太平道形成，成书

---

① 淮南王刘安谋反被杀一事，越来越多的学者认为此或为冤案，如任继愈《中国哲学发展史》（秦汉卷）（人民出版社，1985 年，第 248 页）。有学者认为，刘安掌握了神仙之方，没有献上因此得罪了汉武帝，从而招致杀身之祸。见吕锡琛《道家、方士与王朝政治》（湖南出版社，1991 年，第 120 页）。

② （汉）陆贾著，王利器撰：《新语校注》，北京：中华书局，1986 年，第 93 页。

③ 王建中：《中国画像石全集》第 6 卷，郑州：河南美术出版社，2000 年，第 133 页。

④ 同上，第 180 页。

于汉代的《列仙传》中各异的神仙身份也表明当时神仙观念已经深入社会各个阶层之中。班固在《汉书·艺文志》中对“神仙”有了较明确的定义：“神仙者，所以保性命之真，而游求于其外者。聊以荡意平心，同死生以域，而无怵惕于胸中。”① 班固于“方技”类中列有神仙十家，但对神仙之事，却持否定态度：“然而或者专以为务，则诞欺怪迂之文弥以益多，非圣王之所教也。”②

二　魏晋神仙道教与神仙信仰

早期道教中的神仙是一个劝善惩恶的“上帝”，神仙的等级秩序是对人间等级秩序的反映，并不以长生不死、逍遥自在为特征。至魏晋时期，随着神仙道教与民间道教的分化以及早期宗教势力反封建统治的现实，都要求道教提升自身的层次，这个理论工作是由葛洪来完成的。其《抱朴子内篇》是道教发展史上的里程碑。《抱朴子内篇》对战国以来的神仙方术进行了总结，奠定了神仙道教发展的理论基础。

首先，葛洪严格区分神仙道教与民间道教的区别，他将道教改造为融合神仙方术、强调尊卑秩序、追求长生成仙、专为上层阶级服务的宗教，并努力与以治病祛祸为要、服务下层民众的民间道教相区别。如葛洪贬斥民间道教，并打击以道教为号召作奸犯科的行为：

① （汉）班固：《汉书》，北京：中华书局，1962年，第1780页。
② 同上。

> 曩者有张角、柳根、王歆、李申之徒，或称千岁，假托小术，坐在立亡，变形易貌，诳眩黎庶，纠合群愚，进不以延年益寿为务，退不以消灾治病为业，遂以招集奸党，称合逆乱，不纯自伏其辜，或至残灭良人，或欺诱百姓，以规财利，钱帛山积，富逾王公，纵肆奢淫，侈服玉食，妓妾盈室，管弦成列，刺客死士，为其致用，威倾邦君，势凌有司，亡命逋逃，因为窟薮。[①]

葛洪批判早期道教，引导着神仙道教向专注于延年益寿的方向发展，调和了道教与政治的关系，这既是对道教的“清整”，也是“对既定秩序的屈服”。[②]

葛洪对上层神仙道教的改造主要体现在两个方面。一是否定仙人有种，提出神仙可学而致的观点。如《抱朴子内篇·对俗》说：

> 夫陶冶造化，莫灵于人。故达其浅者，则能役用万物，得其深者，则能长生久视。知上药之延年，故服其药以求仙。知龟鹤之遐寿，故效其道引以增年。且夫松柏枝叶，与众木则别。龟鹤体貌，与众虫则殊。至于彭、老犹是人耳，非异类而寿独长者，由于得道，非自然也。[③]

成仙在于得道。那么如何得道？这便是葛洪改造道教的第二个方面，即强调求仙实践。葛洪指出学仙主要有以下途径：志诚

---

① 王明：《抱朴子内篇校释》，北京：中华书局，1985 年，第 173 页。

② 葛兆光：《屈服史及其他：六朝隋唐道教的思想史研究》，北京：三联书店，2003 年，第 27 页。

③ 王明：《抱朴子内篇校释》，北京：中华书局，1985 年，第 46 页。

信仰，禀值仙气；博闻体要，择师勤求；广知众术，养生却害；恬静无欲，守一知足；金丹大药，宝精行气；积善立功，忠孝为本。[①] 其中尤其重视炼丹术。葛洪以金丹为要，强调修仙，并赋予神仙以超越性与神秘性。如神仙道教宣扬功名富贵皆虚幻，将修仙视为人生的最高目标，从而超脱生死，追求永恒的精神快乐。因此，神仙完全超越世俗生活以及世俗价值，是人与道的合一，具有存在于玄道之中的神秘性。此外，葛洪还进一步将伦理道德因素纳入神仙信仰，使道教一反最初的反动性质，成为有利于封建统治的思想武器。如《抱朴子内篇》说："欲求仙者，要当以忠孝合顺仁信为本。若德行不够，而但务方术，皆不得长生也。"[②] 即以道德作为修仙的要求与前提。

> 览诸道戒，无不云欲求长生者，必欲积善立功，慈心于物，恕己及人，仁逮昆虫，乐人之吉，愍人之苦，赒人之急，救人之穷，手不伤生，口不劝祸，见人之得如己之得，见人之失如己之失，不自贵，不自誉，不嫉妒胜己，不佞谄阴贼，如此乃为有德，受福于天，所作必成，求仙可冀也。[③]

道术儒修是葛洪神仙思想的鲜明特点，他将忠孝为本、积善去恶、扶危救困作为求仙前提，"要求慕求'仙道'之人，首先必须履行社会共同的'人道'伦理"。[④] 通过葛洪的改造，道教

① 胡孚琛：《魏晋神仙道教》，北京：人民出版社，1989年，第140—145页。
② 王明：《抱朴子内篇校释》，北京：中华书局，1985年，第53页。
③ 同上，第126页。
④ 姜生：《汉魏两晋南北朝道教伦理论稿》，成都：四川大学出版社，1995年，第127页。

一改往日民间道教的异教形象，由民间进入上层社会，为道教的发展开辟了一条新道路。

除了金丹思想，魏晋神仙道教中的“地仙说”也较有影响。葛洪提出了仙学可致的理论，并明确了神仙三品说：“上士举行飞虚，谓之天仙；中士游于名山，谓之地仙；下士先死后蜕，谓之尸解仙。”即神仙分为三等：飞升天上者为天仙，居于人间长生不死者为地仙，死后化成仙者为尸解仙。早期神仙信仰强调飞升，崇尚天仙，但腾云驾雾的天仙极难修成，而且天仙体现出的超越世俗礼法的宗教理想，与以宗法血缘意识为特征的中国社会传统思想和以儒家伦理思想为主体的世俗社会伦理体系格格不入。地仙则兼顾了神仙长生与人间享乐两方面，迎合了上层阶级对道教的现实需求，因而更受魏晋士人推崇。

“地仙说”彰显了神仙的世俗化、人性化、人情化，代表了新的神仙观，即认同世俗价值观念与道德观念，否定脱离人世的神仙。从先秦至魏晋神仙信仰的发展来看，神仙是逐渐由虚幻走向现实的。早期神仙远离人世，飞升天上，地仙则将仙界与人间的距离进一步拉近。神仙不仅具有人性，也开始认同人间的道德伦理价值及世俗标准。重要的是神仙的神秘性逐渐消失，凡人可成仙的观念也得到广泛认同。葛洪的《神仙传》即有明显的地仙倾向，如彭祖、广成子、壶公、黄初平、阴长生等均为地仙。“合此金液九丹，既当用钱，又宜入名山，绝人事，故能为之者少。”① 天仙难成是地仙受欢迎的其中一方面原因，但另一方面，则是因为人们不愿成为天仙：

① 王明：《抱朴子内篇校释》，北京：中华书局，1985 年，第 84 页。

闻之先师云，仙人或升天，或住地，要于俱长生，去留各从其所好耳。又服还丹金液之法，若且欲留在世间者，但服半剂而录其半。若后求升天，便尽服之。不死之事已定，无复奄忽之虑。正复且游地上，或入名山，亦何所复忧乎？彭祖言，天上多尊官大神，新仙者位卑，所奉事者非一，但更劳苦，故不足役役于登天，而止人间八百余年也。①

葛洪认为神仙的本质在于长生不死，而不在于处所的选择，并指出天仙尊卑等级严格、失去士人尊严的弊端。葛氏在《神仙传》中也强调了这一点，如彭祖问白石生："何以不服药升天乎？"白石生答曰："天上无复能乐此于此间耶！但莫能使老死耳。天上多有至尊相奉事，更苦人间耳。"② 此外，葛洪还借彭祖之口，指出天仙远离人世，缺失"人道"：

仙人者，或竦身入云，无翅而飞。或驾龙乘云，上造太阶。或化为鸟兽，游浮青云。或潜行江海，翱翔名山。或食元气，或茹芝草，或出入人间，则不可识。或隐其身草野之间。面生异骨，体有奇毛，恋好深僻，不交流俗。然有此等虽有不亡之寿，皆去人情，离荣乐，有若雀之化蛤，雉之为蜃，失其本真，更守异器。今之愚心，未之愿也。③

由此，葛洪不仅否定了天仙，还进一步否定了隐逸山林的处世之道："若委弃妻子，独处山泽，邈然断绝人理，块然与木石

① 王明：《抱朴子内篇校释》，北京：中华书局，1985年，第52页。
② （晋）葛洪撰，胡守为校释：《神仙传校释》，北京：中华书局，2010年，第34页。
③ 同上，第16页。

为邻，不足多也。”① 当然，葛洪也为世人重新确立了新的人生理想：

> 人道当食甘旨，服轻暖，通阴阳，处官秩，耳目聪明，骨节坚强，颜色悦怿，老而不衰，延年久视，出处任意，寒温风湿不能伤，鬼神众精不能犯，五兵百毒不能中，忧喜毁誉不为累，乃为贵耳。②

冰冷无欲的神仙生活并不具有吸引力，地仙因此成为神仙长生和人世享乐之间的平衡点。葛洪由此也折中金丹思想提出“半剂还丹金液”的成仙之法，欲留在世间则可服还丹金液一半；若后求升天，便尽服之。地仙理论解决了门阀贵族贪恋世俗享乐又渴望修道成仙的矛盾，因而得到贵族阶层的信仰与拥护，为道教神仙思想的全面世俗化奠定了基础。

三 唐前道教神仙观及成仙方式的演变

唐前道教神仙观念经历了一个从“仙道”到“人道”的过程，这种转变主要体现在神仙观念与成仙方式的变化上。最早期的神仙是神话中的神，他们是天生的神仙，掌管人间一切事务，身份至高无上。此时的世界“绝地天通”，凡人不可能进入仙界，神仙与凡人存在绝对隔阂。而在战国时期兴起的方仙道中，神的仙化色彩已十分浓厚，此时的神仙多存在于绝海异域，虽不能轻易找到，但与人间的距离有所拉近，已不是触不可及。但是

---

① 王明：《抱朴子内篇校释》，北京：中华书局，1985 年，第 53 页。
② 同上，第 52—53 页。

方仙道中的神仙多被塑造为“帝王学仙”的典范，因此在早期道教观念中，可成仙者只有圣人与帝王，即早期成仙观念专为贵族阶层服务，将普通人排斥在成仙范围之外。至西汉，神仙的范围又有所扩大，刘向的《列仙传》作为第一部仙传小说便刻画了形形色色的神仙形象，其中有许多是普通人，甚至是身份卑微之人，涉及农业、手工业、商业、医药业等各个行业。而且《列仙传》中的神仙已有多位以真实历史人物为原型，虽在全书所占比例较小，但却代表了后世仙传小说的发展趋势。但此时的神仙仍未从“奇异”中脱离，他们是“自然”的仙，拥有与生俱来的奇异之处或成仙宿命，如黄帝能“劾百神朝而使之，弱而能言，圣而预知，知物之纪”，吕尚“生而内智，预见存亡”，钩弋夫人“有贵人气”等。此外，谪仙人瑕丘仲、岁星精东方朔等人，本来就是神仙，只不过是贬谪人间，或在人间转生而已。由此观之，《列仙传》中的神仙还未完全从早期神仙信仰中走出，其身份虽然更加真实，但仍带有非人特征，直至魏晋时期，神仙观才有了本质上的新发展。早期求仙、成仙完全依赖于巫师或方士，而在葛洪的道教神仙理论中，虽然成仙需要随师学道，但道师的中介作用较之巫师、方士已大为消减。“神仙可学而致”的思想为凡人成仙提供了理论可能。凡人成仙的关键在于金丹，金丹可以通过炼制而得，即人可以通过自身的努力成为神仙，“亦有以校验，知长生之可得，仙人之无种耳”。[1] 魏晋神仙道教还带有浓厚的文人气息和士人色彩。日本学者小南一郎即认为《神仙传》反映的是知识分子的神仙思想：其表现之一是

① 王明：《抱朴子内篇校释》，北京：中华书局，1985年，第110页。

《神仙传》中凸显了神仙的知识分子的身份，如魏伯阳、沈建、马鸣生、王远、刘根、淮南王、张道陵、阴长生、刘纲等均是知识分子或下层官员；表现之二是儒家伦理思想色彩浓厚，尤其是《神仙传》中的试炼考验故事，突出了尊师重道、仁孝良谨等典型的儒家伦理价值观念。[①] 至六朝道教，尤其是上清派，其思想中的文人气息与士人色彩更加浓郁，其重视精神修炼，更强调修仙的恒心与毅力，这让那些没有经济能力和机遇得到金丹的人也获得了成仙的机会。个人的能力、意愿、善行等都成为是否能成仙的重要条件，为进一步普及道教信仰做了铺垫。自此，神仙观念由“神道”转入“人道”，其核心由“神”变成了“人”，“求仙”逐渐变成了“修仙”。

与神仙观的变化相对应，道教修炼的方式随着人们对自身及神仙双重认识的发展也发生了变化，这种转变也在仙传小说中表现出来。大致而言，《列仙传》重视服食，属于他力成仙；《神仙传》重视金丹，在他力成仙中包含着自力成仙精神；《洞仙传》重视内丹，属于自力成仙，这种变化充分展现了人的主观能动性。

秦汉时期的原始神仙信仰认为神仙是天然存在的，成仙之途也注重与自然的天然契合，故多借助外力成仙。“在古人看来，服用药物既然可以治病，可以使人不病，那就可以延年，甚至长生不死。”[②] 因此，当时的成仙是依靠纯天然的草木或矿物等。早期求仙、寻仙活动的盛行也是在此背景之下进行的，即仙药是

① 〔日〕小南一郎著，孙昌武译：《中国的神话传说与古小说》，北京：中华书局，1993 年，第 191—195 页。

② 盖建民：《道教医学》，北京：宗教文化出版社，2001 年，第 27 页。

天然存在的，只能通过“求”与“寻”来获得。《列仙传》中通过服食而成仙者占多数，如赤将子舆“不食五谷，而啖百草花”，偓佺“好食松实”，方回“炼食云母”，关令尹“服苣胜实”，师门“食桃李葩”等。饶宗颐曾统计《列仙传》一书中服食修炼的仙真共有 31 人，所服食的药物不少于 48 种。[①] 此外，《列仙传》中神仙成仙还有一个显著特征，即需要神仙或神物的指点或接引。如神龙接引的马师皇、乘龙升天的黄帝、由仙人浮丘公接引的王子乔、遇三仙人教仙术的服闾、赤龙接引的陶安公、骑龙上华阴山的呼子先、逐仙人去的女丸、神龙接引的陵阳子明、仙人接引的木羽等。[②] 只有在神仙们的见证下，才能完成成仙的最后也是最关键的一步。这再次表明了当时人们观念中认为成仙乃非人力可控之事，即“夫神仙虽不目见，然记籍所载，前史所传，较而论之，其有必矣；似特受异气，禀之自然，非积学所能致也”。[③] 至魏晋时期，神仙可通过自力修行而成，以炼制金丹为成仙之要。道教炼丹术渊源甚早，《列仙传》中已有端倪，如赤斧“能作水汞炼丹，与硝石服之”，[④] 章君明“饵砂，三年得神砂飞雪，服之”[⑤] 等。汉武帝时期的方士李少君有“祠灶致物”的理论：

祠灶则致物，致物而丹砂可化为黄金，黄金成以为饮食

---

① 饶宗颐：《从出土资料谈古代养生与服食之道》，《中国宗教思想史新页》，北京：北京大学出版社，2000 年，第 81—82 页。

② 龙在神话、仙话中是神仙的象征，因此神龙接引是间接显示出人物与仙界的联系。除了神龙，《列仙传》中还有许多神仙随风雨、鱼、凤凰等仙去，这些事物与神仙没有必然的联系，因此将这些类型放入飞升一节研究，此处不视为仙界的象征。

③ 戴明扬：《嵇康集校注》，北京：人民文学出版社，1962 年，第 144 页。

④ 王叔岷：《列仙传校笺》，北京：中华书局，2007 年，第 146 页。

⑤ 同上，第 114 页。

器则益寿，益寿而海中蓬莱仙者乃可见，见之以封禅不死，黄帝是也。①

李少君“祠灶致物”的早期炼丹试验，相较于单纯地搜寻求取不死之药已是一种进步。西汉时期，淮南王刘安也曾进行过炼丹实验，“有《中篇》八卷，言神仙黄白之术，亦二十余万言”。②《汉书·楚元王传》载刘向之父治淮南王狱，得《枕中鸿宝书》等，刘向据此曾炼成黄金。魏晋时期，世族文人争相服食的“五石散”，虽然是一种中药散剂，但其汇合多种矿物质而成，已具炼制丹药的意识。至魏晋神仙道教，金丹成为成仙根本，《抱朴子内篇》对此有反复强调，如：“余考览养性之书，鸠集久视之方，曾所批涉篇卷，以千计矣，莫不皆以还丹金液为大要焉。然则此二事，盖仙道之极矣，服此而不仙，则古来无仙矣。”③ 又如：“夫长生仙方，则唯有金丹。”④ “不得金丹，但服草木之药及修小术者，可以延年迟死耳，不得仙也。”⑤ 《神仙传》中的神仙几乎都是金丹理论的代言人。通过炼制金丹，长生之药便掌握在了人的手中，从而实现了“我命在我不在天，还丹成金亿万年”⑥ 的目标。

与从“神道”到“人道”神仙观的变化一致，从草药到金丹是一个成仙从被动到主动的转变，这种变化是必然的。首先，

① （汉）司马迁：《史记》，北京：中华书局，1959 年，第 1385 页。
② （汉）班固撰，（唐）颜师古注：《汉书》，北京：中华书局，1962 年，第 2145 页。
③ 王明：《抱朴子内篇校释》，北京：中华书局，1985 年，第 70 页。
④ 同上，第 324 页。
⑤ 同上，第 243 页。
⑥ 同上，第 287 页。

从草药到金丹是探寻成仙之法的自然过程。草木药物容易枯朽腐烂，药石则具有与天地齐寿的特征，不易消损。东汉后期，道士魏伯阳便相信金石的不朽可以使人长生："金性不败朽，故为万物宝。术士服食之，寿命得长久。"① 葛洪继承了这种思想，说："夫金丹之为物，烧之愈久，变化愈妙。黄金入火，百炼不消，埋之，毕天不朽。服此二物，炼人身体，故能令人不老不死。此盖假求外物以自坚固。"② 因此炼制金丹便代替了自然的草木药物。其次，金丹具有可操作性，能够发挥人的主观能动性。求仙无验，神仙虚幻，金丹可以将成仙的过程具体化，重要的是人可以紧握成仙的决定权，这在人的心理上、精神上产生的影响，要远远大于金丹是否能成仙的真实性。"相信外丹的功效虽然是荒诞的迷信，但其观念的深处，却又内含着一种肯定生命、追求生命长存的积极意识和对于人力可以战胜'天命'或'自然'的信念。"③

较之魏晋，六朝时期道教观念又发生了一定的变化，主要是在上清派影响下，道教越来越重视精神修炼。上清派结合导引、行气、守一诸术，强调精神修炼，尤其重视存思。"道教存想能令人神思飞动，浮想联翩；道教要信仰者处处见鬼，在在遇神。"④ 存思实际上是道教徒在丹药刺激下的一种心理幻觉，但这种幻觉却是道心笃定的一种证明。至六朝时期，道教对社会、政治以及个人精神上的作用已经远远超过了单纯的成仙希冀。道

① （东汉）魏伯阳：《周易参同契集释》，北京：中央编译出版社，2015 年，第 160 页。

② 王明：《抱朴子内篇校释》，北京：中华书局，1985 年，第 71 页。

③ 孙昌武：《道教与唐代文学》，北京：人民出版社，2001 年，第 106 页。

④ 葛兆光：《中国宗教与文学论集》，北京：清华大学出版社，1998 年，第 39 页。

教成了一种心理调控的宗教手段，所以更加重视精神影响。如果说《神仙传》中成仙的关键在于“术”，那么《洞仙传》中的成仙关键则在于“心”，即道心恒定、意志坚决以及笃定的求仙意志成为成仙的关键。哪怕不知修仙之法，只要一心求仙道，持之以恒也能成仙。如《洞仙传》中庄伯微存想昆仑三十年，傅先生精思七年又摩擦石盘四十年等。可以说《洞仙传》在修炼方式上有趋简的趋势，转而强调对神仙信仰长久的虔诚，虔诚被具体化为修仙过程中成仙的关键一步。这种虔诚不仅是宗教特征，也是应对神仙无验的“自欺欺人”的手段。

第二节　道教服食成仙信仰及其小说表现

服食术起源于战国的神仙家，为晚周仙道三流派之一。道教认为，世间的草木药物，集天地日月之精华，人食之可以祛病延年，乃至长生。在这种信念的驱动下，道教在实践中逐渐积累起一套采集、制作、服食长生药物的服食术。早在秦汉时期，服食养生之风即已盛行，服食理论也层出不穷，《汉书·艺文志》即收录了许多服食著作，如《神农黄帝食禁》《黄帝三王养阴方》等，马王堆出土的典籍中也有《五十二病方》《养生方》《却谷食用气》《杂疗方》等服食方。早期服食以草木药物为主，尚未出现丹药。虽然《黄帝九鼎丹经》《周易参同契》等丹经在两汉时期已问世，但服食丹药并未普及，自葛洪之后金丹才开始流行。即魏晋之前草木是服食之大宗，葛洪金丹理论兴起之后，服食金丹渐成主流，至唐代最为兴盛。后世还形成了一定的服食法则，如："《千金》谓服饵大法，必先去三虫；三虫既去，次服草药；草药得力，次服木药；木药得力，次服石药。精粗相代，由粗以至精，其序不可紊也。"① 总而言之，道教服食物大致有植物、动物、矿物三种，其中草木药物乃天成，生长于仙境，若要服食需经过寻仙探求；金丹则可依丹经、丹方炼制而得。

一　草木与道教服食

早期神仙食用的植物有许多都是想象之物，这不仅是人们对神仙的夸张附会，也反映了原始人类认识世界的独特视角。随着理性文化的发展以及宗教的世俗化进程，仙药也逐渐依据世间植物草药的样子走向实用、具体、多样。如《列仙传》中服食的是天然的草木之药，或许是因为民间文化难以赋予服食以理论深度与高度，因此只能取之于自然，将纯天然的生物作为服食主体。至葛洪，在其神仙道教理论中，服食之物以金丹取代了植物，但植物仍作为药剂，出现在各种丹经、丹方中。如《抱朴子内篇·金丹》中"石先生丹法"注释说："取峻岩之上千岁松叶、金菊花、茯苓、茯神成散……又以柏叶阴干百日，炼蜜丸散，服久得寿身轻。"② 等等。可以说，植物在道教服食中始终发挥着巨大作用。

早期神话中西王母掌握不死之药，从神话以及巫文化的角度

① 佚名撰，李崇超校注：《神仙服饵》，北京：中国中医药出版社，2016年，第2页。

② 葛洪撰，王明校释：《抱朴子内篇校释》，北京：中华书局，1985年，第101页。

可以推测，此时的不死药大致应是某类仙草灵芝。受巫文化影响的《楚辞》也记载了丰富的植物，大致有55种，多样的植物固然有博物功能，且并非明确的神仙产物，但其却代表了原始巫医视植物为仙药的态度。植物不仅可食用充饥，还具有治疗疾病的药用价值，因此在神仙思想兴起后，被寄予成仙的厚望，成为仙药。最初的不死药或存在于仙境，或掌握在神仙手中，遥不可及。随着神仙思想的发展，寻仙访药之风渐起，在《列仙传》中服食所用的仙药草木已十分具体多样，如松柏、人参、茯苓、黄精等，并有意突出其服食成仙的独特效果。服食成仙者如韩偓食松实，仇生食松脂，毛女食松叶，文宾服菊花、地肤、桑上寄生、松子，犊子饵松子、茯苓，修羊公食黄精，鹿皮公食芝草等。《列仙传》中用于服食的草木均与汉代医药知识有紧密联系，如汉代药书《神农本草经》[①] 曾将药物分为“三品”：

> 上药一百二十种为君，主养命，以应天，无毒，多服、久服不伤人，欲轻身益气，不老延年者，本上经。[②]
>
> 中药一百二十种为臣，主养性，以应人，无毒、有毒，斟酌其宜，欲遏病，补羸者，本中经。[③]
>
> 下药一百二十五种为佐、使，主治病，以应地，多毒，不可久服，欲除寒热邪气，破积聚，愈疾者，本下经。[④]

《列仙传》中所载服食令人轻身者，均属《神农本草经》中

① 《神农本草经》便是汉代集大成的药书，关于其作者及成书年代有多种说法。目前学者普遍认同的是，该书并非成于一时，其主要框架在秦汉统一之后逐渐形成。

② 马继兴主编：《神农本草经辑注》,北京：人民卫生出版社，1995年，第2页。

③ 同上，第4页。

④ 同上，第5页。

的上药。至魏晋神仙道教，草药的地位有所下降，更多地成了一种延年益寿的手段。如《抱朴子内篇·仙药》中记载了许多草木药物，如灵芝、茯苓、地黄、当归等。《神仙传》虽以金丹为上，但同时也服食草木之药，如孔元方服食松脂、茯苓老而益少，王烈服食黄精，鲁女生服术，甘始服天门冬等。另有赵瞿服食松脂长寿，且起死回生的故事。服食植物在《洞仙传》中也仍然存在，如黄列子服神芝、蔡长孺服精丸、崔野子服术、灵子真服桃胶、夏馥服术和云母、展上公食白李等。需要指出的是，早期多服食天然的草木药物，至魏晋时期，这些草木药物被赋予了新的内涵，典型的表现就是其强调天然植物必须经过千年乃至万年的积淀才能成为仙药。如《抱朴子内篇·仙药》中所记“木芝”即为植物，其中“木威喜芝”乃松柏脂，千岁化为茯苓，茯苓万岁，才成木威喜芝；又如松树枝三千岁才有飞节芝；又如千岁黄檗木下根才能为黄檗檀桓芝。并且对植物有了一定的取舍：“神仙服饵草木，必取其柯叶坚固，形质不变，若松、柏、茯苓之类，其意盖以延年益寿为本。至于其他，非具五行之秀，则必备四气之和，其意深矣。”①

服食成仙之说显然夸大了植物的作用，但这种夸大是以其医药价值为根据的。如仙传小说中常见的松脂、茯苓（有千年松脂之称）、菊花、黄精、灵芝等，均具有一定的养生治病功效。松脂可治病，令人轻身不老；茯苓，味甘，平，无毒，治胸胁逆气，忧恚惊邪，恐悸，心下结痛，寒热，烦满，咳逆，止口焦，

① 佚名撰，李崇超校注：《神仙服饵》，北京：中国中医药出版社，2016 年，第 2 页。

舌干，利小便；[1] 菊花被《神农本草经》列为上品，“治风头头眩，肿痛，目欲脱，泪出，皮肤死肌，恶，湿痹，久服利血气，轻身，耐老，延年。”[2] 此外，灵芝、赤芝、青芝等，也均具有医药作用。当然，服食之风也是一种文化的积累。早在《庄子·逍遥游》中，神人就“不食五谷，吸风饮露，乘云气，御飞龙，而游乎四海之外”。神仙不食人间烟火，故不食五谷，服食仙草是神仙的生活习性。神仙道教继承了早期道教的观点，并践行服食仙草的传统。

仙传小说中用以服食的草木以松类植物最为常见，如茯苓、松脂等。松类植物具有一定的医药价值。《神农本草经》说：

> 松脂，一名松膏，一名松肪。味苦，温，无毒。治痈疽，恶疮，头疮，白秃，疥瘙，风气，安五脏，除热，久服轻身，不老，延年。生山谷。[3]

在松脂养生治病的基础上，加以宗教化的创作，松类植物便成为可使人长生得仙的不死仙药。此外，松实、松花本身的确可以食用充饥，尤其是在战争动乱的年代，食用松类植物是生活常态。小南一郎即认为服食松类植物表现的“不是对超现实的神仙长生的关心，而是在现实中如何度荒年求生存的追求。吃松叶和松子而成仙的传说曾有过不少（如《抱朴子内篇·仙药》所述），而作为这类传说基础的，则是为度过荒年所急需的救荒植

① 马继兴主编：《神农本草经辑注》，北京：人民卫生出版社，1995 年，第 124 页。
② 同上，第 43 页。
③ 同上，第 119 页。

物的传承”。[①] 将服食松类视为成仙之道是把日常生活尤其是下层人民的生活与神仙结合起来，表现出早期神仙信仰与民间道教的紧密联系。服食松木可长生成仙，因此在志怪小说中，松树常常与神仙相联系。如祖冲之《述异记》载：

> 昔有人发庐山采松，闻人语云：“此未可取。”此人寻声而上，见一异华，形甚可爱，其香非常。知是神异，因掇而服之，得寿三百岁也。[②]

该故事的志异性正是在服食松类植物可成仙的观念下展开的。

枣也是神仙世界中常见的一种植物果实，作为仙药最早见于安期生食巨枣的传说。《史记·封禅书》中载方士李少君见汉武帝时说：

> 臣尝游海上，见安期生，安期生食巨枣，大如瓜。安期生仙者，通蓬莱中，合则见人，不合则隐。[③]

《史记·孝武本纪》又载：

> 公孙卿曰：“仙人可见，而上往常遽，以故不见。今陛下可为观，如缑氏城。置脯枣，神人宜可致，且仙人好楼居。”[④]

---

① 〔日〕小南一郎著，孙昌武译：《中国的神话传说与古小说》，北京：中华书局，1993年，第190页。

② 《述异记》，（魏）曹丕等撰，郑学弢校注：《列异传等五种》，北京：文化艺术出版社，1988年，第154—155页。

③ （汉）司马迁：《史记》，北京：中华书局，1959年，第1385页。

④ 同上，第478页。

枣的确存在一定的养生功能。《神农本草经》说："大枣，味甘，平，无毒。治心腹邪气，安中养脾，助十二经，平胃气，通九窍，补少气，少津液，身中不足，大惊，四肢重，和百药。久服轻身，长年。"① 虽然很少有人将枣作为长生之药来服食，但枣却成为仙人食用之物，常用来宴饮宾客，因此仙界的枣以及从仙人处得来的枣都是仙物，有使人不饥不饿的神奇效果。如《后汉书·方术列传》中记载，后汉方士上党人赫孟节"能含枣核，不食可至五年十年"。②《汉武帝内传》中西王母的传说也与枣有不解之缘，志怪小说中将仙枣作为仙界或神仙的象征的例子非常多，兹略举几例：

《神异经·北荒经》：

> 北方荒中有枣林，其高五丈，敷张枝条数里余，疾风不能偃，雷电不能摧。其子长六七寸，围过其长，熟赤如朱，干之不缩，气味甘润，殊于常枣。食之，可以安躯，益于气力。故方书称之。赤松子云：北方大枣味有殊，既可益气又安躯。③

《洞冥记》：

> 崂嵘细枣，出崂嵘山，山临碧海上，万年一实，如今之软枣。咋之有膏，膏可燃灯，西王母握以献帝，燃芳苡灯，

① 马继兴主编：《神农本草经辑注》，北京：人民卫生出版社，1995 年，第 136 页。

② （南朝宋）范晔撰，（唐）李贤等注：《后汉书》，北京：中华书局，1965 年，第 2751 页。

③ 王国良：《神异经研究》，台北：文史哲出版社，1985 年，第 98 页。

光色紫。①

《拾遗记》卷三：

黑枣者，其树百寻，实长二尺，核细而柔，百年一熟。②

任昉《述异记》：

北方有七尺之枣，南方有三尺之梨。凡人不得见，或见而食之，即为地仙。③

信安郡有石室山，晋时王质伐木至，见童子数人棋而歌，质因听之。童子以一物与质，如枣核，质含之不觉饥。俄童子谓曰："何不去？"质起视斧柯尽烂。既归，无复时人。④

此外，桃、李、杏等也都是小说中常见的仙物。植物成为仙药是宗教化的结果，但成为仙药的植物已脱离本性，变得越来越奇异，越来越虚幻。如葛洪在《抱朴子内篇》中论及神仙所食时说："餐朝霞之沆瀣，吸玄黄之醇精，饮则玉醴金浆，食则翠芝朱英。"⑤ 总之，植物是仙药的原型，道教通过想象与夸张，使其成为凡间罕有的存在。

---

① （汉）班固等撰，熊宪光选辑，徐志奇点校：《古今逸史精编（汉武故事等十一种）》，重庆：重庆出版社，2000年，第93页。

② （晋）王嘉撰，（南朝梁）萧绮录，齐治平校注：《拾遗记》，北京：中华书局，1981年，第65页。

③ （南朝梁）任昉：《述异记》，丛书集成初编影印本，北京：中华书局，1991年，第10页。

④ 同上。

⑤ 葛洪撰，王明校释：《抱朴子内篇校释》，北京：中华书局，1985年，第52页。

二 动物与道教服食

虽然《山海经》中有一定服食动物的记载，但道教服食理论中服食动物的内容则较少，《列仙传》未将动物纳入仙药行列，《神仙传》以金丹为大要，记录服食动物的内容也很少。由此可见，《山海经》之后，动物几乎被排除在“仙药”范围之外。但在魏晋南北朝志异猎奇风气的影响下，稀奇古怪的动物频频被志怪小说记载，成为地理博物小说中的重要内容。志怪小说对珍禽异兽多以“异物”相标举，此时动物所具有的长生功效大多只是为了进一步突出它们的奇异与罕见。在志怪小说对这些动物长生功效的渲染下，对神怪内容具有天然亲和力的道教，便将这些虚幻化的动物也纳入了仙药行列。如葛洪《抱朴子内篇》中有许多想象出来的、存在于神仙世界或远方异域中的动物。如仙药“五芝”之一的“肉芝”，即包括风生兽、万岁蟾蜍、千岁蝙蝠、千岁燕等。

服食动物在志怪小说中十分常见，如《洞仙传》中延明子高服麋角，《玄中记》载“千岁蟾蜍，头生角；得而食之，寿千岁”。① 又如《十洲记》中有风生兽：

> 炎洲在南海中，地方二千里，去北岸九万里。上有风生兽，似豹，青色，大如狸。张网取之，积薪数车以烧之，薪尽而兽不然，灰中而立，毛亦不焦。斫刺不入，打之如皮囊。以铁锤锻其头数十下乃死，而张口向风，须臾复活。以

① 《玄中记》，鲁迅校录：《古小说钩沉》，济南：齐鲁书社，1997年，第239页。

石上菖蒲塞其鼻，即死。取其脑，和菊花服之，尽十斤，得寿五百年。①

风生兽本身具有死后向风即可复活的特性，而用风生兽的脑和菊花而服之，可得长寿。又如《拾遗记》中有丹石鸡，舂碎也可为药：

建安三年，胥徒国献沉明石鸡，色如丹，大如燕，常在地中，应时而鸣，声能远彻。其国闻鸣，乃杀牲以祀之，当鸣处掘地，则得此鸡。若天下太平，翔飞颉颃，以为嘉瑞，亦谓“宝鸡”。其国无鸡，听地中候晷刻。道家云：“昔仙人桐君采石，入穴数里，得丹石鸡，舂碎为药，服之者令人有声气，后天而死。”②

又如任昉《述异记》中的鹿脯：

汉成帝时，山中人得玄鹿，烹而视之，骨皆黑色。仙者说玄鹿为脯，食之寿二千岁。③

除了此类服食后可令人得长生的动物之外，小说中还常常出现肉脯一类的珍品，如《搜神记》卷三《管辂》中颜超请管辂为自己续命，管辂命颜超准备“清酒一榼，鹿脯一斤”，宴请二仙人。又如《幽明录》中的刘晨、阮肇遇仙后，仙人招待以“胡麻饭、山羊脯、牛肉，甚甘美”。动物肉脯是神仙平常食用

① 王国良：《海内十洲记研究》，台北：文史哲出版社，1993年，第63页。

② （晋）王嘉撰，（南朝梁）萧绮录，齐治平校注：《拾遗记》，北京：中华书局，1981年，第166—167页。

③ （南朝梁）任昉：《述异记》，丛书集成初编影印本，北京：中华书局，1991年，第4页。

之物，也间接体现出服食动物与成仙之间的联系。此外，志怪小说中某些精怪的变化内容也带有道教服食动物的影子，如《搜神后记》卷九有《鹿女脯》的故事：

> 淮南陈氏，于田中种豆，忽见二女子，姿色甚美，着紫缬襦，青裙，天雨而衣不湿。其壁先挂一铜镜，镜中见二鹿，遂以刀斫获之，以为脯。①

此类故事中的动物具有某种奇异性。或许是由于道教内部理论对服食动物的舍弃，致使此类故事逐渐减少，或已转化并融入精怪变化类故事。

三　矿物与道教服食

道教服食的矿物可以分为天然矿物和人工矿物两种，天然矿物如朱砂、云母、雄黄、硫黄、空青、戎盐、硝石、雌黄等，《列仙传》中即有方回炼食云母、邛疏服石钟乳、赤须子服石脂、主柱饵沙、赤斧作水银炼丹，与硝石服之、陵阳子明服五石脂等记载。志怪小说也保留了服食天然矿物的内容，有时会诸物并举，如《十洲记》中有石象、八石②、石脑、石桂英、流丹、黄子、石胆等，《汉武帝内传》中也不乏此例。葛洪完善了服食天然矿物之法，载于《抱朴子内篇》中。如服食雄黄法：

> 雄黄当得武都山所出者，纯而无杂，其赤如鸡冠，光明

① （晋）陶潜撰，汪绍楹校注：《搜神后记》，北京：中华书局，1981 年，第 58 页。

② “八石”为朱砂、云母、雄黄、硫黄、空青、戎盐、消石、雌黄八种矿石。

> 晔晔者，乃可用耳。其但纯黄似雄黄色，无赤光者，不任以作仙药，可以合理病药耳。饵服之法，或以蒸煮之，或以酒饵，或先以硝石化为水乃凝之，或以玄胴肠裹蒸之于赤土下，或以松脂和之，或以三物炼之，引之如布，白如冰。服之令人长生，百病除，三尸下，瘢痕灭，白发黑，堕齿生，千日则玉女来侍，可得役使，以致行厨。①

从上述内容来看，神仙道教对用于服食的天然矿物要求十分严格甚至苛刻，且需按照一定的方法服食，才能起到养生、长生的作用。

"服金者寿如金，服玉者寿如玉。"② 服食矿物是基于"借外物以自坚固"的思想，在葛洪的道教理论中，与服食自然矿物相比，服食人工矿物即金丹更加重要："余考览养性之书，鸠集久视之方，曾所披涉篇卷以千计矣，莫不皆以还丹金液为大要者焉。然则此二事，盖仙道之极也。服此而不仙，则古来无仙矣。"③ 葛洪的金丹理论意欲取代草木服食，故其首先否定服食草木成仙的仙道理论。葛洪指出："草木之药，埋之即腐，煮之即烂，烧之即焦，不能自生，何能生人乎？"④ 或将服食草木的功效置于服食金丹之下："服草木之药，可得延年，不免于死也；服神丹令人寿无穷已，与天地相毕，乘云驾龙，上下太清。"⑤ "不得金丹，但服草木之药及修小术者，可以延年迟死

---

① 王明：《抱朴子内篇校释》，北京：中华书局，1985年，第203页。
② 同上，第204页。
③ 同上，第70页。
④ 同上，第74页。
⑤ 同上。

耳，不得仙也。或但知服草药，而不知还年之要术，则终无久生之理也。”[①] 矿物比植物更加坚固，而“化作之金，乃是诸药之精，胜于自然者也”。[②] 葛洪的金丹理论完成了丹药形态由天然矿物向方剂、丹药的转变，使仙药的获取从“他取”走向了“自制”，并发展了从获取丹经到服食成仙的一系列理论。如获取金丹需行善积德，跟随名师，奉师至勤，并通过考验。行善积德、奉师考验由此成为道教学仙过程的基本范式，修仙也成为围绕着经典传授进行的环环相扣的过程。神仙道教已十分重视丹经、典籍，仅《抱朴子内篇·金丹》中记载的丹经就有：《黄帝九鼎神丹经》[③]《太清神丹经》《五灵丹经》《岷山丹法》《务成子丹法》《羡门子丹法》《立成丹》《伏取丹法》《赤松子丹法》《石先生丹法》《康风子丹法》《崔文子丹法》《刘元丹法》《乐长子丹法》《李文丹法》《尹子丹法》《太乙招魂魄丹法》《采女丹法》《稷丘子丹法》《墨子丹法》《张子和丹法》《绮里丹法》《玉柱丹法》《肘后丹法》《李公丹法》《刘生丹法》《王君丹法》《陈生丹法》《韩终丹法》《金液为威喜巨胜之法》《饵黄金法》《小神丹方》《小丹法》《小饵黄金法》《两仪子饵黄金法》等。此外，《抱朴子内篇·仙药》中又有《小神方》[④]《小饵黄金方》[⑤]《两仪子饵黄金法》[⑥]《饵丹砂法》。《抱朴子内篇·黄白》中还记载有作丹砂水法、金楼先生所从青林子受作黄金法、治作

① 王明：《抱朴子内篇校释》，北京：中华书局，1985 年，第 243 页。
② 同上，第 288 页。
③ 九丹即丹华、神丹(神符)、神丹、还丹、饵丹、炼丹、柔丹、伏丹、寒丹等。
④ 与《抱朴子内篇·金丹》中的《小神丹方》同。
⑤ 与《抱朴子内篇·金丹》中的《小饵黄金法》同。
⑥ 与《抱朴子内篇·金丹》中的《两仪子饵黄金法》同。

赤盐法、角里先生从稷丘子所授化黄金法、治作雄黄水法、小儿作黄金法、务成子法等。

此外，炼制金丹还有一系列的禁忌与要求。如《抱朴子内篇》载：

> 合丹当于名山之中，无人之地，结伴不过三人，先斋百日，沐浴五香，致加精洁，勿近秽污，及与俗人往来，又不令不信道者知之，谤毁神药，药不成矣。①
>
> 黄白术亦如合神丹，皆须斋洁百日已上，又当得闲解方书，意合者乃可为之，非浊秽之人，及不聪明人，希涉术数者所辨作也。其中或有须口诀者，皆宜师授。又宜入於深山之中，清洁之地，不欲令凡俗愚人知之。②
>
> 凡作黄白，皆立太乙、玄女、老子坐醮祭，如作九丹法，常烧五香，香不绝。又金成，先以三斤投深水中，一斤投市中，然后方得恣其意用之耳。③

金丹的炼制是极为复杂的，因此炼制金丹的禁忌与要求也成为道教科仪的一部分，这也让炼丹获得了仪式感与神圣感。

道教典籍对丹经、丹法着墨较多，但志怪小说涉及道教丹药的内容则大多言简意赅，更无制作丹药的具体过程，多以“服丹升天”“合神丹而仙”等略过。这或许是因为丹法、丹经属道教秘密，不轻易示人，需保持宗教神秘感。尽管如此，志怪小说对服食丹药还是会有所提及，兹列表如下：

---

① 王明：《抱朴子内篇校释》，北京：中华书局，1985 年，第 74 页。
② 同上，第 285 页。
③ 同上，第 292 页。

丹经、丹方	出处	功效及其他
云母九子元方	《博物志》卷五	年三百岁
红泉神丹法	《神仙传·沈文泰》	欲之昆仑，留安息二千余年
仙隐灵宝方	《神仙传·华子期》	后乃仙去
巨胜赤松散方	《神仙传·乐子长》	年一百八十岁
朱英丸方	《神仙传·墨子》	愿得长生与天地同毕耳
朱英丸方	《神仙传·灵寿光》	至建安元年，已二百二十岁矣
蒸丹之方	《神仙传·太阴女》	合服得仙
《太清神丹经》	《神仙传·马鸣生》	入山合药服之，不乐升天，但服半剂，为地仙矣
《太清神丹经》	《神仙传·阴长生》	合丹，但服其半，即不升天
《黄帝九鼎丹经》	《神仙传·张道陵》	丹成服之，能坐在立亡
神丹炉火飞雪之方（神丹飞玄之方）	《神仙传·李少君》	安期先生传李少君，李少君传蒯子顺
蒸丹小饵法	《神仙传·王真》	得度世
朱英丸方	《神仙传·刘京》	百三十岁，视之如三十许人
服石脑法	《神仙传·严青》	不详
《太清中经》、神丹方	《神仙传·帛和》	服半剂，延年无极
《九丹金液仙经》	《神仙传·葛玄》	仙人传授此经
《九丹金液经》	《神仙传·左慈》	得之于天柱山中石室

续表

淮南王七里散方	《神仙传·陈永伯》	服之三十日得仙
饵术要方	《神仙传·陈子皇》	服之得仙去
石先生丹法	任昉《述异记》	寿五百岁
还丹方	《洞仙传·蔡琼》	合服得道，白日升天
茯苓方	《洞仙传·毛伯道》	度世
金液方	《洞仙传·庄伯微》	合服得道

此外，《搜神后记》卷六《腹中鬼》中载有李子豫以八毒赤丸治愈豫州刺史许永腹中鬼，《拾遗记》卷四中载有赵高世受韩终丹法等。志怪小说或略或详地记载了道教丹方、丹经之名，大多是借助道教丹法之名，以彰显神丹之威力。

四　服食信仰中的仙药系统及特点

对于植物、动物、矿物等道教服食的仙药，葛洪对其进行了系统的分类，形成了金丹、矿物、草木三个等级，并对此进行了多方面的论述：

> 朱砂为金，服之升仙者，上士也；茹芝导引，咽气长生者，中士也；餐食草木，千岁以还者，下士也。①
>
> 《神农四经》曰：上药令人安身命延，升为天神，遨游上下，使役万灵，体生毛羽，行厨立至。又曰，五芝及饵丹砂、玉札、曾青、雄黄、雌黄、云母、太乙禹余粮，各可单

---

① 王明：《抱朴子内篇校释》，北京：中华书局，1985年，第287页。

服之，皆令人飞行长生。又曰，中药养性，下药除病，能令毒虫不加，猛兽不犯，恶气不行，众妖并辟。[1]

仙药之上者丹砂，次则黄金，次则白银，次则诸芝，次则五玉，次则云母，次则明珠，次则雄黄，次则太乙禹余粮，次则石中黄子，次则石桂，次则石英，次则石脑，次则石硫黄，次则石饴，次则曾青，次则松柏脂、茯苓、地黄、麦门冬、木巨胜、重楼、黄连、石韦、楮实、象柴，一名托卢是也。[2]

《神仙传·刘根》也对仙药理论进行了阐释：

药之上者，唯有九转还丹，及太乙金液，服之皆立便登天，不积日月矣。其次云母雄黄之属，能使人乘云驾龙，亦可使役鬼神，变化长生者。草木之药，唯能治病补虚，驻年返白，断谷益气，不能使人不死也。[3]

可以说道教至葛洪已经形成了较完备的仙药理论体系。但与此同时，仙药也越来越不真实，无论是草木药物、动物还是天然矿物都难以在人间获取。

服食长生的信仰原理源自于巫术。在巫术思维中，动物、植物、矿物的任何奇异性都会被视为是仙药的特质，如动植物生长地域的独特、色彩的艳丽、形状的特殊，黄金白银不朽的属性，炼制丹药的奇妙化学反应等。这些特殊性传达出来的都是神秘

① 王明：《抱朴子内篇校释》，北京：中华书局，1985 年，第 196 页。
② 同上。
③ （晋）葛洪撰，胡守为校释：《神仙传校释》，北京：中华书局，2010 年，第 300 页。

性，在“交感巫术”原理之下，通过服食或其他接触，凡人可通过仙药脱胎换骨。仙药虽然以现实实体为参考，但最终归于虚幻。首先，道教通过动植物生长地理方位的奇特来彰显其特异性，多是将其安置在一个虚构的异类空间中。如《拾遗记》中的九穗禾、清明稻、倾离豆、通明麻等，都是因特殊的生长地而获得神异性。正因为如此，仙药只能生长在仙界，不能带入人间。如《搜神记》中东望山的故事说：

> 南康郡南东望山，有三人入山，见山顶有果树，众果毕植，行列整齐，如人行，甘子正熟，三人共食，至饱，乃怀二枚，欲出示人，闻空中语云：“催放双甘，乃听汝去。”①

显然，故事中的甘子乃仙境灵物，不能与人间相通。除了植物、动物、矿物等典型的服食物之外，与仙境产生联系的其他物质也都具有仙药的性质，甚至在志怪小说中，仙境中的水也具有强身健体的功效。如《博物志》《十洲记》中的赤泉、玄涧。又如《异苑》载：

> 西域拘夷国，山上有石骆驼，腹下出水，以金铁及手承取，即便对过。唯瓠芦盛之者，则得饮之，令人身体香净而升仙。其国神秘，不可数遇。②

仙境远离人世、缥缈虚幻的奇幻性自然而然地赋予了其中的动植物以仙药性质。其次，道教通过对仙药外形、习性等方面特征的描写突出其“非常物”的特征。罕见、怪异、奇特是仙药

---

① （晋）干宝撰，汪绍楹校注：《搜神记》，北京：中华书局，1979页，第214页。

② （南朝宋）刘敬叔、（北齐）阳松玠撰，范宁、程毅中、程有庆辑校：《异苑谈薮》，北京：中华书局，1996年，第10页。

的普遍特征，即使是寻常植物也被附会上长生功效。典型代表便是对植物的夸饰，如《十洲记》中扶桑岛上的椹树“长者数千丈，大二千余围”，“椹稀而色赤，九千岁一生实耳”；《拾遗记》中的“黑枣者，其树百寻，实长二尺，核细而柔，百年一熟”①等；《玄中记》中积石山之桃“大如斛笼”。再次，道教通过强调原料获取的困难、制药程序的复杂来凸显仙药之难得。如《抱朴子内篇》中“不热之道”需服食玄冰丸、飞霜散，这些药物的制作需要用“萧丘上木皮，及五月五日中时北行黑蛇血”。②这里不仅刻意强调对原材料的“材质”选择，而且还附加上诸多苛刻要求，若按其要求，这种原材料几乎是不可能找到的。又如不畏风湿之道：金饼散、三阳液、昌辛丸、荤草耐冬煎、独摇膏、茵芋玄华散、秋地黄血丸，皆不过五十日服之而止，可以十年不畏风湿。③辟百鬼也可以通过服食完成，其方法为“服鹑子赤石丸，及曾青夜光散，及葱实乌眼丸，及吞白石英祇母散，皆令人见鬼，即鬼畏之矣”。④一次修行必须同时服食多种药物，而集齐这些原材料本身就非易事，这种刻意加大服食物获取难度的行为，不仅是对服食草木药物传统的一种颠覆，也是服食信仰虚幻化发展趋势的体现。当然，在多数情况下，志怪小说对仙丹、仙药的表现是综合上述多方面特点的。如《汉武帝内传》中王母论仙药时说：

① （晋）王嘉撰，（南朝梁）萧绮录，齐治平校注：《拾遗记》，北京：中华书局，1981年，第65页。

② 王明：《抱朴子内篇校释》，北京：中华书局，1985年，第269页。

③ 同上，第307页。

④ 同上，第308页。

夫欲长生者，宜先取诸身，但坚守三一，保尔旅族。金瑛夹草，广山黄本，昌城玉蕊，夜山火玉，逮及凤林鸣酢。西瑶琼酒，中华紫蜜，北陵绿阜，太上之药。风实云子，玉津金浆，月精万寿，碧海琅菜，蓬莱文丑，浊河七荣，动山高柳。北采玄都之绮华，仰漱云山之朱蜜。夜河天骨，昆吾漆沫，空洞灵瓜，四劫一实。宜陵麟胆，炎山夜日。东掇扶桑之丹椹，俯采长河之文藻。素虬童子，九色凤脑，太真虹芝。天汉巨草。南宫火碧，西乡扶老。三梁龙华，生子大道。有得食之，后天而老。此太上之所服，非中仙之所保。其次药有八光太和，斑龙黑胎，文虎白沫，出于西丘。七元飞节，九孔连珠，云浆玉酒，元圃琼腴，钟山白胶，王屋青敷，阆风石髓，黑河珊瑚。蒙山白凤之肺，灵丘苍鸾之血。东英朱菜，九节交结，太微嘉禾，琼华脑实，流渊鲸眼，赤河绛璧。北汲太元之酪，中握二仪之脉。云渎蘘艾，昆丘神雀，广夜芝草，流渊青狄，真陵雷精，元都平盖。左食神元，右阆玄濑。上屈兰园之金精，下摘圆丘之紫柰。鸾水灵蛤，八陔赤薤，万载一生，流光九队。有得食之，后天而逝。此天帝之所服，下仙之所逮。其次药有九丹金液，紫华红英，太清九转，五云之浆，元霜绛云，腾跃三黄。东瀛白香，炎洲飞生。八石十芝，威僖九光。西流石胆，东沧青钱。高丘余粮，精石琼田。太虚还丹，盛次金兰，长光绿草，云童飞千。子得服之，白日升天。此飞仙之所服，地仙之所见也。其下药有松柏之膏，山姜沉精，菊草泽泻，枸杞茯苓，菖蒲门冬，巨胜黄菁，云飞赤版，桃胶朱英，椒麻续断，萎蕤黄连。如此下药，略举其端。草类繁多，名有数千。子得服之，可以延年。虽不长享无期，上升青天，亦能身生光泽，还发童颜，役使群鬼，得为地仙。要且录此，有阶渐寻远胜也。是以天官远妙，灵药别品，灵无奇挺，真仙有域。①

王母所论涵盖了植物、动物、矿物等仙药类型，不仅数量众多、神奇怪异，重要的是其世上难觅、人间罕有。而且越是功效神奇之物，越缥缈虚幻，越为上仙所有，如“西瑶琼酒”“九色凤脑”“天汉巨草”“蒙山白凤之肺，灵丘苍鸾之血”，都是传说或想象中的事物，根本不存在于现实生活中；而最易获取的草木之药则被视为成仙之下药，只可延年，不能成仙。可以说，仙药强烈的虚幻化色彩是道教刻意营造的一种“陌生化”氛围，因为只有与现实拉开距离，才能维持神仙的神秘感，保证其虚假的面纱不被现实撕破。因此铺陈仙药的“流光溢彩”在志怪小说中随处可见，如《拾遗记》中的洞渊红花、嵰州甜雪、崐流素莲、阴岐黑枣、万岁冰桃、千常碧藕、青花白橘等，都不脱道教仙药虚幻化的特点。

第三节　道教尸解成仙信仰与唐前志怪小说

尸解是早期道教的一种成仙方术，源流甚早。其早期内涵宽泛，或遗弃肉体仙去，或托形他物升天，或死后重现。至魏晋南

① 《汉武帝内传》，《道藏》第5册，北京：文物出版社，上海：上海书店，天津：天津古籍出版社，1988年，第49—50页。

北朝，其内涵不断丰富，中心逐渐明确，最终形成了“先死后化”且等级严明的神仙理论体系，并有尸解药、尸解符等理论产物。其后随着道教对现世享乐、形体修炼等观念的重视，尸解信仰被逐渐摒弃。尸解是唐前道教的重要思想，目前对尸解的关注较少，[①] 已有的研究也多探讨尸解信仰与当时社会、历史的联系。战国末至魏晋南北朝时期，尸解信仰呈动态发展状态，而且此时期的道教思想对尸解信仰进行了多方面吸收和改造，因此探析尸解理论内涵的发展，厘清其演变的过程显得尤为必要。

一　唐前尸解信仰的理论内涵及发展

战国两汉时期的尸解信仰发展状况比较复杂，主要表现在以下几个方面：其一，尸解的内涵比较宽泛，灵魂飞升、肉体成仙、死后复生等都可称之为尸解；其二，尸解信仰与方仙道、五

① 客观上，尸解是对修道之人死亡的讳饰，它没有实现的可能，也缺少继续发展的理论基础，因此从道教史上看，它并不是道教的重要理论。学术界对尸解的研究如台湾学者萧登福《六朝道教上清派研究》第七章《周秦至六朝道经及上清派道经中所见的尸解仙》，对道教尸解仙体系进行了研究考察。李丰楙《仙境与游历：神仙世界的想象》中《神仙三品说的原始及演变——以六朝道教为中心的考察》一文对尸解术进行了研究。对尸解进行专门研究的专论，如周俐《试论仙话小说中的尸解与竹》，《明清小说研究》，1995 年第 2 期；韩吉绍、张鲁君《试论汉代尸解信仰的思想缘起》，《宗教学研究》，2012 年第 2 期；姜生《汉墓的神药与尸解成仙信仰》，《四川大学学报（哲学社会科学版）》，2015 年第 2 期；韩吉绍《自杀求仙：道教尸解与六朝社会》，《文史》，2017 年第 1 期；韩吉绍《〈剑经〉与汉晋尸解信仰》，《文史哲》，2018 年第 3 期。此外，又有 2016 年广西师范大学硕士学位论文《道教尸解研究》从科学技术史的角度对尸解方术的操作给予研究。

斗米道、太平道等早期道教各道派均存在联系;① 其三，现当代学者对尸解信仰思想缘起的分歧，间接体现了早期尸解信仰的复杂情况。② 汉代之前，尸解理论未成体系，但从东汉王充《论衡·道虚篇》中，可以了解当时尸解信仰的理论内涵：

> 所谓“尸解”者，何等也？谓身死精神去乎？谓身不死得免去皮肤也？如谓身死精神去乎？是与死无异，人亦仙人也。如谓不死免去皮肤乎？诸学道死者，骨肉俱在，与恒死之尸无以异也。夫蝉之去复育，龟之解甲，蛇之脱皮，鹿之堕角，壳皮之物解壳皮，持骨肉去，可谓尸解矣。今学道而死者，尸与复育相似，尚未可谓尸解。何则？案蝉之去复育，无以神于复育，况不相似复育，谓之尸解，盖复虚妄失其实矣。③

“身死精神去”即灵魂飞升，形神分离；“身不死得免去皮肤”即蜕去皮肤，肉体成仙，蝉蜕或脱衣履而去也属于此类。但正如王充所批评的那样：若尸解为灵魂脱离肉体升仙，与人死留尸有何异？若尸解为脱离皮壳持骨肉升仙，为何学道而死之人

---

① 如《史记·封禅书》记载方仙道：“宋毋忌、正伯侨、充尚、羡门子高，最后皆燕人，为方仙道，形解销化，依于鬼神之事。”服虔注“形解销化”曰：“尸解也”，即视形解等同于尸解。对于形解与尸解的关系，许多学者提出过自己的看法，如美国学者夏德安、蔡雾溪，刘屹均认为二者不同，形解为使身体解化不存，尸解为使尸体不死。韩吉绍则认为二者均与肉体不死相关，或存在渊源关系。详参韩吉绍、张鲁君《试论汉代尸解信仰的思想缘起》，《宗教学研究》，2012 年第 2 期。五斗米道经典《老子想尔注》中也有多处对于尸解理论的阐述，尤其是“太阴炼形”之说，是后世尸解信仰发展的理论基础之一。太平道经典《太平经》也十分重视尸解思想，有许多对尸解的论述。

② 闻一多认为源自于灵魂升天信仰，韩吉绍则认为源自于死后复生思想，详参韩吉绍、张鲁君《试论汉代尸解信仰的思想缘起》，《宗教学研究》，2012 年第 2 期。

③ 黄晖：《论衡校释》，北京：中华书局，1990 年，第 331 页。

与常人尸体没有区别？这种理论漏洞决定了灵魂飞升、肉体成仙两种形式不可能成为尸解的理论核心。值得注意的是《太平经》解释尸解为：

> 或有尸解分形，骨体以分。尸在一身，精神为人尸，使人见之，皆言已死。后有知者，见其在也，此尸解人也。久久有岁数，次上为白日升天者。使有岁数功多成，更生光照，助天神周遍。复还止云中，所部界皆有尸解仙人，主知人鬼者。[①]

即《太平经》认为神离形分之后，精神可修炼为人形，成为尸解人，此后可升仙。至于神化为形如何实现，则需经历"太阴炼形"，即从死亡到尸解成仙需经历炼形的过程。《老子想尔注》曰：

> 太阴道积，炼形之宫也，世有不可处，贤者避去，托死过太阴中；而复一边生像，没而不殆也。俗人不能积善行，死便真死，属地官去也。[②]
>
> 道人行备，道神归之，避世托死过太阴中，复生去为不亡，故寿也。俗人无善功，死者属地官，便为亡矣。[③]

此时的炼形理论较简单，贤者、道人可以托死炼形于太阴，其后可复生，故长寿。这实际上是一个死后复生的过程。《太平经》卷七十二载："重生者独得道人，死而复生，尸解者也。"[④]

---

① 王明：《太平经合校》，北京：中华书局，2014年，第568页。
② 饶宗颐：《老子想尔注校证》，上海：上海古籍出版社，1991年，第21页。
③ 同上，第43页。
④ 王明：《太平经合校》，北京：中华书局，2014年，第306页。

这里直接以死而复生释尸解。死而复生式的尸解强调先死后化、死后升仙，其理论上具有的可发展性，为魏晋南北朝尸解信仰的进一步发展指明了方向。

魏晋南北朝的尸解信仰是对前代的继承，强调肉体不死，主要有肉体成仙和死后复生两种方式。肉体成仙如《无上秘要》卷八十七载，司命东卿君曰："夫尸解者，形之化也，本真之练蜕也，躯质之遁变也，五属之隐适也。"① 所指主要为蝉蜕式尸解。但魏晋南北朝尸解信仰的真正核心是死后复生，此处的死并非真正的死亡，而是假死，其复生也不是客观意义上的再次复活，而是蜕变成仙。以死后复生作为尸解的主要理论及表现形式，一方面与道教的形神观念相关。形神分离是道教的传统观念，也被用于解释尸解。陶弘景即认为："凡质象所结，不过形神；形神合时，则是人是物；形神若离，则是灵是鬼。"② 仙道所依则为亦离亦合，合则乘云驾龙，为天仙；离则尸解化质，为尸解仙。即形神分离则只能为下等仙，故灵魂仙去并不等于成仙，需等肉体复活，与灵魂结合之后才能成仙。由此，死后复活是成仙的直接证明，托形假死、先死后化的尸解理论内涵也更加明确。另一方面，则是出于讳饰修道之人死亡的实际需要。成仙本即虚妄，道内人士不得不面对死亡的事实，死后复生的尸解理论则成功地将死亡改造成尸解的必经之途。故该方面理论得到进一步发展。按照死法的不同，尸解可分为兵解、水解、火解、刀解、剑解、杖解等不同类型。《灵宝无量度人上经大法》卷二十

① 周作明：《无上秘要》，北京：中华书局，2016年，第1064页。

② （南朝梁）陶弘景著，王京州校注：《陶弘景集校注》，上海：上海古籍出版社，2009年，第102页。

五称有金木水火土五解，《玉清无极总真文昌大洞仙经》卷五注："尸解有五：水解者投水，火解者自焚，金解受刃，木解倚树化，土解钻山入石。"① 大体而言，早期尸解中火解、水解等伤害肉体的尸解类型较多，魏晋南北朝时期则多以剑、杖、衣、书等代形尸解为主。后世也多以此解释尸解："凡尸解者，皆寄一物而后去。或刀或剑，或竹或杖，及水火兵刃之解。"② 这或许因为代形尸解略去直接死亡的惨烈，以修炼的方式实现死亡，更加符合魏晋六朝道教尤其是上清派的教义。代形尸解又不可一概而论，如张道陵所著《金液神丹经》卷中说：

> 夫仙法老得道者，尸解为上，上尸解用刀，下尸解用竹木。靓请问曰："尸解用刀，刀自伤耶？"阴君曰："不如君言，言刀尸解者，以刀代身为人，缘以着棺中。以绝子孙之情，断世俗之路也。"③

这里是说刀尸解优于竹木尸解。随着道教修炼思想的兴起，后世剑解、杖解等尸解法在理论及实践上都得到了极大的发展。这又在后世道书对尸解的等级区分中有所体现，如《道教义枢》说：

> 其尸解三等者，其下者或因刀兵，或因灭度，暂游太阴，或太一守尸，三魂营骨也，魄卫肉胎，灵结气，不久更

① 《道藏》第2册，北京：文物出版社，上海：上海书店，天津：天津古籍出版社，1988年，第638页。

② （宋）张君房编，李永晟点校：《云笈七籤》，北京：中华书局，2003年，第1905页。

③ 《道藏》第18册，北京：文物出版社，上海：上海书店，天津：天津古籍出版社，1988年，第755页。

生。其次者蝉蜕，或假物代形，虽受殡埋，隐景而去，后开棺中，惟见杖舄。其上者以剑杖代尸，俄尔升化，倏然失所在，乃游虚空。①

伤身死亡为最低等的尸解法，需经太阴炼形、肉体复活才能成仙；其余两种代形尸解中，生前修炼以代形尸解又优于死后代形尸解。强调生前修炼主动尸解，反映了道教成仙观念的转变，但整体上，唐前尸解信仰与死亡的联系更加紧密，故描述死亡的理论不在少数。如《真诰》云：

人死，必视其形，如生人，皆尸解也。视足不青，皮不皱者，亦尸解也。要目光不毁，无异生人，亦尸解也。头发尽脱，而失形骨者，皆尸解也。②

有死而更生者；有头断已死，乃从一旁出者；有未殓而失尸骸者；有人形犹在，而无复骨者；有衣在而形去者；有发脱而失形者。③

上述尸解情形均与具体死亡以及死而复生理论相联系。至于死后复生过程的实现，则依赖于尸解炼形概念的进一步完善，如《真诰》云：

若其人暂死适太阴，权过三官者，肉既灰烂，血沉脉散者，而犹五脏自生，白骨如玉，七魄营侍，三魂守宅，三元权息，太神内闭。或三十年、二十年，或十年、三年，随意

---

① 《道藏》第24册，北京：文物出版社，上海：上海书店，天津：天津古籍出版社，1988年，第809页。

② （南朝梁）陶弘景撰，赵益点校：《真诰》，北京：中华书局，2011年，第76页。

③ 同上，第77页。

而出。当生之时，即更收血育肉，生津成液，复质成形，乃胜于昔未死之容也。真人炼形于太阴，易貌于三官者，此之谓也。天帝曰："太阴炼身形，胜服九转丹。形容端且严，面色似灵云。上登太极阙，受书为真人。"①

该文后又有赵成子死后肉朽骨在、五脏复生之事。又曰："夫得道之士暂游于太阴者，太乙守尸，三魂营骨，七魄卫肉，胎灵掾气。"② 即认为人死后，肉体腐烂，魂魄未散，真一内守，即可复活，复活时身体各部分组织将重生。随着道教修炼观念的兴起，复活理论逐渐向实践化、技术化方向发展，后世道书《云笈七籤》中记载的造剑尸解法、尸解神杖法、太一守尸、洞生太帝君镇生五脏诀、太阴炼形、水火荡炼尸形、阴阳六甲炼形质法等尸解法，均为技术层面上具体的尸解理论实践。

二 尸解理论与求仙实践

汉代已有尸解成仙的故事，但早期尸解术只是一个理论存在。随着魏晋神仙观的变化，神仙不再是异类，变成了通过修炼得道的长生之人。在神仙可学而致的成仙信仰下，成仙变成了一个技术问题，尸解术也越来越具有实践上的操作性，出现了许多指导尸解操作的方法。这些方法多与金丹、符箓等相交融，催生出尸解药、尸解符等技术化产物，而水解、火解、杖解、剑解等尸解法则均需按照一定的仪式进行。

---

① （南朝梁）陶弘景撰，赵益点校：《真诰》，北京：中华书局，2011 年，第 76 页。

② 同上，第 77 页。

尸解药是魏晋南北朝道教最常用的一种尸解辅助物，[①]《真诰》卷一即记载有女仙萼绿华传授羊权尸解药。关于尸解药的详细记载见《灵宝五符经》卷中“尸解药”：

以三月中杀牛，煎取脂一斤半，水银一斤半，锡一斤半。于山中密地斋一月，乃于铜器中煎锡，锡消，纳水银及脂，都合同丸之，服如大豆三丸，日三服。服之九日，凡八十一丸，忽然尸解蛇蜕而去。去时如上符节度，若不得，即去更服，趋令得去矣。[②]

上述引文可以说是一份尸解药的说明书，其药方中包含水银、锡、铅等金丹成分，表明了金丹思想盛行背景下尸解药与金丹的联系。上清派继承葛洪思想，十分重视金丹理论，但食药服丹多中毒死亡，尸解则能够在服丹、死亡、成仙之间搭建起一个过渡的桥梁，掩饰修道死亡的事实，故而从广义上，金丹也是尸解药的一种。如此，服丹尸解不仅具有现实意义，也是上清派构建神仙体系的重要手段。如《真诰》所载尸解仙，除了卷十二周爰之、卷十三张微子、卷十四赵爱儿等人未言为何种尸解之

---

① 尸解药是由上清派发扬光大，但并非上清派首创，早在太清传统中即已出现，如《灵宝五符经》中“灵宝太玄阴生之符”中已有尸解药，《真诰》卷十二载阴长生传鲍靓阴君太玄阴生符，言“阴君太玄阴生符，为太清尸解之法，当是主者之最高品矣。”由此可见，太清尸解中已用到尸解药。太清是早于上清和灵宝的早期道教传统，但它并非一个完整的“派”，其主要是以《太清经》《九丹经》《金液经》等经书为核心，通过增加附属文献和修行获得发展。陶弘景认为“太清”相对于“上清”而言为小术，学界一般认为陶弘景所谓“太清”指汉晋旧天师道。又陶弘景在《登真隐诀》中将杜广平从介琰所受玄白之术亦称为“太清家旧法”，因此，陶弘景所谓“太清家”也包括葛氏道等早期南方道教流派。

② 《道藏》第6册，北京：文物出版社，上海：上海书店，天津：天津古籍出版社，1988年，第331—332页。

外，其他尸解仙多为服药尸解。其中明言服丹尸解者如卷五毛伯道、刘道恭，卷十四衍门子、高丘子、洪涯先生、臧延甫、张子房、墨狄子等。此外，卷十四还有轩辕、玉子、王子乔等用丹剑解。金丹之外，上清派还有诸多上清丹法，产生了上清大丹之类的尸解药，如上清四大丹：四蕊丹、瑯玕丹、曲晨丹、九转丹。其中，曲晨丹即录形灵丸，为上清四大丹中最上等的尸解药。《真诰》十分推崇录形灵丸："其用他药得尸解，非是用灵丸之化者，皆不得反故乡，三官执之也。"[①] 从《真诰》卷四对尸解情况的概括中，也可以看出尸解药在尸解中的广泛运用：

> 得道去世，或显或隐，托体遗迹，道之隐也。或有再酣琼精而叩棺，一服刀圭而尸烂。鹿皮公吞玉华而流虫出户，仇季子咽金液而臭闻百里；黄帝火九鼎于荆山，尚有桥领之墓；季主服云散以潜升，犹头足异处；墨狄咽虹丹以投水，宁生服石脑而赴火，务光剪韭以入清冷之渊，柏成纳气而肠胃三腐，诸如此比，不可胜记。[②]

"酣琼精""服刀圭""吞玉华""咽金液""服云散""咽虹丹""服石脑"等字眼，均表明了水解、火解等尸解方式与尸解药的关系。上述所服之药陶弘景在《真诰》的其他论述、注解中也有所涉及。如卷十四载司马季主临去之时，"托形枕席，为代己之像"，陶弘景注曰："似当是作录形灵丸，兵解去也。"[③] 司马季主弟子四人，刘玮惠托形杖履尸解，鲍叔阳服桂屑猝死于

---

① （南朝梁）陶弘景撰，赵益点校：《真诰》，北京：中华书局，2011 年，第 77 页。

② 同上，第 75—76 页。

③ 同上，第 255 页。

厕溷间，王养伯少服泽泻，段季正溺水而亡。陶氏注曰："寻此四人，并是用灵丸杂解之道。"①《真诰》同卷又记："漱龙胎而死诀，饮琼精而叩棺者，先师王西城及赵伯玄、刘子先是也。"注曰："王君昔用剑解，非龙胎诸丹，恐琼精即是曲晨耳。"曲晨即灵丸。又："挹九转而尸臭，吞刀圭而虫流，司马季主、宁仲君、燕昭王、王子晋是也。"注曰："桐柏亦用剑解。当是此吞刀圭者，非九转也。司马季主亦以灵丸作兵解。"② 同卷记载栾巴兵解，有注："亦是用灵丸解去也。"③ 可见尸解药在上清尸解中的广泛运用。除了用于服食，尸解药还有其他使用方法。《无上秘要》卷八十七载：

> 以录形灵丸以合唾，涂所持杖，与之俱寝，三日则杖化为己形，在被中，自徐遁去，傍人皆不觉知。以药涂火炭，则他人见形而烧死，谓之火解。以一丸和水而饮之，抱草而卧，则他人见已伤死于空室中，谓之兵解。凡自从任，故自得还其故邑也。但当改姓名，变容貌。昔有人作此去，入林虑山，积十三年而复还家也。上解之道，名配紫简，三官不复窥其间隙，妄以死加之。④

尸解药可辅助杖解、火解、兵解等尸解法，用法多元，且开始注重仪式性。这在"遗带散"的记载中也有所表现。如《真诰》记载服药尸解说：

---

① （南朝梁）陶弘景撰，赵益点校：《真诰》，北京：中华书局，2011 年，第 256 页。

② 同上，第 259 页。

③ 同上，第 261 页。

④ 周作明：《无上秘要》，北京：中华书局，2016 年，第 1068 页。

> 太极真人遗带散，白粉，服一刀圭，当暴心痛如刺。三日欲饮，饮既足一斛，气乃绝。既殓，失尸所在，但余衣在耳，是为白日解带之仙。若知药名者，不复心痛，但饮足一斛，仍绝也。既绝已，自觉所遗尸者在地也。临时自有玉女、玉童以青軿舆共来载之也。欲停者，当心痛三日，节与饮耳。其方亦可举家用。①

遗带散为尸解药的一种，上文记录了一个服药死亡并尸解的痛苦过程。至《云笈七籤》，其对“太极真人遗带散”的介绍则为：

> 真人曰：凡尸解者，皆寄一物而后去。或刀或剑，或竹或杖，及水火兵刃之解。既得脱去，即不得回恋故乡及父母妻子之爱也。惟此散化即当解之，涂于衣带之上，紧结而系之，闭息作法而去，颇易于他尔。方药如后：水金、一大分，丹砂、二大分，木汞、三大分，庚铅、四大分，黄土、五大分。右共细研之，取九阴神水调匀，涂衣带上，紧结之，当自脱去，但见其尸卧于床箦尔。②

尸解药的上述变化，表明尸解不再完全依赖药物，究其原因：其一，服药尸解与饵丹无异，需巨大的财力，非一般修道者可为；其二，客观上，尸解多为非自然死亡，“尸解者，当死之

---

① （南朝梁）陶弘景撰，赵益点校：《真诰》，北京：中华书局，2011 年，第 170 页。

② （宋）张君房编，李永晟点校：《云笈七籤》，北京：中华书局，2003 年，第 1905 页。

时，或刀兵水火，痛楚之切，不异世人也”，[1] 用药尸解同样是一个痛苦的死亡过程，这与道教追求成仙快乐的旨趣相违背；其三，南北朝时期道教各派或重精神修炼（如上清派），或重“斋醮科仪”（如灵宝派），逐渐消弭金丹的重要性。因此，后世尸解与丹药、符咒、存思、斋醮等方式相结合，形成了多元的科仪，尸解符便是在这种趋势下另外一种尸解实践的产物。

尸解符是尸解信仰与道教符箓思想交融的产物。符箓是道教的一种法术：符是指书写于黄色纸、帛上的似字非字、似图非图的符号或图形，箓是记录于诸符间的天神名讳秘文。道教认为符箓能传达天神的旨意，具有治病消灾、召神劾鬼、镇魔降妖等作用。尸解符便是此种用于尸解实践的符图，如《抱朴子内篇》曰：“道林子有五种尸解符，今太玄阴生符，及是一病解者。”[2] 太玄阴生符由阴长生传与鲍靓，《真诰》卷十二载鲍靓事，言其“用阴君太玄阴生符，为太清尸解之法，当是主者之最高品矣。”[3]《云笈七籤》卷八十五“阴君传鲍靓尸解法”载：

> 仙法老得仙者，尸解为上。上尸解用刀，下尸解用竹木，皆以神丹染笔，书太上太玄阴生符于刀刃左右，须臾便灭所书者，面目死于床上矣。其真身遁去，勿复还家，家人

---

① （南朝梁）陶弘景撰，王家葵辑校：《登真隐诀辑校》，北京：中华书局，2011 年，第 194 页。

② 王明：《抱朴子内篇校释》，北京：中华书局，1985 年，第 363 页。此条佚文见于《太平御览》卷六百六十四，病解或为尸解，“病”字当为尸（繁体写作“屍”）之误。

③ （南朝梁）陶弘景撰，赵益点校：《真诰》，北京：中华书局，2011 年，第 212 页。

谓刀是其人也。用竹木如刀之法。①

即太清刀解中运用太玄阴生符。另外，《灵宝五符经》所载“灵宝五符”② 中至少有三种尸解符。如卷中有灵宝太玄阴生之符，注曰：“夏禹文，命受之于钟山真人。”其云：

尸解下仙之道，其寿亦与天地相毕，可以地仙游名山。服尸解药，日数足，即作此符，丹书白素，以置腹前，以戊己日西首卧，思念自作死人。良久，解衣留所卧处，径去入山。若之远方，易姓名，勿还故乡。其初去时，人见其卧处有死人尸，久乃忽然不知尸所在也。③

文中对制符、用符进行了详细介绍，且需与尸解药共同使用。《灵宝五符经》卷下又有“三天太玄阳生符”及“三天太玄阴生符”，此二符分别为男子、女子行尸解时所吞之符，作用为“道士欲尸解者，神笔书草木刀金即代为人形而死去也”。④ 随着道教科仪的发展，尸解符在道教科仪中的运用更加普遍。如后世的五行解化（《太上三辟五解秘法》记有木解、火解、土解、金皆、水解等）都需要用相应符图，且有朝拜、存思、叩齿、禹步等仪式，形成了一套较为完整的道教仪式。

---

① （宋）张君房编，李永晟点校：《云笈七籤》，北京：中华书局，2003 年，第 1919 页。

② 《灵宝经》有古今之别。古之《灵宝经》即《灵宝五符经》，又叫《五符经》；今之《灵宝经》即《灵宝无量度人上品妙经》，也叫《度人经》。灵宝五符为“灵宝太玄阴生符”、“九天王长安飞符”、“九天太玄阴生符”、“三天太玄阳生符”、“三天太玄阴生符”。

③ 《道藏》第 6 册，北京：文物出版社，上海：上海书店，天津：天津古籍出版社，1988 年，第 331 页。

④ 同上，第 339—340 页。

在上清尸解法中，死后尸解已逐渐变为生前修炼的主动尸解，后世尸解也沿此方向发展，在修炼中更加广泛地应用尸解药、尸解符，这在剑解、杖解中表现最为明显。[1] 剑解是上清派上尸解之法，后世剑解理论包括造剑地址、工匠及造剑日子的选择，法剑的形制长短以及剑上所刻图案等内容，《太平御览》中有较多的论述。[2] 剑解过程需用符、服丹、念咒，由太一神接引成仙，剑则变为人形。杖解在西晋时期已有相关记载，[3] 后世则形成了一套完整的杖解仪式，如制作尸解杖需七尺七节灵竹，神杖中需用七道灵符等。[4] 杖解之时，需用符咒、斋醮、存思等方法与神灵相通，以竹为升仙阶梯，灵魂仙去，竹杖代人形。此外，杖解还与五行及其他尸解方式、道教科仪发生联系。如《上清灵宝大法》载："水解法，每日面北，持咒五十遍，服香汤一盏，存杖作己形，五年可以水解。"此水解法实际上为杖解法，五行之中，北方属水，故称之为水解法。又南方在五行之中属火，故有："每日面南，持咒三十遍，服香汤一盏，存杖作己

---

① 杖解即用竹木尸解，此法应早于刀解。陶弘景："古来诸仙多有托以余物，或用竹杖或巾履，惟鲍靓用太清刀法"（《太平御览》卷六六五）。剑解为上清派首创，脱胎于葛洪的刀解，详参孙齐《〈石精金光藏景录形神经〉与六朝道教的制剑术》，《古典文献研究》第16辑，南京：凤凰出版社，2013年，第489—503页。

② 孙齐《〈石精金光藏景录形神经〉与六朝道教的制剑术》一文，考证《太平御览》卷六六五内容乃上清经经文及陶弘景注的混杂，经、注不分，《太极真人石精金光藏景录形神经》是宣扬剑解之法的上清经。另外，陶弘景还著有《剑经》、《古今刀剑录》等与剑解相关的经典。

③ 据考证《云笈七籤》卷八十四有《尸解神杖法》，其内容是源自于《太上洞玄灵宝赤书玉诀妙经》、《元始五老赤书玉篇真文天书经》，二者当为制作法杖与用杖尸解的源头。

④ 《云笈七籤》卷八十四记载杖解有七道神符，分别为五帝真符（元始黑帝真符、元始白帝真符、元始黄帝真符、元始赤帝真符、元始青帝真符）元始之章、五帝之章。《天书经》中记载有六道符图，无五帝之章。后世杖解法发生了许多流变，其中神符流变化最为明显，但多为五帝之符的变体。

形，三年可以火解。”[①] 在后世尸解法中，金丹、符图都是一种辅助物，若无金丹亦可通过修炼达到尸解的目的。如在剑解中，用曲晨丹立刻即可解化，且不受三官的限制。[②] 若无丹药，则神剑制成后，“但畜神剑，与之起居相随。十三年自能化形，不必须药书之。若不辨作药，七年之后，但以丹书剑，亦能潜化也。”[③]“太极解化符，恒日服一符，七年化去。”[④] 即随身佩戴神剑十三年可解化，用解化符则七年可以解化。杖解则主要以存思、斋醮等方法为主，不需要丹药，“行此道九年，精谨不慢，神真形见，杖则载人空行。若欲尸解，杖则代形，絳欻之间已成真人。朔、望、八节日当烧香，左右朝拜此杖，则神灵威降，道则成矣”。[⑤] 脱离对丹药的唯一依赖，为一般修道之人提供了修仙的可能，也在魏晋南北朝佛教迅速发展的背景下，为道教争取了更多信徒。

除了尸解药、尸解符等手段，经典传授也有助于尸解。上清派虽肯定金丹，但将金丹置于次要位置，认为“若得《大洞真经》者，复不须金丹之道也，读之万过毕，便仙也”。[⑥] 这也印

① 《道藏》第30册，北京：文物出版社，上海：上海书店，天津：天津古籍出版社，1988年，第695页。

② 上清剑解是对太清刀解的发展，以剑代替刀，用曲晨飞精代替太玄阴生符，并改进了太清尸解法的一些缺陷，太清尸解后强调“勿复还家”、“勿还故乡”，上清尸解则改姓名，易容貌可还故乡。上清详参孙齐《〈石精金光藏景录形神经〉与六朝道教的制剑术》。三官乃上清派所谓酆都六天中执掌考谪死者的鬼官。

③ （宋）李昉等撰：《太平御览》，北京：中华书局，1960年，第2970页。

④ 同上，第2969页。

⑤ 《道藏》第6册，北京：文物出版社，上海：上海书店，天津：天津古籍出版社，1988年，第191页。

⑥ （南朝梁）陶弘景撰，赵益点校：《真诰》，北京：中华书局，2011年，第88页。

证了上清派强调精神修炼，重视经典传授的特点。与尸解相关的经典，除上文提及的《剑经》之外，《抱朴子内篇》卷十九又说道经中有《尸解经》。《无上秘要》卷八十七引《洞真七圣元纪经》云："《四纪篇》曰：《九真中经》或曰《飞行羽经》，有之者白日尸解。《六纪篇》曰：《灵书紫文》或曰《五老宝经》，有之者尸解。"① 又引《洞真八素真经》云："有此经，未能勤修思真念灵，与俗无别者，故不失隐存下仙，白日尸解。"② 这些尸解经典所记载的除了尸解理论，或许也不外乎尸解药、尸解符等内容。

三　尸解仙与道教神仙体系的构建

尸解作为一种成仙方术，在理论与实践上，都指向道教神仙理论与信仰的发展与完善。在六朝上清派手中，完整的道教神仙体系得以确立，其中尸解理论发挥了重要作用，主要表现为：尸解信仰儒家色彩增强，对成仙的条件进行了规范与限定；确立了尸解仙的等级制度，体现了神仙体系严格的尊卑之别。这与当时道教神仙世界的封建伦理化和道教的官方政治化的发展倾向一致的。

早期尸解信仰在尸解的前提、方法、过程、结果等内容上都较粗糙。如尸解的前提，《老子想尔注》认为是善行、善功，《太平经》认为需有道，其劝善或崇道都是在为早期道教宣道、布教服务。此外，早期尸解理论多不涉及具体方法与过程，且尸

---

① 周作明：《无上秘要》，北京：中华书局，2016 年，第 1070 页。
② 同上，第 1071 页。

解术具有一定地位，较受推崇，如《太平经》载："尸解之人，百万之人乃出一人耳。"① 魏晋六朝时期，尸解信仰在前代思想的基础上逐渐发展完善。首先，对成仙的条件进行了规范。如《真诰》继承了五斗米道的思想，强调积善，同时也更加重视忠孝贞廉，并提出"积行获仙，不学而得"的主张，即忠孝之人、圣德之士、高士逸民、贞廉才者等人，死后都可成为不同级别的尸解仙。此外，先世有功德者可荫及子孙，即"先有德行，自然得尸解者也"。②《真诰》卷十二即有周畅有阴行，太上令其女周爰支受化得仙的故事。简言之，根据一个人在世时罪福多少，对其死后作称量处分，不同功德阴行有不同福报，故同为尸解又有所差别：

> 在世行阴功密德，好道信仙者，既有浅深轻重，故其受报亦不得皆同。有即身地仙不死者，有托形尸解去者，有既终得入洞宫受学者，有先诣朱火宫炼形者，有先为地下主者乃进品者，有先经鬼官乃迁化者，有身不得去，功及子孙，令学道乃拔度者。诸如此例，高下数十品，不可以一概求之。③

其次，《真诰》中的尸解条件带有浓厚的儒家色彩。一方面，将儒家伦理纳入教义，是神仙道教为迎合统治阶级并使道教获得社会政治属性的手段；另一方面，神仙道教也通过引入儒家伦理，表明了成仙不可单靠方术的立场，从而与早期道教、民间

---

① 王明：《太平经合校》，北京：中华书局，2014 年，第 612 页。

② （南朝梁）陶弘景撰，赵益点校：《真诰》，北京：中华书局，2011 年，第 293 页。

③ 同上，第 281 页。

道教进一步拉开差距。更能体现尸解信仰对道教神仙体系构建重要意义的是尸解仙对于神仙等级制的完善。关于神仙的等级，《抱朴子内篇》说：上士举形升虚，谓之“天仙”；中士游于名山，谓之“地仙”；下士先死后蜕，谓之“尸解仙”。[①] 即仙人可分三等：天仙、地仙、尸解仙。[②] 其中尸解仙为仙品之下第。至上清派时尸解仙内部也有了不同等级的划分，如《真诰》云：“白日尸解自是仙，非尸解之例也。”[③] “白日去谓之上尸解，夜半去谓之下尸解，向晓向暮之际而谓之地下主者也。”[④] 即按照死亡时间的不同，尸解仙分为上尸解、地下主、下尸解三等，其中白日尸解不需要太阴炼形，与一般意义上的尸解存在本质区别，因此白日尸解为仙，夜半尸解为鬼，介于二者之间则为地下主，地下主又可分为三等。[⑤] 总之，“有尸解乃过者，乃有数种，并是仙之数也。尸解之仙，不得御华盖、乘飞龙、登太极、游九

---

① 王明：《抱朴子内篇校释》，北京：中华书局，1985 年，第 20 页。

② 仙人的等级有多种划分方法。《神仙传》分神仙为上仙、次仙、太上真人、飞天真人、灵仙、真人、灵人、飞仙、仙人九类；《抱朴子内篇 · 论仙》分为天仙、地仙、尸解仙三类；杜光庭分为天仙、地仙、尸解仙、鬼仙四类；王重阳等内丹家分成天仙、地仙、人仙、神仙和鬼仙五类；民间则通常把仙分为鬼仙、人仙、地仙、天仙、大罗金仙五类。

③ （南朝梁）陶弘景撰，赵益点校：《真诰》，北京：中华书局，2011 年，第 76 页。

④ 同上，第 77 页。

⑤ 介于上尸解与下尸解之间有地下主与地下鬼帅，文解者为地下主，武解者为地下鬼帅，二者俱为“仙之始”。《真诰》卷七：“地下主者，解下道之文官；地下鬼帅，解下道之武官。”可作文武解者，“并是世有功德，积行所钟；或身求长生，步道所及；或子弟善行，庸播祖祢；或讽明《洞玄》，化流昆祖。夫求之者非一，而获之者多途矣。要由世积阴行，然后阶此广生矣。”此外，“心勤于事欲，兼味于清正，华目以随世，畏死而希仙者”亦可作文武解主者（卷十三）。文解、武解各分三等，详参《真诰》卷十三。

宫也”。[①] 尸解仙还有一套等级严格的仙阶秩序，需要继续修炼，逐次晋升，大致而言，“文解一百四十年一进，武解二百八十年一进”。[②] 同时，根据情况的不同又有其他具体标准。如《真诰》卷十六载：

> 夫至忠至孝之人，既终，皆受书为地下主者。一百四十年乃得受下仙之教，授以大道。从此渐进，得补仙官，一百四十年，听一试进也……夫有上圣之德，既终，皆受三官书为地下主者，一千年乃转补三官之五帝，或为东西南北明公，以治鬼神。复一千四百年乃得游行太清，为九宫之中仙也。[③]

又如《无上秘要》引《洞真太上隐书经》曰：

> 诸尸解地下主者，按《四极真科》一百四十年乃得补仙官，复一千三百年乃得补真官，于是始得飞华盖，乘群龙，登太极，游九宫也。[④]

这种进阶成仙的思想，不仅反映了道教的义理化发展趋势，也与六朝道教重视修炼的实践观念相一致。《真诰》卷十三论述第三等地下主“受学化形，浊景易气，十二年气摄神魂，十五年神束藏魄，三十年棺中骨还附神气，四十年平复如生人，还游

---

① 《真诰》，第91页，原文并有注曰：“此谓自然得尸解为地下主者之类耳，非云托化运变之例也。”即此处的“尸解仙”专指自然得尸解的地下主，不包括先死后化托形尸解一类的仙人。

② （南朝梁）陶弘景撰，赵益点校：《真诰》，北京：中华书局，2011年，第116页。

③ 同上，第290—291页。

④ 周作明：《无上秘要》，北京：中华书局，2016年，第1071页。

人间，五十年位补仙官，六十年得游广寒，百年得入昆盈之宫，此即主者之上者，仙人之从容矣”，[①] 充分体现了这种特点。此外，地下主可以在鬼与仙之间构建桥梁，形成“鬼—地下主—仙”的渐进体系。如善爽之鬼“四百年乃得为地下主”，此后以三百年为一阶渐进，三官清鬼“二百八十年乃得为地下主”，以二百八十年为一阶渐进。[②] 上清派发展了下尸解理论，并借助它构建起上清神仙冥府系统，陶弘景《真灵位业图》中的神仙体系中便有许多尸解仙。魏晋六朝道教的神仙世界是封建宗法社会中儒家尊卑观念、门阀等级制度等在天上的投射，凸显了神仙世界封建伦理化与道教官方政治化的发展方向。

理论上，尸解是在仙学难至的现实下，飞升无功之人采取的一种过渡的手段。正如萧天石在《仙学指微》中所言：“尸解者，乃修仙未能臻神化隐遁白日飞升而死者，托尸解化也。”[③] 但另一方面，在求仙实践中却存在一种现象，即能尸解却不愿为之，如《无上秘要》卷八十七引《洞真藏景录形神经》曰：

> 吾昔受先师尸解上方、委化之道，虽不得获用，常所依依。今向尘垢四会，交兵激合，三官驱除，疾贤害道，言神仙者致疴，寻淫利者富贵；志道求生者，亦何为汲汲于风火

---

① （南朝梁）陶弘景撰，赵益点校：《真诰》，北京：中华书局，2011 年，第 225 页。

② 《真诰》，第 292 页。《真诰》认为“人善者得为仙，仙之谪者更为人，人恶者更为鬼，鬼福者复为人。鬼法人，人法仙，循环往来，触类相同，正是隐显小小之隔耳。”（卷十六）即鬼、人、仙之间可以相互转化。《真灵位业图》确立的神仙体系中，又有第七阶为酆都境，乃是对死后世界领制，治理鬼魂的总机关。即道教在将鬼作为“仙”的对立面，形成了宗教上“天堂—地狱”构造的同时，也在鬼、人、仙之间形成了积善转化的动态机制。

③ 萧天石：《道家养生学概要》，郑州：中州古籍出版社，1988 年，第 44 页。

之中，束带以入乎牢市哉！今密出尸解之方，可各以传示弟子，应为真人者。用之潜遁，足以远凶患，施之而逝，可以尽子孙之近恋；隐之而游，可以登名山也。若夫道数兼备，万术斯明，役使百鬼，招召众灵，坐在立亡，分气散形，虽处三军而飙锋不能兵，虽行凶危而灾疠不能干，虽入市朝而百害不能生者，可无复施尸化之迁耳。夫此之解者，率多是不汲汲于龙轮，乐安栖于林山者。[①]

从上文可以看出修道之人尸解后可拥有“超能力”，但有尸解之方者却更乐于安栖山林。《真诰》对这种情况也进行了分类说明：一类是周穆王、夏禹、舜等英圣之王，可升仙却选择尸解，“此诸君并已龙奏灵阿，凤鼓云池，而犹尸解托死者，欲断以生死之情，示民有终始之限耳。岂同腐骸太阴，以肉饷蝼蚁者哉？直欲遏违世之夫，塞俗人之愿望也”；另一类是青精先生、彭铿、凤纲及商山四皓、淮南八公等人，可尸解却不为，更愿游乐世间，他们“并以服上药，不至一剂，自欲出处嘿语，肥遁山林，以游仙为乐，以升虚为戚，非不能登天也，弗为之耳。以此诸君自展转五岳，改名易貌，不复作尸解之绝耳”。[②] 前者向世人表明生死有终始，以断俗人升天成仙之妄想，后者则通过舍弃成仙而肯定人世游仙。舍弃尸解成仙的原因有很多种：

或未欲升天，而高栖名山；或欲崇明世教，令死生道绝；或欲断子孙之近恋，尽神仙为难希；或欲长观世化，悼

① 周作明：《无上秘要》，北京：中华书局，2016年，第1068页。
② 《真诰》，第260页，亦见《无上秘要》第1066页，文字稍有出入。

仙官之劬劳也。①

人们对尸解热情的消退折射出当时神仙观念的转变，其背后是道教"地仙"观念兴起的现实。地仙即住在人世的仙人，他们成了魏晋六朝神仙道教最受推崇的仙真，神仙至此不再是远离人世的异类，而是享乐人间的活神仙。葛洪在《抱朴子内篇》中已十分推崇地仙之道，他认为"仙人或升天，或住地，要于俱长生，去留各从其所好耳"。他又借彭祖之口陈述天仙之弊："天上多尊官大神，新仙者位卑，所奉事者非一，但更劳苦。故不足役役于登天，而止人间八百余年也。"② 升仙绝人理、失人道，地仙则既可长生又不失人道，与此相应也有了服还丹金液半剂以成地仙之法。神仙道教关注现世，地仙是上层统治阶级延续现世享乐的一种幻想。因此在信仰层面上，尸解仙对道教神仙体系的构建意义重大；但在现世实践中，地仙则成为修炼者的首要追求。

尸解信仰只是道教成仙理论与方仙法术的一部分，对尸解的批判也一直与对道教虚妄的诟病相伴随。至南朝时期佛教也批评道教说："今之道家所教，唯以长生为宗，不死为主。其炼映金丹，餐霞饵玉，灵升羽蜕，尸解形化，是其托术，验之而竟无睹其然也。"③ 加之尸解以死亡为前提，与道教追求现世长生的宗旨相悖，因此随着地仙观念的兴起，隋唐之时，尸解已完全成为仙之下第。最终，在唐宋时期内丹兴起、宋元全真道否定肉体成

---

① 周作明：《无上秘要》，北京：中华书局，2016 年，第 1064 页。

② 王明：《抱朴子内篇校释》，北京：中华书局，1985 年，第 52 页。

③ （梁）僧祐撰，李小荣校笺：《弘明集校笺》，上海：上海古籍出版社，2013 年，第 322 页。

仙的基础上，尸解信仰被逐渐摒弃。

四　唐前仙传小说中的尸解成仙信仰

尸解以死为托词，通过掩饰死亡将其改造为一种修道成仙的方法。[①] 较之道教典籍，尸解的内涵在仙道小说中更加宽泛，其以死亡为表，具有多种表现方式。唐前仙传小说具体表现尸解内容的如《汉武帝内传》中西王母降真并授予汉武帝尸解方，《紫阳真人内传》中直接借鉴尸解理论："若食谷不死，日中无影，下仙也。或白日尸解，过死太阴，然后乃下仙之次也。"[②] 又曰："仙府乃十二大试，太极真人下临之，上过为上仙，中过为地仙，下过白日尸解。都不过者，不失尸解也。尸解土下主者耳，不得称仙也。"[③] 此外，《周氏冥通记》卷三東华上簿紫录内格中，详细记载了各类仙真的进阶情况，其中包括许多尸解仙。整体上，以《列仙传》《神仙传》《洞仙传》三部仙传小说为例，可以对唐前仙传小说中尸解信仰的发展演变有一个直观的解读。

《列仙传》记载仙人近 70 人，其中尸解成仙者，如赤松子（火解）、宁封子（火解）、黄帝（剑解）、吕尚（无尸）、啸父（火解）、务光（水解）、平常生（但见衣帔革带）、寇先[④]（死后重现）、瑕丘仲（水解）、钩弋夫人（但有丝履）、谷春（有

---

① 唐末五代杜光庭《墉城集仙录序》中把修道成仙分为四类：飞升、隐化、尸解、鬼仙。

② 《紫阳真人内传》，《道藏》第 5 册，北京：文物出版社，上海：上海书店，天津：天津古籍出版社，1988 年，第 543 页。

③ 同上，第 546 页。

④ 寇先也作冠先，《搜神记》中即有冠先故事。

衣无尸）等。此外，骑龙鸣“水坏其庐而去”，有水解的因素，师门死后成仙，也存在尸解仙的可能性。《列仙传》故事简短，篇幅短小，上述尸解故事表达得都非常简略，而且都不涉及尸解的具体实施过程。韩吉绍曾总结过早期尸解方术的特点：第一，尸解者成仙以前大都具有特异功能或反常特征；第二，尸解时间较短，大多人死后很快就尸解仙去；第三，尸解后大都有寄存物，如衣冠、剑、书籍、丝履、衣物等；第四，有的尸解仙去后不见踪影，有的则仍停留于世间。[①] 结合韩吉绍的分析，反观《列仙传》诸尸解故事，可以看到早期尸解理论乃至早期神仙观、神仙信仰的特点。首先，《列仙传》中的尸解形式多样。皮若蝉蜕、解化托象，开棺无尸、唯见某物，死后无尸、某处复见等均属于尸解，此外还有火解、水解等尸解类型的雏形，这说明当时对尸解并未形成一个固定的理论认识。汉代对尸解有不同的理解，如东汉王充《论衡·道虚篇》概括当时流行的尸解理论有两种形式，所谓“身死精神去”即灵魂飞升，“身不死得免去皮肤”即肉体成仙。除此之外，《太平经》对尸解还有另外一种解释：

> 或有尸解分形，骨体以分。尸在一身，精神为人尸，使人见之，皆言已死。后有知者，见其在也，此尸解人也。久久有岁数，次上为白日升天者。使有岁数功多成，更生光照，助天神周遍。复还止云中，所部界皆有尸解仙人，主知人鬼者。[②]

① 韩吉绍、张鲁君：《试论汉代尸解信仰的思想缘起》，《宗教学研究》，2012年第2期，第276—281页。

② 王明编：《太平经合校》，北京：中华书局，2014年，第568页。

《太平经》以形神分离解释尸解，认为神离开形之后，可修炼为人形，成为尸解人，此后可以升仙。这种解释实际上是说尸解是一个死后复生的过程。至于如何实现死后复生，《老子想尔注》中有“太阴炼形”的理论，太阴炼形是指从死亡到尸解成仙过程中要经历炼形的过程，但它并没有说明太阴炼形的具体方法，这个过程到上清派理论中才被逐渐完善。整体上，尸解在汉代仙传小说中比较笼统，但已基本包含了后世尸解理论的雏形。其次，《列仙传》中的神仙是一种异类，所以尸解成仙的前提是“异”。如宁封子可掌火，啸父不老且有作火法，平常生数死复生能止大水，寇先长寿有道，瑕丘仲长寿，钩弋夫人天生奇异，谷春死而尸体不冷等。但同时应该注意到，这种“异”并不全部是指异类、反常与怪异，它同时包含其他侧重点，如黄帝、吕尚有功德，务光善德行。《列仙传》这种重人伦德行的倾向，在东汉尸解理论中被放大，并取代“异”成为尸解的前提条件。如《老子想尔注》认为炼形尸解需“积善行”，《太平经》也认为只有“得道人”才能尸解。很大程度上，出于传道布教的需要，尸解理论才被如此宗教化。再次，在早期尸解信仰中，关于尸解的具体操作方法几乎是空白的。因为在当时的神仙观念中，神仙是至高无上的存在，成仙是仙真独享的特权，常人可望而不可即。因此尸解之事本身就已具有足够的神异性，无须通过详述尸解的来龙去脉来再次强调，故大多数人死后便很快尸解而去。而后世从死亡到尸解成仙存在一定的时间差，则是与魏晋之后“神仙可学而致”的观念转变相关。最后，早期的尸解仙地位较高。《太平经》卷一百一十四载：“尸解之人，百万之人乃出一人耳。"① 即在汉代，尸解仙是受人尊崇的。在后世的道教理论中，成仙方式决定神仙地位，其中最受推崇的是举形飞虚即白日飞升，尸解被视为下仙之第。但在《列仙传》中飞升与尸解成仙并没有等级差别，飞升成仙者如乘龙而去的马师皇、陶安公、呼子仙等，乘风雨上下的赤松子、赤将子舆，随风而去的马丹、东方朔，仙人接引的王子乔、木羽，乘凤凰的萧史等，能飞行的如昌容、鸡父、毛女、偓佺等；此外，还有其他并非直接飞升的，乘鱼如琴高、子英，乘木羊如葛由等。尸解仙中亦存在肉体飞升的情况，如宁封子、啸父火解，随烟火而升，属于白日飞升；黄帝尸解，乘龙而去，亦属于飞升。也就是说，在《列仙传》中，飞升与尸解存在相互重合之处，后世有"白日尸解自是仙，非尸解之例也"② 这样的理论，或许正是针对早期尸解理论混沌不清的情况而发。当然，整体上汉代神仙理论不成熟、等级观念不完善是尸解理论混沌不清的根本原因。

成书于东晋的《神仙传》，在理论上较《列仙传》更加完善。《神仙传》所记尸解仙主要有 11 人，③ 如魏伯阳（服丹死后升仙）、王远（忽失其尸，衣带不解，如蛇蜕耳）、蔡经（唯有皮头足具，如今蝉蜕也）、李少君（死后失尸，衣带不解，犹如蝉蜕，百余日后行人复见之，开棺唯履在）、董仲君（尸烂生

---

① 王明编：《太平经合校》，北京：中华书局，2014 年，第 612 页。

② （南朝梁）陶弘景撰，赵益点校：《真诰》，北京：中华书局，2011 年，第 76 页。

③ 11 人之中，程伟妻尸解事本于汉魏本，四库本仅言"妻乃发狂裸而走，以泥自涂，遂卒"。魏伯阳故事中与魏伯阳一同服丹的还有两名弟子，另外，费长房之师壶公，也有尸解的可能，《太平御览》即将壶公归入尸解仙之列。此外，又有他书征引作出《神仙传》的尸解故事，如《太平广记》有成仙公尸解之事。因此《神仙传》中尸解仙的数量或多于 11 个。

虫，忽失所在）、倩平吉（讬形尸解）、程伟妻（蹷然而死，尸解而去）、葛玄（忽失其尸，委衣床上，衣带无解）、费长房（棺中无尸，唯一竹杖）、介象（死后开棺，唯一奏版符）、董奉（死后重新出现，开棺无尸，但见一帛，一面画作人形，一面丹书符）等。除此之外，《神仙传》中的诸位仙人还具有起死回生的能力，如凤纲采百草花制药，能使死者复生；李阿有异术，受伤而死又能健康如故；茅君能起死回生等。从上述尸解故事来看，《神仙传》对尸解理论的演绎较《列仙传》发生了一定的变化。首先，魏晋以来尸解理论的内涵越来越明确。《神仙传》中已经很少记载水解、火解等内容，其尸解多围绕托形尸解或死后复生进行，先死后化成为《神仙传》中尸解理论的中心。如魏伯阳服丹而死之事，符合死后复生成仙的尸解理论，故也属于尸解之例。其次，尸解以成仙掩饰死亡，于是死亡便变成了托死、假死或诈死，而且多数人不仅能预知自己的死亡，也早知自己的成仙时日。如王远预知自己期运将尽、董仲君“佯死”、葛玄自言将“八月十三日中时去”等。此外，汉武帝做梦预感李少君将离去，介象、董奉等连连请辞等，也间接表明他们对于自己将尸解仙去早已知晓。小说以从容态度面对死亡，是一种消弭死亡带来的心理恐惧的努力，也使得道教想通过尸解掩饰死亡的目的更加突出。再次，从死亡到尸解需要一定的时间才能实现。除了魏伯阳、董仲君、程伟妻等少数几人未言尸解所需时间，或所需时间较短外，其他人尸解都需要一定的时间。如介象半天、蔡经三日、王远三日三夜、葛玄三日三夜、董奉七日、费长房一年。此外，李少君百余日后复现、倩平吉百余年后还乡，这个时间是二人重新出现时的时间，尸解所需时间未必如此久，小说中的蔡经三日尸解，十余年后才还家，即为证明。总之，尸解有具体操作之法，并需要一定的时间完成，这是葛洪"神仙可学而致"理论的体现。最后，尸解仙的地位有所下降。虽然《神仙传》中没有关于神仙等级的明确论断，但在《神仙传·壶公》中费长房因未通过壶公的成仙测试而成为尸解仙，壶公曰："子不得仙也，今以子为地上主者，可寿数百余岁。"[①] 又如王远成仙后谓蔡经曰："汝生命应得度世，故欲取汝以补仙官。然汝少不知道，今气少肉多，不得上升，当为尸解耳。"[②] 此处表明，飞升可为仙真，其地位高于尸解仙。葛洪在《抱朴子内篇》中将仙人分为天仙、地仙、尸解仙三等，神仙三品说虽不是葛洪首创，但明确地体现了神仙等级观念。

《洞仙传》中所记载的尸解仙，主要有范豺（开棺无尸，第二年复现）、郭志生（死后重现）、韩越（杖解）、郭璞（开棺无尸）、郭文举（蝉蜕）、徐弯（唯有空壳）、王嘉（杖解）、刘憧（杖解）、干吉（失尸）、青谷先生（得杖解法）、刘讽（托形杖履）、杜昺（至期于寝不觉，尸柔气洁）、扈谦（空衣无尸）、朱库（唯有空壳）等。《洞仙传》中的尸解故事是对《神仙传》的继承，同时也从不同的侧面反映出六朝尸解理论的发展与特点。《洞仙传》中尸解仍然以托形尸解、死后复生为主要形式，但反映出的尸解理论则更加完善。就托形尸解而言，有剑、杖、衣、履、书等多种形式，而《洞仙传》则诠释上清派尸解观，表现剑解、杖解的次数较多。上清派以剑解为上尸解，

---

① （晋）葛洪撰，胡守为校释：《神仙传校释》，北京：中华书局，2010年，第308页。

② 同上，第93页。

杖解为下尸解，这是对早期太清尸解理论的继承。太清尸解思想如《金液神丹经》卷中说：

> 夫仙法老得道者，尸解为上，上尸解用刀，下尸解用竹木。靓请问曰："尸解用刀，刀自伤耶?"阴君曰："不如君言，言刀尸解者，以刀代身为人，缘以著棺中。以绝子孙之情，断世俗之路也。"①

太清尸解以刀解为上，竹木尸解为下，上清派继承此思想，以剑解代替并改进了刀解思想。六朝上清派尸解理论基本上摒弃了原始的自伤式尸解，重视法术修炼并形成了一系列的尸解仪式，奠定了尸解术在后世的发展基础。对于死后复活式的尸解，神仙传记中多只记载尸解之事，而对尸解之法不做详述，在道书理论中尸解仙的复生直接变成了一个肉体重生的过程。如《真诰》卷四载：

> 若其人暂死适太阴，权过三官者，肉既灰烂，血沉脉散者，而犹五脏自生，白骨如玉，七魄营侍，三魂守宅，三元权息，太神内闭。或三十年、二十年，或十年、三年，随意而出。当生之时，即更收血育肉，生津成液，复质成形，乃胜于昔未死之容也。真人炼形于太阴，易貌于三官者，此之谓也。天帝曰："太阴炼身形，胜服九转丹。形容端且严，面色似灵云。上登太极阙，受书为真人。"②

---

① 《金液神丹经》，《道藏》第18册，北京：文物出版社，上海：上海书店，天津：天津古籍出版社，1988年，第755页。

② （南朝梁）陶弘景撰，赵益点校：《真诰》，北京：中华书局，2011年，第76页。

即认为人死后，肉体腐烂，魂魄未散，真一内守，即可复活，复活时身体各部分组织将重生，这是一个修炼的过程，显然这是对《想尔注》中“太阴炼形”理论的发展及世俗化解读。上清派的尸解理论还对尸解的前提进行了进一步的改造，在强调积善的同时融入了儒家忠孝贞廉等观念。如《真诰》明确提出了“积行获仙，不学而得”“先有德行，自然得尸解者也”① 等主张，认为有善行、孝道、功德者，即使不修仙也可成仙。整体上尸解仙地位较低，但对于那些飞升无望之人，尸解也不失为成仙的权宜之计。正如萧天石在《仙学指微》中所言：“尸解者，乃修仙未能臻神化隐遁白日飞升而死者，托尸解化也。”② 可以说南北朝时期上清派尸解理论已经十分成熟。此外，《洞仙传》中的尸解故事还有一个显著的特点，即尸解之人多与政治活动存在一定联系。许多人是被统治者杀死的，如宋文帝赐死范豺、王敦杀郭璞、姚苌杀王嘉、雍州刺史刘道产忌刘憻、孙策杀干吉等，其他人也都直接或间接参与到政治活动中，如谢安、桓温、谢玄等人都曾就政治活动问凶吉胜负于杜昺，扈谦精于易占卜，曾为晋海西公、桓温卜筮。这些人多精通占卜，或能预知凶吉，因不配合统治者或因统治者的猜忌而被诛杀，这不仅是对六朝惨烈政治斗争的侧面反映，重要的是突出了政治与宗教之间的矛盾。尤其是于吉因教徒众多而被孙策诛杀之事，充分说明了道教要想发展就必须置身于政治意识之下，并服务于政治统治。因此自葛洪的神仙道教从一开始，便极力与民间道教划清界限。他一

① （南朝梁）陶弘景撰，赵益点校：《真诰》，北京：中华书局，2011 年，第 293 页。

② 萧天石：《道家养生学概要》，郑州：中州古籍出版社，1988 年，第 44 页。

方面主张修仙需远离政治，如他在《神仙传》中塑造了许多不仕或弃官修仙者，并明确表达了“荣位不可长保”的观点；另一方面在成仙教义中主动援引封建儒家伦理思想，提出“欲求仙者，要当以忠孝和顺仁信为本。若德行不修，而但务方术，皆不得长生也”[①] 的观点。六朝道教，尤其是上清派也是沿着这个方向发展的。《真诰》认为富贵淫丽为破骨之斧，求华名譬若烧香，名立则身绝，并进一步提出了“道士去世，不事王侯”，[②] 应栖山林而修道的观点。上清派重视精神修炼，这一方面满足了上层世族的精神需求，另一方面也是为了将修道之人的注意力从现实政治中转移的手段，而这些变化都是神仙信仰的封建伦理化与道教的官方政治化的必然趋势。

五　唐前志怪小说中的尸解成仙故事

仙传小说目的在于弘教，因此对尸解多进行宗教义理上的演绎，而志怪小说猎奇志异色彩突出，更多关注尸解的奇异性。因此，唐前志怪小说将仙道故事作为奇闻轶事的一种，尸解只是志怪文学中反映仙道灵异的一小部分内容。

尸解故事的怪异性早在《汉武帝内传》中便已有所表现，小说中言西王母授汉武帝尸解之方，又载有武帝死后随葬的玉杖见货于市，书箱现于山室，而武帝陵墓完好无损。此事见之者甚

① （晋）葛洪撰，王明校释：《抱朴子内篇校释》，北京：中华书局，1985 年，第 53 页。

② （南朝梁）陶弘景撰，赵益点校：《真诰》，北京：中华书局，2011 年，第 188 页。

惑，不能名之。对此《内传》有言：

> 按《九郁龙真经》云：得仙之下者，皆先死。过太阴中，炼尸骸，度地户，然后乃得尸解去耳。按武帝箱杖杂书，先并随身入椁，乃从无间忽然显出，货杖于市，书见山室，自非神变幽妙，孰有如此者乎？明武帝之死，尚未可知应运灵化。①

《内传》用尸解理论来解释武帝身后的怪异之事。《神仙传·淮南王》的记载与之类似："其后王母降时，授仙经，密赐灵方，得尸解之道。由是茂陵玉箱金杖，丹出人间；抱犊道经，见于山洞，亦视示武帝不死之迹耳。"② 尸解故事此后则成为志怪小说中一类富有吸引力的素材，如《列异传》说：

> 黄帝葬桥山。山崩，无尸，唯剑舄存。③
>
> 蔡经与神交。神将去，家人见经诣井上饮水，视井上，俱见经皮如蛇蜕，遂不还。④

《拾遗记》中记载屈原：

> 屈原以忠见斥，隐于沅湘，披蓁茹草，混同禽兽，不交世务，采柏实以合桂膏，用养心神，被王逼逐，乃赴清冷之水。楚人思慕，谓之水仙。

---

① 《汉武帝内传》，《道藏》第5册，北京：文物出版社，上海：上海书店，天津：天津古籍出版社，1988年，第57页。

② （晋）葛洪撰，胡守为校释：《神仙传校释》，北京：中华书局，2010年，第202页。

③ （魏）曹丕等撰，郑学弢校注：《列异传等五种》，北京：文化艺术出版社，1988年，第26页。

④ 同上，第18页。

又如《异苑》载：

武陵宗超之奉经好道，宋元嘉中亡。将葬，犹未阖棺，其从兄简之来会葬，启盖视之，但见双屐在棺中云。①

此外，志怪小说中的尸解故事还有《搜神记》中的冠先、卒常生、于吉、介琰、钩弋夫人、史姁，《搜神后记》中的剡县赤城，《拾遗记》中的黄帝、苌弘，《异苑》中的双屐、胡道洽，《殷芸小说》中的王子乔等。志怪小说对尸解故事的理解既有对早期仙传故事的借鉴，也有对历史人物的追思纪念，还附会了好道之人的异闻。

尸解本质上是对死亡的一种讳饰，魏晋六朝时期逐渐成为一种修道成仙的方式，于是尸解者的死也逐渐成为托死、诈死，从而进一步演化为成仙者能预知自己的死亡，甚至知晓自己的成仙时日。如《搜神记》中的刘玘：

汉阳羡长刘玘，尝言："我死当为神。"一夕饮醉，无病而卒。风雨失其柩，夜闻荆山，有数千人啖声。乡民往视之，则棺已成冢。遂改为君山。因立祠祀之。②

刘玘预知死亡并尸解成仙，但志怪小说重点突出的是他预知死亡的神异以及他死后诸事的怪异。这也再次证明了，志怪小说对尸解故事是从非宗教角度解读的。如此观之，志怪小说中的许多故事都能找到道教尸解理论的影子。如志怪小说中"鬼神相召"故事，《搜神后记·桓梅同梦》说：

---

① （南朝宋）刘敬叔、（北齐）阳松玠撰，范宁、程毅中、程有庆辑校：《异苑谈薮》，北京：中华书局，1996年，第49页。

② （晋）干宝撰，汪绍楹校释：《搜神记》，北京：中华书局，1979年，第55页。

桓哲字明期，居豫章时，梅元龙为太守，先已病矣，哲往省之。语梅云："吾昨夜忽梦见作卒，迎卿来作泰山府君。"梅闻之愕然，曰："吾亦梦见卿为卒，著丧衣，来迎我。"经数日，复同梦如前，云"二十八日当拜"。至二十七日晡时，桓忽中恶腹满，就梅索麝香丸。梅闻，便令作凶具。二十七日，桓便亡。二十八日而梅卒。[①]

以梦的形式展现鬼神索命的亦真亦幻，以真正死亡的结局印证索命的真实性，在这个过程中，死亡是故事中心。但鬼神到来并非单纯索命，而是召其去做泰山府君，乃地府中的官职，也属于道教神仙系统，因此该故事还有着神仙降真接引成仙的痕迹，从这个角度讲，主人公死亡的结局可视为尸解的一种。只不过一般情况下尸解成地仙，此处则为地下神。这里涉及道教地府理论的构造及其影响。早在汉代道教便已出现阴曹地府的概念，在道教地府体系中，地位最高的天齐仁圣大帝，掌管大地万物生灵。然后是北阴酆都大帝，之后有五方鬼帝，[②] 再下面是罗酆六天，[③] 而传说中阴曹地府是由十殿阎罗王[④]掌控的，此外，后土神、东岳大帝、城隍等也可掌管生死。道教将地府世界中的神也作为了

① （晋）陶潜撰，汪绍楹校注：《搜神后记》，北京：中华书局，1981 年，第 21 页。

② 东方鬼帝蔡郁垒、神荼，治桃止山鬼门关，西方鬼帝赵文和，王真人，治嶓冢山，北方鬼帝张衡、杨云，治罗酆山，南方鬼帝杜子仁，治罗浮山；中央鬼帝周乞、嵇康，治抱犊山。

③ 纣绝阴天宫、泰煞谅事宗天宫、明晨耐犯武城天宫、恬昭罪气天宫、宗灵七非天宫、敢司连宛屡天宫。

④ 道教中有十殿阎王之说，始于唐末，指十个主管地狱的阎王的总称。十殿冥王都是冥界最早的修冥者，个个都是修为高深，第一殿秦广王，第二殿楚江王，第三殿宋帝王，第四殿五官王，第五殿阎罗王，第六殿卞城王，第七殿泰山王，第八殿都市王，第九殿平等王，第十殿转轮王。

真灵位业中的一部分，则地府神也是神仙，如此观之志怪小说中鬼魂相召的故事，便不仅仅是民间鬼神信仰改造的结果。此类故事主人公还有《幽明录》中的许攸、刘青松、王矩、岩石，《甄异传》中的王思规、祖冲之《述异记》中的郭秀之、《杂鬼神志怪》中的刘赤斧等。对修道者而言，尸解成仙有着巨大的吸引力，但对普通大众而言，他们对死亡的关注远远高于成仙，这或许也是“神仙尸解”在民间流传并逐渐变为“鬼神相召”的本质原因。

此外，在志怪小说中尸解只是一种奇异的死亡方式，与复活也存在一定的联系，甚至可以说尸解故事某种程度上是志怪小说复活故事的一个类型。尸解式的复活与人死复生最本质的区别在于复活之后，一个为仙，另一个仍为人。而且尸解成仙理论在强调肉体不死、尸体的完整性上都对复活故事产生了较大的影响，这一点在数量众多的复活故事中均得到了突出强调。

第四节　道教修炼成仙与试炼内容

一　成仙的先天性决定因素

早期成仙完全依赖于神仙，自葛洪“神仙可学而致”理论提出后，才改变了神仙主导的局面，将成仙变成了一件可自主操作的事情。葛洪虽然提出了“我命在我不在天”的命题，但其仍未完全摆脱命定论的影响。炼制金丹是成仙的基本前提，但并不是所有从师修道之人都能得到丹方传授，也不是得到传授之人便能够最终成仙。在这个过程中，还存在一定的偶然性因素，甚至是决定性因素。不同的人在修仙实践中成仙难易程度不同，这由每个人的先天禀赋所决定，也即道教命定论思想的一种体现。

命定论即道教成仙的先天性因素，具体表现为道教对某些承自上天的神秘的宿命的重视。葛洪认为一个人成仙与否是由“命”决定的，如《抱朴子内篇》中多次强调：

> 命之修短，实由所值，受气结胎，各有星宿，无道无为，任物自然，无亲无疏，无彼无此也。命属生星，则其人必好仙道。好仙道者，求之亦必得也。命属死星，则其人亦不信仙道。不信仙道，则亦不自修其事也。①
>
> 按《仙经》以为诸得仙者，皆其皆受命偶值神仙之气，自然所禀。故胞胎之中，已含信道之性，及其有识，则心好其事，必遭明师而得其法，不然，则不信不求，求亦不得也。②
>
> 其受命不应仙者，虽日见仙人成群在世，犹必谓彼自异种人，天下别有此物，或呼为鬼魅之变化，或云偶值於自然，岂有肯谓修为之所得哉？……有仙命者，要自当与之相值也。③

成仙的宿命问题，在葛洪的作品中反复出现。如《抱朴子内篇》中黄帝传玄子《黄帝九鼎丹经》曰：“受之者以金人金鱼投于东流水中以为约，歃血为盟，无神仙之骨，亦不可得见此道

---

① 王明：《抱朴子内篇校释》，北京：中华书局，1985 年，第 136 页。
② 同上，第 226 页。
③ 同上，第 252 页。

也。”① 此处的“仙骨”实质上也是一种天生的仙缘，属命定论的范围。又如《神仙传》中神人授予墨子道书，并言：“子既有仙分缘，又聪明，得此便成，不必须师也。”② 程伟妻面对其夫索要成仙之道时，曰：“得之须由命者。”并指出传道需择人：“道必当传其人，得其人，得路相遇辄教之。如非其人，口是而心非，虽寸断而支解，而道犹不出也。”③ 此外，仙缘也包括相貌、骨相、气血等身体性因素，如《神仙传》中仙人因严青“骨相合仙”授其经书，刘根因有仙骨得以在华阴山中遇韩众，蔡经“骨相当仙”，但因其“少不知道，今气少肉多，不得上升，当为尸解耳”；④《洞仙传》云杜昺有“不凡之相”等。这种趋势在后世逐渐发展成为独特的仙人骨相理论，至唐代形成了神仙的上仙十相、上仙骨骼“十三形”⑤ 等具体化的神仙相貌理论。若身体条件不符合成仙要求还有补救之法，如《神仙传》中刘根具有仙骨，但“髓不满，血不暖，气少脑减，筋息肉沮，故服药行气，不得其力，必欲长生，且先治病十二年，乃可服仙之上药耳”。⑥ 介象山中遇神女，神女以“汝血养之气未尽，断谷三年更来，吾止此”，⑦ 教导其调养气血。又如《洞仙传》中的姜伯真，仙人从其背后观其心不正，但因其“勤学之至，而

---

① 王明：《抱朴子内篇校释》，北京：中华书局，1985 年，第 74 页。

② （晋）葛洪撰，胡守为校释：《神仙传校释》，北京：中华书局，2010 年，第 124 页。

③ 同上，第 262 页。

④ 同上，第 93 页。

⑤ 《三洞珠囊》，《道藏》第 25 册，北京：文物出版社，上海：上海书店，天津：天津古籍出版社，1988 年，第 346—347 页。

⑥ （晋）葛洪撰，胡守为校释：《神仙传校释》，北京：中华书局，2010 年，第 300 页。

⑦ 同上，第 324 页。

不知心不正为失",[1] 教其服石脑之法。在志怪小说中，有诸多带有宿命论色彩的内容，如《列异传》中"蒋子文，汉末为秣陵尉。自谓骨青，死当为神",[2]《拾遗记》中周昭王精智未开，故仙人先易其心，昭王才得以后天而死。[3] 仙缘、宿福、异相、异骨等成仙先天论带有消解个人努力的宿命论色彩，解释了那些"神仙积学而无法致"的修仙故事。也为偶遇神仙、误入仙境等偶然成仙故事提供了理论支撑，如《幽明录》中刘晨、阮肇入仙境，在请求离去时，神女言："君已来是，宿福所牵，何复欲还邪?"即已道明其能进入仙境是有"宿福"的。

成仙故事中的先天性、偶然性因素，一是因道教神仙本身即具有某种神秘性，成仙的偶然性更易于文学发挥，与小说志异猎奇的本意相符；二是成仙的宿命论色彩是在神仙道教"神仙可学而致"的理论改造下，对魏晋时期的"仙人有种论"的继承与保留。汉代之前神仙都被视为异类，故嵇康提出了"神仙有种论"；葛洪改革神仙道教，强调后天的学习与修炼，否定神仙有种，但这种古老的神仙观并未完全消失，而是作为一种影响修道之人能否成仙的偶然性因素而存在。

① （宋）张君房编，李永晟点校：《云笈七籤》，北京：中华书局，2003 年，第 2427 页。

② （魏）曹丕等撰，郑学弢校注：《列异传等五种》，北京：文化艺术出版社，1988 年，第 19 页。

③ （晋）王嘉撰，（梁）萧绮录，齐治平校注：《拾遗记》，北京：中华书局，1981 年，第 54 页。

二　师徒传授制度与道教考验试炼

人可以通过学习、修炼成为神仙，这是魏晋之后道教神仙观的主流。随师学道是一个双向选择的过程，修道者应该择名师，传道者需要择高徒。修道者首先应注意辨别老师真伪，以闻道者为师："夫道尊德贵，不在年齿，父母生我，然非师则莫能使我长生也，先闻道者则为师矣。"① 从师学道要辨别老师的真假好坏："虚名之道士，既善为诳诈，以欺学者。"② "深念学道艺养生者，随师不得其人，竟无所成，而使后之有志者，见彼之不得长生，因云天下之果无仙法也。"③ 因此要跟随名师学习，并且以坚定的毅力与恒心坚持，反之，则不能得道成仙。有了名师，想要随师学道，修道者要满足基本的"素质"要求。首先，神仙可成的信仰不容动摇。葛洪强调应道心坚定："凡学道当阶浅以涉深，由易以及难。志诚坚果，无所不济，疑则无功，非一事也。"④ 对于神仙之事要有信心："要道不烦，所为鲜耳。但患志之不立，信之不笃，何忧于人理之废乎？"⑤ 其次，需要有顽强的毅力。《抱朴子内篇·极言》说："彼莫不负笈随师，积其功勤，蒙霜冒险，栉风沐雨，而躬亲洒扫，契阔劳艺。始见之以信行，终被试以危困，性笃行贞，心无怨贰，乃得升堂以入于

① （晋）葛洪撰，胡守为校释：《神仙传校释》，北京：中华书局，2010 年，第 77 页。

② 王明：《抱朴子内篇校释》，北京：中华书局，1985 年，第 258 页。

③ 同上，第 260 页。

④ 同上，第 123 页。

⑤ 同上，第 148 页。

室。"[1] 对于修道者道心是否笃定，考验一番便可得知。

道教的考验试炼都是围绕着选择传授人进行的："夫道家宝秘仙术，弟子之中，尤尚简择，至精弥久，然后告之以要诀。"[2] 因为"仙师重道尊经，不许轻滥传，遂设阱垂饵，极考校之苛峻",[3] 故道书传授制度是促进道教考验试炼内容发展的重要原因，道教经典的师徒传承也使"为师者"的角色和意义更加突出。《神仙传》中的仙传故事几乎都具有授受传承的叙事中心。葛洪重视师承与其家学渊源以及江南士族的身份背景密切相关，而且魏晋时期道派林立，道书驳杂，重视师承又有区分道派的积极作用。此外，为保证炼丹术的秘密性，中古丹经中有大量隐语、隐名，"（道书）为了宣传神灵的灵异威严及鬼怪的可怖与凶恶，为了引起人对理想中的仙界的向往，当然也为了保证道士对于'沟通人神天地'的特权，它们常常需要使用一些非常独特和怪异的语词，所以它不是'无文字语言以为说'，而是专凭文字语言以为神"。[4] 这些隐晦内容必须要名师指导、口授秘诀才能弄懂，若非如此，便金丹不成。如《抱朴子内篇·黄白》说：

> 凡方书所名药物，又或与常药物同而实非者，如河上姹女，非妇人也；陵阳子明，非男子也；禹余粮，非米也；尧浆，非水也。而俗人见方，用龙胆虎掌、鸡头鸭脚、马蹄犬血、鼠尾牛膝，皆谓之血气之物也；见用缺盆覆盆、釜浒大

---

① 王明：《抱朴子内篇校释》，北京：中华书局，1985 年，第 239 页。

② 同上，第 226 页。

③ 钱锺书：《管锥编》，北京：三联书店，2007 年，第 994 页。

④ 葛兆光：《中国宗教与文学论集》，北京：清华大学出版社，1988 年，第 75 页。

> 戟、鬼箭天钩，则谓之铁瓦之器也；见用胡王使者、倚姑新妇、野丈夫、守田公、戴文浴、徐长卿，则谓人之姓名也。近易之草，或有不知，玄秘之方，孰能悉解？①

文中河上姹女、陵阳子明、禹余粮、龙胆、虎掌等皆为隐名，若没有解读丹方的口诀，根本无法炼制丹药。“至真之诀，或但口传，或不过寻尺之素，在领带之中，非随师经久，累勤历试者，不能得也。”② 在此背景下，拜师学道尤为重要，拜师求道仪式也相应发展起来：“魏晋时道经的传授要立坛盟誓，关键性的神仙方术秘诀并不写在道书上，而是采用师徒口授的方式……经书的授受还要由弟子交纳一定量的丝绸、金玉、珠宝等作为信物，以为歃血盟誓勿泄之约，成了当时传经的宗教科仪。”③ 魏晋六朝道教上层化倾向明显，在选择继承人时会多方考察。“若值明智之师，且欲详观来者变态，试以淹久，故不告之，以测其志。”④ 《抱朴子内篇·金丹》中黄帝传玄子时候，曾告诫他：

> 此道至重，必以授贤，苟非其人，虽积玉如山，勿以此道告之也。受之者，以金人金鱼投东流水中以为约，歃血为盟，无神仙之骨，亦不可得见此道也。⑤

在选择丹经传承人时需谨慎，妄传则会泄露天机，“传丹经

① 王明：《抱朴子内篇校释》，北京：中华书局，1985年，第288页。
② 同上，第256页。
③ 胡孚琛：《魏晋神仙道教》，北京：人民出版社，1989年，第69页。
④ 王明：《抱朴子内篇校释》，北京：中华书局，1985年，第255页。
⑤ 同上，第74页。

不得其人，身必不吉”。[①] “苟非其人，虽裂地连城，金璧满堂，不妄以示之。”[②] “道家之所至秘而重者，莫过于长生之方也。故血盟乃传，传非其人，戒在天罚。先师不敢以轻行授人，须人求之至勤者，犹当拣选至精者乃教之。”[③]《太平广记·神仙九·孔元方》也曾谈及继承人的选择问题：

> 此道之要言也。四十年得传一人，世无其人，不得以年限足故妄授。若四十年无所授者，即八十年而有二人可授者，即顿接二人。可授不授为闭天道；不可授而授为泄天道，皆殃及子孙。[④]

总之，所传非人必会受到惩罚，因此为师者为选择一个合格的传授者，多会对道徒进行各种考验。

道教经典中记载有考验教徒的理论与方法，如《洞真太上八素真经修习功业妙绝》说：[⑤]

> 道士祭酒男女官，汝欲修炼太清神丹，并练三元牝牡之术，冥身山泽，思仙养志者，先受成生五戒。又经七试九炼，摧性忍弱，被人凌辱，不以怨耻者；又不以外想邪心，静神专一者；又当忍受饥寒，委辱不恚不坠者；又当积勤立功广大，济度厄急，拔度死命，受更生之始者。[⑥]

---

① 王明：《抱朴子内篇校释》，北京：中华书局，1985年，第76页。

② 同上，第189页。

③ 同上，第252页。

④ （宋）李昉等编：《太平广记》，北京：中华书局，1961年，第61页。

⑤ 《洞真太上八素真经修习功业妙绝》撰人不详，约出东晋南朝，系早期上清派重要经典之一。

⑥ 《洞真太上八素真经修习功业妙绝》，《道藏》33册，北京：文物出版社，上海：上海书店，天津：天津古籍出版社，1988年，第471—472页。

该书还言："学道积年，乃经十折九辱，秽恶横加，犹怀慊恪忍弱之仁，此为一智。"① 可见，道教极重视对道徒的考验，而且在考验方法上无所不用其极。六朝上清派也有坚定的考验道徒的立场，《真诰》中裴君降真于杨羲时曾对他说：

> 今子欲学道，彼必试子。试而不过，是我之耻也。今既语子以得道之方，又悟汝以试观之法，于此试而不过者，亦子之愚也。夫欲试之人，皆意之所不悟、情之所不及者而为之，子慎之哉！②

《真诰》还记载了许多考验故事，并指出"仙道十二大试皆过而授此经，此十二事，大试也，皆太极真人临见之，可不慎哉"。③ 上清派有一套完整的考验程序，甚至不惜以生命为代价，如考验刘伟道时"仙人试之以石，重十万斤，一白发悬之，使伟道卧其下"。④ 以死亡来试验求仙之心是否虔诚，一方面是对"诚心"的最高外化与升华，能体现出修道者将生死置之度外的决心；另一方面也是对实际修仙过程中死亡现象的托词。毕竟长生不可能实现，死亡是道教不得不面对的事实，道教以假死、尸解掩盖死亡真相的同时，也将死亡变为考验求仙者决心的手段。通过考验者可成仙，此类考验试炼体现了道教传授经书的谨慎态度。层层严苛的考验也与魏晋神仙道教以来成仙难度的降低相关。自葛洪提出"神仙可学而致"理论，宣扬人人皆可成仙之

---

① 《洞真太上八素真经修习功业妙绝》，《道藏》33册，北京：文物出版社，上海：上海书店，天津：天津古籍出版社，1988年，第472页。

② （南朝梁）陶弘景撰，赵益点校：《真诰》，北京：中华书局，2011年，第83页。

③ 同上。

④ 同上。

后，道教成仙有普遍化、简易化发展的倾向，然而神仙本虚幻，根本不可能实现，故道教需在成仙之途中设置新的障碍，只有通过再次加大实践上的难度才能维持神仙的神秘与神圣。因此道教将道徒对神仙的笃信程度如何，具体化为一件件消磨心智、逾越常理的困难之事，以道徒通过试验与否来量化其道心。当然在这些循序渐进的试炼考验中，考验的过程也成了一种由凡入圣、得道成仙的仪式，让一个凡人获得了超凡入圣的资格，试验过程也便成了求仙者反省领悟的过程。

三　小说中表现的道教考验试炼内容

唐前志怪小说中有很多神仙考验故事，考验内容基本上是以否定世俗欲望、追求永恒逍遥为目的。此类“考验”故事结构的叙事模式多为：有心求道—神仙指点—经受考验—失败或成仙。其多以师傅考验弟子、仙人考验求仙者的形式进行，目的在于测试被考验者求仙信仰的坚定程度，从而选择合格的传授人。

道教对修道者的考验试炼是小说中的重要内容。对神仙信仰有任何动摇的修炼皆不能成功，如沛国戴文谋朝夕侍奉，神仙下于其家，他却怀疑神仙为妖魅，最终未能得度。① 灌叔平因为不识二仙所化书生，未给食而错失成仙机会。② 在仙传小说中，试炼情节甚至成为小说传主故事的叙事中心，只有经过严格甚至是变态的考验才能成为神仙。考验的方法有许多种，典型的例子是

① （晋）干宝撰，汪绍楹校注：《搜神记》，北京：中华书局，1979 年，第 53 页。
② （晋）葛洪撰，胡守为校释：《神仙传校释》，北京：中华书局，2010 年，第 76—77 页。

张道陵七试赵升，其分别以辱骂、美色、金钱、恐惧、心胸、仁厚、不测之境等考验赵升的道心。① 对修道者的考验有时甚至苛刻到悖于常理的地步，如《神仙传》中费长房在通过壶公的多种考验之后，壶公令其“啖屎，兼蛆长寸许，异常臭恶”，费长房面有难色，故没能通过考验成为天仙，只能为地仙。又如《神仙传》中李八伯分别以“驱使用意”“危困欲死”考验唐公昉，在其通过这些考验后，又转作恶疮“周身匝体，浓血臭恶，不可近视，人皆不忍近之”，并令唐公昉为自己舐疮，虽然唐公昉最终通过了考验，但这明显悖于人之常情。仙传小说中超越世俗伦理观念的考验内容不止此一例，如《太平广记》所载蓟子训的故事中对求仙者的考验更加苛刻：

> 见比屋抱婴儿，训求抱之，失手堕地，儿即死。邻家素尊敬子训，不敢有悲哀之色，乃埋瘗之。②

以牺牲亲生儿子为代价，这已经触及人伦底线。如此看来，欲求仙者舍弃的欲望不仅包括对物质、精神的追求，也包括人之常情与伦理之心，若能抛弃常情与伦理，则是修道者摒弃欲望的最佳证明。

但无论是何种手段的考验，其结果是一致的，即通过考验者由此脱胎换骨，未通过考验者则功亏一篑。如《神仙传·陈安世》故事中灌叔平懈怠于二仙人，而错失成仙良机。《神仙传·李阿》中古强跟随李阿学道，但古强畏惧虎狼，又爱惜自己的刀，也未能获得成仙机会。《神仙传·魏伯阳》中魏伯阳弟子畏

① 详见《太平广记·神仙八·张道陵》。
② （宋）李昉等编：《太平广记》，北京：中华书局，1961 年，第 82 页。

死而未能服丹成仙。《真诰》中青乌公入华阴山学道“积四百七十一岁，十二试之，有三不过。后服金汋而升太极。太极道君以为试三不过，但仙人而已，不得为真人”。① 至于未通过考验的原因甚多：

> 或有怠厌而中止，或有怨恚而告退，或有诱于荣利，而还修流俗之事，或有败于邪说，而失其淡泊之志，或朝为而夕欲其成，或坐修而立望其效。若夫睹财色而心不战，闻俗言而志不沮者，万夫之中，有一人为多矣。故为者如牛毛，获者如麟角也。②

总之，成仙的理想是美好的，求仙之路却布满荆棘。《神仙传》中阴长生成仙后曾著书三篇，其中有两篇讲述从师学道的内容。其二曰：

> 余之圣师，体道如贞。升降变化，松乔为邻。惟余同学，十有二人。寒苦求道，历二十春。中多怠慢，志行不勤。痛乎诸子，命也自天。天不妄授，道必归贤。身投幽壤，何时可还？嗟尔将来，勤加精研。勿为流俗，富贵所牵。神道一成，升彼九天。寿同三光，何但亿年。③

其三曰：

> 惟余垂发，少好道德。弃家随师，东西南北。委于五

① （南朝梁）陶弘景撰，赵益点校：《真诰》，北京：中华书局，2011 年，第 83 页。

② 王明：《抱朴子内篇校释》，北京：中华书局，1985 年，第 239 页。

③ （晋）葛洪撰，胡守为校释：《神仙传校释》，北京：中华书局，2010 年，第 172 页。

> 浊，避世自匿。二十余年，名山之侧。寒不遑衣，饥不暇食。思不敢归，劳不敢息。奉事圣师，承颜悦色。面垢足胝，乃见哀识。遂授要诀，恩深不测。妻子延年，咸享无极。黄白已成，货财十亿。役使鬼神，玉女侍侧。余得度世，神丹之力。[①]

阴长生的两首诗回顾了自己从师学道的艰辛，这种艰辛与小说中的苛刻考验未必是道教“自矜其异”的有意编造，“因为在相当艰苦和漫长的宗教考验过程中，我相信信仰者是会产生幻觉的”。[②] 实际上，道教实践中的确存在对修道者的考验，但多存在于早期道教仪式中，神仙道教在确立及向上层阶级扩展的过程中，已经放弃了诸多艰辛又苛刻的考验仪式。但是“这些本来确实进行的考验仪式就被历史淡忘，转而成就了文学传说中的故事。”[③] 对修道者的考验虽然是为了选拔传授者，但并非所有师徒相授故事均包含考验内容，是没有进行考验，还是仙传故事做了简略处理，原因不得而知。其中《神仙传》中皇初平、卫叔卿、伯山甫、茅君四人未记载其接受考验，或许因为师徒之间是亲属关系。这也说明宗教对传统的宗法血缘伦理还是“法外开恩”的，但传授者将经书传授于有血缘关系的徒弟并非妄传，被传授者本身需具有足够的诚心与谦卑，否则也不能得到传授。如伯山甫外女之子，不信仙药，最终比母亲还老迈即是证明。

---

① （晋）葛洪撰，胡守为校释：《神仙传校释》，北京：中华书局，2010年，第173页。

② 葛兆光：《屈服史及其他：六朝隋唐道教的思想史研究》，北京：三联书店，2003年，第232页。

③ 同上，第233页。

第三章　道教女性文化与志怪小说中的女仙故事

第一节　“道”的女性文化特点及道教女性崇拜

宗教与女性一直是一个被反复讨论的问题，对这个问题的全面考察应注意三点：“第一，经典与教义对女性的态度，亦即性别是否影响信徒的拯救与成圣。第二，女性在宗教组织中的地位问题。第三，宗教对女信徒生活的影响。”① 即宗教理论的女性观、宗教内部的女性地位、宗教对世俗女性的影响，所涉及的范围非常广泛。限于篇幅和研究侧重点的问题，本书主要以道教女性观为参照，探究道教女性文化特点以及道教女仙故事对唐前志怪小说女性形象以及人仙恋内容的影响。

① 李玉珍，林美玫合编：《妇女与宗教：跨领域的视野》，台北：里仁书局，2003 年，第 5 页。

一 “道”的女性文化特点

就道教对女性的态度而言，道教具有与世界上大多数宗教都不同的女性观。世界范围内，历史上的宗教大多数都对女性持一种消极、恶劣的态度，即女性在宗教中的地位普遍不高。而道教却与之相反，对女性持有一种积极、友好、肯定的态度。不仅在道教神仙体系中有一定数量的女仙、女真，在实际的道教传承中，也有不少女性道门领袖。女性在道教中的重要地位与男尊女卑的封建社会相比，有一种难能可贵的男女平等的现代意识。当然，道教与女性的关系不仅仅是道教如何对待女性的态度问题，而涉及宗教、哲学、心理、民俗、伦理、艺术等多个领域。

道教与道家在思想观念上存在着天然的联系，在女性文化上尤其如此，二者在哲学思想上都有着贵柔主阴的女性文化特点，可以说道教的女性观在道家思想中就已奠定。“道”的女性文化特点源自于母系社会的记忆，可追溯到更加久远的原始思想以及原始宗教对女性的崇拜。人类文明初期存在着一个以女性为中心的母系社会时期，这是学术界公认的事实。此时期女性地位的获得一方面是因为女性在社会生产中的主导作用，另一方面则是由生育子女的自然属性赋予的特权。在原始直观思维中，生育让女性具有某种神秘力量，在原始宗教的推波助澜下，女性便被赋予了神的品格。甚至后世的土地崇拜，乃至礼法社会中的祭社活动等，都有着女性崇拜的原始源头，现在的诸多女神庙遗址也能充分说明原始社会中女性崇拜现象的普遍。进入文明社会之后，虽然阶级社会确立了男性本位的价值观，但远古女性崇拜的思想并未消失，而是以一种新的形式存在于经典文化之中。道家文化便是其代表，老子充分继承并发扬了原始文化中的女性崇拜思想，并将其抽象化。他的哲学本体论及诸多哲学阐释，都带有浓厚的女性文化特点。这体现在两个方面，一是老子哲学是阴柔之性的概括，是对生命哲学的颂歌。① 如老子从女性角度出发来解释作为本体的“道”：

> 有物混成，先天地生，寂兮寥兮，独立而不改，周行而不殆，可以为天下母。吾不知其名，字之曰道，强为之名曰大。②
>
> 道生一，一生二，二生三，三生万物。万物负阴而抱阳，冲气以为和。③

从老子对“道”的理解中，可以看到，老子是从生殖角度来解释世界的生成过程。这种建立在母体认识基础上的论断在《老子》中有许多，其中也有对女性生殖器直言不讳的表述。重要的是老子还从女性特质出发，运用许多象征物来阐发“贵柔守雌”的哲学思想，其中最典型的例子便是“水”。老子不仅提出“上善若水”的理念，还进一步阐述“水利万物而不争”“柔弱胜刚强”的道理，可以说老子的本体论、认识论是通过女性或女性特质文化而确定的。《周易》也十分重视女性文化特点，这从作为《周易》宇宙本体论的“阴阳”观念中便明确地表现

---

① 牟钟鉴：《道教通论——兼论道家学说》，济南：齐鲁书社，1993 年，第 150 页。

② （魏）王弼注，楼宇烈校释：《老子道德经注校释》，北京：中华书局，2008 年，第 62—63 页。

③ 同上，第 117 页。

出来。当然《周易》同样运用了象征的手法来体现女性文化，有许多论断往往都是阴阳对称、乾坤互举、男女同现。如卦象中分别有象征阳性与阴性的乾卦与坤卦，《系辞》中的“乾道成男，坤道成女”，《象》中的“天行健，君子以自强不息”“地势坤，君子以厚德载物”等。

《老子》《周易》等早期经典都是后世道教学习并加以附会宗教化的依据，因此道教也同样袭承了它们的女性观。早期道教活动于民间，在其教理、教义中并无对女性的歧视，神仙道教确立之后，也并未歧视女性。道教神仙虽男仙数量居多，但这只是对男权社会文化的一种折射，道教也不乏女仙、女真形象与故事，并逐渐形成了女仙系列，甚至有老子寄胎于金元圣母而诞生的故事。

二　道教女性崇拜及女仙信仰

原始的女性崇拜可以分为女神崇拜和女仙崇拜两种，女神崇拜是一种具有世界普遍性的原始宗教现象，女仙崇拜则是由女神崇拜分化而来，是中国传统文化的特色。女神广义上是指被神化了的女性，狭义上则是指先天而生的女性神灵，如神话故事中的西王母、女娲、嫦娥等。另外，女神一定程度上与神女相同，但神女更倾向于指称那些神格淡化而人性突出的年轻貌美的女神。女仙广义上泛指所有女性神仙，狭义上则主要指后天而成的女性神灵。“女仙”最早出现在《真诰》中，一直是道书中对道教升仙女性的称呼，随着道教神仙信仰的发展以及世俗化的推进，女仙也逐渐用来指称道教之外的女性神灵，故逐渐成为对所有女性神的泛称。唐代以后，女仙也被用于称呼年轻美丽的女子，甚至妓女。

原始社会巫文化中的巫觋是神女、仙女的原型之一。《说文解字》释“巫”：“祝也，女能事无形，以舞降神者也。”[①] 女仙崇拜成为独立的思想形态，则是“由于社会分工的发展，导致巫人的分化，那些成为不死奇药象征的女巫人最终被塑造为女仙；又由于女性隐者的存在以及其他种种原因，另一些女性也逐步升格为女仙，从而女仙成员也不断增多”。[②] 女仙崇拜之风在战国至秦朝时期兴盛，最典型的代表是西王母。早在神话故事中西王母即持有不死药，后来逐渐发展成为道教至尊的女仙，向女仙乞不死药成为求仙活动的重要一部分。女仙与不死药建立联系，固然与女性特殊的生命力相关。崇拜女神、女仙都是古人生命意识的依托：“如果说，崇拜女神是先民为了防止疾病、保佑生活的顺利，简言之，是为了‘生’的需要；那么崇拜女仙则主要表现了先民对死的抗拒。这是同一种意识在两个层面上的反映。”[③] 不过，女仙崇拜还是建立在男性生理与心理特点基础之上的，即女仙崇拜总是潜藏着“隐蔽式的情欲疏导的企图”，[④] 早期的帝王或其他贵族阶级的求仙故事便普遍带有这种色彩。周穆王遇西王母，西王母降汉武帝，《高唐赋》中楚襄王艳遇神女，以及道教仙女降真，甚至小说故事中的仙凡恋、人神恋，也都带有这种男性情欲因素。

① （汉）许慎：《说文解字》，北京：中华书局，1963 年，第 100 页。
② 詹石窗：《道教与女性》，上海：上海古籍出版社，1990 年，第 18 页。
③ 同上，第 26 页。
④ 同上，第 20 页。

道教女仙有着神话传说、民间信仰、道家思想等复杂多元的历史来源，有许多都是由女神逐渐演变成女仙，如西王母、九天玄女。对于西王母的神格演变在下节有专门论述。至于玄女，其最初形象是玄鸟，亦说是由“天女魃”衍化而来。《山海经·大荒北经》曰：“有人衣青衣，名曰黄帝女魃。蚩尤作兵伐黄帝，黄帝乃令应龙攻之冀州之野。应龙蓄水，蚩尤请风伯雨师，纵大风雨。黄帝乃下天女曰魃，雨止，遂杀蚩尤。”[①] 九天玄女在神话中的主要功绩是帮助黄帝战胜蚩尤，此后玄女还获得了黄帝师的身份，即黄帝战蚩尤时“天遣玄女下授黄帝兵信神符，制伏蚩尤”，[②] 大致南北朝时期有了《黄帝问玄女战法》一书。玄女后来被道教纳入神仙系统中，杜光庭《墉城集仙录》中即有《九天玄女传》。在民间传说中玄女是一位法力无边的女神，因除暴安民有功，玉皇大帝才敕封她为九天玄女、九天圣母。玄女作为正义之神，经常出现在古典小说中，是扶助英雄铲恶除暴的应命女仙。

道教不仅从各方面吸收女仙，还对其进行了一系列宗教化改造，如为女仙设置专门的称呼，圣母、元君、夫人、仙姑、玉女等。又如提升女仙神格，重塑女仙形象，这种努力在瑶姬身上最明显。瑶姬即巫山神女，《高唐赋》中她“自荐枕席”，成为传统文化中香艳的一笔。道教吸纳了瑶姬之后，对其进行了多方面的改造。首先，从身份上赋予瑶姬一种高贵的出身，瑶姬在杜光庭《墉城集仙录》中摇身一变成为西王母的女儿、太真王夫人的妹妹。其次，道教经典刻意过滤掉瑶姬自《神女赋》所带有

---

① 袁珂校注：《山海经校注》，上海：上海古籍出版社，1980年，第430页。
② （宋）李昉：《太平御览》，北京：中华书局，1960年，第368页。

的艳情色彩，从而树立起至高无上不可侵犯的女仙形象。最后，瑶姬拥有了相应的职司，并做出了一番卓越的贡献。如至《太平广记》中瑶姬一变而成为云华夫人，乃王母第二十三女，不仅承法术，还曾助大禹治水：

> 受徊风混合万景炼神飞化之道……时大禹理水，驻山下，大风卒至，崖振谷陨不可制。因与夫人相值，拜而求助，即敕侍女，授禹策召鬼神之书。因命其神狂章、虞余、黄魔、大翳、庚辰、童律等，助禹斫石疏波，决塞导厄，以循其流。禹拜而谢焉。①

瑶姬曾辅助大禹治水，建立不世功业，对女仙功绩的附会反映出道教的独特历史观，即道教认为历史上重大事件的背后都有着神仙的操作或鼎力相助，很多时候女仙是最佳人选，因此在道教故事中，许多重要历史事件中都有女性力量的参与。唐前仙传小说中记载有众多女仙故事，散见于各经典作品中，直到唐末道士杜光庭著《墉城集仙录》才有了道教史上的第一部女仙专著，其对前代女仙信仰进行了总结，在道教史上具有重要地位。

---

① （宋）李昉等编：《太平广记》，北京：中华书局，1961 年，第 347 页。

第二节 唐前仙传小说中的女仙形象及特点

一 从女神到女仙——以西王母为例

“女神”的产生要早于“女仙”，最初的女神是《山海经》中的原始神祇，如《大荒南经》中的羲和、常羲，《中山经》中洞庭山帝之二女，《海内北经》中舜妻登比氏等。此外，还有女娃精卫、嫦娥、女魃等。《山海经》中的女性原始神祇有许多在后世被改造为道教女仙，这种从女神到女仙的演变在西王母身上体现得尤为明显。

世界各地都存在母神神话故事，这是与母系氏族的社会现实紧密相连的，中国的女娲神话便是其代表。女娲有造人、补天的功绩，是创生人类的始祖，这是女性的自然属性以及母系氏族社会中女性社会属性的神话体现。在中国神话体系中还有一位与女娲相媲美的女仙西王母，西王母并没有可比肩女娲的功绩，也不是创世始祖神。但在道教神仙谱系中，西王母却是超越了生育与创造等原始母题的众神之神。关于西王母的传说较早，目前学术界一般认为西王母最初是西方的一个母系氏族部落的名称，其由族名逐渐演变为部落首领的称呼。这种现象在古神话传说中十分常见，共工、蚩尤、夸父最初都可能是部落的名称。① 顾颉刚将

① 详见徐旭生《中国古史的传说时代》，北京：文物出版社，1985 年，第 137 页。茅盾《神话研究》，天津：百花文艺出版社，1981 年，第 177 页，第 180 页。

中国神话体系分为昆仑与蓬莱两大神系，[1] 西王母是昆仑神系的首领神，这应该是西王母形象仙化之前神话世界的格局。西王母由原始女神变为道教女仙，与昆仑神话以及洞天福地仙境说的形成有关。昆仑山作为连通人界与天界的枢纽，在仙道观念兴起背景下，自然而然被赋予了神山之首的地位，西王母作为昆仑主宰，也获得了神仙之首的美誉。西王母在"仙"性上可与女娲的"神"性相媲美，这种至高无上的身份与地位的获得与道教的发展密不可分，也经历了一个漫长的变化过程。

茅盾曾将西王母的演化分为三个时期：第一个时期，西王母由"豹尾虎齿"发展为"人王"和"吉神"；第二个时期，从"不死之药"演化出"桃"；第三个时期是把西王母完全铺张成群仙的领袖。[2] 李剑国则更加明确地概括为三个阶段：一是由人演化为巫术中的神；二是由战国巫觋的恶神变为掌管人间福寿的善神；三是由福寿之神变为来往于人世的飘飘女仙。[3] 关于西王母形象，在此主要讨论两点，一个是西王母外貌上的变化，二是西王母女神身份的确定以及神仙职能的获得。西王母作为原始神祇在《山海经》中外形十分恐怖，《山海经·西山经》说："西王母其状如人，豹尾虎齿而善啸，蓬发戴胜，是司天之厉及五残。"[4]《山海经·海内北经》说："西王母梯几而戴胜，其南有三青鸟，为西王母取食。"[5] 又《山海经·大荒西经》说："有

---

① 顾颉刚：《〈山海经〉中的昆仑区》，《中国社会科学》，1982 年第 1 期。
② 茅盾：《中国神话研究初探》，南京：江苏文艺出版社，2009 年，第 34 页。
③ 李剑国：《唐前志怪小说史》，北京：人民文学出版社，2011 年，第 247—256 页。
④ 袁珂校注：《山海经校注》，上海：上海古籍出版社，1980 年，第 50 页。
⑤ 同上，第 306 页。

人戴胜，虎齿，有豹尾，穴处，名曰西王母。”[①] 此时西王母是一位半人半兽、面目狰狞的凶神，带有浓厚的原始宗教特点。在原始观念中“人本来并不把自己与自然分开，因此也不把自然与自己分开；所以他把一个自然对象在他自己身上所激起的那些感觉，直接看成了对象本身的一些性态。”[②] 西王母的“兽性”是原始社会时期图腾信仰的一种体现。在大约成书于战国的《穆天子传》中，西王母初步开始人性化，其虽未对西王母的形象进行正面描绘，但此时的西王母已经成了人文时代的异域女主人。“周穆王西游时拜见的西王母，不仅完全脱离兽形，而且成了彬彬有礼、善于歌咏的美丽多情的‘昆仑之丘’的女主了。”[③] 此后，西王母外貌特点被不断塑造，“由战国到汉的漫长时期，各种不同面貌的方术家和文人都纷纷按照自己的观点来诠释西王母，因而西王母形象呈现出多变性和不稳定性”。[④] 但整体上，理性主义、人文文化的发展决定着人们对女性神仙的外在审美越来越向人间女子靠拢，女仙逐渐变为相貌美丽的天人。道教兴起之后，女仙人性化、美学化的发展方向更加明显，西王母也变得容貌美丽、雍容华贵。如在小说《汉武故事》中，西王母“年卅许，修短得中，天姿掩蔼，容颜绝世，真灵人也”。《汉武帝内传》中的西王母风度优雅、威仪万方，其出场声势非凡“王母乘紫云之辇，驾九色斑龙，别有五十天仙，侧近鸾舆。”西王母的装扮“着黄金褡裾，文采鲜明，光仪淑穆。带灵气大绶，

---

① 袁珂校注：《山海经校注》，上海：上海古籍出版社，1980 年，第 407 页。
② 〔德〕费尔巴哈著，王太庆译：《宗教的本质》，北京：商务印书馆，2015 年，第 27 页。
③ 林辰：《神怪小说史》，杭州：浙江古籍出版社，1998 年，第 74 页。
④ 李剑国：《唐前志怪小说史》，北京：人民文学出版社，2011 年，第 251 页。

腰佩分景之剑”，“头上太华髻，戴太真晨婴之冠，履元琼凤文之舄”。其所传授也为道教修炼吐纳之法，神仙信仰表露无遗。而且西王母的随从也不再是“三青鸟”，而成为王子登、董双成等貌美女仙。至《汉武帝内传》为止，“西王母神话的修改增饰，至此已告完成，然而也就完全剥落了中国原始神话的气味而成为道教的传说了。后来的人已经不能从西王母身上再添枝接叶，所以伪托东方朔撰的《神异经》，只能新造出一个东王公来”。[①]《汉武帝内传》与上清派联系密切，因此可认为西王母外在形象的人性化、仙道化是在上清派手中完成的。

西王母的外在形象体现出宗教性与世俗性的交融，当然，从某种程度上讲，对西王母美丽高贵形象的大肆渲染，也是在刻意营造神的神秘感与优越感。除了外貌上人性化的变化之外，西王母还逐渐被赋予了至高无上的神格，拥有了君主都无法匹敌的权威。在《穆天子传》中，君主与西王母的地位还是均等的，仅存在主客之别，但随着仙道思想的盛行，西王母女仙的身份逐渐凸显，成为方士们宣传神仙信仰的工具。《淮南子·览冥训》中西王母成为掌管不死之药的仙人，并在较长一段时间内维持着这种职权。西王母长寿、掌管长生之药是宣扬神仙信仰的必需，道教产生之后，出于同样的需求，西王母被不断仙化，最终成了仙界至高无上的尊神。如在《汉武帝内传》中西王母、上元夫人地位尊贵，高高在上，汉武帝迎接西王母需沐浴斋戒，有明显的尊卑之别，体现了神仙世界对凡人世界的超越性。女仙的尊贵还通过女仙下凡时的震撼场面以及仙凡有别之感凸显出来，“这种

① 茅盾：《中国神话研究初探》，南京：江苏文艺出版社，2009 年，第 34 页。

对女仙降临场面的渲染在于向凡人暗示女仙作为神仙世界的象征所具有的威严和尊贵”。[①] 当然，女仙下凡与道教传经活动有密切关系，上清派便是通过赋予西王母以传经职司才重塑了西王母的女仙形象。六朝时期西王母是道教内部重要的传经者，尤其是《上清经》的传授过程中少不了西王母的参与，《汉武帝内传》便与这种风气有千丝万缕的联系。就唐前西王母形象的演变来看，道教神仙的人性化发展使西王母完成了神人合一的融合过程，也保留了她作为神的高贵与权威。而且西王母还有了明确的职司特权，由早期掌管不死之药的昆仑神山的主神，变为道教故事中的传授宝经要诀的女仙。至于西王母成为仙界尊贵的女领导者，则是在杜光庭的《墉城集仙录》中最终确立。[②]《墉城集仙录》中的《金母元君传》对西王母进行了全面的描述，指出西王母乃“西华至妙之气”化生，并有调和前代之意，如对西王母原始形象问题也做出了解释：“蓬发戴胜，虎齿善啸者，此乃王母之使金方白虎之神，非王母之真形也。”[③]《墉城集仙录》以西王母为女仙之尊，是阴性力量的代表，明确指出了西王母的职司：“体柔顺之本，为极阴之元，位配西方，母养群品。天上天下、三界十方女子之登仙得道者咸所隶焉。”[④] 西王母为女仙领导者，并且成了众多女仙的母亲，如此便以西王母为尊形成了家

① 荀波：《道教与明清文学》，成都：巴蜀书社，2010年，第61页。

② 六朝时期，西王母尊仙的地位不甚明确，《真灵位业图》中并未将西王母列入阶位，对这个现象李丰楙曾指出“如非今本有所脱误，否则实在是一个奇特的现象。”（《仙境与游历：神仙世界的想象》第85页）即李丰楙对于六朝时期仙真位业图中未列西王母这一现象也未能给出合理的解释，或有待进一步的研究。

③ 《墉城集仙录》，《道藏》第18册，北京：文物出版社，上海：上海书店，天津：天津古籍出版社，1988年，第168页。

④ 同上。

族式神仙群体，即墉城女仙群仙，元代赵道一的《历代真仙体道通鉴》便是对这个墉城女仙世界的继承。

西王母为首的家族式女仙群体在志怪小说及仙传故事中都有所表现，尤其是在仙女下凡的人神恋故事中，下凡的仙女多具有“西王母之女”的身份，如《搜神记》中杜兰香为西王母养女，《搜神后记》中何参军女也是西王母养女，唐牛僧孺《玄怪录·崔书生》中与男主人公成亲的是西王母第三女玉卮娘娘，《真诰》中王媚兰（即云林夫人）为西王母第十三女，降真凡人许谧。此外，《墉城集仙录》中南极王夫人华林为西王母第四女、青娥为西王母第二十女、云华夫人瑶姬为西王母第二十三女。西王母的女儿，有一个从民间信仰到道教信仰的演变过程。西王母神话中并未有收养女儿的内容，此类故事是在两汉时期积累强化并逐渐形成的。汉代民间西王母信仰十分盛行，汉墓画像资料中的西王母图像，以及史书中所载的民间祭祀西王母的内容均是证明。由此汉代民间形成了西王母的祠庙信仰，并逐渐由地域型的信仰发展为全国性的活动。民间信仰壮大后为道教所吸收，西王母便从民间祠庙信仰一跃成为道教至尊的女仙。六朝志怪小说中杜兰香、何参军女为西王母养女的内容便是民间祠庙信仰中西王母广收女儿的体现，这种“母女关系”被上清派加以利用，将一些来源不同又毫无联系的女真统摄于同一个神谱之下，这也是对民间祠庙信仰中一些分散的神灵加以组织化、体系化的手段。

当然，随着西王母高贵身份的确立，她也越来越与人间真情相疏离，《汉武帝内传》中“汉武帝的西王母之遇，已经没有这份缠绵雅妙的人间感情了”。[①] 即西王母的女仙形象在定型的同时也走向空洞，成了一个权威化的符号性存在。自宋元至明清，西王母形象又逐渐演变为慈祥的老母，具有了更多母性光辉，并有了新的名字“王母娘娘”。她的宗教权威此时又化为宗法权威、父母权威，甚至在某种程度上成了“恶”的代表，如她惩罚嫦娥永居广寒，划出银河阻断牵牛织女，拆散董永与七仙女等。当然这又是西王母由民间走向道教，又由道教回归民间的世俗化、平民化特点的一种表现。

二　唐前仙传小说中的女仙

神仙传记是表现道教女仙信仰的直接材料，唐前仙传《列仙传》《神仙传》《洞仙传》以及《真诰》《真灵位业图》等道教经典塑造了大量的女仙形象，并展现了道教女仙体系的发展过程。

《列仙传》为71位神仙立传，提及女仙13位，其中炎帝少女、梁母、阳都女、好女（园客妻）、妪、酒家母、妇主7人文字性介绍较少，几乎一笔带过，无性格特点可言，可忽略不计。记载篇幅较多的有：弄玉、江妃二女、钩弋夫人、毛女、女丸等六人。这六位女仙还不能构成一个完整的女仙群体，不仅是因为其数量少，更重要的是她们不具有独立的神格，而是男性神仙群体的附属与陪衬。如弄玉出现在其丈夫萧史的传记中，而且是在萧史的引导下才得以成仙。与之类似的还有毛女和女丸，此二人

① 杨义：《中国古典小说史论》，北京：中国社会科学出版社，1995年，第69页。

虽在《列仙传》中独立成传，而且毛女“形体生毛”“不饥寒，身轻如燕，百七十余年”,① 是一个真正的女性神仙，但是她成仙的契机则是遇到道士谷春并习得服食之法。女丸则是从男性仙真处得到素书，修习养性交接之术，最后追随其成仙而去。在这里女仙或多或少都是一个被动者，通过男性的引导才得以成仙。《列仙传》中另外一个独立成传的女仙钩弋夫人，也同样难以摆脱男性势力的控制。钩弋夫人因为帝王妃妾的身份而受到关注，进而为她附会上各种奇异之事。从钩弋夫人的经历及结局来看：先被方士献给汉武帝，后被汉武帝杀死，完全是一个不能掌握自己命运的封建女性的写照。江妃二女是二人合传，从身份上来看，二女是真正的女仙，而且在与郑交甫的交往过程中也占据上风，但是构成故事矛盾的是郑交甫这个凡间男子，且对二女有轻薄之举。这表明，女仙在面对男性势力时与凡间女子一样处于弱势地位，足见《列仙传》中的女仙距离真正意义上的独立女仙还有一定的距离。

《神仙传》上承《列仙传》，下启《洞仙传》《墉城集仙录》，是神仙传记成熟的标志，无论在基本形式还是思想内容上，都为后世仙传确立了范式。《神仙传》记述了自上古至魏晋共 84 位神仙的故事，其中女仙在数量上较《列仙传》有了明显增长。《神仙传》中的女仙可分为三类，第一类是作为一种背景或陪衬出现的女仙，如吕恭婢女、沈建婢女、乐长子妻、沈羲妻贾氏、唐公昉妻及婢女、阴长生妻、赵瞿传中的彩女、刘根传中的玉女、鲁女生传中的玉女等。其笔墨不多，尚不能视为独立的

---

① 王叔岷：《列仙传校笺》，北京：中华书局，2007 年，第 132 页。

女仙。第二类女仙作为故事的配角出现，如《彭祖传》中的采女、《王远传》中的麻姑、《伯山甫传》中的外生女、《张道陵传》中的清河玉女、《介象传》中的美女等。除外生女外，这类女仙大多已是独立且具光彩的女仙。如《彭祖传》中的采女问道于彭祖，并与之论道，二者的问答讨论构成了小说内容的一部分。《王远传》中描绘了麻姑见王远时的情景，此处的麻姑是长生不死的神女，经历东海三为桑田，而且具有仙术，是一位真正的女仙。此外，女仙成了传道者，如清和玉女受老君所遣教张道陵吐纳清和之法、介象所遇女仙引导介象成仙等。第三类女仙是小说中独立成传的女仙，主要有 6 人，分别是太阳女、太阴女、太玄女、樊夫人、东陵圣母、程伟妻。这些女仙故事中也都存在着男性背景，如太阳女、太阴女、太玄女、东陵圣母均是跟随男性道人学道。樊夫人、程伟妻则是以丈夫的身份来确定身份的，东陵圣母虽有自己的尊称，但其丈夫杜氏反对她修道，夫权的束缚成为她修道成仙的障碍：

> 杜不信道，常恚怒之。圣母或行理疾救人，而有所之诣，杜恚之愈甚，告官讼之，云："圣母奸妖，不理家务。"官收圣母付狱，顷之，已从狱窗中飞去，众望见之，转高入云中，留所著履一緉在窗下，自此升天。[1]

同样受到夫权逼迫的还有程伟妻，因为程伟逼迫其传道于己，程伟妻最终尸解而去。与前代仙传小说相比，《神仙传》中的女仙群里有了一些显著变化。其一，女仙有了独立的身份，如

[1] （晋）葛洪撰，胡守为校释：《神仙传校释》，北京：中华书局，2010 年，第 228 页。

太阳女、太阴女、太玄女三人，摆脱了夫权或父权的专制，不以某人妻、某人女的身份出现，而是拥有了自己的名字，获得了独立女性的身份；其二，出现了仙道能力优于男性的女仙，以樊夫人、程伟妻为代表，樊夫人与丈夫刘纲斗法，每每丈夫都不能胜之，程伟妻的法术也是高于程伟之上。虽然《神仙传》并未有意突出女仙地位，但已具备了构建独立于男性仙人之外的女仙群体的基础。

南北朝时期，道教神仙体系已初步构建，女仙群体也逐渐开始系统化。此间产生的仙传小说较多，从多个方面反映出女仙群体的构建情况，其中《洞仙传》可以作为南北朝时期仙传小说的代表。《洞仙传》原书已佚，现存文本主要是《云笈七籤》中所节录的佚文，共记录神仙 77 人，李丰楙认为这部分内容仅为原书的四分之一。从仅有的篇幅上看，所载女仙少之又少，仅有《蔡长孺传》中提及夫妻二人共服精丸、《帛举传》中提及王母有九剑酒、《昌季传》中其妻服药升仙。仅存的三个女仙故事，只有对昌季妻的笔墨较其余二者而言更多，但也并不是将昌季妻作为一个独立的女仙来描绘。根据南北朝，尤其是六朝道教的发展情况来看，原本《洞仙传》中应该载有专门的甚至集中的女仙独传，只是我们今天已难以得见。较能反映南北朝时期女仙信仰的是陶弘景的《真灵位业图》。在《真灵位业图》的七个神仙阶层中，第二层和第六层专门设有女真位，其他几个阶层中也记载了其他许多女仙。此处的女仙数量大大增加，基本上可以作为一个与男性神仙相对立的独立群体。但女仙的地位还是不及男性，而且众女仙也还未形成体系。相较而言，《真灵位业图》更加突出的是等级观念，女仙是服从于等级观念并体现等级的一种方式。《真灵位业图》中第二阶上清境专列的女真位有：

排序	女仙名号	身份信息
1	紫微元灵白玉龟台九灵太真元君	西王母，又称金母
2	紫虚元君领上真司命南岳魏夫人	魏华存，《真诰》卷一南岳夫人向杨羲说诸真，有二十三男真、十五女真
3	八灵道母西岳蒋夫人	姓名不详，《真诰》十五女真之第八
4	北海六微玄清夫人	姓名不详，《真诰》十五女真之第二
5	上真东宫卫夫人	姓名不详，《真诰》十五女真之第九
6	北汉七灵石夫人	姓名不详，《真诰》十五女真之第三
7	紫清上宫九华真妃	安郁嫔，降杨羲，《真诰》十五女真之第十一
8	紫虚左宫郭夫人	不详
9	太极中华石夫人	姓名不详，《真诰》十五女真之第四
10	太真王夫人	《墉城集仙录》：王婉罗
11	沧浪云林右英王夫人	降真许谧，《真诰》十五女真之第六
12	朱陵北绝台上嫔管妃	姓名不详，《真诰》十五女真之第十二
13	方丈台昭灵李夫人	姓名不详，《真诰》十五女真之第十
14	北岳上真山夫人	姓名不详，《真诰》十五女真之第十三

续表

15	琼华夫人	不详
16	三元冯夫人	《墉城集仙录》：姓冯名双礼珠
17	右华九成范夫人	不详
18	紫微左宫王夫人	清娥，阿母第二十六女
19	长陵杜夫人	姓名不详，《真诰》十五女真之第十五
20	太微玄清左夫人	太微之上真
21	右阳王华仲飞姬	不详
22	西华灵妃甄幽萧	不详
23	后圣上保南极元君紫元夫人	讳华林，西王母第四女
24	后圣上傅太素元君	讳正荟条，三素元君之母
25	东华玉妃淳文期	东海青童君之妹
26	东富中候王夫人	桐柏真人别生妹
27	太和上真左夫人	姓名不详，《真诰》十五女真之第一
28	西汉夫人	姓名不详，《真诰》十五女真之第十四
29	华山夫人	不详
30	玉清神女房素	不详

续表

31	西王母侍女王上华	西王母侍女系列，见于《汉武帝内传》《道迹经》《茅君传》等。
32	董双成	
33	石公子	
34	苑绝青	
35	地成君	
36	郭密香	
37	干若宾	
38	李方明	
39	张灵子	
40	太帝宫官灵林玉女贾屈庭	不详
41	今阙宫官太保侯范法安	不详
42	经命仙伯牙叔平	疑此为男真，颇疑作者之误
43	东华宫玉女烟景珠	又作燕景珠
44	上元夫人侍女宋辟非	见《汉武帝内传》，又作宋辟妃
45	主仙道君侍女范运华	主仙道君侍女系列，见《清虚真人王君内传》
46	赵峻珠	
47	王抱一	
48	华敬涤	不详
49	李伯益	不详
50	鲜于灵金	飞玄玉女

除第二阶层专论女真位之外，《真灵位业图》中其他阶层所

记各女真，可列表如下：

女仙名称	阶层	方　位	排序	备　注
太玄仙女西灵子都	三	右位	6	太玄仙女，司马季主之师
南陵玉女	三	右位	14	由太极派遣
弄玉	三	右位	26	秦穆公女，奔萧史
二女（白水使者）	三	右位	27	或与《列仙传》江妃二女有关
五仙夫人	四	左位	19	或是女仙君之夫人
郭内夫人	四	左位	20	事迹不详
登天上箓玉女四人	四	右位	26	得太清道，十五玉女神女
上天玉女三人	四	右位	27	得太清道，十五玉女神女
三天玉女百人	四	右位	28	得太清道，十五玉女神女
青腰玉女官十人	四	右位	29	得太清道，十五玉女神女，风伯之女
下等玉女	四	右位	30	得太清道，十五玉女神女
北宫玉女	四	右位	31	得太清道，十五玉女神女

续表

五帝玉女	四	右位	32	得太清道，十五玉女神女，五方之帝之玉女
太素玉女	四	右位	33	得太清道，十五玉女神女，与西方白帝有关
天素玉女	四	右位	34	得太清道，十五玉女神女，天来玉女
白素玉女	四	右位	35	得太清道，十五玉女神女
平天玉女	四	右位	36	得太清道，十五玉女神女
六戊玉女	四	右位	37	得太清道，十五玉女神女
青天益命玉女	四	右位	38	得太清道，十五玉女神女
神丹玉女	四	右位	39	得太清道，十五玉女神女
五流玉女	四	右位	40	得太清道，十五玉女神女
洛水神女	四	右位	66	宓妃，溺水洛水为神
郭芍药	四	右位	82	汉度辽将军东平郭骞之女

续表

<table>
<tr><td colspan="2">赵爱儿</td><td>四</td><td>右位</td><td>83</td><td>刘虞别驾渔阳赵该姊</td></tr>
<tr><td colspan="2">王鲁连</td><td>四</td><td>右位</td><td>84</td><td>魏明帝城门校尉范阳王伯纲女</td></tr>
<tr><td colspan="2">太一元君</td><td>四</td><td>右位</td><td>103</td><td>存疑</td></tr>
<tr><td colspan="2">摩病上元君</td><td>四</td><td>右位</td><td>105</td><td>存疑</td></tr>
<tr><td colspan="2">夜光夫人</td><td>四</td><td>右位</td><td>108</td><td>不详</td></tr>
<tr><td colspan="2">合适夫人</td><td>四</td><td>右位</td><td>109</td><td>不详</td></tr>
<tr><td colspan="2">朱陵嫔丁淑英</td><td>五</td><td>左位散位</td><td>1</td><td>郗综妇，有救穷之阴德</td></tr>
<tr><td colspan="2">协晨夫人黄景华</td><td>五</td><td>右位</td><td>5</td><td>汉司空黄琼之女</td></tr>
<tr><td colspan="2">九宫协晨夫人</td><td>六</td><td>左位</td><td>8</td><td>不详</td></tr>
<tr><td colspan="2">九疑山女真罗郁</td><td>六</td><td>左位地仙散位</td><td>6</td><td>萼绿华，降羊权</td></tr>
<tr><td colspan="2">杜陵夫人</td><td>六</td><td>左位地仙散位</td><td>7</td><td rowspan="2">并受西梁真人青精方</td></tr>
<tr><td colspan="2">宜安宋姬</td><td>六</td><td>左位地仙散位</td><td>8</td></tr>
<tr><td colspan="2">易迁宫</td><td>六</td><td>左位地仙散位</td><td>49</td><td rowspan="2">此二宫为女子之宫</td></tr>
<tr><td colspan="2">含真台</td><td>六</td><td>左位地仙散位</td><td>50</td></tr>
<tr><td rowspan="3">明晨侍郎七人之四女真</td><td>周夏友</td><td rowspan="3">六</td><td rowspan="3">右位</td><td rowspan="3">9</td><td>周爱支，周畅之女</td></tr>
<tr><td>张桃枝</td><td>汉司隶校尉朱寓之母</td></tr>
<tr><td>二人不显</td><td>不详</td></tr>
<tr><td colspan="2">刘纲妻</td><td>六</td><td>右位地仙散位</td><td>41</td><td>刘纲妻子樊夫人</td></tr>
<tr><td colspan="2">窦琼英</td><td>六</td><td>右位地仙散位</td><td>56</td><td>窦武之妹</td></tr>
</table>

续表

韩太华	六	右位地仙散位	57	韩安国姊，李广利妇
刘春龙	六	右位地仙散位	58	汉宗正刘奉先女
李奚子	六	右位地仙散位	59	晋东平太守李忠祖母
王进贤	六	右位地仙散位	60	晋尚书令王衍女
郭叔香	六	右位地仙散位	61	王脩母
赵素台	六	右位地仙散位	62	汉幽州刺史赵熙女
郑天生	六	右位地仙散位	63	邓艾之母
许科斗	六	右位地仙散位	64	许长史妇，陶成女
李惠姑	六	右位地仙散位	65	夏侯玄妇
张美子	六	右位地仙散位	66	西州人张济妹
施淑女	六	右位地仙散位	67	山阳人施续女
宋漂金母	六	右位地仙散位	68	乞伍子胥食，投水死者
鲍靓妹	六	右位地仙散位	69	鲍靓之妹
张微子	六	右位地仙散位	70	汉昭帝大匠张庆女
傅和	六	右位地仙散位	71	汉桓帝外甥，侍郎傅建女
孙寒华	六	右位地仙散位	75	杜契女弟子，孙贲女

后世道教继承唐前道教的发展，神仙系统中女仙的体系性越来越完善，尤以杜光庭的《墉城集仙录》为代表。《墉城集仙录》原书共十卷，共载女仙 109 人，是道教史上的第一部女仙专著，建立起了一套以圣母元君为首，金母元君（西王母）为

尊的女仙谱系。元代赵道一《历世真仙体道通鉴后集》则收录了从上古到元初的女仙，展现了女仙体系逐渐增益的过程。

第三节 唐前志怪小说中的女仙婚恋故事

仙凡婚恋故事自古以来就是小说创作乐此不疲的内容，以神话中的感生故事最早，如《诗经·商颂·玄鸟》简狄吞卵生商朝始祖契，《诗经·大雅·生民》姜嫄“履帝武敏歆”生周朝始祖后稷等。孕育神话的社会土壤消失后，感生神话除了成为后世借以神化帝王出身的神秘预言之外，也出现在志怪小说中。如《搜神记》记载：

> 古徐国宫人，娠而生卵，以为不祥，弃之水滨。有犬名“鹄苍”，衔卵以归，遂生儿，为徐嗣君。后鹄苍临死，生角而九尾，实黄龙也。葬之徐里中。见有狗垄在焉。①

虽然感生故事不以婚恋为主题，但却代表了一种男神式的婚恋模式。唐前志怪小说中此类男神型婚恋故事数量相对较少，传统观念对男神与凡女的结合多以“鬼神非匹”的态度视之，因此传统的人神恋多以女仙凡男为主。早期的女性神灵在形象与身份上没有明确区分，至秦汉时期，人、仙、鬼、怪才有了明确界限，人神恋故事开始增多。魏晋六朝时期，女仙成为人神恋故事的主体，传统的人神恋故事成熟，至唐代完全定型。

---

① （晋）干宝撰，汪绍楹校注：《搜神记》，北京：中华书局，1979年，第170页。

一　神女类婚恋故事的渊源及发展

神女类婚恋故事的源头十分久远，原始社会中从事巫术活动的巫觋，因降神娱神的特殊职业属性，成为早期人神恋中女神的原型。《九歌》作为楚地的祭歌，发扬了楚地“以阴巫下阳神，以阳主接阴鬼”的习俗，其祭祀歌曲中不乏“其辞之亵慢淫荒，当有不可道者”。[①] 朱熹此论虽带有强烈的封建卫道色彩，却是对《九歌》作品中人神恋内容的间接承认。至于《九歌》中神的性别，学者们看法不一。大致说来，除了《少司命》一篇中神的性别存在争议外，其他几篇基本可以达成一致，即《湘夫人》《山鬼》祭祀对象应为女神，其余六篇祭祀男神。《九歌》中已明确出现了“女神与凡男”的结合模式。屈原之后，对人神恋故事有较大发展的是宋玉的《高唐赋》《神女赋》。二赋在主旨上有讽谏寄托及悦情言情的倾向，宋玉笔下的神女都充满人文色彩。《高唐赋》中的巫山神女云霞变幻，自荐枕席于楚怀王。《神女赋》中的神女是巫山神女的继续，但其发乎情止乎礼。“自荐枕席”之举使巫山神女在文化传统上成为一个具有永恒魅力的艺术原型，深远影响着后世文学。闻一多先生曾论证巫山神女应是先妣神，[②] 其原型为《山海经》中的瑶姬：“姑媱之山，帝女死焉，其名曰女尸，化为瑶草，其叶胥成，其华黄，其实如菟丘，服之媚于人。”[③] 瑶姬即巫山神女，后来被道教吸纳

① （宋）朱熹注：《楚辞集注》，上海：上海古籍出版社，1979 年，第 185 页。
② 闻一多：《神话与诗》，北京：北京联合出版公司，2013 年，第 76—100 页。
③ 袁珂校注：《山海经校注》，上海：上海古籍出版社，1980 年，第 142 页。

成女仙系统中的一员，至杜光庭《墉城集仙录》，瑶姬已成为西王母第二十三女，太真王夫人的妹妹。

从神话及早期辞赋类作品来看，早期的人神恋故事是在原始宗教的基础上，以神为中心，体现了人对神的依恋。至秦汉时期，人神恋故事有了更多政治因素的渗入，并运用天人感应、君权神授思想将其塑造为政治神话，因此汉代纬书中帝王的降生便总是被赋予至高无上的血统和权威。如《诗含神雾》说："大迹出雷泽，华胥履之，生庖犧。大电光绕北斗枢星，照郊野，感附宝而生黄帝。瑶光如蜺贯月，正白，感女枢，生颛顼。庆都与赤龙合婚，生赤帝伊祁，尧也。握登见大虹，意感而生舜于姚墟。"① 此外，人神恋故事还被置于道德教化和法术宣传的目的之下。整个秦汉时期的早期人神恋故事都只有简单的片段，且不重视情爱表现。直至汉末社会动乱，儒家思想衰落，人的情感才得以突破禁区。在魏晋时期的辞赋作品中，人神恋故事便多了缠绵悱恻的情感。如杨修、王粲、陈琳等均作有《神女赋》，以神女故事表现男女情爱，作品的娱乐性远远胜于政治性。至曹植的《洛神赋》，神女故事重新被赋予精神意义，使神女之恋化为一份神圣的精神之爱，神女的爱恋成为对现实精神失落的一种情感补偿。从宋玉《神女赋》到曹植《洛神赋》，神女始终笼罩在一种神秘的氛围中，但神女与人的交往逐渐变成了一个人神平等、自由交流的真诚互动过程。女神不因其神的身份而强制于人，男性也不因男权社会的潜在意识而高高在上坐享艳福，人与神没有尊卑之别，这种平等、自由、真诚的人神之恋，成了一种良性精

① （清）赵在翰辑，钟肇鹏、萧文郁点校：《七纬》，北京：中华书局，2012年，第258页。

神的升华。至此，曹植《洛神赋》也完成了神女的分化，一类是精神上的理想化、象征化，女神至善至美，成为理想与精神的寄托；一类是娱乐化、世俗化，女神回归野性奔放，满足了世俗娱情与欢爱的需求。即对神女的精神之爱与肉体之爱在辞赋作品中逐渐分离。

真正能反映人神恋内容的是唐前志怪小说。与之前的人神恋故事相比，魏晋六朝志怪小说中的人神恋故事表现出一些新特点：一是有了情感或性因素的直接表现；二是故事中的男主角不再局限于统治阶层男性，普通平民男子也开始得到女神的垂青；三是故事中世俗道德的因素更加明显。其中，对情感的正视是魏晋南北朝志怪小说人神恋故事的重要突破，这种正视人欲、肯定快乐的倾向是对魏晋六朝时代精神的一种反映，也最终确立了志怪小说人神恋故事的基本模式。此外，蔡堂根在《中国文化中的人神恋》一文中指出："中国传统的人神恋故事一般具有强烈的阴性倾向。"① 这不仅表现在人神恋故事中女性占主导地位，还表现在故事发生的时间、地点、存在形式、男性主人公特点等多个方面，而这些又与传统文化的阴阳结构、汉文化、主流思想以及文化人格的阴柔性等存在联系。唐前志怪小说对人神恋描绘较多的是《搜神记》，《搜神记》"所确立的神人相恋格局成为后世幻想爱情小说创作的基本范式"。② 此外，就神女与仙女而言，神女的范围大于仙女，"仙"的概念虽为后起，但其影响却十分深远，人仙恋由人神恋故事脱胎而来，是人神恋中最理想的

① 蔡堂根：《中国文化中的人神恋》，浙江大学2004年博士学位论文，第8页。
② 屈惠青：《〈搜神记〉和神人相恋式的定型》，《中国文学研究》，1999年第2期，第30页。

一类。

二 唐前志怪小说中人神（仙）恋故事的类型及特点

人仙恋故事最早见于《列仙传》中的《江妃二女》与《萧史》。“在刘向的《列仙传》里，已为神仙破了‘色戒’，开了人神相恋的先河……”① 但早期的人仙恋故事的主题并不是爱情，而是修道成仙、道教教化。魏晋南北朝时期的人仙恋故事，主题逐渐向婚恋享乐过渡，但同时还遗留着某些仙道色彩。至唐代，此类故事才完全摒弃仙道思想，突出婚恋主题。

从唐前志怪小说对人仙恋故事的表现来看，人仙恋根据神仙性别的不同可分为男仙凡女、女仙凡男两种。其中男仙类故事较少，且多是为了突出男仙的神仙身份和仙道之术的罕见奇异，少有情感缱绻。如《神仙传》中李常在长生，每当一个妻子老去他便换地方重新组建家庭继续生活。②《续神仙传》中宋玄白周游天下，其所到之处“住则以金帛求置二三美妾，行则舍之。人皆以为有老彭补脑还元之术”。③ 仙男凡女的模式还有《幽明录》中的郭长生与巢氏婢、《拾遗记》中的太白之精与宫女娥皇、《搜神记》中的蒋侯与吴望子等。此类故事少有真情流露，且女性始终处于被动位置，并非人仙恋故事的主体。

相较而言，女仙凡男类婚恋故事则能得到社会的认同，是人仙恋故事的主体。此类故事的主题又受多方面因素的影响。如女

① 林辰：《神怪小说史》，杭州：浙江古籍出版社，1998 年，第 119 页。
② 李常在故事不见葛洪《神仙传》，见《太平广记》神仙十二。
③ （宋）李昉等编：《太平广记》，北京：中华书局，1961 年，第 294 页。

仙类故事在道教文学与世俗文学中主题并不完全相同，道教神仙传记以修道劝教为宗旨，而志怪小说则多侧重于情感欢愉。又如女仙与凡男结合时间的长短，也对主题有所影响。一般而言，偶然的相遇或结合时间较短的故事，多侧重于表现情感欢愉。结合时间较长，则故事中修道劝教的成分便有所增加，如《刘晨阮肇》《剡县赤城》等。女仙思恋凡男是赋予女仙以正常女性的情感，以女仙体现对人间生活的向往，代表着道教世俗化的发展方向。“六朝以来常写神仙‘思凡’，一若脱去人间，长生不老即成虚度岁月。”① 如果说人世间的感官享乐吸引着男仙，那么对于女仙而言，若再不贪恋欢爱，无尽的生命也是毫无意义的。

唐前志怪小说中的人仙恋故事根据人仙聚合方式的不同可分为人仙相遇型和仙女降临型两种。相遇型故事中的女仙多居住在以河川为基础的绝境奇域，凡男误入仙境后与之发生恋爱故事。如《列仙传》中郑交甫在江汉之湄遇江妃二女。《搜神后记·剡县赤城》中剡县人袁相、根硕二人入山打猎，因追逐山羊而误入赤城遇二仙女。《幽明录》中刘晨、阮肇共入天台山遇天台山仙女；黄原因犬引导进入仙境，与太真夫人之女妙音产生情缘。《穷怪录》中的刘导与李士炯夜宴时遇二仙女西施、夷光。此类故事多以艳遇的形式展开，情感因素突出，人仙二者自由平等，当凡男思家欲归时，女仙自知“人神异道，本非久势”，② 并不强留，多会赠物惜别。虽然故事最终结局多为分离，但小说多铺衍人神际遇的神奇以及艳遇女神的情感因素，少有悲剧性。

女仙降临型故事则具有神女下凡与凡人相恋的情愫，带有鲜

---

① 钱钟书：《管锥编》，北京：三联书店，2007年，第987页。
② 《幽明录》中凡男黄原误入仙境遇到仙女妙音，此乃妙音语。

明的道教文化色彩。这早在汉代小说中就已显现，如有学者认为《汉武帝内传》即包含着仙凡相恋的成分。[①] 此外《汉武故事》中又有汉武帝起柏梁台以处神君，神君欲与霍去病交接，以太一精为其延年，霍去病不肯，最终病死的内容。又如《列仙传》中“有好女夜至”的园客妻，《拾遗记》中玄天之女化作旋娟、提谟下凡，《搜神记》中的《园客》《董永》《杜兰香》《弦超》《建康小吏》，《搜神后记》中的《白水素女》《青溪庙神》《何参军女》等。与相遇型故事相比，降临型人仙恋少了情感的欢愉而多了几分宗教的神圣与威严。此类故事中，女仙下凡多是受命于天，如《搜神记》中织女下凡嫁与董永乃“缘君至孝，天帝令我助君偿债耳”，杜兰香“遣授配君”嫁张傅，天上玉女成公智琼嫁与弦超因“天帝哀其孤苦，遣令下嫁从夫”。《搜神后记》中白水素女言下嫁谢瑞的原因为：“天帝哀卿少孤，恭慎自守，故使我权为守舍炊烹。”何参军女“为西王母所养，使与下土人交”，故与豫章人刘广缠绵。有时小说对仙女婚配的原因并不说明，仅以一种命令式的傲慢态度知会男子，如《幽明录》中天女欲配徐郎时，只是遣使往云：“天女今当为徐郎妻。”《搜神后记》青溪庙姑梦中告沙门竺昙：“君当来做我庙中神”，便强掳竺昙做庙神。面对仙女下凡的婚恋，凡男似乎没有拒绝与反抗的余地，《搜神记》中曾交代过拒绝仙女婚配的后果，如杜兰香与张傅言：“从我与福俱，嫌我与祸会。”[②] 成公智琼赠弦超诗

① 详参钟来茵：《论〈汉武帝内传〉中的人神之恋》，《东南大学学报（社科版）》，1999 年第 3 期。

② （晋）干宝撰，汪绍楹校注：《搜神记》，北京：中华书局，1979 年，第 15—16 页。

也曰："纳我荣五族，逆我致祸灾。"[①] 若拒绝甚至会遭遇灾祸，如《搜神记·蒋山祠》中三男子因醉戏言被蒋侯招为婿，随后并亡。《幽明录》中社公欲将其女嫁与甄冲，甄冲拒绝，其妻便遭到其杀害。正因如此，凡间男子面对仙女的垂爱，多不敢拒绝，如《搜神记·河伯婿》中人间男子被河伯招为婿，"此人知神，不敢拒逆"。[②] 或惧怕无措，如《搜神记·健康小吏》中小吏曹著被庐山府迎配其女婉之后，"著形意不安，屡屡求请退"。[③] 又如《幽明录》中徐郎接到"天女"邀请时，"入屋角，隐藏不出"，成婚之夜，也是"唯恐惧，累膝床端，夜无酬接之礼"。"女怒，遣之使出。"[④] 女神高高在上，凡男诚惶诚恐，这种男女角色的不平等，不仅是人神身份差异的表现，更是对魏晋六朝时期森严的门阀制度的现实反映。小说中男性角色多是小官、小吏等寒门细族出身，甚至是底层劳动者，这显然是对魏晋六朝时期门阀制度森严的社会现实的反映。人神不平等的关系说明志怪小说中的人神相恋故事与真正的爱情存在差距。

对于相遇型与降临型两类人仙恋的故事表现及内涵的不同，其或与女仙的身份地位存在一定关系。陈静《道教的女仙——兼论人仙和神仙的不同》一文指出道教中的女仙具有修炼而成的人仙和天生生就的神仙之别。[⑤] 修炼而成的人仙在《真灵位业图》中被记载，到《墉城集仙录》和《历世真仙体道通鉴后集》

---

① （晋）干宝撰，汪绍楹校注：《搜神记》，北京：中华书局，1979 年，第 17 页。

② 同上，第 47 页。

③ 同上，第 49 页。

④ （南朝宋）刘义庆撰，郑晚晴辑注：《幽明录》，北京：文化艺术出版社，1988 年，第 12—13 页。

⑤ 陈静：《道教的女仙——兼论人仙和神仙的不同》，《宗教学研究》，2003 年第 3 期。

中便已有神仙与人仙的明确区分。相遇型故事中仙女居住在人间山川胜境中，从神仙类型上看极可能是地仙，即由人修炼而成的女仙，与凡人不存在本质上的人神之隔，故此类故事情爱因素凸显，是崇尚享乐的地仙信仰的一部分；降临型故事中的女仙则既有神仙也有人仙，她们都是仙道伦理与修仙理论的传达者，女仙的神威始终凌驾于凡人之上。此外，吴从祥也曾对唐前志怪女神婚恋故事进行过研究，此处借鉴其观点并补充说明。吴氏将唐前志怪小说中的女神、女仙分为三类：天上神女（天神类）①；世间神女（地祇类）②、仙境仙女（人仙类），③并总结三类女神婚恋故事如下表：④

项目 类型	会合地点	神女	凡男	人神关系	结局
天上神女与凡男	凡男宅	主动性很明显	完全被动	较和谐	善终
世间神女与凡男	神女处所	被动或主动	被动或反抗	充满矛盾和斗争	多为悲剧
仙境仙女与凡男	仙境	主动，但不太明显	略处被动	和谐	善终

① 主要包括《搜神记》中《董永》《杜兰香》《弦超》，《搜神后记》中《白水素女》。

② 《搜神记》中《河伯婿》《健康小吏》《蒋山祠》；《搜神后记》中《清溪庙神》；《幽明录》中《甄冲》；《穷怪录》中《赵文韶》《刘子卿》《萧总》等。

③ 主要包括《搜神后记》中《剡县赤城》，《拾遗记》中《洞庭山》，《幽明录》中《刘晨阮肇》《黄原》，《穷怪录》中《刘导》等。

④ 吴从祥：《唐前文学中的女性形象研究》，山东大学2006年博士学位论文，第112页。

由此可见，女仙的身份是影响志怪小说人神恋故事表达的重要因素，但无论是哪种类型，其故事几乎都是以分离为结局，似乎在诠释“人仙殊途”的本质。大致在魏晋六朝时期，宗教树立的神仙形象仍存在着巨大影响，神仙作为上天意志的体现者，仍然具有不可挑战的权威。同时应该指出，“这类被我们称为人神（或仙）恋爱的故事其实并非经意于爱情本身，而是传达仙凡相通及超世度人的神仙观念。这种题材很新鲜，因而在后世小说中越来越多，而且爱情越来越成为主题因素”。[①] 唐前人神恋故事虽不成熟，但基本上奠定了后世发展的方向，六朝之后的人仙恋故事向着人性化、理想化、世俗化的方向继续发展，人神恋故事逐渐成为受世人欢迎的男女幽欢故事。如成书于隋代的《八朝穷怪录》中赵文韶与清溪神庙女神之恋，刘子卿与庐山康王庙二位女神，萧总与巫山神女之恋，萧岳与东海姑神，刘导与李士炯艳遇西施、夷光等。小说已抛却了女神的权威，向世俗化甚至艳情化方向发展。如赵文韶的故事说：

> 宋文帝元嘉三年八月，吴郡赵文昭，字子业，为东宫侍讲。宅在清溪桥北，与吏部尚书王叔卿，隔墙南北。尝秋夜，对月临溪，唱《乌栖》之词，意旨闲怨。忽有一女子，衣青罗之衣，绝美，云：“王尚书小娘子，欲来访君”。文昭问其所以，答曰：“小娘子闻君歌咏，有怨旷之心，著清凉之恨，故来愿荐枕席。”言讫而至，姿容绝世。文昭迷误恍惚，尽忘他志，乃揖而归。从容密室，命酒陈筵，递相歌送，然后就寝。至晓请去，女解金缨留别，文昭答琉璃盏。

① 李剑国：《唐前志怪小说史》，北京：人民文学出版社，2011年，第215页。

后数夜，文昭思之不已。偶游清溪神庙，忽见所与琉璃盏，在神女之后，及顾其神，与画侍女，并是同宿者。①

小说文笔细腻，人情化审美趣味凸显，显示出六朝小说向唐传奇过渡的倾向，为唐传奇之先导，开张鷟《游仙窟》一路。

第四节　上清存思术与道教女仙降临故事

道教教内教外对女仙降临型故事有不同的理解，尤其是上清派将女仙降临故事塑造为传道度人的宗教故事，如《真诰》讲述《上清经》的出世与传授均是以神女降真传道的方式进行的。上清派注重精神修炼，认为通过冥想等方式可与神相通获得神启，这种修炼方式是道教神仙降临故事的基础。《真诰》作为上清传经的降真实录，主要记载了萼绿华与羊权、九华真妃与杨羲、云林夫人与许谧等三则神女降真传道故事，其实都是宗教冥想的结果。陈国符曾指出："道书述道经出世之源，多谓上真降授。实则或由扶乩，或由世人撰述，依托天真。"②

① 按此条见《太平广记》卷二百九十五，作出《八朝穷怪录》，明董斯张《广博物志》卷十四同。宋代范成大《（绍定）吴郡志》卷四十七亦载，作出《续博物志》，明王鏊《（正德）姑苏志》卷五十九同。另外，此故事早见《续齐谐记》，名作"赵文韶"，《广博物志》卷十四亦载此事，且云清溪神女即清溪小姑，为蒋侯（蒋子文）第三妹。《续齐谐记》为南朝梁吴均撰，《续博物志》为宋代李石补张华《博物志》之作，则《续齐谐记》应为此条原始出处。

② 陈国符：《道藏源流考》，北京：中华书局，2014 年，第 7 页。

一　上清派存思术与仙女降真

上清派的降神活动以守一存思为基础。守一指在身心安静的情况下，把意念集中到身体的某一部位。存思也称存想，唐司马承祯《天隐子》曰："存谓存我之神，想谓想我之身。"[①] 道教认为身内身外皆有神，存思体内神，神就会安置其身，达到长生久视的目的，存思体外神可游于天地之间。存思在道教中应用十分广泛："道术诸经，所思存念作，可以却恶防身者，乃有数千法……人能守一，一亦守人。所以白刃无所措其锐，百害无所容其凶，居败能成，在危独安也。"[②] 通过存思还可以施行法术，如预测未来凶吉安危：

> 用明镜九寸以上自照，有所存思，七日七夕则见神仙，或男或女，或老或少，一示之后，心中自知千里之外，方来之事也。[③]

上清派推崇精神修炼，尤重存思："为学之基，以存思为首……智静神凝，除欲中净，如玉山内明。得斯时理，久视长生也。"[④] 上清派经典《上清大洞真经》《黄庭经》等记载了许多存思之法，如存二十四星法、存思日月之法等。存思术与楚地巫术有一定的渊源关系，与巫术通神类似，上清存思术也具有通灵

---

① （唐）司马承祯《天隐子》，《道藏》21 册，北京：文物出版社，上海：上海书店，天津：天津古籍出版社，1988 年，第 700 页。

② 王明：《抱朴子内篇校释》，北京：中华书局，1985 年，第 324—325 页。

③ 同上，第 273 页。

④ （宋）张君房编，李永晟点校：《云笈七籤》，北京：中华书局，2003 年，第 958 页。

的功能。早期上清派通过人神交接而进行的造经活动均需选择有通灵特质的灵媒作为媒介，华侨、杨羲等人均是早期上清派中的灵媒。随着上清派的士族化发展，灵媒逐渐消失，人神交接失去了灵媒作为媒介，逐渐变为通过存思进行的神仙引导修炼之法。在上清教义中，存思是重要的修行方法，功用甚广，内可除病，外可攘祸，还是上清派降神活动的基础。“存想在各种斋醮科仪中不仅是不可或缺的内容，而且是造成种种灵境的手段，是奏章达天庭的通道，也是神将收妖邪的威力所在。”[①] 其实，存思是一种极具创造性的思维活动，具有无尽的想象空间。上清派在介绍其经典来源以及传授师承的过程中，往往以存思为基础，以降真的方式进行，这在道教内部被视为真诰、真迹。因为“存想作为内秘的思维方法，实质上是道教徒内心的宗教体验。举凡神仙的真切、崇高、威严等等，以及自己与神仙世界的统一，在存想中都得到完整的体验。在道教徒看来，他们真实地想象神灵世界是真实的世界，从而信仰的对象是真实的对象，自己与所召唤、所皈依的尊神仙圣的交往乃是修道有得的表现”。[②] 此外，上清存思术还有一个独特的特点即男女双修，此处所指并非道教房中术。房中术在道教中常被视为一种长生之道，旧天师道称之为黄赤之道。在上清观念中，此术“非上官天真流軿晏景之夫所得言也。此道在长养分生而已，非上道也”，[③] 因此《真诰》对黄赤之道大加批判。茅山宗继承上清派特点，并在修炼之中加

① 刘仲宇：《道教法术》，上海：上海文化出版社，2002 年，第 239 页。
② 同上，第 241 页。
③ （南朝梁）陶弘景撰，赵益点校：《真诰》，北京：中华书局，2011 年，第 20 页。

入了男女双修的成分，不过这里的男女双修是指精神修炼，有夫妇之名而无夫妇之实。《真诰》中的降真传经活动都是以存思男女双修的方式进行的，“色观谓之黄赤，上道谓之隐书”。[①] 所谓隐书之道即男女双修秘术，其有别于天师道的黄赤，也与俗世男女情爱不同，因此李丰楙指出：“阴阳双修的方法，正是上清经派精致化的新房中观。”[②] 从本质上分析，神女降真类故事均有着人神恋的内核。

道教降真模式具体分为两种，一是与自身体内神交流，二是女真降临向凡男传道。与体内神的交流以《紫阳真人内传》为代表，紫阳真人周义山因感化了黄泰（中岳仙人苏林），得授守三一之法[③]，后又得黄老君授《大洞真经》三十九篇，最后白日升天，受书成为紫阳真人。第二种降真模式是女真降世传道，即在特定的时间、地点，配合跪拜、叩齿、仰祝等方式，存想仙真的讳号、体态、衣着、居所等。这实际上是一种极具创造性和精神性的艺术想象，频繁出现在上清派经典中。如与上清派教团活动联系密切的《汉武帝内传》，对西王母及其他仙真降临时的外

① （南朝梁）陶弘景撰，赵益点校：《真诰》，北京：中华书局，2011 年，第 20 页。

② 李丰楙：《仙境与游历：神仙世界的想象》，北京：中华书局，2010 年，第 78 页。

③ 守三一法就是割舍自己的嗜欲，从而培固血气，然后元气得以保存，精、气、神三一固守不被外泄，身体就会强壮，也就能益寿延年。泥丸、绛宫、丹田，是精、气、神三一的真穴所在。若能守好泥丸、绛宫、丹田，那么万邪千毒都无法伤害了。能够终身不断地漱华池，食五脏五牙之气，就能永远康健。

貌、服饰等的细致描写，都是上清存思术存想仙真的形象化描绘。① 上清派经典中记载的仙真降诰传经故事还有《真诰》中的萼绿华与羊权、九华真妃与杨羲、云林夫人与许谧等。

《真诰》所载神女降真的过程均包括降诰、赠诗等环节，但是萼绿华降羊权是萼绿华自降自荐，整个过程只有他们二人参与。而九华真妃与杨羲、云林夫人与许谧在降真仪式上较萼绿华降羊权复杂，降真的过程中出现了仙真相谐的场面。如他们都是经南岳夫人批准，由紫微夫人为其"下降之匠"指导完成的。这一方面是对道教传经仪式等复杂的斋醮科仪过程的展现，另一方面也是社会意识的投射，即士族高第婚娶过程中媒妁角色的宗教化体现。上清派以存思想象之法描绘神仙降临，构建神仙传授经法道书的经过，不仅是神仙实有的一种证明，也为经籍找到了一个上承于天的来源。而且上清派是用精神上的男女合修代替了原本的男女双修，其独具创造性的仙真降临的传经方法对世俗理解中的人神恋有很大启发。《真诰》对九华真妃降杨羲的过程进行了详细描写：

> 兴宁三年，岁在乙丑，六月二十五日夜，紫微王夫人见降，又与一神女俱来。神女着云锦襹，上丹下青，文彩光鲜，腰中有绿绣带，带系十余小铃，铃青色、黄色，更相参差。左带玉佩，佩亦如世间佩，但几小耳。衣服儵儵有光，

① 对于《汉武帝内传》与上清派的关系，多名学者对此有所研究。日本学者小南一郎曾考证指出《汉武帝内传》与上清派道士联系密切；李丰楙则进一步指出，《汉武帝内传》乃王灵期构造上清经时所作；王青《汉武帝内传研究》一文指出《内传》内容是对道教传经仪式的反映，反映的是上清派的前身即其南渡以前的教团活动，其创作目的为介绍经籍来源并神化经籍，《内传》的流传则与楼观道有密切关系。

照朗室内，如日中映视云母形也。云发鬒鬓，整顿绝伦。作髻乃在顶中，又垂余发至腰许。指着金环，白珠约臂。视之，年可十三四许。左右又有两侍女，其一侍女着朱衣，带青章囊，手中持一锦囊，囊长尺一二寸许，以盛书，书当有十许卷也。以白玉检检囊口，见刻检上字云：《玉清神虎内真紫元丹章》。其一侍女着青衣，捧白箱，以绛带束络之。白箱似象牙箱形也。二侍女年可堪十七八许，整饰非常。神女及侍者颜容莹朗，鲜徹如玉，五香馥芬，如烧香婴气者也。初来入户，在紫微夫人后行。夫人既入户之始，仍见告曰："今日有贵客来，相诣论好也。"于是某即起立。夫人曰："可不须起，但当共坐，自相向作礼耳。"夫人坐南向，某其夕先坐承床下，西向。神女因见，就同床坐，东向。各以左手作礼。作礼毕，紫微夫人曰："此是太虚上真元君金台李夫人之少女也。太虚元君昔遣诣龟山学上清道，道成，受太上书，署为紫清上宫九华真妃者也。于是赐姓安，名郁嫔，字灵箫。"紫微夫人又问某："世上曾见有此人不？"某答曰："灵尊高秀，无以为喻。"夫人因大笑："于尔如何？"某不复答。紫清真妃坐良久，都不言。妃手中先握三枚枣，色如干枣，而形长大，内无核，亦不作枣味，有似于梨味耳。妃先以一枚见与，次以一枚与紫微夫人，自留一枚，语令各食之。食之毕，少久许时，真妃问某："年几？是何月生？"某登答言："三十六，庚寅岁九月生也。"真妃又曰："君师南真夫人，司命秉权，道高妙备，实良德之宗也。闻君德音甚久，不图今日得叙因缘，欢愿于冥运之会，依然有松萝之缠矣。"某乃称名答曰："沉湎下俗，尘染其质，高卑云邈，无缘禀敬。猥亏灵降，欣踊罔极。唯蒙启训，以祛其闇，济某元元，宿夜所愿也。”真妃曰：“君今语不得有谦饰，谦饰之辞，殊非事宜。”又良久，真妃见告曰：“欲作一纸文相赠，便因君以笔运我鄙意，当可尔乎?”某答：“奉命。”即襞纸染笔。登口见授，作诗如左，诗曰：

云阙坚空上，琼台耸郁罗。紫宫乘绿景，灵观蔼嵯峨。
琅轩朱房内，上德焕绛霞。俯漱云瓶津，仰掇碧柰花。
濯足玉天池，鼓枻牵牛河。遂策景云驾，落龙辔玄阿。
振衣尘滓际，褰裳步浊波。愿为山泽结，刚柔顺以和。
相携双清内，上真道不邪。紫微会良谋，唱纳享福多。

某书讫，取视之，乃曰：“今以相赠，以宣丹心，勿云云也。若意中有不相解者，自有微访耳。”紫微夫人曰：“我复因尔作一纸文以相晓者，以示善事耳。”某又襞纸染笔，夫人见授诗云：

二象内外泮，玄气果中分。冥会不待驾，所其贵得真。
南岳铸明金，眇观倾笈帉。良德飞霞照，遂感灵霄人。
乘飙俦衾寝，齐牢携绛云。悟叹天人际，数中自有缘。
上道诚不邪，尘滓非所闻。同目咸恒象，高唱为尔因。

书讫，紫微夫人取视，视毕曰：“以此赠尔。今日于我为因缘之主，唱意之谋客矣。”紫微夫人又曰：“明日，南岳夫人当还，我当与妃共迎之于云陶间。明日不还者，乃复数日事。”又良久，紫微夫人曰：“我去矣，明日当复与真妃俱来诣尔也。”觉，下床而失所在也。真妃少留在后而言曰：“冥情未摅，意气未忘，想君俱咏之耳。明日当复来。”

乃取某手而执之，而自下床，未出户之间，忽然不见。①

从《真诰》对九华真妃降杨羲的描写来看，仙女的美丽外貌、仙女下凡原因以及仙凡之间的情愫都是志怪小说中仙凡相恋的重要因素。若以《搜神记》中弦超和知琼的故事与《真诰》中九华真妃降杨羲的内容相比较，二者的联系则更加直观。

二　志怪小说中的人仙恋故事与道教存思降真

志怪小说中的人仙恋故事充满奇幻色彩，演绎了神仙与凡人跨越世俗的非凡爱恋，小说中人神恋故事与道教降真有着密切联系。以《搜神记》中的《弦超》为例，小说全文如下：

魏济北郡从事掾弦超，字义起。以嘉平中夜独宿，梦有神女来从之。自称天上玉女，东郡人，姓成公，字知琼。早失父母，天帝哀其孤苦，遣令下嫁从夫。超当其梦也，精爽感悟，嘉其美异，非常人之容，觉寤钦想，若存若亡，如此三四夕。一旦，显然来游，驾辎軿车，从八婢，服绫罗绮绣之衣，姿颜容体，状若飞仙，自言年七十，视之如十五六女。车上有壶榼，青白琉璃五具。食啖奇异，馔具醴酒，与超共饮食。谓超曰："我，天上玉女，见遣下嫁，故来从君，不谓君德。宿时感运，宜为夫妇。不能有益，亦不能为损。然往来常可得驾轻车，乘肥马，饮食常可得远味异膳，缯素常可得充用不乏。然我神人，不为君生子，亦无妒忌之

① （南朝梁）陶弘景撰写，赵益点校：《真诰》，北京：中华书局，2011 年，第 13—16 页。

性，不害君婚姻之义。”遂为夫妇。赠诗一篇，其文曰：“飘浮勃逢敖，敖曹云石滋。芝英不须润，至德与时期。神仙岂虚感，应运来相之。纳我荣五族，逆我致祸灾。”此其诗之大较。其文二百余言，不能悉录。兼注《易》七卷，有卦有象，以象为属。故其文言，既有义理，又可以占吉凶，犹扬子之《太玄》，薛氏之《中经》也。超皆能通其旨意，用之占候。经夫妇七八年，父母为超取妇之后，分日而燕，分夕而寝，夜来晨去，倏忽若飞，唯超见之，他人不见。虽居暗室，辄闻人声，常见踪迹，然不睹其形。后人怪问，漏泄其事。玉女遂求去，云：“我，神人也。虽与君交，不愿人知。而君性疏漏，我今本末已露，不复与君通接。积年交结，恩义不轻，一旦分别，岂不怆恨？势不得不尔。各自努力！”又呼侍御，下酒饮啖，发簏，取织成裙衫两副遗超，又赠诗一首。把臂告辞，涕泣流离，肃然升车，去若飞迅。超忧感积日，殆至委顿。去后五年。超奉郡使至洛，到济北鱼山下陌上，西行遥望，曲道头有一马车，似知琼。驱驰至前，果是也。遂披帷相见，悲喜交切。控左援绥，同乘至洛。遂为室家，克复旧好。至太康中犹在。但不日日往来，每于三月三日、五月五日、七月七日、九月九日、旦、十五日，辄下往来，经宿而去。张茂先为之作《神女赋》。①

该故事在许多方面与道教神女降真传经故事类似，若与

① （晋）干宝撰，汪绍楹校注：《搜神记》，北京：中华书局，1979 年，第 16—18 页。

《真诰》中九华真妃降杨羲的内容相比，可以看出以下几点。

其一，小说中仙女下凡的场景是对道教神仙降临场景的世俗化。对比《汉武帝内传》中西王母下凡以及《真诰》中九华真妃下凡的场景，《搜神记》对神女知琼降临场面的描写，是道教仙女降临场面的世俗化。小说将道教神仙下凡时具有宗教意义的车马仪驾、服饰打扮等仪式都进行了简化，以雍容华贵的富贵之象来象征来者的仙女身份。其二，知琼的到来及离开与道教仙女降临传经的去留相似。道教女仙均是奉命而下降，如《真诰》中九华真妃、云林夫人降真，都是经南岳夫人批准，由紫微夫人为其“下降之匠”。道教内部的神女降真带有一定的命定论色彩，不过被掩盖在了传经授诰的目的之下。志怪小说中仙女降临与凡男婚恋，多是因天帝或王母遣其下嫁，且出于世俗伦理与道德等原因，仙女下凡已失去了“传经”这一宗教目的。但仙女的尘世姻缘仍然是带有命定论色彩的，这为人仙恋故事的存在找到了一个超自然的合理理由。志怪小说中的人仙恋故事大多以分离为结局，虽分离原因不一，但多与道教“天机不可泄露”的宗教教条相关。小说中知琼的离开便与“泄密”有关，知琼初降时曾对弦超有“纳我荣五族，逆我致祸灾”的指示，后因弦超不慎泄密而离开。《搜神后记·白水素女》中谢瑞因为好奇偷窥，得知真相后，白水素女离去不复回，为又一例。偷窥或泄密，均是不应知而得知，与道教中“窥伺天机”无异。道教降真传经有一套严格的仪式，需斋戒、立坛，传达消息于天神，天神同意之后，才能将自身的神唤出，存思与之交接。《真诰》中萼绿华降羊权，曾对羊权说："君慎勿泄我，泄我则彼此获罪。"① 因此，神女降临不应为外人道，有时甚至连自己都不可妄窥。其三，志怪小说中也存在"传经"的内容。知琼虽未真正传经于弦超，但小说中提到知琼曾注释《周易》七卷，有卦辞，有象辞，用彖辞作为归类，弦超可理解其意，并用它来预测吉凶。这其实是用《周易》代替了道教所传经书、符箓、咒语等宗教化的传经内容，况且弦超所习得的占卜吉凶的能力不脱道教数术的范围。此外，道教经典的传经过程中，均有诗歌互答的内容，其实是道教传经结束时念唱咒语的程序，《汉武帝内传》《真诰》中的传经均包括此内容。弦超的故事中两次提到神女知琼赋诗，不排除人神互赠诗歌是文人化、文学化的表现，但同时也是道教传经结束时出户咒的一种演变。其四，弦超、知琼重逢后，知琼下凡的日子三月三日、五月五日、七月七日、九月九日等也有着一定的道教渊源。我国古代有"阴四阳五，合而为九"的节日轮廓，"阴四"指四个阴性的"月望节日"：正月十五、七月十五、八月十五、十月十五这四个满月之日；"阳五"指五个阳性的"重数节日"：一月一日、三月三日、五月五日、七月七日、九月九日。关于重数节日的起源以及文化意义已有前人研究，② 但应该注意到，道教讲究阴阳，以奇数为阳，奇数重叠则为吉利的象征。道教的许多斋仪都会选择在这几天进行，如道教禁法中的"七星受咒法""黄帝越禁受法"等。可见知琼下凡的日子绝非随机选择，而是有着深厚的文化背景。此外，小说中弦

① （南朝梁）陶弘景撰，赵益点校：《真诰》，北京：中华书局，2011 年，第 4 页。
② 详参刘晓峰：《论重数节日序列及其阐释系统的形成》，《民俗研究》，2005 年第 3 期。

超与知琼的故事以“梦有神女来从之”为始，这种梦仙的形式或是道教存思仙女降真故事的艺术化表达。存思术本质上是一种意念活动，与做梦异曲同工，因此梦是道教神道设教的一种重要思维方式，《真诰》中即有许多梦仙故事，如卷十七载杨羲梦中见到南岳夫人与紫阳真人，并向其乞守一之法，表现的正是上清派梦中传经修道的内容。又如《周氏冥通记》中所记周子良通灵的梦幻经历。存思本是一种想象，想象中仙真的瑰丽形象、仙人降临时的场面、与神共游的飘逸等均与梦境相似，也与文学创作相通。志怪小说中以梦的形式展开的人神恋故事还有《搜神记》中的《张璞》《蒋山祠》以及《搜神后记》中的《清溪庙神》等。在人神恋之外，志怪小说中还有许多仙人入梦的内容，如《搜神记》中的《灌坛令》《戴侯祠》《新井》，《拾遗记》中的周昭王梦中问羽人以上仙之术等。又如《博物志》卷七载：

> 太公为灌坛令。武王梦妇人当道夜哭，问之，曰：“吾是东海神女，嫁于西海神童。今灌坛令当道，废我行。我行必有大风雨，而太公有德，吾不敢以暴风雨过，是毁君德。”武王明日召太公，三日三夜，果有疾风暴雨从太公邑外过。①

此故事《搜神记》亦载，而且志怪小说中经常出现神仙梦中预示未来的内容，如《搜神记》中的《戴洋》《吕石梦》《谢郭同梦》《犍为孝女》，《拾遗记》中的《薛夏》，《异苑》中的《五百陂》等。志怪小说中以神仙入梦预示未来与道教存思中神

---

① （晋）张华撰，范宁校证：《博物志校证》，北京：中华书局，1980年，第84页。

仙下凡预示凶吉本质上是一样的。此类故事随着道教世俗化的进程，逐渐脱离仙道轨迹，更趋向于追求功名富贵，如《搜神后记》中的《程咸》，《幽明录》中的《焦湖庙祝》等。通过神仙来预示其仕途坦荡、飞黄腾达的富贵人生路，不仅展现了古代知识分子内心对于仕途经济的渴望，也表明富贵人生已经等同甚至胜于成仙得道。总之，志怪小说不以修道为目的，故小说舍弃了修道主题，将女仙降临的内容以梦的形式来阐释其他主题。这里的梦也大多是借用道教存思见神的外壳，加入了对现实人生、世俗生活的理解，是文人表达生活理想的手段。

三 人神恋故事的宗教化与艳情化的矛盾

人仙恋的故事并非道教原创。李丰楙指出上清派中的神女降真是对民间接引神女故事的升华："神女类型，虽是一种神婚——神女降真与凡间男子成婚，但从民俗学立场而言却近于冥婚。由于神女都是未婚而早夭，为神仙所养，这与民间传说中姑娘庙所祀的女神性质实在相近，只是神女的神格较高而已，所以自道姓名、来历、渴慕成婚及馈赠物件之类，尤其应允凡男可另娶妻妾继嗣，都与冥婚中那些可怜悯的女性因尚未成婚而不得享有香火具有同一性格。"① 苟波也指出女仙降临故事的产生源自于原始崇拜中"女神"到"女仙"的转化及其冥婚风俗，降临的仙女身上带有冥婚特征。② 由此可以明确，道教从民间神女故

① 李丰楙：《仙境与游历：神仙世界的想象》，北京：中华书局，2010 年，第 62 页。

② 详参苟波：《道教与"女仙降临"故事》，《宗教学研究》，2003 年第 3 期。

事中吸取素材，并将其改造为宗教化的降真传经："上清经派中人将流行的杜、何神女降真情事加以提升、纯化，成为道派中的降真仪式。这就是六朝社会从巫祝道转变为道教（成立道教）的关键，将民众盛行的灵巫降神转为有教养者的修业式，因而得以获见诸天仙众。"① 不同的发展道路决定了人神恋故事在志怪小说与道书中不同的演绎方式。志怪小说中的人神恋基本上是对朴素民间传说自然形态的保留，小说中的女仙更加认同世俗的思想价值体系，契合大众的心理需求。而道教内部的神女降真故事则是"基于宗教修炼因而获致神女降诰的体验，属于精致化且有意达成的宗教体验，所以已是一种道教化、上清经派化的神人交接神话"。② 道教不仅剔除了人神恋中世俗情欲的内容，还委以人神交接传道授经的重任，赋予神女宗教权威，并制定了一系列传经仪式。宗教权威使道教经典中的女仙形象更加庄严，尤其是东晋之后，道教出现了造经高潮，造经传经是道教经典流传的关键。女仙在传经过程中的作用举足轻重，如西王母作为女仙之首，不仅让众女仙去人间传道，甚至自己也亲自实践。"上清经派将西王母信仰吸收之后，列为元始天尊的弟子，并且担任传授宝经要诀的职司，遍见于六朝《上清经》中。"③ 这种转变到杜光庭的《墉城集仙录》达到顶峰，其淡化缠绵文字与事迹，提高仙女的地位，从而改变传统的女仙形象，修正道法，建立起了以西王母为首的道教女仙体系。

---

① 李丰楙：《仙境与游历：神仙世界的想象》，北京：中华书局，2010 年，第 94 页。

② 同上，第 63 页。

③ 钟来因：《长生不死的探求——道经〈真诰〉之谜》，上海：文汇出版社，1992 年，第 282 页。

从宗教角度而言，道教内部的神女降真传经故事是一种精神修炼，一种展现道教精神生活的新方式。这是在魏晋神仙道教之后，上清派重视精神修炼的背景之上发展起来的，尤其与上清派的存思术有密切关系。此外，神女降真还与道教房中术有一定的关系。神女降真是一种精神上感应神女到来的神交方式，是在幻觉状态下修行的一种秘术，它以精神上的男女神交来取代世俗情欲、早期天师道的黄书赤道以及日益流俗化的道教房中术。因此，由世俗性的接遇神女转变为宗教性的神女降真，与江南道教的蓬勃发展以及精神修炼方式的转变相关。而经过上清派改造的仙女降真传经故事，又反过来影响志怪小说人仙恋故事的讲述。如志怪小说中，接引神女在降临时的主动告知以及凡男的聆听具有真诰的性质，与道教降真的宗教体验类似。其所赠之诗中也有很多降诰之语，仙道色彩十分明显。李丰楙曾将志怪小说中的三神女故事与真诰中的三神女降真故事进行比较，更加直观地反映了道教神女降真类故事与志怪小说接引神女故事之间的紧密联系。这种源自民间又回归民间的发展路径，使人仙恋故事的内涵往往杂糅不一，甚至一度产生故事主题倾向上的矛盾。

人神恋故事在道教内部向宗教神圣性的方向发展，而在大众文化中，则向着世俗化、艳情化方向发展。随着道教世俗化的发展，道教中的世俗因素越来越多，志怪小说中的宗教色彩愈加寡淡，仙女的神圣性也慢慢消解，并向着巫山神女开启的艳情化方向发展。由此围绕女仙形成了世俗化与神圣化之间的尖锐矛盾，时间越靠后，表现越明显。这种艳情化主要表现为神女、仙女身份权威的丧失。魏晋六朝志怪小说中的神女杜兰香、成公智琼、何参军女、白水素女等，都带有某种神仙的权威性，天然具有凌驾于凡人之上的地位，但世俗情欲的因素已经渗透其中，影响着仙女故事的讲述。如《列异传》中麻姑降真蔡经的故事：

> 神仙麻姑降东阳蔡经家，手爪长四寸。经意曰："此女子实好佳手，愿得以搔背。"麻姑大怒，忽见经顿地，两目流血。①

该故事也见于《神仙传》。《列异传》成书早于《神仙传》，故该故事可能是《神仙传》采自前代故事与传说。相较而言，仙传小说对该故事情欲因素的处理更加隐晦：

> 又麻姑手爪不如人爪，形皆似鸟爪，蔡经中心私言："若背大痒时，得此爪以爬背，当佳也。"方平已知经心中所言，即使人牵经鞭之，曰："麻姑神人也，汝何忽谓其爪可以爬背耶！"便见鞭着经背，亦不见有人持鞭者。②

《神仙传》并没有将麻姑直接置于故事矛盾中，而是通过王远对蔡经淫念的惩罚，维护了麻姑作为仙女的宗教神圣性，麻姑的缺席保全了仙女的宗教权威。而志怪小说中蔡经对麻姑的意淫、麻姑的大怒与其亲自惩罚蔡经的情节安排，则将神女夹杂在神圣性与世俗性之间的尴尬处境展露无遗。此时仙女的权威并不来源于宗教信仰，而是通过对凡间男子世俗化情欲的惩治体现出来。这种修道成仙与世俗情欲之间的矛盾是唐前志怪小说人神恋故事中的常态，在较长的一段时间中，志怪小说都在神仙传道与

---

① （魏）曹丕等撰，郑学弢校注：《列异传等五种》，北京：文化艺术出版社，1988年，第18页。

② （晋）葛洪撰，胡守为校释：《神仙传校释》，北京：中华书局，2010年，第95页。

男欢女爱的杂糅中讲述故事。直到六朝后期，志怪小说人神恋故事中的浪漫情愫以及艳情化倾向才占据上风，并毫无避讳地展现出来。如《续齐谐记·清溪庙神》中清溪庙神与赵文韶的故事：

> 会稽赵文韶为东宫扶侍。廨在清溪中桥，与尚书王叔卿家隔一巷，相去二百步许。秋夜嘉月，怅然思归，倚门唱《西乌夜飞》，其声甚哀怨。忽有青衣婢，年十五六，前曰："王家娘子白扶侍：闻君歌声，有关人者。逐月游戏，故遣相闻耳。"时未息，文韶不之疑，委曲答之，亟邀相过。须臾，女郎到。年十八九，行步容色可怜，犹将两婢自随。问："家在何处？"举手指王尚书宅，曰："是。闻君歌声，故来相诣，岂能为作一曲邪？"文韶即为歌《草生盘石下》。音韵清畅，又深会女心。乃曰："但令有瓶，何患不得水？"顾谓婢子还取箜篌，为扶侍鼓之。须臾至，女为酌两三弹，泠泠更增楚绝。乃令婢子歌《繁霜》，自解裙带系箜篌腰，叩之以倚歌。歌曰："日暮风吹，叶落依枝。丹心寸意，愁君未知。歌繁霜，繁霜侵晓幕。何意空相守，坐待繁霜落。"歌阕，夜已久，遂相伫燕寝，竟四更，别去。脱金簪以赠文韶，文韶亦答以银碗及琉璃匕各一枚。既明，文韶出，偶至清溪庙歇。神座上见碗，甚疑，而委悉之，屏风后则琉璃匕在焉，箜篌带缚如故。祠庙中惟女姑神像，青衣婢立在前。细视之，皆夜所见者，于是遂绝。当宋元嘉五年也。①

这里仍能看到神女降真故事中降诰、赠诗、赠物等情节，但

① 王国良：《续齐谐记研究》，台北：文史哲出版社，1987年，第50—51页。

神女的到来仅仅是被赵文韶的歌声所吸引，而不是承命于天，消减了神女降真故事中沉重的“天命”压力，为情爱故事的展开设置了一个轻松愉悦的背景。小说对二人互赠的诗歌也做了简单化处理，并不铺陈诗歌内容的全部，载录的少部分歌词表达的也是情爱缠绵之意，比早期志怪小说中的接引神女故事进一步凸显了人情味与世俗化特点。这种倾向在成书于隋的《八朝穷怪录》的人神恋故事中更加明显。《八朝穷怪录》有佚文十一则，艳遇故事占总内容的一半，主要有赵文昭、刘子卿、萧总、萧岳、刘导五则，已经明显表现出从魏晋志怪小说向唐传奇过渡的倾向。至唐代，人神恋的小说趣味更加浓郁，唐初的《游仙窟》便是此一路的继承，此后唐传奇中仙女或其他异类婚恋故事层出不穷。到中晚唐时期，在婚恋之中又融入了科举功名的因素，如此，神仙婚恋故事与世俗情欲、富贵功名之间产生了重重矛盾。此时人们对仙道的热情已经消退，更加执着于人间的富贵功名。如杜光庭《神仙感遇传》中张镐妻为仙女，张镐与其在山中生活十年仍热衷功名，以至于仙女伤心离去。《逸史》中卢杞面对太阴夫人所给出的“长留此宫，寿与天毕”“为地仙，长居人间”“为中国宰相”三个选择的时候，毫不犹豫地选择了后者。①可以说志怪小说对待仙女婚恋的问题，多是进行世俗化的理解，因此仙道故事的主题才发生了转变，焦点逐渐转移到仙凡婚恋以及现实利益的层面上。

其实，上述人神恋故事内涵的变化也是仙凡关系变化的体现。早期神仙是宗教传播者，仙凡关系是单纯的宗教传授。随着

① （宋）李昉等撰：《太平广记》，北京：中华书局，1961年，第400—401页。

道教世俗化程度的加深，人神恋故事逐渐融入了情爱因素，此时的仙凡关系也逐渐超越单纯的宗教传授，向世俗化方向发展。至唐代，仙凡关系进一步世俗化，催生出以《游仙窟》为代表的一系列以爱情故事为主题的作品。

第四章　道教生死观与六朝志怪复活故事

第一节　道教形神关系与神仙信仰理论的转型

一　唐前关于形神关系的讨论

形神关系即形体与精神的关系，由形神关系进一步衍生出“神灭”与“神不灭”的论争，包括灵魂、生死、神鬼等一系列问题，涉及封建礼法社会中的诸多方面，因此各派思想都对形神关系十分关注。灵魂是否可以脱离肉体存在？灵魂离开肉体后成神还是成鬼？对此问题的不同解答产生了有鬼论与无鬼论两种不同的观点，人是否可以长生不死得道成仙便成了一个存在争议的问题。道教的形神关系论主要围绕形神先后、形神主从等问题展开，道教神仙信仰也在重“神”与重“形”之间徘徊，最终达到形神俱妙的完美融合。

原始社会中，在万物有灵思想的影响下，巫术与神学自动形成了形神分离、灵魂不死的观念。人们认为人是由阳气的魂与阴形的魄结合而成，人死以后，神魂灵气归于天，精魄形骸归于地。基于这种“魂气形魄”的形神分离观念，精灵世界被一分为三：神灵的天堂、凡人的人间、精魄的地府。在原始信仰的基础上，到春秋战国时期，人们开始对形神关系有了自觉的探讨。对道教影响甚大的道家以“气”来解释形神问题。道家认为，“气”是构成万事万物的本源，是组成生命的内在物质。故《庄子》中有生死气化论。如《庄子·知北游》：

> 生也死之徒，死也生之始，孰知其纪！人之生，气之聚也；聚则为生，散则为死。若死生为徒，吾又何患！故万物一也，是其所美者为神奇，其所恶者为臭腐；臭腐复化为神奇，神奇复化为臭腐。故曰通天下一气耳。①

庄子持齐死生的生命态度，十分注重养神即“形体保神”，但同时也不排斥形体保养，即保生、全生，只是认为物质丰裕并不能保证形体不死而已。因此道家的观点是：“太上养神，其次养形。神清意平，百节皆宁，养生之本也；肥肌肤，充腹肠，供嗜欲，养生之末也。”② 道家重视“神”，肯定精神层次上的修行。但道家思想关注的养神与养形的关系，还不是形神关系。对形神关系的讨论较有贡献的是历代无神论者，如《管子》认为气为万物本原，有精气论：

> 精也者，气之精者也。气道乃生，生乃思，思乃知，知乃止矣。③

---

① 郭庆藩、王孝鱼点校：《庄子集释》，北京：中华书局，2006年，第730页。
② 王利器：《文子疏义》，北京：中华书局，2000年，第381页。
③ （唐）房玄龄注：《管子》，上海：上海古籍出版社，1989年，第152页。

凡人之生也，天出其精，地出其形，合此以为人。和乃生，不和不生。”①

在形神问题上，管子认为有形才有生命，故对形神同等重视，认为二者均是生命的重要组成部分，其精气论也是唯物主义对形神关系问题的第一次尝试。管子之后，墨子有“生，刑（形）与知处也”② 的主张，指出生命是形体与知觉的结合，但其“形”与“神”的概念还不甚明确。先秦时期对形神关系贡献最大的当为荀子。荀子“形具而神生”③ 的观点是历史上对形神关系第一次明确的唯物主义提法，指出“神”依赖于“形”才能存在。他坚持唯物主义一元论立场，是后世无神论者批判灵魂不灭、人死为鬼等思想的理论基石。此外，早期中医经典《黄帝内经》关于形神关系的认识对后世也产生了深远影响。“《内经》的哲学，以‘气’为宇宙本原，以‘阴阳’为万物变化的根本规律，并用‘五行’解释自然界和人体脏腑之间互相制约的复杂的整体联系。”④ 就人体而言，《内经》首先对“形”“神”有明确的定义：

帝曰：妙乎哉论也！合人形于阴阳四时虚实之应，冥冥之期，其非夫子，孰能通之！然夫子数言形与神，何谓形？何谓神？愿卒闻之。岐伯曰：请言形。形乎形，目冥冥，问其所病，索之于经，慧然在前，按之不得，不知其情，故曰

① （唐）房玄龄注：《管子》，上海：上海古籍出版社，1989 年，第 153 页。

② 吴毓江撰，孙启治点校：《墨子校注》，北京：中华书局，1993 年，第 463 页。

③ （清）王先谦撰，沈啸寰，王星贤点校：《荀子集解》，北京：中华书局，1988 年，第 365 页。

④ 牙含章、王友三主编：《中国无神论史》，北京：中国社会科学出版社，2011 年，第 181 页。

> 形。帝曰：何谓神？岐伯曰：请言神。神乎神，耳不闻，目明心开而志先，慧然独悟，口弗能言，俱视独见适若昏，昭然独明，若风吹云，故曰神。[①]

外在身体为“形”，内在精神为“神”，《黄帝内经》从医学角度对形神问题进行了定义。《内经》继承了先秦的精气论，视精气为生命的物质基础，并对“精气—血气—神气”的形成过程有所论述，即精神依赖于肉体的精气而存在，故有“精坏神去”[②] 的主张。《黄帝内经》的形神观是朴素唯物主义理论的进步。

到了汉代，《淮南子》对形神问题的认识继承了前代无神论的思想而又有所发挥。《淮南子》亦主形神一元论，且论形神更着眼于生命，如：

> 夫性命者，与形俱出其宗，形备而性命成，性命成而好憎生矣。[③]
>
> 夫形者生之舍也，气者生之充也，神者生之制也，一失位则三者伤矣。[④]

《淮南子》指出精神源于天，形体发于地，精、气、神在二者之间协同形成有生命的人。其坚持神生于形，并将养神与养形有机统一在一起。东汉的桓谭同样持形神相依的形神观，更以烛火喻形神，如《新论·祛蔽》说：

---

① （清）张志聪集注：《黄帝内经集注》，北京：中医古籍出版社，2015 年，第 145 页。

② 同上，第 72 页。

③ 何宁撰：《淮南子集释》，北京：中华书局，1998 年，第 80 页。

④ 同上，第 82 页。

> 精神居形体，犹火之然烛亦。如善扶持，随火而侧之，可无灭而竟烛。烛无火，亦不能独行于虚空，又不能后然其烛。①

桓谭以精神居形体、烛火喻形神，从而说明形神不可分离，精神依赖于肉体存在，同时指出人的死亡也犹如烛火一般，烛尽火灭，形神俱灭。桓谭的形神观继承了《管子·内业》的思想，而王充则继承了荀子的观点，认为神依赖于形，人的血脉产生精气，人因有精气而存；人死血脉枯竭，精气不存：

> 人之所以生者，精气也，死而精气灭。能为精气者，血脉也，人死血脉竭，竭而精气灭，灭而形体朽，朽则成灰土，何用为鬼？②

桓谭与王充的观点在魏晋时期得到支持，如魏晋之际吴国人杨泉便重申了二者无神论立场的形神关系："人含气而生，精尽而死，犹澌也，灭也。譬如火焉，薪尽而火灭，则无光矣。故灭火之余，无遗炎矣；人死之后，无遗魂矣。"③

东晋之后，佛教的盛行加速了神不灭论的流行，尤其在慧远将佛教的神不灭论与中国传统的有神论思想结合起来，大肆宣扬佛教的生死轮回、因果报应等思想之后，便引发了关于形神问题的大讨论。围绕着形神是否可离，晋、宋间名士有多次论辩。首先是东晋戴逵与慧远，其次是晋宋间孙盛与罗含就《更生论》

---

① （汉）桓谭撰，朱谦之校辑：《新辑本桓谭新论》，北京：中华书局，2009年，第32页。

② 黄晖：《论衡校释》，北京：中华书局，1990年，第871页。

③ 杨泉《物理论》，（宋）李昉撰：《太平御览》，北京：中华书局，1960年，第2483页。

展开的辩论，再次是何承天、慧琳与宗炳、颜延之等人就《白黑论》展开的辩论。其中东晋时期戴逵与慧远的辩论主要是围绕佛教报应说进行的，较少涉及形神问题。对于形神关系，东晋罗含持有神论观点，著《更生论》，认为天地无穷乃因万物更生，即万物不曾消失，只是离合、聚散、显隐等导致万物发生外在的生死变化：

> 又神之与质，自然之偶也；偶有离合，死生之变也；质有聚散，往复之势也。人物变化，各有其往，往有本分，故复有常。物散虽混淆，聚不可乱，其往弥远，故其复弥近。又神质冥期，符契自合。世皆悲合之必离，而莫慰离之必合；皆知聚之必散，而莫识散之必聚。未之思也，岂远乎哉！①

罗含强调“神”与“形”相互独立，二者乃自然偶合，合则生，离则死。合之必有离，而离后又必合，因此人灭之后可以更生，“神”永远不会消失，“形”则只有聚散之别。罗含的神不灭理论明显是受佛教思想的影响，如佛教徒竺僧敷便曾有《神无形论》认为：“有形便有数，有数便有尽，神既无尽，故知无形矣。”② 针对罗含的主张，孙盛《与罗君章书》一文中以神灭论思想对其进行反驳，指出《更生论》不符合实际，形散则神灭不得更生。“吾谓形既分散，知亦如之，纷错混淆，化为

---

① （南朝梁）释僧祐撰，李小荣校笺：《弘明集校笺》，上海：上海古籍出版社，2013 年，第 236 页。

② （梁）释惠皎撰，汤用彤校注，汤一玄整理：《高僧传》，北京：中华书局，1992 年，第 197 页。

异物。他物各失其旧，非复昔日，此有情者多以悲叹。”① 南朝时期，慧琳著有《白黑论》批驳佛教教义与观点，并指出佛教盛行在政治、经济等方面对国家所造成的影响。慧琳此文一出，即受到佛教徒宗炳以及当朝权贵颜延之的反对。宗炳著《明佛论》诘难慧琳，而何承天则支持慧琳的观点，著《达性论》驳斥宗炳，从而又引起与颜延之的论辩。其后，何承天又著有《报应问》批驳佛教报应思想，受到刘少府的诘难，引发了南朝时期第一次无神论者与佛教有神论者的斗争。虽然这些论争并不全部围绕形神问题进行，但形神关系却是问题的核心。何承天与宗炳就慧琳的《白黑论》曾展开过形神关系的讨论，宗炳认为“人形至粗，人神实妙，以形从神，岂得齐终”，② 认为形体可以湮灭，而精神长存。何承天对此则反驳说：“形神相资，古人譬以薪火，薪蔽火微，薪尽火灭。虽有其妙，岂能独传？”③ 他以薪火喻形神，并认为“生必有死，形毙神散，犹春荣秋落，四时代换，系有于更受形哉”，④ 人的生死犹如自然界的春荣秋落，乃天地之性、自然规律。南朝时期第二次的反佛论争是围绕范缜进行的，佛教在南朝齐梁时期势力迅速发展到社会各个领域，出于对时弊的痛心以及挽救社会危机的意愿，范缜从形神关系入手写了历史上著名的无神论著作《神灭论》，引起了佛教信徒们与之针锋相对的大论战。第一次是由南齐竟陵王萧子良挑起，第二次则由南朝梁武帝萧衍亲自上阵。范缜在《神灭论》中指出

① （南朝梁）释僧祐撰，李小荣校笺：《弘明集校笺》，上海：上海古籍出版社，2013 年，第 238 页。

② 同上，第 161 页。

③ 同上，第 169 页。

④ 同上，第 192 页。

“神即形也，形即神也。是以形存则神存，形谢则神灭。”即形神一体，二者并不是两个不同的存在物，而是一个事物的两个方面。范缜还进一步指出“形者神之质，神者形之用，是则形称其质，神言其用，形之于神，不得相异也。”① 即“形”是“神”的物质基础，“神”是“形”的作用与功能，并进一步用刃利之喻来论述二者不可分割的关系：

> 神之于质，犹利之于刃，形之于用，犹刀之于利，利之名非刀也，刀之名非利也。然而舍利无刀，舍刀无利，未闻刀没而利存，岂容形亡而神在。②

范缜以形神相即、形谢神灭的观点批驳了神不灭论“形神相合”的理论，其在无神论发展史上具有重要地位，尤其是他舍弃了无神论一贯的理论武器“精气论”，而从本体论高度上，“建立了以物质为基础、以精神为物质派生物的唯物主义一元论和以形为质、以神为用的形神一元论”。③ 即在形神问题上，范缜确立了形神相即、形毙神散的唯物主义形神论立场。

二 唐前道教对形神关系的认识

关于形神关系，唯物主义观点强调形在神先，形为神之根本。道教在形神关系上持形神相依的观点。仅从客观角度论述形在神先，并不能在理论上满足道教的宗教性以及神圣性的要求，

---

① （唐）姚思廉：《梁书》，北京：中华书局，1973 年，第 665—666 页。
② 同上，第 666 页。
③ 牙含章、王友三主编：《中国无神论史（上）》，北京：中国社会科学出版社，2011 年，第 365 页。

因此自道教形成之后，关于形神关系的讨论，皆侧重于为保形存神的长生理论寻找依据。如《太平经》强调人的生命分为形体、精神两部分："人有一身，与精神常合并也。形者乃主死，精神者乃主生。常合即吉，去则凶。无精神则死，有精神则生。"①《太平经》主张精神消亡，身即死矣，从中可以看出《太平经》关于形为神之基的形神统一立场。魏晋时期，葛洪也从形神统一的角度论述形离不开神，神寄托于形："夫有因无而生焉，形须神而立焉。有者，无之宫也。形者，神之宅也。故譬之于堤，堤坏则水不留矣。方之于烛，烛糜则火不居矣。身劳则神散，气竭则命终。根竭枝繁，则青青去木矣。气疲欲胜，则精灵离身矣。"② 形神相依，因此形体不死，精神永驻，这是长生的根本。葛洪还持气化论："夫人在气中，气在人中。自天地至于万物，无不须气以生者。"③ 精神、肉体皆由气构成，因此养气即可形神兼修，是长生不死、修道成仙的重要方法。胡孚琛认为这是一种"主张精神与肉体二元论的宗教哲学思想"。④

道教的身体理论是精神与肉体统一性的另一种体现。《黄帝内经》认为人的元神、魂、魄、意、志分藏于五脏之中，并影响着人的情志。《黄帝内经·灵枢·邪客》说："心者，五脏六府之大主也，精神之所舍也，其藏坚固，邪弗能容也。容之则心伤，心伤则神去，神去则死矣。"⑤《黄帝内经》由此形成了脏象

① 王明编：《太平经合校》，北京：中华书局，2014 年，第 734 页。
② 王明：《抱朴子内篇校释》，北京：中华书局，1985 年，第 110 页。
③ 同上，第 114 页。
④ 胡孚琛：《魏晋神仙道教》，北京：人民出版社，1989 年，第 224 页。
⑤（清）张志聪集注：《黄帝内经集注》，北京：中医古籍出版社，2015 年，第 801 页。

说以及十二官的概念，用人间的行政官职解释五脏六腑的生理分工，对脏腑功能进行拟人化的描述，就形成了人体十二官。《老子道德经河上公章句》也认为有五脏神。《太平经》继承并发展了这种说法，认为人的身体除五脏之外，周身精血筋骨、肢体百节均有所司之神镇守其间。此时，这些神只是具有超越性、神秘性的实体。至魏晋时期，身内“神”被进一步人格化。葛洪《抱朴子内篇》引《仙经》曰：

> 子欲长生，守一当明；思一至饥，一与之粮；思一至渴，一与之浆；一有姓字服色，男长九分，女长六分，或在脐下二寸四分下丹田中，或在心下绛宫金阙中丹田也，或在人两眉间，却行一寸为明堂，二寸为洞房，三寸为上丹田也。①

身神不仅被人格化，还被体系化，如魏晋时期的《黄庭经》将人体身神扩大为三部八景神二十四真的身神系统。上清派同样汲取了该思想，并加以神学角度的发展，形成了人体内有姓名、服色、身份、司职、僚属的种种神灵，唐代胡愔的《黄庭内景五脏六腑补泄图》也即身神概念的体现。《黄帝内经》的脏腑学说也影响到灵宝派，灵宝派以五老帝君领五脏神为基础，建立了一套修炼养生方法。这种身内神的理论，实质上正是“形为神基”理论的体现。

道教对形神关系的认识在“死亡”中体现得更加明显。传统观念认为人的死亡是形体衰朽，神去其形。“在原始灵魂观念中，尸骨是亡灵的依托。人死之后灵魂依赖于尸骨存在，所以要

---

① 王明：《抱朴子内篇校释》，北京：中华书局，1985 年，第 323 页。

延续亡灵的生命，必须保持尸骨不腐。”① 这里体现的虽不是神去形灭的观念，但如此强调尸体这个“形”的重要性，则是形神相依观点在原始认知中的一种变体。道教理论强调的并非唯物主义无神论者所谓的“形神相依，形去神灭”，成仙需要达到精神与肉体的统一，这种统一可以在生前完成，如白日飞升或肉体成仙，也可以在死后完成，即道教的尸解成仙。在道教理论中，人的生死并不影响成仙与否，因此世俗意义上的形神相依并不适应于道教，但是道教成仙又不舍弃形与神的任何一方，则又是形神相依观念的另外一种体现。在道教的尸解信仰中，死亡是成仙的前提。此外，尸解的另一个特点是尸解之后找不到修道者的尸体：其或是通过“太阴炼形”达到肉体、精神合一，从而升仙；或是通过剑、杖等外物代替自己的身形被埋葬，自己的“形”则得以与“神”结合。因此表面上看形亡神存的尸解过程，实际上仍需要肉体与精神的结合才能成仙。因此道教特别强调尸体的完整性，重视保存尸体，其“认为人死入藏棺椁坟茔后，通过采取种种宗教法术或手段招神逐鬼，保护死者尸体和灵魂不受损害，日后亦可复生尸解成仙。即使不能复生尸解成仙，亦能避免因幽谪不解而成注鬼，注害生人，不利子孙，所以对丧葬之事极为重视”。② 道教认为形神结合才能修炼成仙，其虽强调形神关系的和谐统一，所持的却是形神二元论，即形神可以分离，只有二者结合才能成仙。这种形神分离的观念到志怪小说中又被各

① 王贵生：《论〈山海经〉中的神灵复活机制》，《西北师范大学学报（社会科学版）》，2002 年第 3 期。

② 张勋燎、白彬：《吴晋南朝买地券、名刺和衣物疏的道教考古研究》，《中国道教考古》第 3 册，北京：线装书局，2006 年，第 981 页。

种附会，演绎出诸多奇异虚幻的故事。如《搜神后记》卷三《形魂离异》说：

> 宋时有一人，忘其姓氏，与妇同寝。天晓，妇起出，后其夫寻亦出外。妇还，见其夫犹在被中眠。须臾，奴子自外来，云："郎求镜。"妇以奴诈，乃指床上以示奴。奴云："适从郎间来。"于是白驰其夫。夫大愕，便入。与妇共视被中人，高枕安寝，正是其形，了无一异。虑是其神魂，不敢惊动，乃共以手徐徐抚床，遂冉冉入席而灭。夫妇惋怖不已。少时，夫忽得疾，性理乖错，终身不愈。①

该离魂故事正是基于形神二元论而来，而且从小说的结局可以看出，当时人们基本上是肯定形神统一而不认可形神分离的。至于在后世文学作品中大放异彩的离魂故事，则是在时代改变、道教发展、文学成熟等多方面背景下，又进一步综合发展的结果。

三　道教神仙信仰理论的转型

宗教皆以精神为生命根本，道教则有一种追求精神与肉体和谐的倾向。道教相信神仙实有，以长生不死为终极追求，但由于对"形神"关系认识的不同，对成仙主体是灵魂还是肉体存在一定的分歧。杨立华认为中国汉代至唐代的长生观念总体上来看可以分为三个阶段：东汉末年至西晋由形神相即而达到永生；两

---

① （晋）陶潜撰，汪绍楹校注：《搜神后记》，北京：中华书局，1981 年，第 22 页。

晋至隋唐初年长生样态多样化，追求形神同飞，但形体已不是“旧体”，而是神异变化后的肉身；唐以后长生的追求在于“无形”，身体不再是永恒追求的对象，但也非仅仅是精神上的永存。[①] 简言之，道教内部神仙信仰经历了一个由追求肉体飞升到追求精神升华的过程。道教最早追求肉体成仙，在南北朝时期出现了追求超越性的迹象，至唐代，魏晋以来服食金丹追求肉体长生之风达到高潮，但在玄学、佛教发展以及外丹衰落的背景之下，内丹学兴起。宋元全真道则从心性论出发，认为“真性”不灭，进一步否定肉体成仙。由此，道教长生不死信仰经历了从早期注重肉体长生到强调元神不死（即精神不死）的转变，而后者则在主张内丹的全真道手中发展到极致，最终彻底否定了肉体成仙。

若将道教产生之前的悠久历史也考虑其中的话，则会发现，关于不死首先产生的是灵魂不死，后来又产生了养神还是养形、精神长生还是肉体长生的讨论。原始观念中人们以灵魂不死来消解死亡，寻求一种个体对群体的认同与融合。但这仍不能消解个人对生命的焦虑感，即人有着追求肉体长生的生命本能。正因为如此，在宗族群体中存在的个人，也会为自己祈福。如《尚书·洪范》中有“五福六极”，即人生的五种幸福：一曰寿，二曰富，三曰康宁，四曰攸好德，五曰考终命；人生又有六种不幸：一曰凶、短、折，二曰疾，三曰忧，四曰贫，五曰恶，六曰弱。其中“寿”（长寿）、“康宁”（健康无疾病）、“考终命”（寿命自终不横夭）及“凶短折”（寿不长）、“疾”（不健康）、

---

① 杨立华：《匿名的拼接——内丹观念下道教长生技术的开展》，北京：北京大学出版社，2002 年，第 53 页。

“忧”（感情不愉快）、“弱”（身体不强壮）等，都表达了对身体的强烈关注，不仅表现出对生命的关怀，也表明人们的视野由群体向个人的转变。其实，关注肉体、渴望长生的信仰在《山海经》中即已存在，只是当时对魂灵不死与肉体不死的区分还不明确。战国时期，随着方仙道的兴起以及燕齐方士的宣扬，养形渐受重视，并逐渐主张形神合一、形神并举，但实质上侧重的还是肉体长生，这是由方仙道为贵族统治者服务的性质决定的。《汉书·艺文志》中指出神仙的最大特征是“同死生之域”，即生命无限延长。至于如何“保性命之真”，如何得道成仙，早期道教多将具体的手段落实到诚心信道上。如《太平经》认为人的生命乃效法天道而来：

> 三气共一，为神根也。一为精，一为神，一为气。此三者，共一位也，本天地人之气。神者受之于天，精者受之于地，气者受之于中和，相与共为一道。故神者乘气而行，精者居其中也。三者相助为治。故人欲寿者，乃当爱气尊神重精也。①

《太平经》认为：“守道而不止，乃得仙不死。”②《老子想尔注》也倡导：“欲求仙寿天福，要在信道。”③早期道教认为“精神主生”，凭借某种方法或手段，可以使生命长存，“延年长寿，精学可得神仙”。④随着道教成仙方术的发展，肉体成仙越来越受重视，秦汉以来上层社会流行的服食养生之风，便反映了

---

① 王明编：《太平经合校》，北京：中华书局，2014 年，第 746—745 页。
② 同上，第 82 页。
③ 饶宗颐：《老子想尔注校证》，上海：上海古籍出版社，1991 年，第 31 页。
④ 王明编：《太平经合校》，北京：中华书局，2014 年，第 4 页。

当时注重养形的社会风气。

形神关系的发展形成了道教关于修炼肉体与修炼心性的两种倾向，道教对这两方面均有论述，在不同的历史时期，不同的道教教派中又有不同的侧重。早期道教的神仙信仰更多地是在肉体长生的基础上追求形神合一，如葛洪的神仙道教金丹思想主张形神统一，但其推崇“地仙”，体现了道教享乐人间、追求肉体长生的倾向。肉体成仙既是对生命的眷恋，也与哲学观念上尤其是玄学思想重视本体论的探讨相关。玄学的生命理想既包括生活的意义与价值、人的自由问题，也包括对精神自由以及肉体永存的追求。它与神仙世界在人的自由性问题上存在天然的关联，可以说神仙说借助玄学的力量在魏晋名士中广泛流传，而且玄学客观上也为道教的生命理想赋予了哲学深度。这种生命理想在东晋葛洪的理论中被确定下来，肉体成仙也成为道教神仙信仰的核心。道教在修炼肉体的同时也并未放弃对精神的修炼，而且随着道教士人化的进程以及形神二元论的思想继续发展，尤其是六朝上清派以来，道教对成仙的追求不再执着于肉体不死，而是更加重视精神的永生。精神永生则元神永恒，元神不死而形体有终，因此体可以是各种各样的，元神则借体而生。如成书于西晋的《西升经》云：“形不得神，不能自生；神不得形，不能自成。形神合同，更相生，更相成。”① 这是肯定形神统一的，但《西升经》同时提出了“伪道养形，真道养神”的命题，否定了道教炼形的基本教义，在魏晋道教生命哲学中代表了一种新的发展势头。

道教重视心性修炼是对道家思想中清静无为思想的继承，至

① 《西升经集注》，《道藏》第14册，北京：文物出版社，上海：上海书店，天津：天津古籍出版社，1988年，第590—591页。

葛洪时心性修炼已成为道教理论中的重要教义。如《抱朴子内篇·仙论》中阐释心性修炼说：

> 学仙之法，欲得恬愉淡泊，涤除嗜欲，内视反听，尸居无心。①
>
> 仙法欲静寂无为，忘其形骸……仙法欲令爱逮蠢蠕，不害含气……仙法欲止绝臭腥，休粮清肠……仙法欲溥爱八荒，视人如己②

清净、无为、无欲是修道学仙首先需要遵守的。此外，葛洪还把忠孝、仁信、行善、积功纳入心性修炼之中。精神修炼在南北朝时期成为道教主流的成仙方式，尤以上清派为代表。陶弘景的茅山宗则形神双修，注重修形养神。由重形到重神的转变是道教神仙信仰理论的基本转型。这种转型也反映在陶弘景、陆修静、寇谦之等人对道教的整理改革中，表现在仙传小说中便是生死观的变化。"关于生死的观念变了，修仙的途径也相应发生变化，从追求肉体不死，即世成仙，变为积功累德，死后升入天堂，或来世成仙。"③ 南北朝时期，道教心性论开始萌芽，即认为人心中有道性，能悟其本性者则能成为仙人。南朝时期道士宋文明、臧玄靖即持此观念。南宋末年产生的《道学传》鲜明地体现了儒道融合的伦理观，到金元全真道精神成仙信仰确立，道教神仙信仰也完成了理论的全面转型。

"离我们本身最远的东西最先置于规律的支配之下，然后才

① 王明：《抱朴子内篇校释》，北京：中华书局，1985 年，第 17 页。

② 同上，第 17—18 页。

③ 任继愈主编：《中国道教史》，北京：中国社会科学出版社，2001 年，第 163 页。

逐渐地及于离我们较近的东西：首先是天，其次是地，接着是动植物，然后是人体，而最后（迄今还远未完成）是人的思维。”① 按照此理论来说，肉体的长生是最难实现的，这在科技、生产力都飞速发展的现代社会仍然无法实现，遑论古代，因此道教最先将肉体长生置于自己的控制之下。而随着道教的世俗化和政治化，又逐渐渗透入伦理道德因素，故愈到后期，道教神仙信仰注重精神修炼的转变就愈明显。

第二节　道教生死观以及道教对死亡的超越

一　道教生死观

生死是思想界所关注的终极问题，不同的思想流派对待生死态度不同。儒家不关注死亡，更加重视现世生活，“未知生，焉知死”，对不可知的生命状态持存而不论的态度。且儒家主张以政治功勋及道德成就来获得永恒的精神生命，从而超越有限的肉体生命。如儒家的“三不朽”即希望通过“立德”“立功”“立言”将道德修养、建功立业、著书立说等作为个体生命对社会生活的追求。而道家则对生死问题给予了充分的自觉，道家自然主义的生死观承认生命有生有死的客观规律。老子认为：“天地

① 〔英〕罗素著，徐奕春，林国夫译：《宗教与科学》，北京：商务印书馆，2015 年，第 26 页。

尚不能长久，而况于人乎？”[①] 庄子认为“生之来不能却，其去不能止。”[②] “天与地无穷，人死者有时。”[③] 庄子进一步论证生命其实是气的存在形式。《庄子 · 知北游》说：“人之生，气之聚也；聚则为生，散则为死……故曰：通天下一气耳。”[④] 万事万物都由气组成，死亡则是形体灭亡、元气扩散的状态。将生死看作自然而然，故道家以豁达态度看待生死，并积极追寻生命的永恒。如《道德经》第七章说：“天长地久。天地所以长且久者，以其不自生，故能长生。”[⑤] 老子认为清心寡欲即可长生，人应该像天地大道一样不执着于外物以及其他外在生命形式。庄子则以“齐万物”“齐死生”的豁达态度消解生与死的界限。同时，庄子又主张物我两忘，视死生存亡为一体，甚至认为死亡之乐超过生存之乐，以此消解死亡的恐惧。如《庄子 · 大宗师》说：

> 古之真人，不知说生，不知恶死；其出不訢，其入不距；翛然而往，翛然而来而已矣。不忘其所始，不求其所终；受而喜之，忘而复之。是之谓不以心捐道，不以人助天，是之谓真人。[⑥]

---

① （魏）王弼注，楼宇烈校释：《老子道德经注校释》，北京：中华书局，2008年，第57页。

② （清）郭庆藩撰，王孝鱼点校：《庄子集释》，北京：中华书局，2012年，第629页。

③ 同上，第993页。

④ 同上，第730页。

⑤ （魏）王弼注，楼宇烈校释：《老子道德经注校释》，北京：中华书局，2008年，第19页。

⑥ （清）郭庆藩撰，王孝鱼点校：《庄子集释》，北京：中华书局，2012年，第234页。

即真人随自然规律，同等接受生死。在《大宗师》中还记载了子祀、子舆、子犁、子来四人因均对死亡等闲视之，以死生存亡为一体，而成为莫逆之交。道家虽然坦然面对生死，但仍然重视保身全生，在此生命观基础上，形成了一系列的养生理论。如老子倡导清心寡欲，提出“摄生”说，通过“守静”之法，摄持自己的内心，勿使妄动，因为身心妄动会招致各种灾害。庄子的生命观目的在于全生、保生，《庄子·养生主》说：“为善无近名，为恶无近刑。缘督以为经，可以保身，可以全生，可以养亲，可以尽年。”① 庄子的养生理论较系统地体现在《庄子·刻意》篇中，而养神思想则全面反映在《达生》篇中，认为弃世无累、无为自适才是养神的根本途径。更高层次的是养心养性，修养心性的方法即“心斋”“坐忘”，均须通过虚静一体的诀窍来实现。

在道家豁达生死的生命观的基础之上，形成了道教独特的生死观。早期道教继承道家思想，视生命为自然，如《太平经》说：“夫物生者，皆有终尽，人生亦有死，天地之格法也。”② 至《老子想尔注》，道教看待死亡才脱离了自然主义的范畴，将俗人、仙士相区别，认为仙士不为恶可获得仙寿。随着神仙思想及神仙道教的发展，道教逐渐形成了服食、行气、房中、金丹等一系列长生之法。对待生命，道教有一种怜悯众生的宗教情怀，追求人与自然以及人与他人、与社会的和谐相处，这种和谐落实到实践中便体现为对万物生命的重视，以及在万物平等的基础上，

---

① （清）郭庆藩撰，王孝鱼点校：《庄子集释》，北京：中华书局，2012年，第121页。

② 王明编：《太平经合校》，北京：中华书局，2014年，第353页。

善待生命。“道教反对在人与自然之间分出高低贵贱，把人与自然对立起来，要求摒弃以人类自我为中心的思想，与大自然打成一片，进入天人相合无间的理想状态。”[①] 道教歌颂生命，视生命为至高无上的存在。如：

《太平经》：天地之性，万二千物，人命最重。[②]

《列子》：天地万物，唯人为贵。而吾得为人，是一乐也。[③]

《抱朴子内篇·勤求》：天地之大德曰生，生，好物者也。是以道家之所至秘而重者，莫过乎长生之方也。[④]

《抱朴子内篇·道意》：夫神仙之法，所以与俗人不同者，正以不老不死为贵耳。[⑤]

《养性延命录》：人所贵者，盖贵于生。[⑥]

潘显一曾从美学角度分析指出，西方宗教将美归于上帝，而中国道教则将现实人生视为美，以生命为美。[⑦] 道教以生为美的思想体现在方方面面，其中表现最为明显的是仙传故事对人成仙之后返老还童或相貌年轻等变化乐此不疲的描述。小说中的神仙必然是容貌不老的，男性成仙者多保持年轻时候的模样或白发返

① 卿希泰《道教文化与现代社会生活》，中国道教文化研究所编：《道教教义的现代阐释》，北京：宗教文化出版社，2003 年，第 4 页。

② 王明编：《太平经合校》，北京：中华书局，2014 年，第 35 页。

③ 杨伯峻：《列子集释》，北京：中华书局，2013 年，第 23 页。

④ 王明：《抱朴子内篇校释》，北京：中华书局，1985 年，第 252 页。

⑤ 同上，第 174 页。

⑥ （南朝梁）陶弘景集，王家葵校注：《养性延命录校注》，北京：中华书局，2014 年，第 1 页。

⑦ 如潘显一：《大美不言——道教美学思想范畴论》，成都：四川人民出版社，1997 年。

黑、齿堕更生，恢复到年轻时候的模样。相较而言，仙传故事更乐于强调女仙容貌年轻的特点，如《列仙传》中的女丸“如此三十年，颜色更加二十”，《神仙传》中的太阳女“年二百八十岁，色如桃花，口如含丹，肌肤充泽，眉鬓如画，有如十七八者也”。[①] 就连神仙故事中的侍女、随从等女性角色都容貌艳丽年轻，如《神仙传》中介象“于山中，见一美女年十五六许，颜色非常，衣服五彩，盖仙人也”，[②]《神仙传》中与彭祖论道的采女“年二百七十岁，视之年如十五六”，[③]《神仙传》中王远遇到女子“年十八九许”等。神仙尤其是女仙能永葆青春，更加能够唤起人们成仙的渴望，女仙也成为神仙世界美好图景的一部分，激励着人们——主要是上层士人阶级——修养心性得道成仙。总之，道教回避死亡，追求长生，即使不得不面对现实中的死亡，也要以神仙信仰化解死亡的事实，以超越死亡。

二　道教对死亡的超越

道教以长生为理想，但还需面对死亡的问题。神仙虽然长生不死，但他只是一个宗教信仰的对象，并不在实际中存在，“人的不朽或作为不朽的实体的人，是一个宗教的对象，但是正因为如此，它只是一个信仰对象，因为实际所显示的正好与此相反，

① （晋）葛洪撰，胡守为校释：《神仙传校释》，北京：中华书局，2010 年，第 155 页。

② 同上，第 324 页。

③ 同年，第 15 页。

是人皆有死”。[①] 面对死亡，道教采取超越死亡的态度。

道教超越死亡的方法有多种。首先，道教强调灵魂不死，以灵魂的永恒追求生命的不朽，从而消解身体死亡的恐惧。灵魂不死是一种古老的信仰，在神话故事中即存在。神话中人死之后可以化为其他事物继续存在，从而达到不死的目的。如女娃死后化作填海的精卫，又如夸父逐日中夸父的手杖化为邓林。道教的神仙信仰其实就是灵魂不死信仰发展到较高阶段的产物。闻一多认为灵魂不死信仰源自西方羌族，羌人认为灵魂是不死的，毁坏肉体才能解放灵魂，因此他们“（其兵）以战死为吉利，病终为不祥”[②]，故又有火葬之法。《墨子·节葬下》说：“秦之西有仪渠之国者，其亲戚死，聚柴薪而焚之，燻上，谓之登遐。”[③] 仪渠即属于古羌族，登遐即升天。《吕氏春秋·义赏篇》说：“氐羌之民，其虏也，不忧其系累，而忧其死不焚也。”[④] 而古中原地区的神仙思想受到齐地信仰的影响更加广泛一些，齐国濒临海滨，奇幻的景观、浩渺的大海、开阔的视野……这些都是神仙思想发展的得天独厚的自然条件。闻一多认为，齐人本为西方羌族，在与西周通婚的过程中，逐渐内徙，一部分羌人迁徙至齐国，带去了灵魂不死的信仰。[⑤] 任继愈认为，灵魂不死的观念产生于山顶洞人时期，仰韶文化时期逐渐形成普遍的生死观，并伴

① 〔德〕费尔巴哈著，王太庆译：《宗教的本质》，北京：商务印书馆，2015年，第72页。

② （南朝宋）范晔撰，（唐）李贤等注：《后汉书》，北京：中华书局，1965年，第2869页。

③ 吴毓江：《墨子校注》，北京：中华书局，1993年，第263页。

④ （战国）吕不韦著，陈奇猷校释：《吕氏春秋新校释》，上海：上海古籍出版社，2002年，第786页。

⑤ 闻一多：《神话与诗》，北京：北京联合出版公司，2013年，第144—147页。

随各种崇拜灵魂的宗教迷信活动。灵魂不死不仅只关乎成仙问题，它还是早期人们的生命观。灵魂不死最初以祖先崇拜的方式表现出来，这也影响到早期葬礼、祭祀等方面的社会礼仪与风俗。祖先崇拜最初是以族群的形式出现。当时族群是人存在的单位形式，受社会组织方式的影响，个体生命只有融入群体才有意义，才能实现生命的不朽——族群的繁衍就是生命的不朽。因此，家族、血缘、宗法等观念在早期社会中占绝对主流。在此观念影响下，人们普遍认为，人即使死了，魂魄也应该回归族群，回归故土。如此，人死之后招魂仪式的重要性便不言而喻。《礼记·礼运篇》曾描述过招魂巫术："及其死也，升屋而号，告曰：'皋某复！'"[①] 屈原也因此才会有《招魂》篇招徕楚怀王的亡魂。这也进一步形成了中国古代的血缘宗法社会对祭祀、丧葬等礼制的重视，如礼葬中的殉葬品即出于"用物精多，则魂魄强"[②] 的观念，人们希望能用殉葬品加强死者的魂魄，得到死者灵魂的庇护。故当时所认为的死而不朽"似乎是指死在自己的国、家，死后可以享祀，死后的精神魂魄可以与宗族祖先的精神魂魄在一起"。[③] 灵魂不死在很长一段时间内都是人们普遍的生死观，虽然随着时代的发展，灵魂不死的观念被逐渐忘却，但对血缘宗法以及丧葬之礼的重视都流传了下来，如孟子就曾对不丧葬父母者进行批判。《孟子·滕文公上》说："盖上世尝有不葬其亲者。其亲死，则举而委之于壑。他日过之，狐狸食之，蝇蚋

---

① （汉）郑玄注，（唐）孔颖达疏，李学勤主编：《礼记正义》，北京：北京大学出版社，1999 年，第 666 页。

② 杨伯峻编：《春秋左传注》，北京：中华书局，2009 年，第 1292 页。

③ 窪德忠，萧坤华译：《道教史》，上海：上海译文出版社，1987 年，第 56 页。

姑嘬之。”[①] 灵魂不死体现在道教中便是“神不灭”的论断。道教主张神不灭一方面是出于对现实的无奈，因为身体不死难以实现，而形神分离、精神不灭则是难以验证的，故可用精神存在的虚幻假设来消解身体死亡的恐惧。另一方面也是对原始文化的继承发展，灵魂不死信仰存在已久，原始社会中人们对死亡具有双重情感，“一面是对于死者的爱，一面是对于尸体的反感；一面是对于依然凭式在尸体的人格所有的慕恋，一面是对于物化了的臭皮囊所有的恐惧”。[②] 因此，葬礼中也体现出这两种矛盾的情绪，一方面要保留尸体的完整与整洁，另一方面又要将他抛弃、毁灭，既想“保持活人与死人底联系，同时又有一种趋向要断绝这种关系”。[③] 人类面对死亡有着复杂的二重心理，希望与恐惧错综交织。于是宗教的作用便被凸显出来，解救了情感在生死关头的困境：“宗教底办法，乃是采取积极的信条、慰安的见解，在文化上有价值的信念，使人相信永生，相信灵底单独存在，相信死后脱离肉体的生命。”[④] 在原始的灵魂不死信仰及早期道教中，身体是否完整对人的魂魄统一以及重生复活有至关重要的作用，因此追求肉体生前不死、死后不腐成为一种传统的信仰。金缕玉衣的出现正是以此思想为背景，“古人相信，玉石可以生肌，能保护死者肉体不坏，在另一个世界绵延生命”。[⑤]

其次，道教掩饰死亡事实，构建死后成仙的愿景，从理论与

---

① （宋）朱熹撰：《四书章句集注》，北京：中华书局，2012 年，第 266 页。

② 〔英〕马林诺夫斯基著，李安宅译：《巫术科学宗教与神话》，上海：上海社会科学院出版社，2016 年，第 43 页。

③ 同上，第 46 页。

④ 同上，第 47 页。

⑤ 葛兆光：《中国思想史》（第一卷），上海：复旦大学出版社，1998 年，第 329 页。

实践两个方面超越死亡的现实。道教回避死亡，而面对死亡的现实，则以死后成仙的幻景加以掩饰，这甚至体现在对“死亡”的称呼上，如“羽化”“升天”“登真”“登霞”“成仙”“仙逝”等，这些形容死亡的词语均有道教死后升仙信仰的文化背景。死后升仙还需从古人的生命观、形神观说起。古人认为生命由精神和肉体两部分组成，生命终结后精神与肉体有着不同的归宿。如《淮南子·精神训》说：“是故精神天之有也，而骨骸者地之有也。”① 《论衡·论死》说：“人死精神升天，骸骨归土，故谓之鬼。”② 《太平经》说：“夫人死，魂神以归天，骨肉以付地。”③ 早期信仰认为灵魂可以脱离肉体独立存在。既然灵魂具有“生命活性”，那么人死之后，灵魂可以升入神仙之境的“天”。对于死后升仙，精英阶层并不重视，但由于其寄寓着对死亡的现实关注，因此在民间社会十分流行，尤其是汉代。汉代的墓葬、葬俗中都寄寓着浓厚的宗教观念。汉墓出土的大量画像石、画像砖、壁画等图像中有大量的对升仙场景的描绘，多以昆仑、蓬莱、天门、西王母等为主要内容。这种以死后成仙超越死亡现实的神仙思想，当时尚处于无意识阶段。道教正式成立之后，死后成仙才成为有意识的行为。根据死亡与否，神仙可以分为不死而仙和死后成仙两种：早期道教多不死而仙者，魏晋之后死后成仙者渐多。死后成仙故事成分的增多，一方面反映出道教对死亡的重视与思考，另一方面也从侧面表现出道教对死亡的肯定。死亡是任何生物都无法避免的结果，道教中的死亡虽是假

① 何宁撰：《淮南子集释》，北京：中华书局，1998 年，第 504 页。
② 黄晖撰：《论衡校释》，北京：中华书局，1990 年，第 871 页。
③ 王明：《太平经合校》，北京：中华书局，2014 年，第 56 页。

死，但不能从“死亡”的现象中脱离，终究要留下一具“尸体”埋葬世间。在死后成仙的过程中，死亡是成仙的必经之途。因此，死亡不仅成为考验道心坚定与否的手段，也是成仙者迷惑世俗、欺骗众人、隐藏自己的一种方式。道教教理教义中也发展出一定的理论与技术来超越现实性、实际性的死亡，这些方法一是尸解信仰，二是复活法术，三是超度亡灵的斋醮仪式。尸解强调死后成仙，郭璞注《山海经·海内经》曰：“开筮曰：鲧死三岁不腐，剖之以吴刀，化为黄龙。”① 或可视为死后成仙的最早源头。郭璞所引《归藏·开筮》至少在周代即已成书，可见死后成仙可追溯到周代。经历两汉的发展，至魏晋的神仙道教中，尸解理论才逐渐成熟。按照死亡方法的不同，尸解可以分为剑解、杖解、兵解、火解、水解等类型，均需按照一定的理论与技术操作才能完成。除了尸解，道教中还有许多复活法术，如：

《抱朴子内篇·金丹》：欲起死人，未满三日者，取青丹一刀圭和水，以浴死人，又以一刀圭发其口内之，死人立生也。②

《抱朴子内篇·金丹》中有《太乙招魂魄丹法》：所用五石，及封之以六一泥，皆似九丹也，长于起卒死三日以还者，折齿内一丸，与硫黄丸，俱以水送之，令入喉即活，皆言见使者持节召之。③

《抱朴子内篇·黄白》中以务成子法作金丹：“卒死未

① 袁珂校注：《山海经校注》，上海：上海古籍出版社，1980 年，第 473 页。
② 王明：《抱朴子内篇校释》，北京：中华书局，1985 年，第 78 页。
③ 同上，第 81 页。

经宿，以月建上水下一丸，令入咽喉，并含水喷死人面，即活。”[①]

在道教理论中起死回生成为可以操作的方法，神仙多有掌握此术者，如《洞仙传》中蔡琼受太玄阳生符，“以阳生符活已死之人，但骸骨存者，以符投之即起”。[②] 此外，道教还有许多以超越死亡为目的的燃灯、诵经、祭炼等斋醮仪式。道教认为通过法事可以请神灵降临，从而通过与神仙的沟通救度亡灵，解决人生的困厄。因此，斋醮仪式可以将生命从地狱中超度，让人起死回生甚至得道成仙。当然斋醮仪式中对死亡的超越，主要是对精神、灵魂的超越，而不是对肉体的超越，这是以道教形神二元论思想为基础的。

再次，道教构建死后世界并将之纳入神仙体系。余英时在《中国古代死后世界观的演变》一文中指出，中国古代本即存在对幽冥世界的想象，包括黄泉地府、泰山治鬼、死后升仙等各种原始信仰。但社会主流的儒家思想“未知生，焉知死”的态度，对天堂冥界思想的发展起了抑制作用。故在儒家思想中，死后世界是被边缘化的，这些内容经过佛教、道教思想的改造，展现出不同于儒家思想的新领域。道教虽然否定死、追求生，但对死后世界并不是一味逃避，而是构建起死后的幽冥世界。道教的幽冥世界是对泰山治鬼传说的延承与发展，人死之后魂归于泰山蒿里，由泰山主管，这是道教泰山府君的神仙原型。东晋之后，在道教神仙体系逐渐形成的过程中，阴间世界也更加完善，形成了

① 王明：《抱朴子内篇校释》，北京：中华书局，1985 年，第 292 页。
② （宋）张君房编，李永晟点校：《云笈七籤》，北京：中华书局，2003 年，第 2390 页。

以北极酆都山为地理空间，以酆都大帝为首领，率领鬼神治理死魂的死后世界。相较于原始的幽冥世界，酆都大帝取代了泰山，鬼狱取代了蒿里。其后，在陶弘景《真诰》《真灵位业图》中均有对酆都世界的论述。酆都山有六宫，为六天鬼神之宫：

> 罗酆山在北方癸地，山高二千六百里，周回三万里。其山下有洞天，在山之周回一万五千里。其上其下并有鬼神宫室，山上有六宫，洞中有六宫，辄周回千里，是为六天，鬼神之宫也。山上为外宫，洞中为内宫，制度等耳。第一宫名为纣绝阴天宫，以次东行。第二宫名为泰煞谅事宗天宫。第三宫名为明晨耐犯武城天宫。第四宫名为恬昭罪气天宫。第五名为宗灵七非天宫。第六宫名为敢司连宛屡天宫。凡六天宫则为鬼神六天之治也。①

在道教中，死后世界是相对于神仙世界而存在的一个对立面，用以展现道教对“恶”的惩罚，从而督促人们追求真善美的世界，使道教“天堂—地狱”的善恶奖惩制度更加完善，展现了道教对于世俗社会劝善惩恶的伦理价值的认同。

道教追求长生、超越死亡的生死观体现在道教仙传故事的许多方面，如仙传故事中鲜有死亡情节，传主或长寿，或成仙，即使有死亡的情节，也是尸解成仙过程中的暂时步骤，并非真正的死亡。神仙又因为是不死的，故可以超越时间，仙传小说因此也并不遵循常理上的时间线索，这种超越了时间的生死观，更是“洞中方一日，世上已千年”式神仙故事得以成立的基础。总

① （南朝梁）陶弘景撰，赵益点校：《真诰》，北京：中华书局，2011 年，第 265—266 页。

之，“人类对于宗教要求的主要内容之一，是要弥补现实中许多无可弥补的缺憾。进一步是出自想超越于自己有限生命之上，以得到生命的永恒。”①

第三节　唐前志怪小说中的复活故事

复活在《山海经》中以“变化”的形式出现，主要有复生与变换两种形式，是后世复活故事的源头。六朝志怪小说中的复活多专指人死复生，以宗教叙事、爱情表达为主要内容，其中宗教叙事主要有宣佛的游历地狱故事、扬道的尸解复活以及法术复生故事等。以唐前志怪小说为先驱，复活故事在后世文学中逐渐形成了宗教、现实与爱情几大主题，并体现出与民族心理相契合的生命价值观与民族精神。

一　原始复活信仰及早期复活故事

复活的源头最早可以追溯到道家的化生思想。“化生”最早见于《易·系辞下》：“天地絪缊，万物化醇。男女构精，万物化生。”② 此处的“化生”已有旧体死亡，新体诞生的含义。《庄子》对“化生”进行了进一步的阐释，称之为“物化”，主要是指一种泯除事物差别、彼我同化的精神境界。庄子认为，万

① 徐复观：《中国艺术精神》，上海：华东师范大学出版社，2001 年，第 66—67 页。

② 周振甫译注：《周易译注》，北京：中华书局，2013 年，第 282 页。

物都是由“道”变化出来的不同物象，一切事物间的差别都是相对的，生与死之间的差别也可以泯灭。“物化”又进一步发展成为道家的“道化”，即借助万物共有的“道”，事物可以通过形体的转化来获得新的生命。早期志怪故事中常见此类故事：某种生命体存在一定年限之后，转化为另一种生命体继续存在。这种转化可以是生命体之间的转化，也可以在无生命体与生命体之间完成，女娃化作精卫，夸父化邓林，以及“物老为怪”等故事均包含该理论。

在《山海经》中，以“变化”的形式存在的复活故事，主要体现在“尸神”身上，如据比之尸“折颈披发，无一手”（《海内北经》）；王子夜之尸“两手、两股、胸、首、齿，皆断异处”（《海内北经》）；贰负之尸人面蛇身（《海内北经》）；窫窳之尸形状如牛（《北山经》），被杀后演变为蛇形（《海内西经》），又进一步演变为龙首（《海内南经》）；奢比之尸人面兽身（《大荒东经》），其后变成传说中“奢龙”（《管子·五行》）。他们一般在遭受刑杀后，以变异形体的状态继续存在，虽死犹生。王贵生曾对《山海经》中的复活尸神问题进行过专门讨论，指出神巫是尸神复活的媒介，有的尸神自己便是巫师，可自我复生。其主要通过两种方式复活尸神：其一是通过“感神—取药—施术”的步骤；其二是“感神—降神”的步骤。① 从尸神复活的例子来看，原始的复活故事有两种形式：一是身体残损不全或形体异常的原体复活；二是个体生命死亡后转化为另外一种生命形态继续存在的变换复活。原体完全复活在当时缺少理论与现

① 王贵生：《论〈山海经〉中神灵复活机制》，《西北师范大学学报（社会科学版）》，2002 年第 3 期。

实依据，故原体复活多伴随形体上的变化，刑天即属于此类。又郭璞注《山海经·海外北经》中“无膂之国”：“其人穴居，食土，无男女，死即埋之，其心不朽，死百廿岁乃复更生。”① 也是原体复活的例子。变换复活则在不同生命形态间存在，如《山海经·大荒西经》曰：“有鱼偏枯，名曰鱼妇。颛顼死即复苏。风道北来，天乃大水泉，蛇乃化为鱼，是为鱼妇。颛顼死即复苏。”② 又如《山海经·北山经》曰：

> 又北二百里，曰发鸠之山，其上多柘木。有鸟焉，其状如乌，文首、白喙、赤足，名曰精卫，其鸣自詨。是炎帝之少女名曰女娃，女娃游于东海，溺而不返，故为精卫，常衔西山之木石，以堙于东海。漳水出焉，东流注于河。③

颛顼借鱼体死而复生，女娃死后化作精卫，都是通过变换外在生命形式实现复生，万物平等、灵魂不死、形神分离等思想因素也都体现于其中。对于神话中的此类变化复生故事，李丰楙还进一步分析指出：“古人对于凶死恶死的生命深信其具有可怕的灵力，因而在推原神话中，甚至会从失败英雄之死而根据‘部分可影响全体’的象征规律，将所使用、接触过的物体会经由生命变化而获致再生。”④ 夸父杖化邓林、蚩尤化枫木即为此例。

《山海经》中的复生与变换两大复活形式，在当时及稍后的文学作品中也有所体现。复生故事因其神秘奇异的性质，受到早

① 袁珂校注：《山海经校注》，上海：上海古籍出版社，1980年，第230页。
② 同上，第416页。
③ 同上，第92页。
④ 李丰楙：《神化与变异：一个“常与非常”的文化思维》，北京：中华书局，2010年，第66—67页。

期史家的重视，被记录在正史之中。如《左传·宣公八年》中有“晋人获秦谍，杀诸绛市，六日而苏”① 的记载，《汉书·五行志》《后汉书·五行志》中也载有较多复生故事，但记载简略，且多以灾异视之。此外，秦汉时期的复生故事已开始对死后世界给予重视，如秦简《墓主记》② 中记载丹死后三年复生，因其长官认为其不当死，于是向司命使公孙强祷告，丹因此得以复生，并向众人讲述鬼神好恶、畏忌以及祭祀禁忌之事。该故事虽未对死后的鬼神世界进行直接描述，但已表明鬼神的存在，映衬出鬼神迷信、鬼神祭祀的背景，以及秦汉社会原始宗教、民俗信仰等情况。小说还突出表现出两个新特点，其一是生死有定数观念的出现，其二是对死去的经历以及幽冥世界的描绘成为小说重点，这两点主要在魏晋六朝志怪小说中成为复活故事的叙述中心。至于变换复生，《左传》中即有公子彭生死后化作野猪的记载，此类故事充满变异因素，十分符合志怪小说的创作风格。《述异记》中也有精卫的故事：

> 昔炎帝女溺死东海中，化为精卫，其名自呼，每衔西山木石填东海。偶海燕而生子，生雌状如精卫，生雄如海燕。今东海精卫誓水处，曾溺于此川，誓不饮其水。一名鸟誓，一名冤禽，又名志鸟，俗称帝女雀。③

---

① 杨伯峻编：《春秋左传注》，北京：中华书局，2009 年，第 696 页。

② 1986 年甘肃天水放马滩出土秦简《墓主记》，由何双全最早定名，见《天水放马滩秦简综述》，《文物》，1989 年第 2 期。李学勤考证其写成于秦昭襄王三十八年（公元前 269 年），是最早的志怪故事，见《放马滩秦简中的志怪故事》，《文物》，1990 年第 4 期。

③ （梁）任昉撰：《述异记》，《丛书集成初编》影印本，北京：中华书局，1991 年，第 3 页。

该故事借鉴于《山海经》，是对变换复生思想的继承，从更加广阔的视野上来看，这种“变化”复生故事不仅仅是原始观念的反映，还是民间信仰的体现。因为尽管后世在时间上距原始社会已十分久远，但民间这种“变化”复生故事却依然流行，如汉乐府《孔雀东南飞》中焦仲卿、刘兰芝化鸳鸯，梁祝化蝶等。

《山海经》之后，早期的变换复生更多地向“变”的方向发展，演变为神化变异的能力，所谓“宇宙在乎手，万化生乎身”，① 只要能观察领悟天之道，夺造化之秘，自身便可以实现一切变化。而原体复生的意识在后世则完全脱离变异形体的外壳，成为名副其实的死后复生。由此，内涵明确的复活故事在魏晋六朝志怪小说中大量涌现。

二　魏晋六朝志怪小说中的复活故事及类型

魏晋六朝时期，随着原始鬼神信仰与佛教、道教思想的交融，在魏晋社会现实以及前代文学文化的综合影响下，魏晋六朝志怪小说中的复活故事形成了以宗教叙事、爱情理想、社会现实为中心的几大主题。其中，宗教叙事主题下，复活故事又分宣佛与扬道两种类型，这类小说以复生后的结果为叙述的重点，或讲述游历地府的经历，或侧重复活后获得异能的结果，从而达到宣教的目的。爱情主题则多以人鬼恋的形式表现，社会现实内容则夹杂在各种复活故事的叙述之中。故根据复活故事侧重点的不同

---

① 《黄帝阴符经》，《道藏》第1册，北京：文物出版社，上海：上海书店，天津：天津古籍出版社，1988年，第821页。

可分为宣佛、扬道、表达爱情三个类型。

第一类是受佛教思想影响的复活故事。此类故事中的主人公或因阳寿未尽，鬼吏索命有误，或因其人诵经奉佛，行善积德，最终得以复活返阳。《搜神记》中贾文合、李娥因鬼吏索命有误，阳寿未尽，得以重返人间，是佛教复生故事的雏形。佛教复生故事模式多为主人公寿命已尽，但因奉佛行善应得福报，在复活过程中得以游历地狱或见识鬼神、报应非虚，如《幽明录》中的某甲、舒礼、赵泰、康阿得、石长和等。佛教色彩最浓者为《冥祥记》，其中有大量复活故事，如《赵泰》《支法衡》《张应》《孙稚》《李清》《唐遵》《程道惠》《刘萨荷》《石长和》《陈安居》《僧规》《魏世子》《李旦》《释昙典》《蒋小德》《智达》《袁廓》《齐王氏》等。此类复活故事均以幽冥世界的存在为前提，重视佛的权威以惩恶劝善，多以叙述游历地府的经历及地府见闻为重点。其中具有代表性的是《幽明录 · 赵泰》：赵泰死后十日复活，其在地狱中被勘问生前善恶经历，因未作恶而还阳。复活后赵泰对众人讲述自己在地狱所见，均为因果报应、善恶赎罪之事，作恶之人受刀山剑树之苦，奉佛行善者则解脱罪过。幽冥世界对人世善恶进行相应的奖赏惩罚，是宗教善恶相报思想的演绎。上述故事中复活的主人公也多是念佛行善之人，宗教救赎意图明显。地狱思想虽源自于佛教，并在佛教的宣扬下深入人心，但中土并非对死后世界漠不关心。早期信仰中已有人死之后归于泰山蒿里，以及泰山府君治鬼的传说。魏晋六朝佛教、道教均对原始信仰有所借鉴，佛教的地狱、道教的酆都，都是在原始信仰基础上对幽冥世界的完善。其中，佛教的地狱思想以及果报轮回等观念对构建死后鬼神世界的作用尤巨。鬼魂世界一如神灵世界，是对现实生活的投射，因此小说中死后世界当中的人情、物理都井然有序，俨然地上人世。当然在鬼神惩恶劝善这一点上佛教与道教是相通的，只是道教劝善少以游历地府的形式表现而已。

第二类为道教色彩的复活故事，如道教尸解成仙是先死后化，具有死后复生的外在形式。这在仙传小说中表现较为明显，如《列仙传》中的平常生、寇先（也作冠先）等，《神仙传》中的王远、李少君、董奉等，《洞仙传》中的范豺、郭志生、扈谦、朱库等。志怪小说中尸解复活者，如《搜神记》中的卒常生、徐光、史姁等，其中对史姁复活的记载较为详细：

> 汉陈留考城史姁，字威明，年少时，尝病，临死，谓母曰："我死当复生。埋我，以竹杖柱于瘗上，若杖折，掘出我。"及死埋之，柱如其言。七日往视，杖果折，即掘出之，已活，走至井上浴，平复如故。①

道教成仙重视形神统一，故尸解成仙的过程也是形体与精神统一的过程，因肉体成仙难实现，故尸解成仙有"太阴炼形"的过程，即人死之后，腐烂的尸体通过一系列修炼可以重新长出肉体肌肤，最终"复活"成仙。就其外在表现形式来看，尸解实际上就是一个死后复生的过程，只不过，此处的"复生"并不是简单的复活，而是由"人"到"仙"的质的提升。"来世的生命不是别的，而是不为死所打断的今生的继续；神的本质也不是别的，而是人的不为一般的自然所打断的本质的继续——不中

① （晋）干宝撰，汪绍楹校注：《搜神记》，北京：中华书局，1979年，第182页。

断的、无限制的人的本质。”[1] 志怪小说志异猎奇的性质决定了其对道教理论的阐释并不全面，故小说中的尸解多是“复活”的形式。当然尸解也有成仙的形式，如《续齐谐记》中的屈原：

> 屈原五月五日投汨罗而死，楚人哀之。每至此日，以竹筒子贮米，投水以祭之。汉建武中，长沙区回，白日忽见一士人，自云三闾大夫。谓曲曰：“闻君常见祭，甚善。但常年所遗俱为蛟龙所窃。今若有惠，当以楝叶塞其上，以五彩丝缠之。此二物，蛟龙所惮。”回依其言。今世人五月五日作粽，并带楝叶五彩丝，皆汨罗之遗风也。[2]

《拾遗记》卷十《洞庭山》中也记载，楚人思慕屈原，并以水仙祭祀之。屈原投水而死，后又重新出现，乃作水解，故为水仙。无论是从屈原的身份、影响力，还是今日的端午风俗来看，该故事都不是尸解复活，而是尸解成仙，且带有浓厚的民间信仰色彩。关于复活，道教还有诸多理论阐述。早期道教并不相信复活，如《太平经》说：“凡天下人死亡，非小事也，壹死，终古不得复见天地日月也，脉骨成涂土。死命，重事也。人居天地之间，人人得壹生，不得重生也。”[3] 生死非小事，随着成仙信仰的发展，死亡成为可逆之事，如《神仙传》中凤纲有可令人复活的仙药，《洞仙传》中蔡琼“常以阳生符活已死之人，但骸骨存者，以符投之即起”。[4] 《神仙传》中茅君曾论及起死回生之

---

① 〔德〕费尔巴哈著，王太庆译：《宗教的本质》，北京：商务印书馆，2015年，第66页。

② 王国良：《续齐谐记研究》，台北：文史哲出版社，1987年，第44—45页。

③ 王明编：《太平经合校》，北京：中华书局，2014年，第306页。

④（宋）张君房编，李永晟点校：《云笈七籤》，北京：中华书局，2003年，第2390页。

术："死人罪重恶积，不可复生者，即不可起也。若横受短折者，即可令起也。"① 这种善恶理论在志怪小说中较常见，如《甄异记》中的华逸：

> 广陵华逸，寓居江陵，亡后七年来还。初闻语声，不见其形，家人苦请，求得见之。答云："我困瘁未忍见汝。"问其所由，云："我本命虽不长，犹应未尽，坐平生时罚挞失道，又杀卒及奴，以此减算，去受使到长沙，还当复过。"如期果至，教其二子云："我既早亡，汝等当勤自勖励，门户沦没，岂是人子！"又责其兄不垂教诲，色甚不平，乃曰："孟禺已名配死录，正余有日限耳。"尔时禺气强力壮，后到所期暴亡。②

生命有数，人之善恶将影响自身寿命，为恶则减算减纪。承负说也体现在复活故事中，如祖冲之《述异记》中的曹宗之因"先有福业"而得以死而复生。此外，有些复活故事涉及地府、地狱，如《神仙传·董奉》中杜燮复活的故事：

> 杜燮为交州刺史，得病毒死，已三日。君异时在南方，乃往，以三丸药内死人口中，令人举死人头摇而消之，食顷，变开目，动手足，颜色渐还。半日中，能起坐，遂活。后四日，乃能语，云：死时奄然如梦，见有数十乌衣人来收之，将载露车上去，入大赤门，径以寸狱，狱各一户，户才容一人，以变内一户中，乃以土从外封之，不复见外，恍惚

---

① （晋）葛洪撰，胡守为校释：《神仙传校释》，北京：中华书局，2010 年，第 182 页。

② 《甄异记》，鲁迅校录：《古小说钩沉》，济南：齐鲁书社，1997 年，第 97 页。

间闻有一人言：‘太乙遣使者来召杜燮，急开出之！’闻人以钎掘其所居，良久，引出之。见外有车马，赤盖，三人共坐车上，一人持节呼变上车，将还至门而觉。燮既活，乃为君异起高楼于中庭。①

人死复活讲述地府游历见闻，这种地府游历故事在志怪小说中十分常见，不仅为道教所用，佛教地府思想同样在此故事类型中体现出来。另外，复活故事还会涉及道教厌劾鬼神法术，如《搜神记》《幽明录》中均记载吴猛有起死回生之术；《搜神记》中史姁复活后能日行千里，贺瑀复活后可以役使社公，戴洋死亡后授符箓，游昆仑、蓬莱，复活后会占卜之术。此类故事更加强调神异能力与法术的获得，死后复生成为获得异能的一种途径，充分体现出作为创作者的巫师、方士、道士等人，对自身方术占卜、通灵降神等异能的神化，有自神其教的意图。

第三类是人鬼恋式的复活故事。此类故事不以幽冥世界和赏善惩恶为重点，即使涉及鬼神，也将其放置在朴素的爱情悲欢之中，以“因爱而死，因爱而生”的曲折历程展现“爱情精诚”。人鬼恋式的复活故事又可分为两类，一类是鬼魂复活，女鬼恋凡人复活或企图复活者如《列异传》中的谈生，《搜神后记》中的徐玄方女、李仲文女。又有阴间相识复活者，如《搜神记》中的贾文合与弋阳女在阴间相识，复活后结为夫妇。另一类则为凡人因爱而死又因爱复活，其主人公大多为女性，如《搜神记》中的河间郡男女，也有男性死亡复活者，如《幽明录》中卖胡

---

① （晋）葛洪撰，胡守为校释：《神仙传校释》，北京：中华书局，2010年，第333—334页。

粉女子的故事。这一类复活故事以爱情精诚为重点，沉淀着人们对生命的渴望以及高尚纯粹的爱情审美观，既有对现实的认识，又有对生命的热爱、对生活的期待，是生命理想的一种表达。若脱离复活的范畴，人鬼恋故事中还有对社会现实、门第观念、封建礼法等内容的艺术化反映。

除了上述分类，魏晋六朝志怪小说中的复活故事还有其他形式，如《搜神记》中的桓氏复生、陈焦复生等将复生视为灾异。也有比较世俗化的复生故事，如《列异传》中的蔡支帮太山神传信于其外孙天帝，天帝复活蔡支亡妻作为答谢。又如《异苑》中的乐安章沉，天曹主是章沉的外兄，章沉以此得以复活。在这些故事中，幽冥生死的阻隔不再不可逾越，世俗人情已渗入其中，预示了异类空间叙事世俗化的发展倾向。此外，还需指出的是，无论何种类型的复活故事多伴随有发冢情节。一般而言，发冢情节是服务于宗教、现实、爱情等主题表达的，发冢的原因也多种多样，因盗墓发冢者如《搜神记·李娥》；因情爱发冢者如《搜神记·河间男女》《搜神后记·徐玄方女》等；因需合葬而发冢如《搜神记·杜锡妇》《搜神后记·干宝父妾》等。还有未交代发冢原因的，如《搜神记》中的《汉宫人冢》《棺中生妇》，《博物志》卷七《异闻》中发前汉时冢、发范明友冢以及奚侬息女复活等。这种仅讲述发冢复活的故事，更多是出于一种猎奇志异的心理，或以古时之人复活突出历史沧桑感，或以死去之人的复活突出生命神秘性。总之，魏晋六朝志怪小说中的复活故事无论是数量类型上还是思想内涵上较前代都更加丰富，也成为后世复活故事的先驱。

三　复活故事的影响及文化意义

“复活”最初源自于古人朴素的生死观，在医疗科技落后的原始社会，从昏迷、休克等状态苏醒，均会造成死后复生的假象。而在宗教中，死亡作为生命的终了环节往往会激发出强烈的宗教情绪以及复杂的宗教表现，“有神论者不能根据自然来解释生命，就将自己的这种‘不能’说成自然之不能从自身产生出生命，因此把自己的理智的界限当作自然的界限”，[①] 于是生生死死便处于超自然力量的控制之下。而且在原始社会，死亡并非只是少了一个社会成员而已，还会触发自保本能的恐惧，甚至危害群体统协，而“宗教注意到自保本能的另一套势力，使因生的欲求而来的积极冲动得到圣化的作用，变得有条有理，于是人心乃得安慰，乃得精神上的完整”。[②] 因此最终能抵抗死亡恐惧的只有源自超自然力量的“生”，仅从原始宗教对个人及社会完整的重要作用上看，原始宗教在社会中便有着比人文宗教更深远、更宽广的意义。而原始宗教潜意识的影响则比原始宗教的存在时间更久远，由于时代及生产力的局限，唐前志怪小说中的复活故事始终与原始观念、原始宗教意识密不可分，在艺术的渲染夸张下，便出现了“出生入死”的神异故事。这种潜在的宗教因素是佛教与道教进一步改造“复活”的基础，复活故事因而

---

① 〔德〕费尔巴哈著，王太庆译：《宗教的本质》，北京：商务印书馆，2010年，第16页。

② 〔英〕马林诺夫斯基著，李安宅译：《巫术科学宗教与神话》，上海：上海社会科学院出版社，2016年，第49—50页。

成为阐释人文宗教思想的载体。随着文学对现实观照的加强，复活故事因出入生死的奇幻性成为文学表现的一种重要手段，在后世文学中大放异彩。仅《太平广记》所收宋代之前的复生故事就有一百二十多条，[①] 足见“复活”在文学史上的母题意义。

后世复活故事内涵上基本继承了魏晋六朝志怪小说，主要侧重于宗教叙事、展现现实内容、彰显爱情主题等方面。但小说叙述不再仅仅关注复生的结果，而是对死亡原因、复活过程等情节给予重视，这种变化使死后复生具有更广泛的表现力。在宗教叙事方面，宣佛的魏晋六朝志怪小说以地狱游历的经历突出地狱阴森恐怖，佛教劝诫意味明显。唐代之后，宣佛小说复生故事的重心则从对地狱的渲染变为对自我忏悔、超度救赎途径的探索。在魏晋六朝志怪小说中，报应几乎是无法逃避的，到了唐代则具有了弹性，作恶之人通过入冥界忏悔也能获得赎罪途径，复生赎罪，如《广异记》中的薛涛。涉道小说中的复活故事，则注重宣扬道教法术的神异，复活者多是通过方士、道士的法术得以复活，如戴孚《广异记》中的赵州参军妻、河东县尉妻、仇嘉福，牛僧孺《玄怪录》中的齐推女等。道士施展法术、役使鬼神的起死回生过程成为小说的重点，不仅表现了道教法术对鬼神的干预，也通过起死回生表现了道教通过法术掌控生命的能力，是对道教“我命在我不在天”宗旨的演绎。

复活故事更具艺术魅力的是其影射现实、展现世俗伦理的内容。世俗人情因素早在唐前志怪小说的复活故事中就已存在，如《搜神后记》中李除以金钏贿赂鬼吏得以复活，《幽明录》中琅

---

① 林辰：《神怪小说史》，杭州：浙江古籍出版社，1998 年，第 29 页。

琊王姓一人，妻早死，其暴亡后向冥官哭诉自己两个孤儿无可依活的境况，冥官为之动容，又延其 30 年寿命。至唐，经过唐前志怪小说的渲染，复活本身不再是小说叙述的重点，复活故事的人文色彩逐渐增加，铺陈生死经历，以艺术虚构展现现实内容，表达生活理想成为小说的重要内容，其中一部分复活故事借冥府地狱揭露现实黑暗，影射现实，彰显批判意图。较有代表性的是敦煌写本《唐太宗入冥记》，小说中李建成、李元吉死后在地狱申诉唐太宗残害兄弟、囚禁父亲的罪行，唐太宗因此被招入地狱问训，但他最终利用权力、人情取得了生还机会，这完全是人间行贿受贿、操控权力现象的写照。明瞿佑《剪灯新话》中《令狐生冥梦录》、清《聊斋志异》中《席方平》等，均以死后冥界的经历揭露现实官场黑暗，突出了观照社会、批判现实的意识。

以复活歌颂爱情，在唐代达到高峰，如孟棨《本事诗》中的崔护、戴孚《广异记》中的张果女、牛僧孺《玄怪录》中的齐推女、裴铏《传奇》中的薛昭传等，从肯定人性的角度对爱情进行热烈的讴歌，展现至死不渝的爱情冲破幽明生死的力量，小说最终都拥有圆满结局。这类故事到了宋代则多以悲剧收场，如《夷坚志》中的吴小员外、鄂州南市女等，女鬼因爱复活又最终死去，死而复生、生而复死的过程是情爱与礼法、正统与异端矛盾的体现，是向传统伦理道德的回归，也表明宋代传统文化渐趋保守。明清时期，随着小说的兴盛，复活故事受到小说家的重视，也逐渐由说教转为寄情，一方面从宗教思想扩大到对封建伦理道德的宣扬，如纪昀《阅微草堂笔记》中的复活故事便充分体现了“大旨要归于醇正，欲使人知所劝惩”① 的创作目的；另一方面成为一种独特的艺术形式，被小说家应用于各种叙事故事中。如明话本《杜丽娘慕色还魂》以及汤显祖的《牡丹亭》，以超越阴阳生死的历程，表达爱情礼赞，寄托生活理想。《聊斋志异》中的《连城》《连锁》《伍秋月》等，不仅有对曲折爱情的展现，也羼入了道教阴阳采补的起死回生之术。如复活故事中的女鬼通过与凡男的交媾达到复活目的，包含着道教房中阴阳采补理论，即女鬼是阴中之阴，需得阳丹才能枯骨生肉。

“复活”主题经久不息，不仅因其包含了宗教、社会与爱情等多元内容，更主要的是因为它契合民族心理与文化精神，具有对人生价值、生活理想的反思与包容。从内在精神上讲，死后复生迎合了人们乐生恶死的普遍心理，复活包含对生的追求、对死亡的抗拒，是对“人固有一死”传统观念的反驳，这种抗拒死亡的企图在本土道教中表现明显。道教以长生不死为终极追求，在对生命的强烈控制欲之下，死亡逐渐由难以控制变为可人为干预，体现出主体的能动性。《西游记》中的孙悟空便具有此种特点，孙悟空依靠自身法力死后复生并最终长生，拥有控制自我生命的主动性。此外，死而复生以及生生死死的经历也引发了人们对于人生价值的思考，在生与死的转换中，进一步否定富贵权势，强调名利缥缈，追求生死豁达的人生态度，如李汝珍《镜花缘》中即借源自于《山海经》的“无继国”倡导一种淡泊名利的人生观。

死而复生的故事源自人类对生命的本能关注，伴随着文学与

① （清）纪昀：《阅微草堂笔记》序，上海：上海古籍出版社，2016 年。

文化的发展，其艺术的夸张与想象手法更加天马行空，在荒诞不经之中包含着对宗教救赎、现实苦难、爱情理想的反思与憧憬，也反映了现实社会中面对幽明殊途、礼教障碍、门第差别等问题的无奈，包含着古代社会的社会风貌和传统民间文化意蕴。

第五章　道教精怪鬼神观与志怪小说鬼神叙事

第一节　唐前道教精怪变化理论及小说表现

“变化”观念是以种、类意识的成熟为基础的，先民在丰富的观物经验基础之上确定了非类、异类相生为“变”为“化”的观念。《山海经》中的变化思维，先民积累的生物观察经验，关于宇宙生成、万物生长的气化论哲学思考以及汉代阴阳灾异变化理论等，都是影响魏晋六朝志怪变化故事的思想积累。王国良在对魏晋六朝志怪小说的研究中曾指出：“吾国变化之说，迨战国时期已稍具体系，《周易·系辞》则最具代表性者也。汉世学者多以气化理论解说阴阳二气及天地正变诸现象。刘安《淮南子·精神训》、王充《论衡·无形篇》、王符《潜夫论·本训篇》，可见其大概。魏晋文士，乃承袭旧说而推衍之，葛洪《抱朴子内篇》，干宝《搜神记·妖怪论》《变化论》等，体系颇为齐整，盖为当时变化思想之总结。”① 王国良还进一步指出，变化现象可分为自然变化、反常变化、异征变化、鬼神变化、精怪变化、神通变化、法术变化等。本书所论主要侧重鬼神精怪之类的身体变化。魏晋六朝志怪小说中的精怪变化故事是对先秦两汉以来原始思维的继承，只不过是加上了理性主义的解读与思考，形成了一种独特的解说理论。这种解说并不仅仅是对奇闻怪事的解释，更深层次上是人本位思想的体现以及对世界存在秩序的探讨。

一 唐前道教理论中的精怪变化

在道教理论中，神仙是理想世界的代表，其对立面则是鬼怪妖魅。原始宗教崇拜自然万物：“山川草木，井灶洿池，犹皆有精气；人身之中，亦有魂魄；况天地为物之至大者，于理当有精神……”② 随着人文意识的觉醒以及道教经典化的发展，神仙的地位逐渐提高，与鬼怪妖魅有了明显区别。从唐前道教的发展来看，对精怪变化理论用力颇多的是葛洪。葛洪吸收了王充《论衡》中气化论的观点，并将气化、变化转变为神化，使之成为神仙理论的一部分。

魏晋六朝时期，精怪变化之说盛行，这种变化观以气化论为基础，即万物同源，物与物之间无绝对范畴，达到一定的条件或在某些特殊情况下，异类可以相互变化。至于物类变化的契机，

---

① 王国良：《魏晋南北朝志怪小说研究》，台北：文史哲出版社，1993 年，第 223 页。

② 王明：《抱朴子内篇校释》，北京：中华书局，1985 年，第 125 页。

葛洪以“物老形变”来解释，这一点也继承自王充，如：

《论衡·订鬼》：“夫物之老者，其精为人，亦有未老，性能变化，象之人形。”①

《抱朴子内篇·登涉篇》：“万物之老者，其精悉能假托人形，以眩惑人目而常试人。”②

因此，《抱朴子内篇·对俗》中记载了许多长寿精怪，如千岁之龟、千岁之鹤、千岁松树等，并指出：“蛇有无穷之寿，猕猴寿八百岁变为猿，猿寿五百岁变为玃。玃寿千岁。蟾蜍寿三千岁，麒麟寿二千岁。腾黄之马，吉光之兽，皆寿三千岁。千岁之鸟，万岁之禽，皆人面而鸟身，寿亦如其名。虎及鹿兔，皆寿千岁，寿满五百岁者，其毛色白。熊寿五百者，则能变化。狐狸豺狼，皆寿八百岁。满五百岁，则善变为人形。鼠寿三百岁，满百岁则色白，善凭人而卜，名曰仲，能知一年中吉凶及千里外事。”③ 在这种思想的影响下，魏晋南北朝志怪小说中有许多妖怪变化理论与故事，如《搜神记》曰：“千岁龟鼋，能与人语；千岁之狐，起为美女；千岁之蛇，断而复续；百年之鼠，而能相卜。”④《抱朴子内篇》佚文中还描写了人、动物死后的鬼魅精怪：“人物之死，俱有鬼也，马鬼常时以晦夜出行，状如炎火。”⑤ 盖精怪与鬼魅存在一定程度上的重合，或可称为“精魅”。《抱朴子内篇·登涉》将精怪大致分为山精、树精、金玉

① 黄晖：《论衡校释》，北京：中华书局，1990年，第935页。
② 王明：《抱朴子内篇校释》，北京：中华书局，1985年，第300页。
③ 同上，第47—48页。
④ （晋）干宝撰，汪绍楹校注：《搜神记》，北京：中华书局，1979年，第146页。
⑤ （宋）李昉：《太平御览》，北京：中华书局，1960年，第3924页。

精、山鬼、动物精五类，且变化多端，迷惑世人，为害人间：

> 凡小山皆无正神为主，多是木石之精，千岁老物，血食之鬼，此辈皆邪炁，不念为人作福，但能作祸，善试道士。①
>
> 或被疾病及伤刺，及惊怖不安；或见光影，或闻异声；或令大木不风而自摧折，岩石无故而自堕落，打击煞人；或令人迷惑狂走，堕落坑谷；或令人遭虎狼毒虫犯人，不可轻入山也。②

正因为妖怪惑人，道教特别强调识妖辟邪，其方法除了入山禁忌、修炼法术、佩戴符图之外，还有一些简单易行的辟邪之法，一是直呼其名，二是以物击之。在道教理论中，知道了妖怪的真名便能控制妖怪："论百鬼录，知天下鬼之名字及《白泽图》《九鼎记》，则众鬼自却。"③ 如山精有"蚑""热内""晖""金累""飞飞"等名字，知而呼之，则不敢为害。又如山中大树能语者为树精，名曰"云阳"；山中吏人，名曰"四徼"；山中大蛇着冠帻者，名曰"升卿"。知道这些精怪的名字，呼之则吉。此外，山中不同日期，可见到不同精怪，葛洪对此有系统总结：

> 山中寅日，有自称虞吏者，虎也。称当路君者，狼也。称令长者，老狸也。卯日称丈人者，兔也。称东王父者，麋也。称西王母者，鹿也。辰日称雨师者，龙也。称河伯者，

① 王明：《抱朴子内篇校释》，北京：中华书局，1985 年，第 85 页。
② 同上，第 299 页。
③ 同上，第 308 页。

鱼也。称无肠公子者，蟹也。巳日称寡人者，社中蛇也。称时君者，龟也。午日称三公者，马也。称仙人者，老树也。未日称主人者，羊也。称吏者，獐也。申日称人君者，猴也。称九卿者，猿也。酉日称将军者，老鸡也。称捕贼者，雉也。戌日称人姓字者，犬也。称成阳公者，狐也。亥日称神君者，猪也。称妇人者，金玉也。子日称社君者，鼠也。称神人者，伏翼也。丑日称书生者，牛也。但知其物名，则不能为害也。①

控制妖怪不使自己被其所害的第二种方法是以物击之，如：

山中见吏，若但闻声不见形，呼人不止，以白石掷之则息矣；一法以苇为矛以刺之即吉。山中见鬼来唤人，求食不止者，以白茅投之即死也。山中鬼常迷惑使失道径者，以苇杖投之即死也。②

盖白石、白茅、苇杖等物品具有辟邪、驱邪的作用，故以此投掷精怪可以制服它们。上述两种治妖怪之法，都是道教对原始巫术的继承，呼名识妖怪属原始名字巫术，以物击之则是巫术朴素的辟邪法。此外，前文《抱朴子内篇》提及的《白泽图》《九鼎记》等是道教借鉴谶纬而形成的辟邪图籍。

道教理论将精怪变化视为有害于人身之事，故一方面要识妖除怪使人类远离伤害，另一方面将降妖除怪之法作为道教法术来修习。因此道教将精怪变化作为道教教义的一部分，从多角度对其进行详尽的分析，以求为道教识妖辨鬼的法术打牢理论根基。

① 王明：《抱朴子内篇校释》，北京：中华书局，1985年，第304页。
② 同上，第304页。

至于压治精怪之法，行至六朝经历了“巫术—方术—法术”的变化，巫术压治精怪，方术厌劾精怪，法术制服精怪。在六朝志怪小说中，随着道教影响力的逐渐增强，道士成为除妖降怪的重要角色，这也是以道教降妖法术的发展为基础的。

二　唐前志怪小说中的精怪变化故事及内涵

唐前志怪小说中对精怪变化论述较全面的是干宝，干宝对前代内容进行了综合与折中，虽然在哲学史、思想史上影响较小，但在志怪小说中却十分具有代表性。《搜神记》对精怪变化故事进行了通俗化演绎，将精怪变化视为奇异之事并加以记载。干宝承袭了两汉以来的气化论思想，以此阐释妖怪、变化等现象：

妖怪者，盖精气之所依者也。气乱于中，物变于外。形神气质，表里之用也。本于五行，通于五事。虽消息升降，化动万端，其于体咎之征，皆可得域而论矣。①

天有五气（木、火、金、水、土），万物化成……五气尽纯，圣德备也……五气尽浊，民之下也。中土多圣人，和气所交也；绝域多怪物，异气所产也。苟禀此气，必有此形；苟有此形，必生此性。故食谷者智能而文，食草者多力而愚，食桑者有丝而蛾……千岁之雉，入海为蜃；百年之雀，入海为蛤；千岁龟鼋，能与人语；千岁之狐，起为美女；千岁之蛇，断而复续；百年之鼠，而能相卜：数之至也。春分之日，鹰变为鸠；秋分之日，鸠变为鹰：时之化

① （晋）干宝撰，汪绍楹校注：《搜神记》，北京：中华书局，1979年，第67页。

也。故腐草之为萤也，朽苇之为蛬也，稻之为虫也，麦之为蝴蝶也，羽翼生焉，眼目成焉，心智在焉，此自无知化为有知而气易也。雀之为獐也，蛬之为虾也，不失其血气而形性变也。若此之类，不可胜论。应变而动，是为顺常；苟错其方，则为妖眚。故下体生于上，上体生于下，气之反者也；人生兽，兽生人，气之乱者也；男化为女，女化为男，气之贸者也。①

干宝从气化论出发，以阴阳五行气化理论解释各种变化现象。凡阳气、清气为正；阴气、浊气为变。和气所交，数至而变，应时而化，为正常自然变化。而异气所产，形状疏别，本性乖违，乃成反常变化。《搜神记》卷十二《刀劳鬼》中也涉及精怪气化论：

然则天地鬼神，与我并生者也。气分则性异，域别则形殊，莫能相兼也。生者主阳，死者主阴，性之所托，各安其生，太阴之中，怪物存焉。②

怪异事物是与人同源的，构成物质的气不一样，形成的外在生命形态也不一样，这种气化观念是对传统阴阳五行思想的呼应。除了气化论的解释，小说中还有其他的表述，如《搜神记》卷十九《五酉》中孔子遇大鳀鱼而发论：

吾闻：物老则群精依之，因衰而至。此其来也，岂以吾遇厄绝粮，从者病乎？夫六畜之物，及龟、蛇、鱼、鳖、

① （晋）干宝撰，汪绍楹校注：《搜神记》，北京：中华书局，1979年，第146—147页。

② 同上，第153页。

草、木之属，久者神皆冯依，能为妖怪，故谓之“五酉”。五酉者，五行之方，皆有其物。酉者老也，物老则为怪，杀之则已，夫何患焉。[1]

干宝的上述论述，基本上是对几种不同的生物变化情况的阐释，包括生命体之间的变化易形、时间积久的变化、阴阳之气配合相化等。此外，生物变化还有一种情况，即非生命体变化为有生命体的精怪，如《玄中记》中有“玉精为白虎，金精为车马，铜精为僮奴，铅精为老妇”，[2]《搜神记》卷十八《细腰》故事中金、钱、银、杵等非生命体均幻化为人形。此外，《搜身后记》卷七《虹化丈夫》，《异苑》卷一《虹化妪》中的虹，《句容水脉》中的水脉，《异苑》卷二《五色浮石》中的石头，卷八《石龟耗粟》中的石龟等均化为精怪。究其原因，精怪变化是万物有灵思想的一种遗留，因此无论是生命体还是非生命体均可幻化为精怪。而且，精怪并不一定变为人形，如《玄中记》中有“千岁树精为青羊，万岁树精为青牛”，[3]“百岁之鼠，化为蝙蝠”[4]等。综上，生物变化现象可分为四种：生命物的变化易形、时间积久的变化、阴阳之气配合相化、非生命体变化为精怪。其中不包括人变化为其他物种的情况。王充在《论衡》中就已明确表示人禀气于天，人性贵于万物，不应在变化中变为较低级的其他物类。干宝也继承了这种思想，认为人与万物同源，但人为万物之灵：

---

① （晋）干宝撰，汪绍楹校注：《搜神记》，北京：中华书局，1979年，第234页。
② 《玄中记》，鲁迅校录：《古小说钩沉》，济南：齐鲁书社，1997年，第240页。
③ 同上，第237页。
④ 同上，第239页。

夫万物之化，无有常形；人之变异，无有定体，或大为小，或小为大，固无优劣。万物之化，一例之道也。是以夏鲧，天子之父；赵王如意，汉高之子。而鲧为黄能，意为苍狗，斯亦至尊之位，而为黔喙之类也。①

干宝上述论断明确表明，人变为动物是由“至尊之位”到“黔喙之类”的降级。志怪小说中并非没有人变化为其他物种的故事，如《搜神记》中人生蛇、妇女变为鼋等，但这些现象一般被视为异征、灾异，大多围绕着“凡是非常的征象均为政治、人事失常的反映，属于惩多于奖的示象思想”② 展开。志怪小说家们或是出于知识分子的热忱，或是基于史家立场对社会上流传的各种灾异之说都进行了记录。异征、灾异现象其中虽然也包含着物种变化的问题，但并不属于妖怪变化的范围，③ 这些灾异变化现象并不是本书所论重点，故不详述。

志怪小说中的精怪变化故事多是从人本位立场出发，以《搜神记》《搜神后记》《异苑》等小说为例，根据精怪是否危害人类，可以将其分为两类。一类是妖魅作祟，与人为害，如《搜神记》卷三《臧仲英》《乔玄》《管辂》《韩友》，卷十一

① （晋）干宝撰，汪绍楹校注：《搜神记》，北京：中华书局，1979 年，第 32 页。

② 李丰楙：《神化与变异：一个“常与非常”的文化思维》，北京：中华书局，2010 年，第 113 页。

③ 异征灾异可以追溯到董仲舒天人感应神学思想，其以阴阳五行解说宇宙与气，认为神学的天以气来体现其意志，气逆则阴阳时常、五行相错，产生各种异征想象，警示人间时政、人事的失常、失序。妖怪变化思想也与气化论相联系，两汉以来的气化论均认为精气化万物，将生物变化视为一种正常的变化。异征灾异与精怪变化，虽然实际上都属于变化现象，但二者的区别在于，在人们的观念中精怪变化是“正常”现象，因为变化无常形无定体，而异征灾异的变化则为“不正常”的变化，尤其是其中人变化或生产为其他物种的故事，都是非正常的变化，属于妖异之象。

《望夫冈》，卷十二《蜮》《鬼弹》，卷十七《张汉直》《虞定国》《朱诞给使》《顿丘鬼魅》《秦瞻》，卷十八《饭臿怪》《张叔高》《船飞》《张茂先》《吴兴老狸》《阿紫》《郅伯夷》《田琰》《沽酒家狗》《白衣吏》《苍獭》，卷十九《李寄》《鼍妇》《鼠妇》；《搜神后记》卷三中《马溺消瘕》《蕨茎化蛇》《斛二瘕》，卷七《山猱》《周子文失魂》《狗变形》，卷八《诸葛长民》，卷九《素衣女子》《虎卜吉》《鹿女脯》《猴私官妓》《蔡咏家狗》《老黄狗》《林虑山亭犬》《古冢老狐》，卷十《蛟子》《乌衣人》《女嫁蛇》；《异苑》卷一《飞鱼径》，卷四《刘氏狗妖》，卷六《葛辉夫妖死》《灵侯》《青桐树》，卷七《戴墓王气》《燃犀照渚》《长人入梦》，卷八《赵晃劾蛇妖》《乐广治狸怪物》《徐奭遇女妖》《桓谦灭门兆》《青衣人索骨》《牝猴入篑》《扫帚怪》《紫衣女》《伐树致怪》《赤苋魅》《武昌三魅》《鼍魅》《暂同阜虫》《獭化》《蜘蛛魅》《王纂针魅》，卷九《火灾》等。另一类是旨在志异的与人无害的精怪故事，如《搜神记》卷十二《贲羊》《地中犬声》《傒囊》《池阳小人》《霹雳被格》《貙虎化人》《豭国马化》《刀劳鬼》，卷十三《龟化城》，卷十四《盘瓠》《窦氏蛇》《女化蚕》，卷十五《栾书冢》，卷十七《竹中长人》《釜中白头公》，卷十八《怒特祠》《陆敬叔》《老狸》《狸婢》《胡博士》《猪臂金铃》《王周南》，卷十九《扬州二蛇》；《搜神后记》卷七《平阳陨肉》《朱衣人》，卷九《狐带香囊》；《异苑》卷二《柑化鸢》，卷三《鹤语》《蒋山精》《土龙》《槎变龙》《诸葛博识》，卷七记载各种冢墓灵异之事等。也有许多精怪故事体现的是征兆灾异思想，如《异苑》卷四《刘寄奴》《刺史预兆》《人头窥户》《傅亮被诛》，卷八《异物异相》等。

当然也有精怪与人相处和谐，甚至助人者，如《搜神记》卷十八《树神黄祖》《刘伯祖狸神》，《搜神记》卷二十中的动物报恩故事，《搜神后记》卷十《蛟庇舍》，《异苑》卷三《囊珠报德》等。精怪思想是万物有灵思想的遗留，也同样保留了对自然万物的敬畏之情，但随着神仙从“万物有灵”的世界中脱离，成为真善美的代表，精怪鬼魅便下降成为神仙的对立面，某种程度上成了“恶”的代表，因此精怪多作祟为恶，道教尤其强调这一点。民间大众文化具有强大的包容性，并不单纯强调精怪“恶”的性质，但却对兽变人形故事中“物性”与“人性”的区别十分在意，盖在人类强烈的“我类”自我意识下，即使兽类具有了人形也不能变其物性，因此即使精怪与人无害，小说也多设置精怪现形的结局，以此来显示“人”“物”之分。

需要指出的是，志怪小说中精怪的范围较为模糊，有时精怪与鬼魅乃至与神仙都有重叠。民间文化或者说大众意识乐于将一切怪异之物，称之为“神”，对于广大人民群众来说自身生存都非易事，更何况凌驾于人之上的异类，因此大众喜欢以崇拜祭祀的方式对待一切异类存在，神仙、鬼魂、精怪都包括其中。况且“鬼”本身也包含万物精怪，如《论衡·订鬼》说：“鬼者，老物精也。”①《搜神记》卷十六宋定伯捉鬼故事中的“鬼”便是羊怪，卷十七倪思彦家中的“鬼魅”实际上是狸怪，卷十八宋大贤捉鬼故事中的鬼是老狸。《异苑》卷六朱牙之家中鬼也实为精怪。另一方面，神本身并不存在，有了膜拜才会产生“神”，而人们的膜拜是出于对怪变祥异现象的一种不解与畏惧，妖怪鬼

① 黄晖：《论衡校释》，北京：中华书局，1990年，第934页。

魅均是怪异难解之事的一种解释。因此，可以说，“怪”是从“物”到“神”的一种过渡，如此，精怪与鬼魅实质上等同于“神”。因此，在志怪小说中我们可以看到精魅与神灵相交融的现象，《搜神记》卷十七《度朔君》即为此例：

袁绍，字本初，在冀州，有神出河东，号度朔君，百姓共为立庙。庙有主簿大福。陈留蔡庸为清河太守，过谒庙。有子名道，亡已三十年。度朔君为庸设酒，曰：“贵子昔来，欲相见。”须臾，子来。度朔君自云父祖昔作兖州。有一士姓苏，母病往祷。主簿云：“君逢天士留待。”闻西北有鼓声而君至。须臾，一客来，着皂角单衣，头上五色毛，长数寸。去后，复一人，着白布单衣，高冠，冠似鱼头，谓君曰：“昔临庐山，共食白李，忆之未久，已三千岁。日月易得，使人怅然。”去后，君谓士曰：“先来南海君也。”士是书生，君明通五经，善《礼记》，与士论礼，士不如也。士乞救母病。君曰：“卿所居东有故桥，人坏之。此桥所行，卿母犯之。能复桥，便差。”曹公讨袁谭，使人从庙换千疋绢，君不与。曹公遣张郃毁庙。未至百里，君遣兵数万，方道而来。郃未达二里，云雾绕郃军，不知庙处。君语主簿：“曹公气盛，宜避之。”后苏并邻家有神下，识君声，云：“昔移入湖，阔绝三年。”乃遣人与曹公相闻：“欲修故庙，地衰，不中居，欲寄住。”公曰：“甚善。”治城北楼以居之。数日，曹公猎，得物，大如麑，大足，色白如雪，毛软滑可爱，公以摩面，莫能名也。夜闻楼上哭云：“小儿出行不还。”公拊掌曰：“此子言真衰也。”晨将数百犬，绕楼下。犬得气，冲突内外。见有物大如驴，自投楼下，犬杀之，庙神乃绝。[①]

故事中的庙神颇有神仙的样子，但怪物死、庙神绝的结局表明所谓庙神乃精魅所化，披上神的外衣便成为人们所信奉的神。将精怪视为神的故事，还有《搜神记》卷十八《树神黄祖》《刘伯祖狸神》《高山君》，卷十九《丹阳道士》，《异苑》卷五《丹阳袁双》等。从这些故事中可以看出，民间文化根本不在乎妖鬼神怪的性质与来源，只在乎它是否能佑护自己，只要能够保证自己生活幸福安康，便乐意信奉祭祀它，乐意称之为“神”。《搜神记》卷五《张助》的故事也颇能说明这一点：

> 南顿张助，于田中种禾，见李核，欲持去。顾见空桑中有土，因植种，以余浆灌溉。后人见桑中反复生李，转相告语。有病目痛者，息阴下，言：“李君令我目愈，谢以一豚。”目痛小疾，亦形自愈。众犬吠声，盲者得视，远近翕赫。其下车骑常数千百，酒肉滂沱。间一岁余，张助远出来还，见之惊云：“此有何神，乃我所种耳。”因就斫之。[②]

实际上，精怪与神仙的界限也并不明确，精怪可以成为神，如《搜神后记》卷九《放伯裘》中的鬼魅即千岁狐，它协助郡守陈斐治理郡内政务，还救其性命，最后其与陈斐告别时云：“今后当上天去，不得复与府君相往来也。”这种思想在后世神魔小说中表现更加明显，精怪是可以通过行善修炼等方式脱离妖籍进入仙籍的。

---

① （晋）干宝撰，汪绍楹校注：《搜神记》，北京：中华书局，1979 年，第 211—212 页。

② 同上，第 65—66 页。

三　唐前志怪小说中的识别精怪之法及其他内涵

道教对精怪作恶有许多镇压之法，志怪小说中也对这些识别妖魅的办法有相应的表现，只不过代表民间文化的志怪小说并不注重识别制服妖魅的理论、方法与过程，而只关注妖魅现形的结果，因此志怪小说中识别妖魅的方法都十分简单，少有理论深度，有些故事中甚至不需要识别手段，自己即可发现。如《甄异传》：

> 吴兴张安病正发，觉有物在被上，病便更甚。安自力举被捉之，物化成鸟，如鸺鹠。疟登时愈。①

该故事体现了妖怪作恶的精怪异类本质以及小说对妖魅现形结果的关注。一般而言，志怪小说中多是通过道士、猎犬、明火等手段来识别妖魅的。

方士、术士、道士等是志怪小说中常见的识妖伏妖者，如《列异传》中费长房能劾妖，能使神，能缩地脉；《搜神记》卷二《寿光侯》中寿光侯能劾卷百鬼众魅；卷三《臧仲英》中许季山善卜卦，除去臧仲英家老青狗作祟；《乔玄》中董彦兴善卜筮，除乔玄家里精怪；《管辂》中管辂除王基家中怪，为颜超延命，制服信都令家中导致妇女惊恐的男鬼，治愈郭恩兄弟因鬼怪作祟导致的躄疾；《韩友》中韩友治愈刘世则之女因狐作怪导致的疾病；卷十八《安阳亭书生》中书生明数术，去亭毒；卷十

---

① 《甄异传》，（魏）曹丕等撰，郑学弢校注：《列异传等五种》，北京：文化艺术出版社，1988 年，第 85 页。

九《丹阳道士》中道士谢非除去庙中龟鼍精怪。《搜神后记》卷二《镜罂》中的郭璞复活赵固之马，《异苑》卷八《赵晃劾蛇妖》中术士赵晃劾蛇妖，《桓谦灭门兆》中蒋山道士朱应子治蚂蚁等。面对精怪作祟，多以方术或道法抑之，如《搜神记》卷十二《蜮》：

汉光武中平中，有物处于江水，其名曰“蜮”，一曰“短狐”，能含沙射人。所中者，则身体筋急，头痛发热，剧者至死。江人以术方抑之，则得沙石于肉中。①

方士、术士、道士成为降妖者，显然是对古代神仙家以及当时道教思想的一种反映，但民间文化并不关注道士如何降妖，只关注结果，因此道士是志怪小说中具有伏妖功能的符号化角色。

狗也具有识妖治鬼的能力，许多志怪故事中都是狗发觉异常或由狗识别妖魅，如《搜神记》卷十七《度朔君》中庙神度朔君乃为狗所杀，卷十八的《阿紫》，卷十九的《李寄》，《搜神后记》卷九《古冢老狐》，《异苑》卷三《囊珠报德》等均是猎犬识妖。又如《幽明录·狸幻》故事：

晋海西公时，有一人母终。家贫无以葬，因移柩深山，于其侧志孝结坟，昼夜不休。将暮，有一妇人抱儿来寄宿。转夜，孝子未作竟，妇人每求眠，而于火边睡，乃是一狸抱一乌鸡。孝子因打杀，掷后坑中。明日，有男子来问“细小昨行，遇夜寄宿，今为何在？”孝子云：“止有一狸，即已杀之。”男子曰：“君枉杀吾妇，何得言狸？狸今何在？”

① （晋）干宝撰，汪绍楹校注：《搜神记》，北京：中华书局，1979年，第155—156页。

> 因共至坑视，狸已成妇人，死在坑中。男子因缚孝子赴官，应偿死。孝子乃谓令曰："此实妖魅，但出猎犬，则可知魅。"令因问猎事："能别犬否？"答云："性畏犬，亦不别也。"因放犬，便化为老狸，则射杀。视之，妇人已还成狸。①

《幽明录》中还记载有其他狗识妖怪的故事，如淳于矜与妻路中忽遇猎人，其妻被猎狗所杀后化为狸；钟道欢恋的女子为獭怪，亦为狗所杀。但是狗识别精魅是有条件限制的，如《搜神记》卷十八《张茂先》中斑狐化作多才巧辨的书生拜谒张华，张华以猎犬试之，竟无惮色。张华言："闻魑魅忌狗，所别者数百年物耳；千年老精，不能复别。惟得千年枯木照之，则形立见。"② 此处千年精怪，狗不能识，只有以千年的枯木照之才能令其现行，这与《异苑》卷三《诸葛博识》中大龟以老桑树煮之方才死去的故事类似，体现了"一物降一物"的古朴思想。

用火识妖者如《列异传》中的彭城男子：

> 彭城有男子娶妇，不悦之，在外宿月余日。妇曰："何故不复入？"男曰："汝夜辄出，我故不入。"妇曰："我初不出。"婿惊。妇云："君自有异志，当为他所惑耳。后有至者，君便抱留之，索火照视之为何物。"后所愿还至，故作其妇前。却未入，有一人从后推令前。既上床，婿捉之曰："夜夜出何为？"妇曰："君与东舍往来而惊，欲托鬼魅

---

① （南朝宋）刘义庆撰，郑晚晴辑注：《幽明录》，北京：文化艺术出版社，1988年，第89页。

② （晋）干宝撰，汪绍楹校注：《搜神记》，北京：中华书局，1979年，第220页。

以前约相掩耳。”婿放之，与共卧。夜半心悟，乃计曰：“魅迷人，非是我妇也。”乃向前揽捉，大呼求火。稍稍缩小，发而视之，得一鲤鱼。①

《搜神记》卷十八《郅伯夷》中有举火照视，精魅现出原形，《孔氏志怪》也有这样的故事：

> 会稽吏谢宗赴假吴中，独在船；忽有女子，姿性妖婉，来入船。问宗：“有佳丝否？欲市之。”宗因与戏，女渐相容。留在船宿欢宴，既晓，因求宗寄载，宗便许之。自尔船人恒夕但闻言笑兼芬馥气。至一年，往来同宿；密伺之，不见有人。方知是邪魅，遂共掩之。良久，得一物，大如枕；须臾，得二物，并小如拳。以火视之，乃是三龟。宗悲思数日方悟。自说：“此女子一岁生二男，大者名道愍，小者名道兴，”既为龟，送之于江。②

《杂鬼神志怪》中温峤的故事也提到“古今相传，夜以火照水底，悉见鬼神”。③ 火可以识别妖怪，是基于火能照亮黑暗、识破真相的巫术意识之上的，也是原始宗教消亡之后，巫术思想的一种遗留。此外，志怪小说中还保留有其他制妖除怪的手段，如《搜神记》卷十八《怒特祠》中也有着巫术治鬼的痕迹，如“三百人被发，以朱丝绕树，赭衣灰坌伐树”，以此方法制服青牛变化而成的梓树。又如《搜神后记》卷三《马溺消瘕》中白

① （魏）曹丕等撰，郑学弢校注：《列异传等五种》，北京：文化艺术出版社，1988年，第30页。

② 《孔氏志怪》，鲁迅校录：《古小说钩沉》，济南：齐鲁书社，1997年，第135页。

③ 《杂鬼神志怪》，鲁迅校录：《古小说钩沉》，济南：齐鲁书社，1997年，第259页。

马尿可治愈白鳖作祟导致的腹瘕病，《搜神记》卷十一《酒消患》酒可消除因忧气所生的怪物“患”。

除了上述诉诸他物的手段之外，自身持正也可避妖，如《异苑》卷七有《龙山神》：

> 晋荆州刺史桓豁所住斋中，见一人长丈余，梦曰：“我龙山之神，来无好意，使君既贞固，我当自去耳。”①

故事虽然简短，却有道德说教劝世的成分，这与道教劝人向善、儒家劝人持身是相适应的。又如《殷芸小说》卷二：

> 颜渊、子路共坐于门，有鬼魅求见孔子，其目若日，其形甚伟。子路失魄口噤；颜渊乃纳履拔剑而前，卷握其腰，于是化为蛇，遂斩之。孔子出观，叹曰：“勇者不惧，智者不惑，仁者必有勇，勇者不必有仁。”②

自身正直，或不以怪为怪，怪便不能作怪。又如《列异传》及《搜神记》均记载的王周南故事：

> 正始中，中山王周南为襄邑长。有鼠衣冠从穴中出，在厅事上语曰：“周南，尔某月某日当死。”周南不应，鼠还穴。后至期，更冠帻绛衣出，语曰：“周南，汝日中当死。”又不应，鼠缓入穴。须臾出，语曰：“日适欲中。”鼠入复出，出复入，转更数，语如前语。日适中，鼠曰：“汝不应。我复何道？”言绝，颠蹶而死，即失衣冠。周南使卒取

---

① （南朝宋）刘敬叔、（北齐）阳松玠撰，范宁、程毅中、程有庆辑校：《异苑谈薮》，北京：中华书局，1996年，第69页。

② （南朝梁）殷芸编纂，周楞伽辑注：《殷芸小说》，上海：上海古籍出版社，1984年，第43页。

视之，具如常鼠。[1]

面对妖怪之事，自身守正，不以妖异之事视之，便不被其所扰。这里强调个人道德建设，肯定了人的内在修为的重要性，使在志异猎奇色彩围绕下的此类小说故事闪现出理性的光辉。当然，志怪小说中也有主人公不怕鬼怪精魅，勇于与之斗争的故事，展现出不屈不挠的抗争精神，如《搜神记》卷十一《葛祚碑》：

吴时，葛祚为衡阳太守。郡境有大槎横水，能为妖怪。百姓为立庙。行旅祷祀，槎乃沉没；不者槎浮，则船为之破坏。祚将去官，乃大具斧斤，将去民累。明日当至。其夜，闻江中汹汹有人声，往视之，槎乃移去，沿流下数里，驻湾中。自此行者无复沉覆之患。衡阳人为祚立碑，曰"正德祈禳，神木为移。"[2]

出于对人的力量的惧怕，精怪主动避让，这里充分肯定了人的价值，彰显了人性光辉。又如《搜神记》卷十八《谢鲲》：

陈郡谢鲲，谢病去职，避地于豫章。尝行经空亭中，夜宿。此亭旧每杀人。夜四更，有一黄衣人呼鲲字云："幼舆，可开户。"鲲淡然无惧色，令申臂于窗中。于是授腕，鲲即极力而牵之，其臂遂脱，乃还去。明日看，乃鹿臂也。寻血取获。尔后此亭无复妖怪。[3]

① （魏）曹丕等撰，郑学弢校注：《列异传等五种》，北京：文化艺术出版社，1988年，第31页。

② （晋）干宝撰，汪绍楹校注：《搜神记》，北京：中华书局，1979年，第133页。

③ 同上，第225页。

《搜神记》卷十八《宋大贤》《郅伯夷》《汤应》等故事均属于此类，但整体上这类故事数量相对较少。面对妖魅作恶，最能体现人们反抗性、斗争性的故事，当数《搜神后记》卷十《斫雷公》：

吴兴人章苟者，五月中，于田中耕，以饭置菰里，每晚取食，饭亦已尽。如此非一。后伺之，见一大蛇偷食。苟遂以铩斫之，蛇便走去。苟逐之，至一坂，有穴，便入穴，但闻啼声云："斫伤我某甲。"或言："当何如？"或云："付雷公，令霹雳杀奴。"须臾，云雨冥合，霹雳覆苟上。苟乃跳梁大骂曰："天使！我贫穷，展力耕垦！蛇来偷食，罪当在蛇，反更霹雳我耶？乃无知雷公也！雷公若来，吾当以铩斫汝腹。"须臾，云雨渐散，转霹雳向蛇穴中。蛇死者数十。①

故事中的章苟是广大人民群众的代表，他的生活与遭遇也是对劳苦大众生活状态的一种艺术化加工。面对不公的遭遇，章苟以指天誓地的气魄喊出了百姓心底对社会不公的怒火。故事反映的是底层劳动者反抗社会不公待遇的斗争性，也包含着些许无神论的影子。但并非所有敢于与精怪斗争的例子都是以人的胜利为结局的，如《搜神后记》卷七《壁中一物》即是一个不信妖邪，最后反被杀害的故事：

宋襄城李颐，其父为人不信妖邪。有一宅，由来凶不可居，居者辄死。父便买居之。多年安吉，子孙昌炽。为二千石，当徙家之官，临去，请会内外亲戚。酒食既行，父乃言

① （晋）陶潜撰，汪绍楹校注：《搜神后记》，北京：中华书局，1981年，第66—67页。

曰："天下竟有吉凶否？此宅由来言凶，自吾居之，多年安吉，乃得迁官，鬼为何在？自今已后，便为吉宅。居者住止，心无所嫌也。"语讫如厕。须臾，见壁中有一物，如卷席大，高五尺许，正白。便还，取刀中之，中断，化为两人。复横斫之，又成四人。便夺取刀，反斫杀李。持至坐上，斫杀其子弟。凡姓李者必死，惟异姓无他。颐尚幼，在抱。家内知变，乳母抱出后门，藏他家。止其一身获免。颐字景真，位至湘东太守。①

从故事表述来看，文中的"鬼"其实就是精怪，这个故事中无神论者取得了暂时性的胜利，但最后却身死家败。志怪小说虽然最后强调精怪现形的结局，但并非所有的精怪都代表邪恶与怪异，也有一些精怪代表着正义，也并非所有的精怪都会被制服，也有与人斗智斗法者。如《搜神记》卷十七《倪彦思》：

吴时，嘉兴倪彦思，居县西埏里。忽见鬼魅入其家，与人语，饮食如人，惟不见形。彦思奴婢有窃骂大家者，云："今当以语。"彦思治之，无敢詈之者。彦思有小妻，魅从求之，彦思乃迎道士逐之。酒肴既设，魅乃取厕中草粪，布着其上。道士便盛击鼓，召请诸神。魅乃取伏虎，于神座上吹作角声。有顷，道士忽觉背上冷，惊起解衣，乃伏虎也。于是道士罢去。彦思夜于被中窃与妪语，共患此魅。魅即屋梁上谓彦思曰："汝与妇道吾，吾今当截汝屋梁。"即隆隆有声。彦思惧梁断，取火照视，魅即灭火，截梁声愈急。彦

① （晋）陶潜撰，汪绍楹校注：《搜神后记》，北京：中华书局，1981年，第51—52页。

思惧屋坏，大小悉遣出。更取火，视梁如故。魅大笑，问彦思："复道吾否？"郡中典农闻之曰："此神正当是狸物耳。"魅即往谓典农曰："汝取官若干百斛谷，藏着某处。为吏污秽，而敢论吾。今当白于官，将人取汝所盗谷。"典农大怖而谢之。自后无敢道者。三年后去，不知所在。①

故事中的精怪与倪彦思恶作剧，敢于与人间贪官污吏相斗争，道士无法降服，是一个自由活泼又带有几分可爱的"古灵精怪"。此外，还有许多小说内容上是对鬼神的曲笔讽刺，也可视为是无神论思想与神仙鬼神思想的一种抗争。祖台之《志怪》中，荀晞觉得千里牛"必将有异"，杀之而无异，说明世间并无灵异之事。②《列异传》记载的公孙达灵异事件中，公孙达的话即包含唯物主义思想："四时之运，犹有始终；人物短脆，焉当无穷？"③

于道教而言，精怪是道教法术与修行的前提，因此需要从理论以及实践上对其进行多方面的阐释。而对于社会上的广大群众而言，精怪的内容只是一个形式，正好可以装载人们对于生活的艺术化反思。从上述精怪故事来看，民间文化对精怪的理解是非常多元的，无论是精怪本质的善恶，还是神鬼是否存在的问题，都不是绝对化的，降妖的方法也不一而足。民间文化的价值多元性表明人们并不执意于从对与错、是与非的二元结论中获得真

① （晋）干宝撰，汪绍楹校注：《搜神记》，北京：中华书局，1979 年，第 210—211 页。

② 祖台之《志怪》，（魏）曹丕等撰，郑学弢校注：《列异传等五种》，北京：文化艺术出版社，1988 年，第 43—44 页。

③ （魏）曹丕等撰，郑学弢校注：《列异传等五种》，北京：文化艺术出版社，1988 年，第 37 页。

理，更多关注的是精怪本身的虚幻性。因为只有虚幻才有无限可能，既可以维持神秘性，又拥有随时吸纳新内涵的生命力。因此，精怪故事几乎可以以任何形式表现任何主题。

第二节　道教鬼神观与唐前志怪小说鬼神叙事

与唯物主义立场的无神论者不同，宗教、神学、民间迷信都秉承有神论，尤其是源自中国本土的道教，更是与民间巫术、迷信信仰等水乳交融。鬼神是道教中的重要内容，而滋生鬼神的民间文化土壤对鬼神的反映则更加多元，道教理论意义上的鬼只占鬼故事的一小部分，“鬼”在民间有着自己独特的特点。

一　原始鬼神信仰与道教中的“鬼”

鬼神本并称，泛指神灵，如《易·谦》：“鬼神害盈而福谦，人道恶盈而好谦。”[①]《左传·隐公十一年》：“天祸许国，鬼神实不逞于许君，而假手于我寡人。”[②]《左传·桓公六年》：“于是乎民和而神降之福，故动则有成。今民各有心，而鬼神乏主。”[③]《左传·僖公三十一年》：“鬼神非其族类，不歆其祀。”[④]《左传·襄公九年》：“大国不加德音，而乱以要之，使其鬼神不

① 周振甫译注：《周易译注》，北京：中华书局，2013 年，第 64 页。
② 杨伯峻编：《春秋左传注》，北京：中华书局，2009 年，第 74 页。
③ 同上，第 112 页。
④ 同上，第 487 页。

获歆其禋祀，其民人不获享其土利”[①]《墨子·明鬼》中均鬼神合称。后来“鬼”与“神”有了明确的意义区分，“鬼”泛指生物死亡之后的魂魄，“神”则泛指神仙。因此《礼记·仲尼燕居》曰：“鬼神得其飨，丧纪得其哀。”此处鬼神合称泛指神灵，但至孔颖达时，“鬼”“神”已分离独立发展，故孔颖达疏曰：“鬼神得其飨者，谓天神人鬼各得其飨食也。”[②]

鬼神是古代社会中的普遍信仰，《说文解字》释鬼：“人所归为鬼”，[③] 即人死之后变为鬼。如《周礼》：“众生必死，死必归土，此之谓鬼。骨肉毙于下，阴为野土，其气发于上，为昭明。”[④]《尸子》：“天神曰灵，地神曰祇，人神曰鬼。鬼者归也，故古者谓死人为归人。”[⑤]《韩诗外传》：“人死曰鬼，鬼者归也。精气归于天，肉归于土。”[⑥] 鬼神信仰在古代社会十分普遍，也成为宗教思想发展的重要土壤，但随着礼乐制度的崩溃，士阶层的兴起，理性主义思潮涌起，知识分子对鬼神信仰开始有所怀疑。如《左传·昭公元年》中子产指出晋平公生病乃“出入饮食哀乐”方面的原因，与鬼神无涉，儒家对鬼神也采取敬而远之的态度。但精英阶层的无神论思想无法深入社会各个阶层，鬼神文化在民间依然具有旺盛的生命力，甚至直至今天仍十分活跃。

---

① 杨伯峻编：《春秋左传注》，北京：中华书局，2009 年，第 969 页。

② （汉）郑玄注，（唐）孔颖达疏，李学勤主编：《礼记正义》，北京：北京大学出版社，1999 年，第 1383 页。

③ （汉）许慎：《说文解字》，北京：中华书局，1963 年，第 188 页。

④ （汉）郑玄注，（唐）孔颖达疏，李学勤主编：《礼记正义》，北京：北京大学出版社，1999 年，第 1325 页。

⑤ 尸佼著，汪继培辑：《尸子》，上海：上海古籍出版社，1989 年，第 30 页。

⑥ （宋）李昉：《太平御览》，北京：中华书局，1960 年，第 3923 页。

鬼神与宗教思想有天然联系，因此道教、佛教无不吸收利用鬼神理论，巩固宣扬自己的宗教思想。就道教与鬼神的关系而言，道教神仙信仰是在葛洪神仙道教确立之后，随着上层精英阶层的信仰而逐渐发展壮大起来的。在葛洪之前，道教主要是民间宗教，其与“鬼”的联系更加紧密。早期道教中“鬼”的因素是远远超过“仙”的，如早期道教也被称为“巫鬼道”，正史也记载张鲁的五斗米道“以鬼道教民”，① 道教文献中还有天师降魔伏鬼的故事，如《神仙传·张道陵》中即有张道陵战六天魔鬼的记载。神仙道教成熟之后，原本统称的“鬼神”形成了“鬼”与“神”的对立，神仙代表着真善美，鬼魂则与精怪一样成为危害人类的邪恶力量，因此道教对鬼魂理论用力颇多。道教有身神之说，认为人身体中存在着神，也存在相应的“鬼”，如道教认为人体内存在三尸：

> 身中有三尸，三尸之为物，虽无形而实魂灵鬼神之属也。欲使人早死，此尸当得作鬼，自放纵游行，享人祭酹。②
>
> 若徒有信道之心，而无益己之业，年命在孤虚之下，体有损伤之危，则三尸因其衰月危日，入绝命病乡之时，招呼邪气，妄延鬼魅，来作殃害。其六厄并会，三刑同方者，其灾必大。③

从《抱朴子内篇》的叙述可以看出，人体内的“三尸”实

---

① （晋）陈寿：《三国志》，北京：中华书局，1959年，第263页。
② 王明：《抱朴子内篇校释》，北京：中华书局，1985年，第125页。
③ 同上，第271页。

际上就是鬼神魂灵。《搜神后记》卷六有《腹中鬼》的故事，显然是对道教三尸虫理论的演绎。其实道教理论认为鬼神、精鬼、鬼魅等是普遍存在的，但鬼多为恶，故需要躲避、铲除。《抱朴子内篇·登涉》中有“辟山川庙堂百鬼之法”：

> 道士常带天水符，及上皇竹使符、老子左契，及守真一思三部将军者，鬼不敢近人也。其次则论百鬼录，知天下百鬼之名字，及《白泽图》《九鼎记》，则众鬼自却。其次服鹑子赤石丸，及曾青夜光散，及葱实乌眼丸，及吞白石英祇母散，皆令人见鬼，即鬼畏之矣。①

佩戴符图、知鬼神之名、服食药物等都是道教的辟鬼方术，这是道教基于鬼魂作恶的理论起点，对“鬼”进行的宽泛理解。对民间文化影响较大的是道教冥界府君所统领的鬼魂世界。道教通过对死后世界的构建，将鬼神纳入神仙体系，并与善恶思想相结合，通过对死后世界的控制来惩恶扬善。如《洞仙传》中张巨君的故事：

> 张巨君者，不知何许人也。许季山得病不愈，清斋祭太山请命，昼夜祈诉。忽有神人来问曰：“汝是何人？何事苦告幽冥？天使我来问汝，可以实对。”季山曰：“仆是汝南平舆许季山，抱病三年，不知罪之所在？故到灵山，请决死生。”神人曰：“我是仙人张巨君，吾有《易》道，可以射知汝祸祟所从。”季山因再拜请曰：“幸蒙神仙回降，愿垂告示。”巨君为筮卦，遇震之恒，初九、六二、六三有变。

---

① 王明：《抱朴子内篇校释》，北京：中华书局，1985年，第308页。

巨君曰："汝是无状之人，病安得愈乎？"季山曰："愿为发之。"巨君曰："汝曾将客行，为父报仇，于道杀客，内空井中，大石盖其上。此人上诉天府，以此病谪汝者。"季山曰："实有此罪。"巨君曰："何故尔耶？"季山曰："父为人所搏，耻蒙此以终身。时与客报之，未至，客欲告怨主，所以害之。"巨君曰："冥理难欺，汝勤自首，吾还山请命。"季山渐愈，巨君传季山筮诀，遂善于易占。但不知求巨君度世之方，惜哉！①

人死后化为鬼，由府君管理，可以申诉生前的冤屈，作恶之人也将受到惩罚，这是道教从鬼魂角度对死亡的解读。实际上，讲述死亡故事是民间文化与志怪小说鬼故事的叙述重点，有着比道教仙传故事更加丰富多元的内涵，并主要在泰山治鬼、鬼神索命故事中体现出来。

二　唐前志怪小说中的鬼故事与泰山治鬼传说

唐前志怪小说中的鬼故事受多元文化的影响，内涵丰富。最初的鬼就是死人，多依托尸体或枯骨而存在，如祖冲之《述异记》中张乙的故事：

宋泰始中，有张乙者被鞭，疮痛不竭，人教之烧死人骨末以傅之。雇同房小儿，登山冈，取一髑髅，烧以傅疮。其夜，户内有炉火烧此儿手，又空中有物按小儿头内火中，骂

① （宋）张君房编，李永晟点校：《云笈七籤》，北京：中华书局，2003年，第2405页。

曰："汝何以烧我头？今以此火偿汝！"小儿大唤曰："张乙烧耳。"答曰："汝不取与张乙，张乙那得烧之？"按头良久，发然都尽，皮肉焦烂，然后舍之。乙大怖，送所余骨埋反故处，酒肉醊之，无复灾异也。①

此外，《搜神记》卷十六《文颖》，《搜神后记》卷六《上虞人》，《异苑》卷六《土瓦中人》、卷七《漆棺老姥》等，均是棺中人托梦请求帮助易冢移棺的内容，这表明这些故事中的鬼就是指死去之人的尸体与枯骨，展现了一种粗糙的鬼魂观。

随着鬼神观的发展，鬼多以鬼魂、鬼神的形式存在。鬼故事受佛教影响较大，佛教地狱轮回、因果报应等思想体现其中，如《冥祥记》中的复活故事几乎全部围绕善恶福报、轮回报应展开。同时这些鬼故事也体现出阴间管理鬼魂的一套秩序系统。佛教丰富了中国的地狱思想，但治鬼索命之说，并不是佛教的独创。"我们当然不能说，在佛教输入之前，中国就没有阴间的概念。但是这些概念是比较渺茫模糊的、支离破碎的。把阴间想象得那样具体，那样生动，那样组织严密，是印度的创造。"② 在佛教地狱理论传入中国之前，中土已有自己独特的死后世界，即泰山府君治鬼之说。泰山在中国文化中具有重要地位，其不仅是君主的封禅圣地，在传统思想中还是管辖鬼魂的地方。原始文化中早有山岳崇拜，秦汉之前，人们视峻极之地的泰山为人与天相通的圣地，十分崇拜敬畏。后来在阴阳五行学说的影响下，泰山因位于太阳升起的东方，被视为万物发祥之地，泰山神也具有了

① 《述异记》，（魏）曹丕等撰，郑学弢校注：《列异传等五种》，北京：文化艺术出版社，1988 年，第 114—115 页。

② 季羡林：《印度文学在中国》，《文学遗产》，1980 年第 1 期。

主生死的职能。秦汉以降，泰山神的影响逐渐向社会各阶层渗透，其作为阴阳万物之始的神灵，又引申为可以召人魂魄、统摄鬼魂的冥间之主。阴间有记录每个人的福、禄、寿等内容的禄籍，司命按照禄籍所载，掌管人的生命与鬼魂。关于泰山治鬼，古籍中有许多记载，如《三国志·管辂传》记有管辂与其兄弟言："但恐至泰山治鬼，不得治生人。"[①]《后汉书·乌桓列传》载乌桓认为人死则神游赤山，"如中国人死者魂神归岱山也"。[②]《后汉书·方技列传》说："（许峻）自云，少尝笃病，三年不愈，乃谒泰山请命。"[③]《风俗通义·正失》曰："岱宗上有金箧玉策，能知人年寿修短。"[④]《乐府诗集·相和歌辞》中有《怨诗行》："齐度游四方，各系泰山录。人间乐未央，忽然归东岳。"[⑤]大抵汉魏时期，泰山治鬼之说便已在民间广泛流行，甚至代表了人们最初的死亡观。在古代传说中，泰山神即泰山府君，为盘古第五代孙：

> 昔盘古氏五世之苗裔曰赫天氏，赫天氏（子）曰胥勃氏，胥勃氏（子）曰玄英氏，玄英氏子曰金轮王。金轮王弟曰少海氏，少海氏妻曰弥轮仙女也。弥轮仙女夜梦吞二日，觉而有娠。生二子，长曰金蝉氏，次曰金虹氏。金虹氏

---

① （晋）陈寿：《三国志》，北京：中华书局，1959年，第826页。

② （南朝宋）范晔撰，（唐）李贤等注：《后汉书》，北京：中华书局，1965年，第2980页。

③ 同上，第2731页。

④ （汉）应劭撰，王利器校注：《风俗通义校注》，北京：中华书局，2010年，第65页。

⑤ （宋）郭茂倩编撰：《乐府诗集》，北京：中华书局，1979年，第610页。

者，东岳帝君也。金蝉氏即东华帝君也。[①]

泰山府君掌世人生死、贵贱和官职，是阴间鬼魂的最高主宰。晋张华《博物志》云："泰山一曰天孙，言为天帝孙也。主召人魂魄。东方万物始成，知人生命之长短。"[②] 民间对泰山东岳大帝的信奉十分虔诚，在民间信仰中，东岳大帝执掌人间福禄寿考，贬恶惩奸，为阴间十殿冥王之首，是地府的主神，能将现世作恶者送入地狱。民间多地都有专门奉祀东岳大帝的东岳庙，庙中多设有管理人仙命籍的七十二司或七十五司等。除了民间泰山治鬼的传说之外，泰山作为五岳之首，被道教纳入神祇系列，成为道教中的重要山神——东岳大帝，其不仅治鬼，也管理神仙："泰山者，乃群山之祖，五岳之宗，天帝之神，神灵之府也。"[③] "汉明帝封太山元帅，掌人世居民贵贱高下之分，禄科长短之事，十八地狱六案簿籍，七十五司生死之期。"[④] 《云笈七籤》引《五岳真形图序》曰："东岳太山君领群神五千九百人，主治死生，百鬼之主帅也，血食庙祀所宗者也。世俗所奉鬼祠邪静之神，而死者皆归泰山受罪考焉。"[⑤] 在道教理论中，凡人死后，需先到泰山府君处报到，验明正身之后，再到十殿阎罗王处受审。亲属亡故也需到东岳大帝前行黄箓超度功德，祈祷亡魂早日升天。

---

① 《搜神记》，《道藏》第 36 册，北京：文物出版社，上海：上海书店，天津：天津古籍出版社，1988 年，第 257 页。

② （晋）张华撰，范宁校证：《博物志校证》，北京：中华书局，1980 年，第 10 页。

③ 《搜神记》，《道藏》第 36 册，北京：文物出版社，上海：上海书店，天津：天津古籍出版社，1988 年，第 257 页。

④ 同上，第 257 页。

⑤ （宋）张君房编，李永晟点校：《云笈七籤》，北京：中华书局，2003 年，第 1791 页。

受泰山文化的影响，史籍中记载了许多人死后赴泰山任职的故事。如《南史·沈庆之传》记载沈僧昭少事天师道，“时记人吉凶，颇有应验。自云为泰山录事，幽司中有所收录，必僧昭署名”。[①] 此类内容志怪小说中也有反映，如《风俗通义·正失篇》“封泰山梁父”条引《俗说》：

岱宗上有金箧玉策，能知人年寿修短。武帝探策得十八，因到读曰八十，其后果用耆长。[②]

武帝活到八十岁，正印证了神策之灵。《异苑》卷五《泰山府君》曰：

历阳石秀之，倏有一人著平巾袴褶，语之云：“闻君巧侔班匠，刻几尤妙。太山府君相召。”秀之自陈云：“刘政能造。”其人乃去。数旬而刘殒，石氏犹存。刘作几有名，遂以致毙。[③]

简短的故事已体现出泰山府君掌管生死的权力。《列异传》中的临淄蔡支故事，《搜神记》卷四的《胡母班》等故事，均涉及泰山府君掌管生死的内容。《甄异传》中张伯远复活的故事，也涉及泰山：

沛国张伯远，年十岁时病亡。见泰山下有十余小儿共推一大车，车高数丈，伯远亦推之。时天风暴起，扬尘，伯远

① （唐）李延寿：《南史》，北京：中华书局，1975 年，第 970 页。

② （汉）应劭撰，王利器校注：《风俗通义校注》，北京：中华书局，2010 年，第 65 页。

③ （南朝宋）刘敬叔、（北齐）阳松玠撰，范宁、程毅中、程有庆辑校：《异苑谈薮》，北京：中华书局，1996 年，第 46—47 页。

因桑枝而住。闻呼声，便归，遂苏，发中皆有沙尘。后年大，至泰山，识桑，如死时所见。①

随着佛教思想的发展，佛教地狱理论与泰山治鬼理论发生了一定的融合。祖冲之《述异记》中颍川庾某复活后，讲述地府情形时说："初死时有两人黑衣收缚之，驱使前行。见一大城，门楼高峻，防卫重复。将庾入厅前，同入者甚众。厅上一贵人南向坐，侍直数百，呼为府君。府君执笔简阅到者，次至庾，曰：'此人算尚未尽。'催遣之。"② 如果祖氏《述异记》对地府的描述尚是对泰山治鬼的延伸的话，那么《幽明录》《冥祥记》中地府与府君的结合，便体现出道教泰山地府理论与佛教地狱理论的交融。如《幽明录》舒礼故事中"游历地府"的情节：

巴丘县有巫师舒礼，晋永昌元年病死，土地神将送诣太山。俗人谓巫师为道人，初过冥司福舍前，土地神问门吏："此云何所？"门吏曰："道人舍也。"土地神曰："舒礼即道人。"便以相付。礼入门，见千百间屋，皆悬帘置榻。男女异处。有念诵者、呗唱者，自然饮食，快乐不可言。礼名已送太山而身不至，推问土地神，神云："道见数千间瓦屋，即问吏，言是道人，即以付之。"于是遣神更录取。礼观未遍，忽见一人，八手四眼，提金杵逐礼。礼怖走出，神已在门外，遂执礼送太山。太山府君问礼："卿在世间何所为？"礼曰："事三万六千神，为人解除、祠祀。"府君曰："汝佞

① 《甄异传》，（魏）曹丕等撰，郑学弢校注：《列异传等五种》，北京：文化艺术出版社，1988 年，第 84 页。

② 《述异记》，（魏）曹丕等撰，郑学弢校注：《列异传等五种》，北京：文化艺术出版社，1988 年，第 127 页。

神杀生，其罪应重，上热熬！”付吏牵去。礼见一物，牛头人身，持铁叉，捉礼投铁床上。身体燋烂，求死不得。经累宿，备极冤楚。府君问主者，知礼寿未尽，命放归。仍诫曰：“勿复杀生淫祀！”礼既活，不复作巫师。①

相较而言，舒礼故事中只是彰显了忌杀生、勿淫祀的内容，而《宣验记》《冥祥记》等小说“游历地府”故事中的佛教地狱色彩更加浓厚，如《冥祥记》中赵泰、支法衡、程道惠、刘萨荷、石长和、陈安居等人游历地狱，善恶福报、轮回报应之说尽显。地府是人对死后世界的想象，这个世界被宗教所利用，目的在于昭示对善恶生死的控制，从而加强对现世道德的掌控与重塑。又如《幽明录》中王明儿的故事：

东莱王明儿居在江西，死经一年，忽形见，还家经日，命招亲好叙平生。云：“天曹许以暂归。”言及将离，语便流涕，问讯乡里，备有情焉。敕儿曰：“吾去人间，便已一周，思睹桑梓。”命儿回观乡闾，行经邓艾庙，令烧之。儿大惊曰：“艾生时为征东将军，没而有灵，百姓祠以祈福，奈何焚之？”怒曰：“艾今在尚方摩铠，十指垂掘，岂其有神！”因曰：“王大将军亦作牛，驱驰殆毙。桓温为卒，同在地狱。此等并困剧理尽，安能为人损益？汝欲求多福者，正当恭顺尽忠孝顺，无恚怒，便善流无极。”又令：“可录指爪甲，死后可以赎罪。”又使高作户限，鬼来，入人室

① （南朝宋）刘义庆撰，郑晚晴辑注：《幽明录》，北京：文化艺术出版社，1988年，第170页。

内，记人罪过。越限拨脚，则忘事矣。①

该故事描述了叛逆臣子邓艾、王敦、桓温等人②死后在阴间的苦痛生活，通过历史上真实人物的现身说法，表明这些鬼尚不能自保，又怎能佑人？这是对民间淫祀鬼神行为的有力打击，同时进一步指出只有自己恭顺忠孝才能为自己积福。此外，文中王明儿还指出了抵罪的两种方法，一是人的指甲可以在阴间抵罪；二是家中门槛修得高可以阻碍鬼进入家中记录人得罪过，这两点又显然是民间鬼神文化的反映。

三　唐前志怪小说中的鬼神索命及治鬼内容

除了泰山鬼府、阴间地狱的内容，志怪小说中还常有鬼神缚人索命的内容，如《异苑》卷六《朱衣吏滥取》：

义熙中，长山唐邦闻扣门声，出视，见两朱衣吏云："官欲得汝。"遂将至县东岗殷安冢中。冢中有人语吏云："本取唐福，何以滥取唐邦。"敕鞭之，遣将出。唐福少时而死。③

---

① （南朝宋）刘义庆撰，郑晚晴辑注：《幽明录》，北京：文化艺术出版社，1988年，第100—101页。

② 邓艾，三国时魏国征西将军，文中征东将军乃误，邓艾与钟会领兵伐蜀，邓艾先至成都，钟会诬告他谋反，因而被杀。王敦，出身琅琊王氏，东晋大将军、权臣，有夺权之心，曾发动王敦之乱。桓温，东晋将领、权臣、军事家，官至大司马，曾三次领导北伐，掌握朝政，曾废海西公，立简文帝，有意夺取帝位，终未如愿，其子桓玄更是一度篡夺东晋帝位而建立桓楚，追尊桓温为"楚宣武帝"。文中将邓艾与王敦、桓温并提，是将其三人都视为叛逆之臣。

③ （南朝宋）刘敬叔、（北齐）阳松玠撰，范宁、程毅中、程有庆辑校：《异苑谈薮》，北京：中华书局，1996年，第56页。

其他鬼索命的故事如《谢氏鬼神列传》中的陈超，《搜神记》中的吕石梦，《搜神后记》中的《桓梅同梦》，《幽明录》中的许攸、刘青松、王矩等。鬼常索人命，因此见到鬼魂并非吉兆，如《搜神后记》卷五《灵见》中桓大司马见到简文帝鬼魂之后不久便死去。志怪小说还有鬼神索命故事的各种变体，对鬼神索命加入了许多想象或形象化的表达，如祖冲之《述异记》里的描写：

> 马道猷为尚书令史，永明元年，坐省中，忽见鬼满前而傍人不见。须臾，两鬼入其耳中，推出魂，魂落屐上。指以示人："诸君见否？"傍人不见，问魂形状云何？道猷曰："魂正似虾蟆。"云："必无活理，鬼今犹在耳中。"视其耳皆肿。明日便死。①

该故事对人的魂魄进行了可视化处理，并使之能被鬼从身体中推落，这种形象化的处理彰显了人们奇幻的想象力。与鬼索命相辅相成的是鬼延命，这在志怪小说中也常有表现，如《搜神记》卷十五《柳荣张悌》柳荣死后的鬼魂看到鬼缚张悌：

> 吴临海松阳人柳荣，从吴相张悌至扬州。荣病死船中二日，军士已上岸，无有埋之者。忽然大叫，言："人缚军师！人缚军师！"声甚激扬，遂活。人问之。荣曰："上天北斗门下卒，见人缚张悌，意中大愕，不觉大叫言：'何以缚军师？'门下人怒荣，叱逐使去。荣便怖惧，口余声发扬

---

① 《述异记》，（魏）曹丕等撰，郑学弢校注：《列异传等五种》，北京：文化艺术出版社，1988年，第129页。

耳。”其日悌即战死。荣至晋元帝时犹存。①

刘荣的鬼魂看到鬼缚张悌，情急之下大喊，激怒了“门下人”，被呵斥而去，竟得以复活，间接地表现出鬼可以延命的事实。此外，故事中还涉及“南斗注生，北斗注死”的说法，该理论在《搜神记》卷三《管辂》中即曾出现：

管辂至平原，见颜超貌主夭亡。颜父乃求辂延命。辂曰：“子归，觅清酒鹿脯一斤，卯日，刈麦地南大桑树下，有二人围棋次，但酌酒置脯，饮尽更斟，以尽为度。若问汝，汝但拜之，勿言。必合有人救汝。”颜依言而往，果见二人围棋。颜置脯斟酒于前。其人贪戏，但饮酒食脯，不顾。数巡，北边坐者忽见颜在，叱曰：“何故在此？”颜唯拜之。南面坐者语曰：“适来饮他酒脯，宁无情乎？”北坐者曰：“文书已定。”南坐者曰：“借文书看之。”见超寿止可十九岁，乃取笔挑上，语曰：“救汝至九十年活。”颜拜而回。管语颜曰：“大助子，且喜得增寿。北边坐人是北斗，南边坐人是南斗。南斗注生，北斗注死。凡人受胎，皆从南斗过北斗。所有祈求，皆向北斗。”②

道教重视斗星崇拜，称“南斗注生，北斗注死”，认为南斗星君主寿命、爵禄，朝拜南斗可增加阳寿，民间还有专祀南斗的庙宇叫南斗星君庙，俗称“延寿司”。《上清经》更把南斗六星

① （晋）干宝撰，汪绍楹校注：《搜神记》，北京：中华书局，1979 年，第 183—184 页。

② 同上，第 33—34 页。

的职掌具体化为六司星君，[①] 而北斗七星早在远古便被附会了众多社会功能，如《史记·天官书》说："北斗七星，所谓'旋、玑、玉、衡，以齐七政'……分阴阳，建四时，均五行，移节度，定诸纪，皆系于斗。"[②] 即北斗掌管人间四时、天文、地理、人道，此后还被附会主管州国分野、年命寿夭、富贵爵禄、岁时丰歉等多种职能。道教将北斗信仰进一步神化为司命神即北斗真君或北斗星君，掌管世间生死祸福，与三官大帝一起考察生人和死者的功过善恶。人有罪过，三官汇报北斗真君，北斗令地狱主将犯人永锁地狱。北斗主生命寿夭，故欲驱邪除凶、长生不老均需礼拜北斗，奉祀北方真武大帝，[③] 管辖通过祭祀北斗为颜超延命即是此宗教内涵的反映。志怪小说中的延命故事还有通过恳求鬼神等人情化手段而实现的，如《搜神记》卷十《徐泰》：

> 嘉兴徐泰，幼丧父母，叔父隗养之，甚于所生。隗病，泰营侍甚勤。是夜三更中，梦二人乘船持箱，上泰床头，发箱，出簿书示曰："汝叔应死。"泰即于梦中叩头祈请。良久，二人曰："汝县有同姓名人否？"泰思得，语二人云："张隗，不姓徐。"二人云："亦可强逼。念汝能事叔父，当

---

① "六司星君"第一天府宫，是司命星君；第二天相宫，是司禄星君；第三天梁宫，是延寿星君；第四天同宫，是益算星君；第五天枢宫，是度厄星君；第六天机宫，是上生星君。

② （汉）司马迁：《史记》，北京：中华书局，1959 年，第 1291 页。

③ 真武大帝为北极四圣之一，北极四圣即天蓬大元帅真君、天猷副元帅真君、翊圣保德储庆真君、真武灵应佑圣真君。天蓬、天猷、翊圣（黑煞）、佑圣（真武）四位神将，是北帝的部下，又称北极四圣真君。北帝可以指北极紫微大帝，也可说是北阴酆都大帝。至于四位神将的职责，《太上三洞咒经》称：天蓬紫微大帅万神祖宗、天猷副元帅游行太空、黑煞将军尧火斩凶、真武角将乞水玄酆。

为汝活之。”遂不复见。泰觉，叔病乃差。①

由此可见，面对鬼神前来索命是可以求情的。又如《搜神记》卷五周式在路上碰一吏求寄载，便与之同行，结果该吏乃索命之鬼，其所持书乃死人录。周式名在其中，便知自己将死，于是叩头恳求至流血。吏曰：“感卿远相载，此书不可除卿名。今日已去，还家，三年勿出门，可得度也。勿道见吾书。”周式按照鬼的指示在家两年不出门，家人甚怪，最后在父亲的责骂中出门凭吊邻居，因此功败垂成，未能延命。虽然周式未能逃避死亡的结局，但是可以看到上述两个故事中，即使生死有命，但面对人们的请求，鬼神也会相对通融。《幽明录》中琅玡人王某复活的故事更能体现出阴界鬼神对人世生活及情感的认同：

琅邪人姓王，名志，居钱塘。妻朱氏，以太元九年病亡，有二孤儿。王复以其年四月暴死，三日而心下犹暖，经七日方苏。说初死时，有二十余人皆乌衣，见录。录去到朱门白壁，状如宫殿。吏朱衣紫带，玄冠介帻。或所被着，悉珠玉相连结，非世间仪服。复前，见一人长大，所着衣状如云气。王向叩头，自说：“妇已亡，余孤儿尚小，无奈何。”便流涕。此人为之动容，云：“汝命自应来，以汝孤儿，特与三年之期。”王又曰：“三年不足活儿。”左右有一人语云：“俗尸何痴！此间三年，世中是三十年。”因便送出。又三十年，王果卒。②

① （晋）干宝撰，汪绍楹校注：《搜神记》，北京：中华书局，1979 年，第 126 页。

② （南朝宋）刘义庆撰，郑晚晴辑注：《幽明录》，北京：文化艺术出版社，1988 年，第 137—138 页。

鬼神亦可为人间情感所动容，故人死后遂得以复活。除了用真情打动鬼神以延命之外，也可以采用强制手段，如《幽明录》中某老人已被鬼取命，余杭广捉住鬼使之放回所取人命：

晋升平末，故章县老公有一女，居深山，余杭县广求为妇，不许。公后病死，女上县买棺，行半道，逢广，女具道情事。女曰："穷逼，君若能往家守父尸，须我还者，便为君妻。"广许之。女曰："我栏中有猪，可为杀以饴作儿。"广至女家，但闻屋中有抃掌欣舞之声。广披离，见众鬼在堂，共捧弄公尸。广把杖大呼入门，群鬼尽走。广守尸，取猪杀。至夜，见尸边有老鬼，伸手乞肉。广因捉其臂，鬼不复得去，持之愈坚。但闻户外有诸鬼共呼云："老奴贪食至此，甚快！"广语老鬼："杀公者必是汝。可速还精神，我当放汝；汝若不还者，终不置也。"老鬼曰："我儿等杀公耳。"即唤鬼子："可还之。"公渐活，因放老鬼。女载棺至，相见悲喜，因取女为妇。①

余杭广对抗鬼神索命的手段简单粗暴，体现了人民群众的抗争精神，也反映了大众观念中对鬼魂作祟行为的另类解读。当然，鬼魂除可索命外，还常作恶使人病，如《搜神记》卷十六《疫鬼》说：

昔颛顼氏有三子，死而为疫鬼：一居江水，为疟鬼；一居若水，为魍魉鬼；一居人宫室，善惊人小儿，为小鬼。于

① （南朝宋）刘义庆撰，郑晚晴辑注：《幽明录》，北京：文化艺术出版社，1988年，第11页。

> 是正岁命方相氏，帅肆傩以驱疫鬼。①

又如《异苑》卷六《黄父鬼》载：

> 黄州治下有黄父鬼，出则为祟，所着衣袷皆黄，至人家张口而笑，必得疫疠。长短无定，随篱高下。自不出已十余年。土俗畏怖，惶恐不绝。②

从无神论的角度来看，人死神灭，鬼作祟只是人们对于死亡与疾病的一种心理救赎，也希望通过驱鬼治鬼的方法来脱离苦难，因此小说中也不乏治鬼之策。

首先，巫师、方士、道士等人在小说中是降妖伏鬼的正义化身。术士、道士等人拥有秘术可以役使鬼魂，如《搜神记》卷一《刘根》遇异人授秘诀，能召鬼；《搜神后记》卷二《胡道人咒术》中能念咒招鬼；《搜神后记》卷二《幸灵》焚符以绝高悝家中鬼怪；《搜神后记》卷六《腹中鬼》李子豫以八毒赤丸治愈豫州刺史许永腹中鬼。《幽明录》中毕修之外祖母郭氏道精进可去鬼：

> 毕修之外祖母郭氏，尝夜独寝，唤婢，应而不至。郭屡唤犹尔。后闻蹋床声。郭厉声呵婢，又应诺诺不至。俄见屏风上有一面如方相，两目如升，光明一屋。手掌如簸箕，指长数寸，又挺动其耳目。郭氏道精进，一心至念，此物乃去。久之，婢辈悉来，云："向欲应，如有物镇压之者。体

---

① （晋）干宝撰，汪绍楹校注：《搜神记》，北京：中华书局，1979 年，第 189 页。
② （南朝宋）刘敬叔、（北齐）阳松玠撰，范宁、程毅中、程有庆辑校：《异苑谈薮》，北京：中华书局，1996 年，第 61 页。

轻便来。”①

故事中的郭氏一心至念，凡物乃去，此物有着鬼与怪的双重特点，其驱鬼之法有道教存思术的影子。《幽明录》中还有道人梦中治鬼的故事：

元嘉九年，征北参军明裔之有一从者，夜眠大魇。裔之自往唤之，顷间不能应，又失其头髻。三日乃寤，说云：“被三人捉足，一人髻之。忽梦见一道人，以丸药与之，如桐子。令以水服之。”及寤，手中有药。服之遂瘥。②

志怪小说常用梦来展示人遭遇神鬼精怪等异类时的境遇，梦中的幻境其实就是对真实世界的反映，因此明裔之在梦中获救，也是道人治鬼的体现。道人可以制服鬼神，便也可以役使鬼神，如《幽明录》中阳起的故事：

河南阳起，字圣卿，少时病疟，于社中得书一卷谴劾百鬼法，所劾辄效。为日南太守。母至厕上，见鬼头长数尺，以告圣卿。圣卿曰：“此肃霜之神。”劾之使出，变形如奴。送书京师，朝发暮反，作使当千人之力。有与忿恚者，圣卿遣神夜往，趣其床头，持两手，张目正赤，吐舌柱地，其人怖几死。③

故事中的鬼被阳起变形为奴，不仅被用作苦力，还成为阳起解决个人恩怨的工具。正因为道人能治鬼役鬼，因此鬼多惧怕

---

① （南朝宋）刘义庆撰，郑晚晴辑注：《幽明录》，北京：文化艺术出版社，1988年，第96页。

② 同上，第79页。

③ 同上，第160页。

之。《异苑》卷九《永嘉阳童》说：

> 永嘉阳童，孙权时俗师也。尝独乘船往建宁，泊在渚次。宵中忽有一鬼来，欲击童，童因起谓曰："谁敢近阳童者？"鬼即稽颡云："实不知是杨使者。"童便敕使乘船，船飞迅驶，有过猛帆。至县乃遣之。①

上述故事表明，在志怪小说中巫师、方士、术士、道士等人均可通过方术、法术等手段，识别制服鬼怪、役使鬼神。志怪小说对道人身份的这种认同显然是对当时宗教发展情况的展现与世俗理解。道教中有各种治鬼弹鬼的法术与修炼方法，其理论与方法都极其复杂，这些内容在志怪小说中的表现则没有如此复杂，人们只是将道人视为治理鬼怪的符号，至于如何制服、用什么手段制服完全不是人们关注的重点。

除了道人治鬼，志怪小说中还有许多治鬼的民俗方法，如《异苑》卷六《庾绍之见形》中提及鬼害怕茱萸、木屐，此事同见于《冥祥记》。《异苑》卷六《厩中怪》故事中鬼闻人行如着木屐声后也迅速消失。鬼又憎蒜畏桃，见于《甄异传》中夏侯文规的故事。鬼怕人唾，如《搜神记》卷十六《崔少府墓》中崔氏女归还卢充儿子时，"四座谓是鬼魅，佥遥唾之"。此外，民间还有桃木驱邪制鬼之说，桃木因此成为镇灾避邪的神木。除了上述手段，自身守正也可以获得佑护，如《幽明录》中有颍川陈庆孙的故事：

> 颍川陈庆孙家后有神树，多就求福，遂起庙，名天神

---

① （南朝宋）刘敬叔、（北齐）阳松玠撰，范宁、程毅中、程有庆辑校：《异苑 谈薮》，北京：中华书局，1996 年，第 92 页。

庙。庆孙有乌牛，神于空中言："我是天神，乐卿此牛。若不与我，来月二十日当杀尔儿。"庆孙曰："人生有命，命不由汝。"至日，儿果死。复言："汝不与我，至五月杀汝妇。"又不与。至时，妇果死。又来言："汝不与我，秋当杀汝！"又不与。至秋，遂不死。鬼乃来谢曰："君为人心正，方受大福。愿莫道此事，天地闻之，我罪不细。实见小鬼得作司命度事干，见君妇儿终期，为此欺君索食耳。深愿恕亮。君禄籍年八十三，家方如意，鬼神佑助，吾亦当奴仆相事。"遂闻稽颡声。①

此即民间俗语所说"不做亏心事，不怕鬼敲门"，鬼也会被人的高尚品德所征服，又如祖冲之《述异记》：

荆州刺史桓豁，所住斋中见一人长丈余，梦曰："我龙山之神，来无好意。使君既贞固，我当自去耳。"②

志怪小说通过鬼尊敬品德持正者的设定，突出了对世俗道德的肯定与倡导，这不仅是对部分儒家思想的认同，也是鬼怪故事以及佛道思想世俗化的体现，既符合社会大众对于正直正义的期许，也满足了统治阶层塑造社会道德的意愿。

四　鬼神有无与志怪小说中的人鬼关系

人死之后是否产生鬼魂？鬼神有无是当时社会上层知识分子

① （南朝宋）刘义庆撰，郑晚晴辑注：《幽明录》，北京：文化艺术出版社，1988年，第93页。

② 《述异记》，（魏）曹丕等撰，郑学弢校注：《列异传等五种》，北京：文化艺术出版社，1988年，第146页。

普遍讨论的问题，甚至围绕“神灭”与否展开了大规模的讨论。但对于普通大众来说，他们对“鬼”的态度并不是出于哲学、科学的理论认识，尽管“神灭论”来势汹汹，也依然不能改变人们对于鬼神的迷信与崇拜。《韩非子·解老》中曾言：“人处疾则贵医，有祸则畏鬼。”[①]《黄帝内经》中也曾发问：“卒然而病者，其何故也？惟有因鬼神之事乎？”[②] 历史上唯物主义论者从无鬼论立场出发，分析鬼神观念的产生时也指出：

> 凡天地之间有鬼，非人死精神为之也，皆人思念存想之所致也。致之何由？由于疾病。人病则忧惧，忧惧则鬼出。凡人不病则不畏惧。故得病寝衽，畏惧鬼至。畏惧则存想，存想则目虚见。[③]

王充指出“鬼”只是想象中的产物，这种想象是出于对疾病的畏惧。从韩非到王充都总结了人们因病而畏鬼的认识，也概括出广大人民群众对“鬼”的理解。生活中的吉凶祸福、富贵贫贱等问题是阶级社会中的常态，但当人们无法透过现象看到本质时，天命所受、善恶报应等神学思想便应运而生，可以说“有神论思想存在的基础，主要在于人们掌握自己命运的力量的薄弱以及由此而决定的人们认识能力的低下”。[④]

鬼神信仰又滋生出另外一个重要论题，即人鬼关系。总体来

---

① （清）王先慎撰，钟哲点校：《韩非子集解》，北京：中华书局，1998年，第151页。

② （清）张志聪集注：《黄帝内经集注》，北京：中医古籍出版社，2015年，第747页。

③ 黄晖：《论衡校释》，北京：中华书局，1990年，第931页。

④ 牙含章、王友三主编：《中国无神论史》，北京：中国社会科学出版社，2011年，第93页。

说，人们认为鬼能祸人，但只要勤于侍奉，鬼也能造福于人。因此，民间普遍持有鬼论观点，厚葬、祭祀风气盛行，进而导致了一系列的社会问题，更加引起无神论者对有鬼论的猛烈批判。但民众对鬼神的认识并不因为无神论思想的发展而受到阻碍，相反，无鬼论还为鬼故事提供了新的素材与内容，唐前志怪小说中便有数则故事是在“神灭论”思想影响下，对“无鬼论”做出的回应，如《幽明录》中刘道锡的故事：

刘道锡与从弟康祖少不信有鬼，从兄兴伯少来见鬼，但辞论不能相屈。尝于京口长广桥宅东，云有杀鬼在东篱上。道锡便笑问其处，牵兴伯俱去，捉大刀，欲斫之。兴伯在后唤云：“鬼击汝！”道锡未及鬼处，便闻如有大杖声，道锡因倒地，经宿乃醒，一月日都差。兴伯复云：“厅事东头桑树上有鬼，形尚孺，长必害人。”康祖不信，问在树高下，指处分明。经十余日，是月晦夕，道锡逃暗中，以戟刺鬼所住便还，人无知者。明日，兴伯早来，忽惊曰：“此鬼昨夜那得人刺之！殆死，都不能复动，死亦当不久。”康祖大笑。①

该故事虽有不信鬼的思想因素，但刘兴伯能得见刘道锡生病，以及刘康祖伤鬼等一系列的情节都表明鬼是存在的。志怪小说中还有多个围绕着无鬼论者展开的故事，如《搜神记》卷十六《阮瞻》：

阮瞻字千里，素执无鬼论，物莫能难。每自谓此理足以

① （南朝宋）刘义庆撰，郑晚晴辑注：《幽明录》，北京：文化艺术出版社，1988年，第112页。

辨正幽明。忽有客通名诣瞻，寒温毕，聊谈名理。客甚有才辨。瞻与之言良久，及鬼神之事，反复甚苦。客遂屈。乃作色曰："鬼神，古今圣贤所共传，君何得独言无？即仆便是鬼！"于是变为异形，须臾消灭。瞻默然，意色大恶。岁余，病卒。①

《晋书》本传中记载了阮瞻"素执无鬼论"，在本故事里鬼化作人形与阮瞻辩论，阮瞻惊怖而死。此故事《殷芸小说》卷十以及《幽明录》中亦载。《搜神记》同卷又有《黑衣客》：

吴兴施续，为寻阳督，能言论。有门生，亦有理意，常秉无鬼论。忽有一黑衣白袷客来，与共语，遂及鬼神。移日，客辞屈，乃曰："君辞巧，理不足。仆即是鬼，何以云无？"问："鬼何以来？"答曰："受使来取君，期尽明日食时。"门生请乞酸苦。鬼问："有人似君者否？"门生云："施续帐下都督，与仆相似。"便与俱往，与都督对坐。鬼手中出一铁凿，可尺余，安著都督头，便举椎打之。都督云："头觉微痛。"向来转剧，食顷便亡。②

施续持无鬼论，但鬼来索命，故施续不得不企求鬼的宽恕，才得以存世。又《幽明录》载：

彭虎子少壮有膂力，常谓无鬼神。母死，俗巫戒之云："某日殃杀当还，重有所杀，宜出避之。"合家细弱悉出逃隐，虎子独留不去。夜中，有人排门入，至东西屋觅人不

① （晋）干宝撰，汪绍楹校注：《搜神记》，北京：中华书局，1979 年，第 189—190 页。

② 同上，第 190 页。

得，次入屋，向庐室中。虎子遑遽无计，床头先有一瓮，便入其中，以板盖头。觉母在板上，有人问："板下无人邪？"母云："无。"相率而去。①

彭虎子不信鬼却遭遇鬼，多亏自己亡母鬼魂的救助，才逃过一劫。在上述几个故事中，鬼的出现均是对无神论者的直接反驳，无神论者也大多立刻改变立场。但也有人面对鬼时仍坚持无神论立场，如《殷芸小说》卷六：

顾邵为豫章，崇学校，禁淫祀，风化大行。历毁诸庙，至庐山庙，一郡悉谏，不从。夜，忽闻有排大门声，怪之。忽有一人开阁径前，状若方相，自说是庐山君。邵独对之，要进上床，鬼即入坐。邵善《左传》，鬼遂与邵谈《春秋》，弥夜不能相屈。邵叹其精辩，谓曰："《传》载晋景公所梦大厉者，古今同有是物也。"鬼笑曰："今大则有之，厉则不然。"灯火尽，邵不命取，乃随烧《左传》以续之。鬼频请退，邵辄留之。鬼本欲凌邵，邵神气湛然，不可得乘。鬼反和逊，求复庙，言旨恳至。邵笑而不答。鬼发怒而退，顾谓邵曰："今夕不能仇君，三年之内，君必衰矣，当因此时相报。"邵曰："何事匆匆，且复留谈论。"鬼乃隐而不见，视门阁悉闭如故。如期，邵果笃疾，恒梦见此鬼击之。并劝邵复庙。邵曰："邪岂胜正？"终不听。后遂卒。②

① （南朝宋）刘义庆撰，郑晚晴辑注：《幽明录》，北京：文化艺术出版社，1988年，第98—99页。

② （南朝梁）殷芸编纂，周楞伽辑注：《殷芸小说》，上海：上海古籍出版社，1984年，第120—121页。

虽说坚持自身持正有时可以退却鬼神，但最终还是无法与鬼的力量相抗衡。与鬼作对的悲惨故事莫过于《搜神记》卷十六中的《秦巨伯》，最终导致其误杀自己的两个孙子。世言无鬼，但鬼神实来，坚持无神论或坚持与鬼斗争者均未获得好下场，这表明当时的人们不仅相信鬼神的存在，还对其有一定的敬畏之情。那么应该如何面对鬼的存在？治鬼劾鬼之法，前文已述，但需要指出的是与鬼的斗争是在鬼作恶的前提下才引发的。在大众信仰中，本着“和”的处世态度，人们更愿意采取息事宁人的手段，普遍相信只要祭祀鬼神，鬼神便不会为害人间。如《殷芸小说》卷九有一则故事：

> 宋岱为青州刺史，禁淫祀，著《无鬼论》，甚精。无能屈者。邻州咸化之。后有一书生，葛巾修刺诣岱，与之谈甚久，岱理未屈，辞或未畅，书生辄为申之。次及无鬼论，便苦难岱。岱理欲屈，书生乃振衣而起，曰：“君绝我辈血食二十余年，君有青牛、髯奴，未得相困耳。今奴已叛，牛已死，今日得相制矣。”言绝，遂失书生。明日而岱亡。①

故事的主体仍然是无神论者与鬼神的冲突，但是故事中的鬼报复宋岱的理由是“君绝我辈血食二十余年”，足见祭祀的重要性。绝鬼神祭祀会得到鬼的惩罚与报复，祭祀鬼神则可得到保佑，如祖冲之《述异记》：

> 武康徐氏，宋太元中病疟，连治不断。有人告之曰：“可作数团饭，出道头，呼伤死人姓名，云：‘为我断疟，

---

① （南朝梁）殷芸编纂，周楞伽辑注：《殷芸小说》，上海：上海古籍出版社，1984年，第157页。

今以此团与汝。’掷之径还，勿反顾也。”病者如言，乃呼晋故车骑将军沈充。须臾，有乘马导从而至，问：“汝何人，而敢名官家?”因缚将去。举家寻觅经日，乃于家侧丛棘下得之，绳犹在。时疟遂获痊。①

鬼可以解决人不能解决的问题，而且通过祭祀可以实现鬼与人的和谐相处，这比法术治鬼更加具有现实意义。关于祭祀鬼神问题，早在《淮南子》中便已有明确的分析论述。《淮南子》认为：“愚者以为机祥，而狠者以为非，唯有道者能通其志。”② 其分析鬼神祭祀的根源有四：一是耳目心智错乱导致的幻觉、错觉；二是愚昧无知；三是圣人以鬼神设教；四是纪念死者。③ 但群众信仰并不因科学理论的论述而转变，对于当时的广大人民群众而言，“世信祭祀，以为祭祀者必有福，不祭祀者必有祸”。④

诚然，信奉鬼神会导致淫祀、厚葬、迷信等一系列影响社会风气及民生的陋习，历来都有对迷信活动保持清醒头脑的官员，但民间鬼神信仰不是一禁乃绝的简单问题，更不是有弊而无利的愚昧行为。其实鬼存在与否在大众文化中并不是一个科学问题，即使唯物论思想证据确凿，对大众的影响也微乎其微。无神论思想越高扬，鬼故事便越向着奇幻的方向发展，愈是“无”的东西才愈能吸引大众的眼球，也愈加符合大众文化的精神内核。民间文化关注的不是理论的准确与深度，也不追求理论构建。对大

① 《述异记》，（魏）曹丕等撰，郑学弢校注：《列异传等五种》，北京：文化艺术出版社，1988 年，第 107 页。

② 何宁撰：《淮南子集释》，北京：中华书局，1998 年，第 984 页。

③ 详参《淮南子·泛论训》。

④ 黄晖：《论衡校释》，北京：中华书局，1990 年，第 1047 页。

众而言，“存亡之事，未易可言；鬼神之事，非人知也”。[①] 这句话就足以概括鬼理论的全部。鬼的存在只是对人间生活以及世间情感的一种艺术化展现，鬼神索命、鬼神作恶、鬼神重返人间……凡此种种，都是人们对于生命的无限思考，对生的留恋，对死的反思。鬼的存在是出于心理与精神的需求，即人们信仰鬼的初衷是唯心的，这种信仰便不会因为唯物理论的论断而消失。最能反映人们对鬼的执着的便是那些对亡去生命的追逝，对逝去亲人难以割舍的牵挂。如《幽明录》：

> 成彪兄丧，哀悼结气，昼夜哭泣。兄提二升酒、一盘梨就之，引酌相劝。彪问略答。彪悲咽问：“兄今在天上，福多苦多?”久弗应，肃然无言，泻余酒着瓯中，挈罂而去。后钓于湖，经所共饮处，释纶悲感。有大鱼跳入船中，俯视诸小鱼。彪仰天号恸，俯而见之，悉放诸小鱼，大者便自出船去。[②]

“兄在天上，福多苦多?”寥寥数字尽显生死两隔的无奈。人死不能复生，但对故去亲人的思念与牵挂不会随着人的死亡而消失，人们不愿相信人死便灰飞烟灭永远消失，更愿意相信他们只是存在于另外一个世界，这是对死亡最大程度上的心理慰藉。又如《搜神记》卷十六《蒋济亡儿》故事中，蒋济去世的儿子托梦诉说自己在地下为泰山伍伯的憔悴困苦，希望通过父母的帮助换一个轻松的差事。蒋济得知后感慨：“虽哀吾儿之不幸，且

① 此话见于鲁迅校录：《古小说钩沉》，济南：齐鲁书社，1997 年，第 83 页。《列异传等五种》中《列异传 · 公孙达》载此句为：“鬼神之事，非尔所知也。”

② （南朝宋）刘义庆撰，郑晚晴辑注：《幽明录》，北京：文化艺术出版社，1988 年，第 104 页。

喜亡者有知。”“亡者有知”便是大众对鬼最大的心理依附，这种依附不会因科学的进步而减少或消失，因此鬼神虽无验，但人们仍相信故去的亲人存在魂魄，变成了鬼。《搜神记》卷二《营陵道人》有与亡人相见的故事：

> 汉北海营陵有道人，能令人与已死人相见。其同郡人妇死已数年，闻而往见之，曰：“愿令我一见亡妇，死不恨矣。”道人曰：“卿可往见之。若闻鼓声，即出勿留。”乃语其相见之术。俄而得见之。于是与妇言语，悲喜恩情如生。良久，闻鼓声恨恨，不能得往。当出户时，忽掩其衣裾户间，掣绝而去。至后岁余，此人身亡。家葬之，开冢，见妇棺盖下有衣裾。①

夫妻之情也是人间至情，正是因为对这份情感的难以割舍，让汉武帝见到死去李夫人的魂灵的李少翁才会受到汉武帝的器重与封赏，也才会有苏轼“十年生死两茫茫”的千年感慨。人牵挂鬼，鬼也同样牵挂在世亲人，鬼干预现实的例子前文已举多例，又《集灵记》有一则：

> 王諆，琅邪人也，仕梁为南康王记室。亡后数年，妻子困于衣食。岁暮，諆见形谓妇曰：“卿困乏衣食？”妻因与之酒，别而去。諆曰：“我若得财物，当以相寄。”后月，小女探得金指环一双。②

鬼也好，人也罢，都是同等看重生活与真情的，毕竟鬼不是

---

① （晋）干宝撰，汪绍楹校注：《搜神记》，北京：中华书局，1979年，第25—26页。

② 《集灵记》，鲁迅校录：《古小说钩沉》，济南：齐鲁书社，1997年，第211页。

别的，正是死去了的人。“衰世好信鬼，愚人好求福。”① 无神论者的总结固然是从唯物主义的角度更加能够揭示本质，但是仅仅以“愚人”定义信奉鬼神的百姓，不免有对底层人民的贬低之嫌。为疾病所困的外在现实以及情感羁绊的内在心理，都是大众鬼文化绵延不绝的原因，本质上却是人们对一切美好的缅怀与期待，这与科学无涉，也不因科学的进步而消亡。

第三节 道教法术与镇妖伏鬼之法

一 道教法术及其获取手段

道教法术的源头可上溯至神话，神话产生于巫术时代，在人类逐渐冲破蒙昧的过程中，巫术逐渐消退，但并未消失，而是披上法术的外衣，成为神仙的一种基本技能及手段。因此法术与民间巫术、江湖方术存在着天然联系。道教法术“是道教中最为神秘的部分，也可以说是中国神秘主义的代表。面对神秘的东西，人们经常会采取两种极端的态度，一种是完全盲目地相信其为实有，一种是视其为胡说与欺骗”。②

道教将神仙描绘成具有变化隐身、治病救人、起死回生、降妖除魔、役使万物等法术的存在。随着道教世俗化程度的加深，神仙法术越来越多地倾向于济世救人，如符咒治病，禳灾救困

① 黄晖：《论衡校释》，北京：中华书局，1990 年，第 1043 页。
② 刘仲宇：《道教法术》前言，上海：上海文化出版社，2002 年。

等。“法术的施行，是针对现实生活中的矛盾的，更确切地说，是为了解决现实生活中的缺陷和理想之间的矛盾的……人类生活的缺陷，遭逢的灾祸既多，所以法术的门类也就显得宽泛得很。”① 道教法术的这种“实用性”使世俗化了的道教得到下层民众的支持。

正史中常记载能人异士行法术之事，早期仙传小说中对于神仙异能的描述较朴素，更加着重于对不死及仙界的描述，主要体现在《史记·封禅书》以及《列仙传》中。魏晋神仙道教以来，对神仙法术的建构进一步成熟，《抱朴子内篇·对俗》中谈及道教法术时曰：“变易形貌，吞刀吐火，坐在立亡，兴云起雾，召致虫蛇，合聚鱼鳖，三十六石立化为水，消玉为粭，溃金为浆，入渊不沾，蹴刃不伤，幻化之事，九百有余。”②《神仙传》中又记载太玄女行三十六术，皆变幻养生之法，又称为三十六法。《初学记》卷二十三《仙第二》引《崔玄山濑乡记》曰：

> 老子为十三圣师，养性得仙，各自有法，凡三十六。或以五行六甲陈，或以服食度骨筋，或以深巷大岩门，或以呼吸见丹田，或以流理还神丹，或以歔歙游天山，或以元阳长九分，或以恬澹存五官，或以清净飞凌云，或以三辰建斗迴，或以三五竟复还，或以声罔处海滨，或以三黄居魄魂，或以太乙行成均，或以六甲御六丁，或以祭祀致鬼神，或以吹呴沉深泉，或以命门固灵根，或以璇玑得玉泉，或以专守升于天，或以混沌留吾年，或以把握知塞门，或以太一柱英

① 刘仲宇：《道教法术》，上海：上海文化出版社，2002年，第352页。
② 王明：《抱朴子内篇校释》，北京：中华书局，1985年，第46页。

> 氛，或以虚无断精神，或以黄庭乘僮人，或以柱天德神仙，或以玉衡上柱天，或以六甲游玄门，或以道引俛仰伸，或以寂寞在人间，或以药石上腾云，或以九道致红泉，或以厥阴三毛间，或以去欲但存神。①

三十六法体现了道教“以术延命”的理念，从中也可看到道教法术之驳杂。道教方术繁多，英国学者李约瑟将其分为六类：炼气术、日疗术、导引术、房中术、炼丹与药物技术、饮食法。② 胡孚琛则将道教法术详细地分为十四种：隐形变化之术、符图印章、咒语、气禁、分形之道、照妖镜、占问吉凶安危之术、奇门遁甲、祈禳和禁忌、禹步、不寒不热、不畏风湿之术、乘蹻、行云潜水法。③ 刘仲宇在《道教法术》中则归纳为五大类：变化之术、考召和驱邪、祈祷和禬禳、治病和遣瘟、度亡破幽。④ 其实，对道教法术的分类更多是为了认识方便，不同法术并非截然不同，甚至可能交叉，如通灵与召鬼即存在极大的相似性。

道教繁多的法术其实都并非各行其法，毫不相通，如《抱朴子内篇·金丹》中介绍九光丹时，提及：

> 欲起死人，未满三日者，取青丹一刀圭和水，以浴死人，又以一刀圭发其口内之，死人立生也。欲致行厨，取黑丹和水，以涂左手，其所求如口所道皆自至，可致天下万物

---

① （唐）徐坚等：《初学记》，北京：中华书局，1962 年，第 549—550 页。

② 李约瑟：《中国科学技术史》第二卷《科学思想史》，北京：科学出版社，上海：上海古籍出版社，1990 年，第 158 页。

③ 胡孚琛：《魏晋神仙道教》，北京：人民出版社，1989 年，第 166—185 页。

④ 刘仲宇：《道教法术》，上海：上海文化出版社，2002 年，第 352—473 页。

也。欲隐形及先知未然方来之事，及住年不老，服黄丹一刀圭，即便长生不老矣。及坐见千里之外，吉凶皆知，如在目前也。人生宿命，盛衰寿夭，富贵贫贱，皆知之也。①

即起死回生、坐至行厨、隐身藏形、预知未来等法术的获得都是通过金丹而实现的。服食金丹可以获得异能法术，这在《抱朴子内篇·黄白》务成子的丹法中表现得更具体：

服一丸，日三服，尽一斤，三虫伏尸，百病皆去，盲者视，聋者闻，老者即还年如三十时，入火不灼，百邪众毒、冷风暑湿、不能侵人；尽三斤，则步行水上，山川百神，皆来侍卫，寿与天地相毕。以杼血朱草煮一丸，以拭目眦，即见鬼及地中物，能夜书；以白羊血涂一丸，投水中，鱼龙立出，可以取也；以青羊血丹鸡血涂一丸，悬都门上，一里不疫；以涂牛羊六畜额上，皆不疫病，虎豹不犯也；以虎胆蛇肪涂一丸，从月建上以掷敌人之军，军即便无故自乱，相伤杀而走矣；以牛血涂一丸以投井中，井中即沸，以投流水，流水则逆流百步；以白犬血涂一丸，投社庙舍中，其鬼神即见，可以役使；以兔血涂一丸，置六阴之地，行厨玉女立至，可供六七十人也；以鲤鱼胆涂一丸，持入水，水为之开一丈，可得气息水中以行，冒雨衣不霑也；以紫苋煮一丸，含咽其汁，可百日不饥；以慈石煮一丸，内髻中，以击贼，白刃流矢不中之，有射之者，矢皆自向也；以六丁六壬上土并一丸，以蔽人中则隐形，含一丸，北向以喷火，火则灭；以庚辛日申酉时，向西地以一丸掷树，树木即日便枯；又以

① 王明：《抱朴子内篇校释》，北京：中华书局，1985年，第78页。

一丸，禹步掷虎狼蛇蝮，皆即死；研一丸以书石即入石，书金即入金，书木入木，所书皆彻其肌理，削治不可去也。卒死未经宿，以月建上水下一丸，令入咽喉，并含水喷死人面，即活。以狐血鹤血涂一丸，内爪中，以指万物，随口变化，即山行木徙，人皆见之，然而实不动也。①

金丹按照不同的方法使用可以获得不同法术，这表明法术是伴随成仙发生的，即成仙之法也是掌握法术的途径。此外，通过服食、行气、符箓等手段也可以获得法术，如行“不寒之道”：

或以立冬之日，服六丙六丁之符，或闭口行五火之炁千二百遍，则十二月中不寒也。或服太阳酒，或服紫石英朱漆散，或服雄丸一，后服雌丸二，亦可堪一日一夕不寒也。②

同理，不热之道也是通过服食、行气、吞符等来完成。葛洪强调内修形神与外攘道术相结合：“若夫仙人，以药物养身，以术数延命，使内疾不生，外患不入，虽久视不死，而旧身不改，苟其有道，无以为难也。”③ 外攘道术主要是通过服食、行气、符箓、祈攘、存思等手段实现的。实际上，异能与法术是打造道教神仙的手段，也可以看作是修仙的附加所得，因为法术的获得正与成仙之途相同。

---

① 王明：《抱朴子内篇合校》，北京：中华书局，1985 年，第 291—291 页。
② 同上，第 269 页。
③ 王明：《抱朴子内篇校释》，北京：中华书局，1985 年，第 14 页。

二　道教变化之术及其理论依据

道教理论家将变化之术视为一切道法的本质，变化之术是指隐遁易形、兴云布雨、变化万物等法术，可以分为变化自身、变化外物两种。“变化”的理论源头可以追溯到道家思想，庄子认为，万物都是由“道”变化出来的不同物象，“道”能产生一切，变化一切，可称之为“物化”或“道化”。以道化理论来看，“道”是万物共有的，一切事物间的差别都是相对的，因此事物外在的形体可以由一物转化为另一物。《庄子·大宗师》中有“鱼相忘乎江湖，人相忘乎道术”之语，庄子所谓的道术是一种处世方法论，类似于一种科学、技术，是无形无为，可得而不可见的，已具后世道教法术的雏形。除了道家思想之外，诸子理论中也有解释变化的抽象理论，如《荀子·正名篇》曰：“物有同状而异所者，有异状而同所者，可别也。状同而为异所者，虽可合，谓之二实。状变而实无别而为异者，谓之化。有化而无别，谓之一实。”① 荀子从名实的认识论上论述了“一实”“二实”的差别，指出外在形状改变但内在实质未变，仍然还是那个“实”。该理论似乎在无意之中为道教的变化之术提供了理论依据，如全真道之后，道教注重内在修行，其“元神”便与此处的“实”相似，精神性的“元神”不变则可依附于其他肉身。早期道教至葛洪，才对变化之术有了较系统的解释。《抱朴子内篇》中的变化之术，体现了当时的变化观：

---

① （清）王先谦撰，沈啸寰，王星贤点校：《荀子集解》，北京：中华书局，1988年，第496—497页。

> 夫变化之术，何所不为。盖人身本见，而有隐之之法。鬼神本隐，而有见之之方。能为之者往往多焉。水火在天，而取之以诸燧。铅性白也，而赤之以为丹。丹性赤也，而白之而为铅。云雨霜雪，皆天地之气也，而以药作之，与真无异也。至于飞走之属，蠕动之类，禀形造化，既有定矣。及其倏忽而易旧体，改更而为异物者，千端万品，不可胜论。人之为物，贵性最灵，而男女易形，为鹤为石，为虎为猿，为沙为鼋，又不少焉。至于高山为渊，深谷为陵，此亦大物之变化。变化者，乃天地之自然，何为嫌金银之不可以异物作乎？①

在道教观念中，变化是无极限的，几乎任何一种事物都可以变化成为异质之物。道教中也有阐述变化的道经，体现了变化的具体形式，如《抱朴子内篇·遐览》：

> 其变化之术，大者唯有《墨子五行记》，本有五卷。昔刘君安未仙去时，钞取其要，以为一卷。其法用药用符，乃能令人飞行上下，隐沦无方，含笑即为妇人，蹙面即为老翁，踞地即为小儿，执杖即成林木，种物即生瓜果可食，画地为河，撮壤成山，坐致行厨，兴云起火，无所不作也。其次有《玉女隐微》一卷，亦化形飞禽走兽，及金木玉石，兴云致雨方百里，雷亦如之，渡大水不用舟梁，分形为千人，因风高飞，出入无间，能吐气七色，坐见八极，及地下之物，放光万丈，冥室自明，亦大术也。然当步诸星数十，曲折难识，少能谱之。其《淮南鸿宝万毕》，皆无及此书者

① 王明：《抱朴子内篇校释》，北京：中华书局，1985年，第284页。

也。又有《白虎七变法》，取三月三日所杀白虎头皮，生驼血、虎血，紫绶，履组，流萍，以三月三日合种之。初生草似胡麻，有实，即取此实种之，一生辄一异。凡七种之，则用其实合之，亦可以移形易貌，飞沈在意，与《墨子》及《玉女隐微》略同，过此不足论也。①

《墨子五行记》《玉女隐微》《白虎七变经》等是道教变化之术的理论依据，通晓变化之人多治此经，如刘政治《墨子五行记》，孙博"治墨子之术"，九灵子、太阳子、太阳女、樊夫人均善行五行之道，东陵圣母能易形变化，东郭延善法术，刘京、李少君、蓟子训皆会幻化之术。而且从上述引文中可见，变化之术需要服用仙药或应用符图，即与服食、符箓相关。金丹为成仙大道，许多服食金丹成仙之人皆通晓变化之术，如张道陵、葛玄、左慈等，因此从《九鼎丹经》《九丹金液经》等丹经中也可以找到变化法术的理论依据。

至迟在晋代，变化之术已成为道法中的一个大类，形成了庞大的体系。道教法术均有一套复杂的操作技巧，变化之术多以步罡、掐诀、符咒等为手段，加以炼气、存想等，有时也使用符图或药物。用符变化者如《神仙传》中介象书一符于竹杖便可骑杖飞行，又如董奉用符行遁形尸解之术等。《云笈七籤》载：

道者，虚无之至真也；术者，变化之玄伎也。道无形，因术以济人；人有灵，因修而会道。人能学道，则变化自

① 王明：《抱朴子内篇校释》，北京：中华书局，1985年，第337页。

然。道之要者，深简而易知也；术之秘者，唯符与气药也。①

“道”无穷，“术”演“道”，因此术能成万物，而术之关键在于符、气、药。五代的谭峭总结了道教变化观，写下了著名的哲学著作《化书》，指出变化的根本在于精、神、气，其将内气、内丹的理论与方术结合在一起，开启了宋代内丹外法的先河。道教试图论述法术的合理性，以显示其并非凭空想象之物。实际上，道教的某些法术中也的确包含着一定科学因素，李约瑟即认为道教法术是哲学与宗教的特殊结晶，同时记录着原始的科学与方技。

三 道教镇妖伏鬼的法术与法器

压治精怪鬼魂是巫祝信仰中的重要内容，道教法术继承原始巫术，保留了许多巫术性镇妖伏鬼之法，如本章第一节中所述直呼其名、以物击之等方法。随着道教影响力的扩大，在世俗观念中方士、道士逐渐成了镇妖伏鬼的角色。道教有一系列的降妖法术、仪式，可通过经典传授，如《列异传》中载：

大司马河内汤蕤，字圣卿，少时病疟逃社中。有人呼："杜邸！杜邸！”圣卿应声曰“诺!”起至户口，人曰："取此书去。”得素书一卷，乃谴劾百鬼法也。所劾辄效。②

① （宋）张君房编，李永晟点校：《云笈七籤》，北京：中华书局，2003年，第1005页。

② （魏）曹丕等撰，郑学弢校注：《列异传等五种》，北京：文化艺术出版社，1988年，第16页。

即道教中有谴劾百鬼法记于典籍之中，可学习传授，但有许多镇妖伏鬼法术是通过法器实现的，如剑、镜、符、印、禁咒等。志怪小说中道士镇妖伏鬼的过程，多是复杂法术的简单化，其基本表现模式是：道士某某以某术、某物降服某妖。道教的降妖法术所用的重要法器主要有镜、剑、符、咒四种，“镜、剑、符、咒等法物，本具原始巫术的功能，经转变为道教法术之后，成为最重要的仪式法具”。①

镜光明鉴物的特性，是其被道教理论吸收的重要原因，金镜、铜镜、石镜等均属此类。古人认为铜镜是万物之精、黄帝之物，相信铜镜具有驱邪禳灾的作用。《抱朴子内篇·黄白》载：“人身本见，而有隐之之法；鬼神本隐，而有见之之方。”② 道教赋予铜镜以照见妖魔的法力，因此道士入山除了用入山符之外，还有明镜之法可以保护人身平安：

> 万物之老者，其精悉能假托人形，以眩惑人目而常试人，唯不能于镜中易其真形耳。是以古之入山道士，皆以明镜径九寸已上，悬于背后，则老魅不敢近人。或有来试人者，则当顾视镜中，其是仙人及山中好神者，顾镜中故如人形。若是鸟兽邪魅，则其形貌皆见镜中矣。又老魅若来，其去必却行，行可转镜对之，其后而视之，若是老魅者，必无踵也，其有踵者，则山神也。③

后世传说中的“照妖镜”即是基于明镜照妖现形作用的启

① 李丰楙：《神化与变异：一个“常与非常”的文化思维》，北京：中华书局，2010年，第231页。

② 王明：《抱朴子内篇校释》，北京：中华书局，1985年，第284页。

③ 同上，第300页。

发，如《洞冥记》卷一钓影山有金镜能“照见鬼魅，不获隐形”；《拾遗记》卷三中有火齐镜“暗中视物如昼，向镜语，则镜中影应声而答”；《搜神后记》中淮南陈氏忽见二女子“其壁先挂一铜镜，镜中见二鹿，遂以刀斫获之，以为脯”；[①]《搜神后记》卷九《林虑山亭犬》中郅伯夷“以镜照之，乃是群犬”；《异苑》卷六中许寂之家中鬼，将灵车、长刀、大镜均纳于器中；《殷芸小说》中对咸阳宫殿的描写加入了许多仙道化色彩，其中描绘宫殿中的镜子为：“有方镜，广四尺，高五尺九寸，表里有明，人直来照之，影则倒见，以手掩心而照之，则知病之所在，见肠胃五脏，历然无碍。又女子有邪心，则胆张心动。始皇常以照宫人，胆张心动者则杀之。”[②] 镜子可以疗疾，还可以照见人的内脏，识别人心正邪，这已不仅仅是“照妖”了，又与道教的存思内景法相关。在道教理论中，镜还与存思术相结合，用于分形：“守一兼修明镜，其镜道成则能分形为数十人，衣服面貌，皆如一也。”[③] 用明镜自照存思，还能看到自己所思神仙：

> 或用明镜九寸以上自照，有所存思，七日七夕则见神仙，或男或女，或老或少，一示之后，心中自知千里之外，方来之事也。明镜或用一，或用二，谓之日月镜。或用四，谓之四规镜。四规者，照之时，前后左右各施一也。用四规所见来神甚多。或纵目，或乘龙驾虎，冠服彩色，不与世

① （晋）陶潜撰，汪绍楹校注：《搜神后记》，北京：中华书局，1981年，第58页。

② （南朝梁）殷芸编纂，周楞伽辑注：《殷芸小说》，上海：上海古籍出版社，1984年，第7页。

③ 王明：《抱朴子内篇校释》，北京：中华书局，1985年，第326页。

同，皆有经图。[1]

上清派以存思明镜为重要的修道之法。道教赋予镜子灵威之力，并以神秘的方式深论明镜之理，影响了民间的宝镜传说。

剑在巫术信仰中便是灵威之物，常用作陪葬，在巫术信仰下宝剑的冶炼以及装饰赋予了宝剑辟邪等功能。先秦两汉时期即已形成了宝剑传说，道教对古来的宝剑传说进行了宗教化改造，使剑成为重要法器。道教的宝剑理论主要探讨的是宝剑的冶炼以及法术功能，经葛洪、陶弘景，至唐代司马承祯而集大成。葛洪《抱朴子内篇·道意篇》曰："防身却害，当修守形之防禁，配天文之符剑。"[2] 并在《抱朴子内篇·登涉》中谈及宝剑的铸造与作用：

> 以五月丙午日日中，捣五石，下其铜。五石者，雄黄、丹砂、雌黄、矾石、曾青也。皆粉之，以金华池浴之，内六一神炉中鼓下之，以桂木烧为之，铜成以刚炭炼之，令童男童女进火，取牡铜以为雄剑，取牝铜以为雌剑，各长五寸五分，取土之数，以厌水精也。带之以水行，则蛟龙巨鱼水神不敢近人也。欲知铜之牝牡，当令童男童女俱以水灌铜，灌铜当以在火中向赤时也，则铜自分为两段，有凸起者牡铜也，有凹陷者牝铜也，各刻名识之。欲入水，以雄者带左，以雌者带右。但乘船不身涉水者，其阳日带雄，阴日带雌。又天文大字，有北帝书，写帛而带之，亦辟风波蛟龙水

① 王明：《抱朴子内篇校释》，北京：中华书局，1985 年，第 273 页。
② 同上，第 177 页。

虫也。[①]

道教铸剑的要求与禁忌颇多，对铸剑的材料、地点、日期、时间、剑的尺寸、花饰、用途等都有明确的规定。道教尸解中也有“剑尸解”之法，操作复杂。道教关于宝剑的冶炼理论与自古以来的冶炼巫术相配，宝剑的装饰及使用则又与阴阳五行等理论相联系。陶弘景有《古今刀剑录》一书记载历代刀、剑名器，所记之剑为历代帝王宝剑，其中虽然也包含对宝剑降妖禳祓作用的表现，但重要的是他赋予宝剑以镇守国家山河的帝王权威，从而让传说中剑气化龙飞腾入天的故事有了一层政治层面上的象征意义。至唐代的司马承祯，道教宝剑思想基本走向成熟。宝剑制作乃合阴阳、法天地，可以“捣神代形”“收鬼摧邪”，“佩之于身，则有内外之卫；施之于物，则随人鬼之用”。[②]

志怪小说表现宝剑的内容，一个是宝剑的制作，如昆吾冶剑、干将莫邪铸剑等故事；一个是宝剑防身却害，此类故事是对道教宝剑理论的演绎。如《异苑》中宝剑役使鬼神：

> 刘曜隐居管涔之山，夜中忽有一童子入，跪曰：“管涔王使小臣奉谒赵皇帝，献剑一口。”置前再拜而去。以烛视之，剑长二尺，光泽非常，赤玉为饰，背有铭云：神剑服，御除众毒。[③]

故事中的剑为帝王的象征，而且具有“除众毒”的法术作

---

① 王明：《抱朴子内篇校释》，北京：中华书局，1985 年，第 307—308 页。

② 《景震剑序》，《道藏》第 6 册，北京：文物出版社，上海：上海书店，天津：天津古籍出版社，1988 年，第 685 页。

③ （南朝宋）刘敬叔、（北齐）阳松玠撰，范宁、程毅中、程有庆辑校：《异苑　谈薮》，北京：中华书局，1996 年，第 28 页。

用。《搜神记》中又有贺瑀的故事：

> 会稽贺瑀，字彦琚，曾得疾，不知人，惟心下温，死三日，复苏。云：吏人将上天，见官府。入曲房，房中有层架。其上层有印，中层有剑，使瑀惟意所取。而短不及上层，取剑以出。门吏问之何得，云："得剑。"曰："恨不得印，可策百神。剑，惟得使社公耳。"愈疾，果有鬼来，称社公。①

图印与法剑都是道教中重要的法术道具，贺瑀得到剑之后，获得了役使社公的权力。与剑相似的还有刀，如《列异传》载：

> 有神王方平降陈节方家，以刀二口，一长五尺，一长五尺三寸，名"泰山环"，语节方曰："此刀不能为余益，然独卧，可使无鬼，入军不伤。勿以入厕溷。且不宜久服。三年后，求者急与。"果有戴卓以钱百万请刀。②

刀剑是日常生活中的实用物品，早期具有一定的巫术功能。道教理论博采巫术谶纬以及民间杂说等内容，将刀剑宗教化为超自然的法器，其因此在鬼怪故事中也具有了神威之力与神异色彩。

符箓也是一种道教常用的法术，符是指书写于黄色纸、帛上的似字非字、似图非图的符号或图形；箓是记录于诸符间的天神名讳秘文。道教认为符箓能传达天神的旨意，具有治病消灾、召

① （晋）干宝撰，汪绍楹校注：《搜神记》，北京：中华书局，1979年，第182—183页。

② （魏）曹丕等撰，郑学弢校注：《列异传等五种》，北京：文化艺术出版社，1988年，第21页。

神劾鬼、镇魔降妖等作用。使用符箓可达到“天人合一”的境界，因此威力巨大。符图在道教中应用非常广泛，入山、采药、修炼、降妖、劾鬼等均需使用符图。高国藩通过对敦煌道符的研究，将其划分为十四类：吞符、护身符、吞带并用的符、洗眼符、箭符、符印、宅符、门符、床脚符、树符、墓穴符、挂符、乘云符、隐形符。[①] 葛洪《抱朴子内篇·遐览》中载有许多符图，如自来符、金光符、太玄符、黄帝符、延命神符等。道教重要的符图当为《三皇内文》《五岳真形图》，此二者只有上士方能持之：

> 上士入山，持《三皇内文》及《五岳真形图》，所在召山神，及按鬼录，召州社及山卿宅慰问之，则木石之怪，山川之精，不敢来试人。其次即立七十二精镇符，以制百邪之章，及朱官印包元十二印，封所住之四方，亦百邪不敢近之也。其次执八威之节，佩老子玉策，则山神可使，岂敢为害乎？[②]

《三皇内文》《五岳真形图》具有非凡的功效，藏于名山石室，传授需要仪式：

> 家有《三皇文》，辟邪恶鬼，温疫气，横殃飞祸。若有困病垂死，其信道心至者，以此书与持之，必不死也。其乳妇难艰绝气者持之，儿即生矣。道士欲求长生，持此书入山，辟虎狼山精，五毒百邪，皆不敢近人。可以涉江海，却

① 高国藩：《中国民俗探微——敦煌古俗与民俗流变》，南京：河海大学出版社，1989 年，第 68—85 页。

② 王明：《抱朴子内篇校释》，北京：中华书局，1985 年，第 300—301 页。

> 蛟龙，止风波。得其法，可以变化起工。不问地择日，家无殃咎。若欲立新宅及冢墓，即写《地皇文》数十通，以布着地，明日视之，有黄色所着者，便于其上起工，家必富昌。又因他人葬时，写《人皇文》，并书己姓名着纸里，窃内人冢中，勿令人知之。令人无飞祸盗贼也。有谋议己者，必反自中伤。又此文先洁斋百日，乃可以召天神司命，乃太岁日游五岳四渎，社庙之神，皆见形如人，可问以吉凶安危，及病者之祸祟所由也。又有十八字以着衣中，远涉江海，终无风波之虑也。①
>
> 又家有《五岳真形图》，能辟兵凶逆，人欲害之者，皆还反受其殃。道士时有得之者，若不能行仁义慈心，而不精不正，即祸至灭家，不可轻也。②

其他符图如采药所用符图，《抱朴子内篇·仙药》中记载，石象芝大者十余斤，小者三四斤，“非久斋至精，及佩老子入山灵宝五符，亦不能得见此辈也。凡见诸芝，且先以开山却害符置其上，则不得复隐蔽化去矣”。③ 又如入山采菌芝时，也提及需带灵宝符。道教法术的修炼也需用符，如不寒之道需六丙六丁符，不热之道需六壬六癸符。辟五兵之道也要用符，包括赤灵符、三囊符、西王母兵信符、荧惑朱雀符、南极铄金符、却刃符、祝融符、六阴神将符等。④ 涉江渡海辟蛟龙之道则需东海小童符、制水符、蓬莱札、六甲三金符加之五木禁咒语。辟山川庙

① 王明：《抱朴子内篇校释》，北京：中华书局，1985 年，第 336—337 页。
② 同上，第 337 页。
③ 同上，第 197—198 页。
④ 见《抱朴子内篇·杂应》。

堂百鬼之法，需天水符、上皇竹使符、老子左契。入山林辟虎狼可佩黄神越章印，又使用玉神符、八威五胜符、李耳太平符、中黄华盖印文，西岳公禁符等。① 由此可见符图种类及运用范围之广。关于符图的使用方法，《抱朴子内篇》中有“老君黄庭中胎四十九真秘符”：

入山林，以甲寅日丹书白素，夜置案中，向北斗祭之，以酒脯各少许，自说姓名，再拜受取，内衣领中，辟山川百鬼万精虎狼虫毒也。②

《抱朴子内篇》中如此详细记载的符图还有“老君入山符”“入山辟虎狼符”“入山佩戴符”等。仙传小说中也不乏对符箓的反映，《神仙传》中介象能读符文，王远曾赐符于陈慰：

临去，以一符并一传，著小箱中以与陈尉，告言：“此不能令君度世，止能令君竟本寿，寿自出百岁也。可以消灾治病，病者命未终及无罪犯者，以符到其家便愈矣。若有邪鬼血食作祸者，带此传以敕社吏，当收送其鬼，君心中亦当知其轻重，临时以意治之。”陈尉以此符治病，有效，事之者数百家，陈尉寿一百一十一岁而死。死后，其子孙行其符，不复效矣。③

壶公传授费长房的符箓，均可役使鬼神，治病消灾。《神仙传》中刘根召唤张府君父母的鬼魂时，即“作符长啸”。壶公、

① 见《抱朴子内篇·登涉》。
② 王明：《抱朴子内篇校释》，北京：中华书局，1985 年，第 308 页。
③（晋）葛洪撰，胡守为校释：《神仙传校释》，北京：中华书局，2010 年，第 95 页。

尹轨等人均可作符印以治鬼神。《洞仙传》中蔡琼从老子处学得“太玄阳生符”，可起死回生。任敦用符可以“役鬼召神，隐身分形，玄居山舍，虎狼不敢犯”。在志怪小说中，符箓同样是道人常用的制妖降鬼的道具，如《列异传》中鲁少千用符劾治致楚王少女病的蛇怪，《搜神记》中吴猛“遇至人丁义，授以神方。又得秘法神符，道术大行”可用书符止狂风。《搜神记》卷一《刘根》中刘根书符令鬼魂现身，卷二《寿光侯》中刘凭以青符掷鬼。《异苑》卷六徐道饶驱鬼“就道士请符，悬着窗中”；卷八中赵晃用符劾蛇妖。《搜神后记》卷二中幸灵焚符以绝高悝家中鬼怪。总之，符图是道教理论中的重要法器：“符者，阴阳契合也。唯天下至诚者能用之，诚苟不至，自然不灵矣。故曰：‘以我之精合天地万物之精，以我之神合天地万物之神。’精精相附，神神相依，所以假尺寸之纸，号召鬼神，鬼神不得不对。”①

最初的咒语是巫师向神祷告时的祝词，因此咒、祝是相通的。道教继承了原始巫术，视咒语为天神的神秘语言。咒语可以感应或禁令鬼神万物，用咒语向神祈祷，可以招来神仙，祛除灾祸，诅咒鬼魔。在实践中咒语多与符图配合使用，形成了道教法术中的符咒术。东汉道教初创之时，张角即以符水咒说等方式来吸引信众。

道教禁咒可行诸多法术，如涉江渡海辟蛟龙之道，其中有一种方法，即用六甲三金符、五木禁，五木禁即为一种道教禁咒法术。又如山林中辟虎狼之道有一法：

---

① 《道法元会》，《道藏》28 册，北京：文物出版社，上海：上海书店，天津：天津古籍出版社，1988 年，第 674 页。

山中卒逢虎，便作三五禁，虎亦即却去。三五禁法，当须口传，笔不能委曲矣。一法，直思吾身为朱鸟，令长三丈，而立来虎头上，因即闭气，虎即去。若暮宿山中者，密取头上钗，闭气以刺白虎上，则亦无所畏。又法，以左手持刀闭气，画地作方，祝曰：恒山之阴，太山之阳，盗贼不起，虎狼不行，城郭不完，闭以金关，因以刀横旬日中白虎上，亦无所畏也。或用大禁，吞三百六十气，左取右以叱虎，虎亦不敢起。以此法入山，亦不畏虎。①

《抱朴子内篇·杂应》中有辟五兵之道，可以通过念咒实现：

刀名大房，虚星主之；弓名曲张，氐星主之；矢名彷徨，荧惑星主之；剑名失伤，角星主之；弩名远望，张星主之；戟名大将，参星主之也。临战时，常细祝之。②

葛洪《抱朴子内篇·登涉》中记载有六甲秘咒等。当然，多数情况下，咒语需与符箓、行气、存思等方法结合使用。在小说中咒语也是神仙常用的法术，如《神仙传》中南极子运用咒语可祛病，可化物造形：

南极子，姓柳名融。能合粉成鸡子，吐之数十枚，煮之而啖，出鸡子中黄，皆余有少许粉，如指端者。取粉涂杯，咒之即成龟，煮之可食，腹藏皆具，而粉杯成龟壳者，取肉则壳还成粉杯矣。又取水咒之，即成美酒，饮之醉人。又能

① 王明：《抱朴子内篇校释》，北京：中华书局，1985 年，第 313 页。
② 同上，第 270 页。

举手即成大树，人或折其细枝以刺屋间，连日犹在，以渐萎黄，与真木无异也。服云霜丹而得仙去矣。①

又如《搜神后记》卷二有《胡道人咒术》：

石虎邺中有一胡道人，知咒术。乘驴作估客，于外国深山中行。下有绝涧，窅然无底。忽有恶鬼，偷牵此道人驴，下入绝涧。道人寻迹咒誓，呼诸鬼王。须臾，即驴物如故。②

此外，《神仙传》中焦先用神咒祛除大火及严寒的伤害，《洞仙传》中郭文举使用咒语驱兽。志怪小说中咒语也是治妖除怪的重要手段，如《列异传》中的傅氏女：

北地傅尚书小女，尝拆荻作鼠以狡狯。放地，荻鼠忽能行，径入户限土中。又拆荻更作，咒曰："汝若为家怪者，当更行；不者不动。"放地，便复行如前。即掘限内觅，入地数尺，了无所见。后诸女相继丧亡。③

因为主人公并非习道之人，故咒语并没有发挥作用，但从中也能看到道教符咒术的影响。

---

① （晋）葛洪撰，胡守为校释：《神仙传校释》，北京：中华书局，2010年，第162页。

② （晋）陶潜撰，汪绍楹校注：《搜神后记》，北京：中华书局，1981年，第12页。

③ （魏）曹丕等撰，郑学弢校注：《列异传等五种》，北京：文化艺术出版社，1988年，第27页。

四　道教法术及其在志怪小说中的表现

唐前志怪小说中对道教神仙法术进行了大量的描写刻画，除上述法器所涉之外，还有诸如隐形分身术、水火之术、种瓜果术、易容变形术、禁咒术、缩地术、飞行术、符咒术、吞刀吐剑术、坐致行厨术、御鬼驱神术等，其中着墨较多的是隐身分形之术。

隐身术是道教的重要法术。需要指出的是，“隐身术”的说法只是为了分类与理解的方便，实际上更准确的说法应该是隐遁变化之术。其范围非常宽泛，包括自身的隐形，如仙传小说中所说的“坐在立亡”，也包括隐遁他物。隐身术的操作手法有多种，需用药、用符。如：

> 服大隐符十日，欲隐则左转，欲见则右回也。或以玉粭丸涂人身中；或以蛇足散，或怀离母之草，或折青龙之草，以伏六丁之下；或入竹田之中，而执天枢之壤；或造河龙石室，而隐云盖之阴；或伏清泠之渊，以过幽阙之径；或乘天一马以游紫房……①

用符、用药可得隐形，此外，进入山林所需的遁甲术也可达到隐身的效果：

> 往山林中，当以左手取青龙上草，折半置逢星下，历明堂入太阴中，禹步而行，三祝曰，诺皋，太阴将军，独开曾

---

① 王明：《抱朴子内篇校释》，北京：中华书局，1985 年，第 270 页。

孙王甲，勿开外人；使人见甲者，以为束薪；不见甲者，以为非人。则折所持之草置地上，左手取土以传鼻人中，右手持草自蔽，左手著前，禹步而行，到六癸下，闭气而住，人鬼不能见也。凡六甲为青龙，六乙为逢星，六丙为明堂，六丁为阴中也。[1]

另外，《抱朴子内篇》中还记载了魏武帝缚左慈、左慈隐形自解得以逃脱的故事，葛洪分析其隐形自解之术曰：

历览诸方书，有月三服薏苡子，和用三五阴丹，或以偶牙阳胞，或以七月七日东行跳脱虫，或以五月五日石上龙子单衣，或以夏至日霹雳楔，或以天文二十一字符，或以自解去父血，或以玉子余粮，或合山君目，河伯余粮，浮云滓以涂之，皆自解。[2]

道教认为能达到隐遁形体目的的方法有很多，大致只要得成仙正途，法术获得的途径便不拘一格。隐身术在仙传小说中有较多表现，如《列仙传》中《江妃二女》二女赠送环佩后瞬间消失，已具隐身术端倪。《神仙传》卷二中皇初平“坐在立亡”“叱石为羊”均属于隐遁变化之术，卷四中刘政“好为变化隐形”，此外，孙博、班孟、玉子、太阳子、太阳女、太阴女、太玄女、左慈、葛玄、尹轨、介象、李根皆会变化之术。《洞仙传》中上黄先生得隐形之法，任敦能隐身，介琰能变化隐形，杜契能遁形隐迹。这些神仙人物同样也是志怪小说中变化隐形的高手，如《搜神记》中的左慈、葛玄、郭璞、介琰等，皆不脱

① 王明：《抱朴子内篇校释》，北京：中华书局，1985 年，第 302 页。
② 同上，第 271 页。

离道教隐形道术之范围。

分形也可称之为分身术，在葛洪之前少见于典籍记载，葛洪《抱朴子内篇》中载分形术的操作方法为：

> 守玄一，并思其身，分为三人。三人已见，又转益之，可至数十人，皆如己身。隐之显之，皆自有口诀，此所谓分形之道。①
>
> 守一兼修明镜，其镜道成则能分形为数十人，衣服面貌，皆如一也。②

即通过守一存思之法，即可实现分形的目的。葛洪在仙传中也对分身术进行了细致描写。在《神仙传》中分身术也被道士所广泛运用，如卷四刘政“好为变化隐形，又能以一人作百人，百人作千人，千人作万人”；同卷中玉子“分形为数百千人，又能涉行江汉……”；③ 卷七蓟子训“凡二十三处，便有二十三子训各在一处，诸贵人各各喜，自谓子训先诣之”；④ 卷八葛玄“能分形变化”，左慈以分身术躲避追捕等。《洞仙传》中马荣“或一日赴数十处请，而各有一荣”；任敦能“隐身分形”；石坦“能分身同时诣十余家，各家有一坦，所言各异”；⑤ 姚光能分散形影，坐在立亡，火之不焦，刀之不伤；丁令威“学得仙道，分身任意所欲”等。

① 王明：《抱朴子内篇校释》，北京：中华书局，1985 年，第 325 页。

② 同上，第 326 页。

③ （晋）葛洪撰，胡守为校释：《神仙传校释》，北京：中华书局，2010 年，第 140 页。

④ 同上，第 265 页。

⑤ （宋）张君房编，李永晟点校：《云笈七籤》，北京：中华书局，2003 年，第 2401 页。

除了隐身变形之外，神仙、道士还掌握着其他法术。如水火之术，即入水不濡、行坐水上如履平地，入火不烧，吐火灭火等技能。神仙能掌控水火的思想在《庄子》中即已有之，《列仙传》也进行了描述，如琴高、务光能入水不濡，赤松子能“入火自烧”，啸父、师门也会“作火法”。《神仙传》中孙博、刘政、太玄女、八公、刘纲夫妇等皆通晓水火之术，如太玄女能吹灭涨天野火，行于火中，衣服不燃等。《洞仙传》中董幼“行于水上，如行平地”；姚光有火术，入火中而安然无恙。此外，志怪小说《搜神记》卷二中天竺胡人能断舌吐火，《幽明录》中“一俗巫能端坐火中而不伤”。又如种瓜果术，《神仙传》中刘政“能种五果之木，便华实可食”；介象“种瓜菜百果皆立生”；徐光“从人乞瓜，其主勿与。便从索瓣，杖地而种之。俄而瓜生蔓延，生花成实，乃取食之，因赐观者。鬻者反视所出卖，皆亡耗矣”。① 又如飞行术，飞行是神仙的一项基本能力，《抱朴子内篇》中曾对乘蹻飞行术有所论述：

若能乘蹻者，可以周流天下，不拘山河。凡乘蹻道有三法：一曰龙蹻，二曰虎蹻，三曰鹿卢蹻。或服符精思，若欲行千里，则以一时思之。若昼夜十二时思之，则可以一日一夕行万二千里，亦不能过此，过此当更思之，如前法。或用枣心木为飞车，以牛革结环剑以引其机，或存念作五蛇六龙三牛交罡而乘之，上升四十里，名为太清……又乘蹻须长斋，绝荤菜，断血食，一年之后，乃可乘此三蹻耳。虽复服

① （晋）干宝撰，汪绍楹校注：《搜神记》，北京：中华书局，1979 年，第 11—12 页。

符，思五龙蹻行最远，其余者不过千里也。其高下去留，皆自有法，勿得任意耳。若不奉其禁，则不可妄乘蹻，有倾坠之祸也。①

又如占卜，道教认为占卜为沟通神意之术，如《太平经》说：

古者圣人问事，初一卜占者，其凶吉是也，守其本也，乃天神下告之也。再卜占者，地神出告之也。三卜占者，人神出告之也，过此而下者，皆欺人不可占。②

善于预知是方士、道士、神仙的奇能。《洞仙传》中精于易占者即有王仲高、范豺、张巨君、郭璞、扈谦等。志怪小说中善于占卜之人也不胜枚举，如《搜神记》中郭璞占伤寒、淳于智卜丧病等。此外，还有其他法术，如禹步，“凡作天下百术，皆宜知禹步”；③ 又如穿壁，《神仙传》卷四《孙博》入“山间石壁，及地上盘石”，卷五《栾巴》能“入壁中去”等。

综上所述，道教经典中丰富多样的法术及道法理论丰富了志怪小说的内容。但小说往往只是借鉴道教法术的奇异性而并不阐释道法理论，神奇的道教法术由此具有了许多神秘奇幻的色彩，为志怪小说的志异猎奇增添了光彩。

---

① 王明：《抱朴子内篇校释》，北京：中华书局，1985 年，第 275 页。
② 王明编：《太平经合校》，北京：中华书局，2014 年，第 80 页。
③ 王明：《抱朴子内篇校释》，北京：中华书局，1985 年，第 303 页。

第六章　道教洞天福地理论与志怪小说仙境故事

第一节　道教仙境理论及发展

“神仙思想本起于人类对自然力的幻想和个人欲望无限制的延长。”① 道教仙境便是承载神仙信仰的存在空间。道教仙境主要是依据古代神话传说并结合人间避世之境以及神人的太虚之境，创造出的以长生不死为特色的神圣空间。上古时期的仙境昆仑、蓬莱等缥缈难觅、难以企及的异域，与人世存在着明显且难以逾越的仙凡界限。随着道教的发展，神仙越来越人性化，仙境也落入人间，至东晋便诞生了存在于名山大川中的“洞天福地”。

一　道教仙境的类型及演变

道教思想“杂而多端”，在其发展过程中构拟了许多不同类

① 王瑶：《中古文学史论》，北京：北京大学出版社，1998 年，第 107 页。

型的仙境，除了海岛仙山、天界仙宫、名山大川之外，还有死后仙境、身内仙境等诸多类型。分类方法不同，则有不同的仙境结构。但相较而言，上述三种仙境大致适应了道教神仙观演变的不同阶段：从长生不死的神人到飞升天界的天仙再到游乐人间的地仙。即仙境是与神仙观的变化同步的，但道教仙境由虚幻走向真实，由天上进入人间的过程并不是线性的、历时的，而是在道教复杂的发展进程中曲折进行的。最终人间仙境成为道教仙境观的主流，并形成了洞天福地的仙境体系，这一演变过程至唐代基本完成。

（一）仙境雏形：海岛仙山

人们出于认识世界、拓展空间的意图与需要，对自身之外的空间进行想象的不自觉意识催生出了原始仙境，是道教仙境的源头。秦汉方仙道继承并发展原始仙境形成了早期仙境，此时的仙境已被塑造为长生不死的神幻世界，是道教仙境的雏形。二者均以海岛仙山为载体，不仅塑造了最初的仙境，也奠定了道教仙境的理论基础。

原始仙境主要见于神话传说及早期道家思想，二者分别代表了原始仙境的两种类型：一种是寄托不死信仰的遥远国度，如《山海经》中的不死国、羽民国等远国异民；另一种则是对理想世界的幻想，以道家思想中的乐土世界为代表。原始仙境也由此奠定了道教仙境观的理论基础：寄寓不死信仰、寄托生活理想。《山海经》中的仙境是四海八荒之中的山岳岛屿，突出了一种质朴宏大的宇宙观。其仙境主要有两个特点：一是空间位置上与人世隔绝；二是环境恐怖神秘。与成熟的道教仙境相比，这种原始朴实的仙境更多反映的是先民对自然的崇拜敬畏以及对生命的渴望。其实，《山海经》中的原始仙境只是对当时地理博物的一种真实描绘，后世因其对山河地理、山川草木等环境描绘的奇幻色彩而将其视为仙境之祖。而且《山海经》中的许多奇幻故事都寄托着原始人们的不死幻想，这成为原始宗教乃至道教神仙思想的核心内容。与《山海经》不同，道家思想中的原始仙境是包含着仙境外壳的“理想之世”，如《老子》中的“小国寡民”、《庄子》中的“至德之世”、《列子》中的“华胥氏之国”等，均描绘了无压迫、无剥削、人人平等自由、和谐相爱的乐土世界。道家思想中的理想世界是对苦难现实的一种观照，源自于人们内心对美好生活的向往与想象，这种美化了的理想世界也一度成为道教经典中的“仙境”，如《太平经》便以“太平境”为仙境：

> 颂声作矣，万物长安矣，百姓无言矣，邪文悉自去矣，天病除矣，地病亡矣，帝王游矣，阴阳悦矣，邪气藏矣，盗贼断绝矣，中国盛兴矣，称上三皇矣，夷狄却矣，万物茂盛矣，天下幸甚矣，皆称万岁矣。①

《太平经》对太平社会的憧憬是下层民众生活理想的表达，与太平道的民间性质紧密相连。这种对太平王国及理想世界的向往具有宗教普遍性，后世成熟宗教理论中的末世论思想也都是以此为基础。“‘末世论’是文明以后一切创生型宗教的母体。这一思想的根本内涵，就是把现实时代认作是邪恶与痛苦的末世，但最终有一个再生或转世的救世主将会摧毁这个末世并建立一个

① 王明编：《太平经合校》，北京：中华书局，2014年，第198页。

太平王国。”[①]

在原始仙境的基础上，自战国中后期至两汉时期，随着方士群体的活跃以及方仙道对长生信仰的宣扬，神仙思想、仙境信仰逐渐风行，早期仙境逐渐形成。该时期的仙境虽然仍以海岛仙山为载体，但较原始仙境已更加具体，它不再是凡人无法到达的绝域，而是变为存在于缥缈绝域、浩瀚海洋中的山岳与岛屿，并且富贵华丽，具有明显的贵族化倾向。典籍记载的海上仙境，如《列子·汤问》中的“五神山”：岱舆、员峤、方壶、瀛洲、蓬莱，《史记·秦始皇本纪》中的“三神山”：“齐人徐市等上书，言海中有三神山，名曰蓬莱、方丈、瀛洲，仙人居之”。[②] 对早期海岛仙山仙境理论进行系统阐释的是《海内十洲记》，其记载描绘了祖洲、瀛洲、玄洲、炎洲、长洲、元洲、流洲、生洲、凤麟洲、聚窟洲、沧海岛、方丈洲、扶桑、蓬丘（蓬莱山）、昆仑等海岛仙山，构建了一套以中国为中心、以十洲三岛为代表的海上仙境体系。整个仙境体系都笼罩在长生不死的色彩中，各岛均有自己独特的方位，岛上秩序井然，是生长仙药、居住神仙的处所。整体上，早期仙境是对原始仙境的继承，只是注入了更鲜明的长生信仰及人文宗教因素。

最初的仙境是海岛仙山，这是对早期社会探索外部世界活动的一种反映。人们迫切需要认识外部世界，但由于生产力低下，空间方位便成为探索外部世界最直接、最有效的标记方式。而且当人类认识尚处于以自我为中心向四周辐射、探索外部未知世界

---

① 赵益，《句曲洞天：公元四世纪上清道教的度灾之府》，《宗教学研究》，2007 年第 3 期，第 60 页。

② （汉）司马迁：《史记》，北京：中华书局，1959 年，第 247 页。

的过程中时，奇特地理空间本身即具有非凡的吸引力，因此在该时期，“海上”与“仙境”具有同等重要的意义，共同构成了仙境的奇幻特点。从原始仙境到早期仙境，虽然仙境始终是海岛仙山，但仙境与人间的距离已有所拉近。方仙道鼓吹神仙思想，宣扬通过寻访仙境获取仙药可长生成仙，这至少说明凡人有靠近甚至进入仙境的可能，也说明仙境不再处于完全隔绝的空间之中。但海上仙境仍难以寻觅、难以到达，如《十洲记》中的蓬莱山“无风而洪波百丈，不可得往来”“唯飞仙有能到其处耳”。其实，这完全是神仙思想发展所需，因为只有仙境可达才能吸引并维持贵族阶层对神仙长生的注意力，而另一方面仙境难达则又充分保证了方士阶层的基本利益以及阶级地位的稳定。海岛仙山是最初的仙境，也是后世道教理论中一类基本的仙境类型。道教兴起之后迅速吸收了海上仙境信仰，对其进行了宗教意义上的改造，并有意识地利用四海绝域来刻画神仙仙境。如五代道士杜光庭的《洞天福地地岳渎名山记》沿袭《十洲记》，建立了一套以昆仑为中心的五岳十山的海上仙境体系，并总结曰：

> 十洲三岛、五岳诸山皆在昆仑之四方、巨海之中，神仙所居，五帝所理，非世人之所到也。①

此时的海岛仙山已一改方仙道中的质朴气息，具有了不可亲近的神圣光环，成为成熟仙境理论中不可或缺的一部分。

（二）天仙居所：天界仙宫

就现存资料来看，原始神话是缺少天堂神话的，但神仙世界

① 《洞天福地岳渎名山记》，《道藏》第11册，北京：文物出版社，上海：上海书店，天津：天津古籍出版社，1988年，第56页。

中却存在天界，道教理论中的天上仙界是神仙信仰发展的产物，也是与原始北辰信仰相联系的。北辰信仰是对北极星的崇拜，也可称之为北斗信仰、太一信仰，汉代尤盛。自古人发现天象变化与季节更换之间的联系，并建立历法以来，人们对星辰，尤其是北斗星便日益崇拜。《史记 · 天官书》中指出北斗七星能“分阴阳，建四时，均五行，移节度，定诸纪”，① 后来北斗又逐渐被人们赋予了主宰人间年命寿夭、富贵爵禄、岁时丰歉等能力，北斗遂成为民间信仰中地位极高的神明。道教借鉴并吸收了民间信仰，以北斗信仰为基对道教仙境进行了进一步的创造与开发，构建起天上仙境的基本雏形。

古人通过观察星象以及星辰升落的现象发现北极星几乎是不动的，因此认为北极星乃天的中心，称北极星为“中宫”，并以北极为神灵居所。如《淮南子 · 天文训》曰：“紫宫者，太一之居也。”② “紫宫”是指“中宫天极星”，“太一”乃北极神之名，即紫宫为天帝的治所。汉代纬书也进一步强调以北极紫宫为代表的天界乃神人的居所。早期道教吸收了北斗信仰并加以宗教化加工，如《太平经》强调：

> 吾统乃系于地，命属昆仑。今天师命乃在天，北极紫宫。今地当虚空，谨受天之施，为弟子当顺承，象地虚心，敬受天师之教。③

《太平经》指出天师命系北极紫宫，而奉道之民命在昆仑，

① （汉）司马迁：《史记》，北京：中华书局，1959 年，第 1291 页。
② 何宁：《淮南子集释》，北京：中华书局，1998 年，第 200 页。
③ 王明编：《太平经合校》，北京：中华书局，2014 年，第 85 页。

道民顺承天师之教，行善积德，便可由昆仑升于紫宫。此外，《太平经》还指出“上神人舍于北极紫宫中也，与天上帝同象也。”① 即上神居住于天界北极紫宫，道民由昆仑升于紫宫即是由地升天，其实已是人可修炼成仙理论的雏形。由此可见，道教以北极为“天”的原始形态，以北斗为中心构建天上仙界是对北辰信仰的继承。另一方面，“天”的仙界性质的凸显又与“地”的认识相关，人们是在天与地的分离与对立中逐渐确立“天”的无上地位的。天与地的分离又与鬼神观的发展有一定的联系。早期鬼神并称，天地混沌，随着人们对精灵、鬼魂、神仙认识的加深，“鬼”与“神”二者分离，神逐渐上升成为崇高的代名词，鬼则下降成为邪恶的制造者。鬼与冢墓的天然联系，使之占领了地府空间，神则只能在人间与地府之外，重新开发新的神圣领域。在神鬼、善恶、天地的二元对立思维加工下，“天”成了神的世界，以天界仙宫为主体的天上仙境也随之产生。“天”成为天仙的居所，游历天界的逍遥便成为神仙身份的一种象征，只是受北辰信仰的影响，天界仙境常以“北极”“紫极”等名称出现，但此时的“北极”并不是专指，而是对天界的泛指。如葛洪在《抱朴子内篇》以及《神仙传》中常以“仰凌紫极，俯栖昆仑”“蹈青霄而游紫极”等字眼来描绘神仙生活。除了“紫极”,“辰极”“紫庭”“紫霄”等名词也是天界仙境的代称。到了六朝道教尤其是上清派手中，天界仙境才从北辰信仰的藩篱中脱离，以三清仙境以及天界宫府替代了朴素的紫极神话。

六朝道教构建的天界仙境，以仙宫殿宇为主体，是一个等级

① 王明编：《太平经合校》，北京：中华书局，2014 年，第 230 页。

森然、井然有序的天仙世界。但这个天上仙境的重点并不在于对仙境环境的渲染铺陈，而在于对天界说的理论构建与义理开发。道教诸道派对“天”的阐释，形成了复杂的诸天仙境理论。总结而言，道教天界说主要有三天说、九天说两种。此外，在佛教思想影响下，又有三十二天、三十三天、三十六天等诸天理论，其中又以三十六天说影响最大。早在《离骚》中已有“指九天以为正兮”之语，《天问》中也有“圜则九重，孰营度之”[①] 之问，可见“九天”在战国时期即已存在。此外，《史记·封禅书》曰：“九天巫，祠九天。”[②] 东汉张道陵《太上灵宝五符序》又有九天真王、三天真皇的说法，这不仅表明“三天”“九天”之说已见于汉末，也印证了神仙居天的基本神仙观。所谓“三天”即玉清、上清、太清之三清天，[③] “三清”是道教三位最高神：道德天尊、元始天尊、灵宝天尊，“三清天”则是指三清尊神所居之最高天界。“三天说”是道教构建诸天仙境最重要的理论依据。道教依据“一气化三清”理论，逐渐形成了玄、元、始三气化生三清仙宫和三洞尊神的神学思想。如《道教义枢》

① （宋）洪兴祖撰，白化文等点校：《楚辞补注》，北京：中华书局，1983 年，第 86 页。

② （汉）司马迁：《史记》，北京：中华书局，1959 年，第 1379 页。

③ “三天”与“三清”有一个逐渐融合的过程，三天说的兴起与士族阶层清整道教的意图相关，其以“三天正法”推陈出新，以革除“六天故气”，从教理教义、教仪斋法等各个方面对道教进行改革。三天说流行于六朝，出现在当时各个道派理论中，有整合诸派的作用，尤其与上清派之“三清”联系密切。上清派经典《太上三天正法经》指出“三天”为清微天、禹余天、大赤天。“三清天”则渊源于老子道论以及汉代元气说，经两晋南北朝时期的发展至唐代始形成。唐孟安排《道教义枢》对三清与三天进行了系统阐释，将二者结合，指出三天即大罗天所化之三清境。大罗天生玄、元、始三气，始气所成为清微天玉清境，元气所成为禹余天上清境，玄气所成为大赤天太清境。

卷二云："但知洞真法天宝君住玉清境，洞玄法灵宝君住上清境，洞神法神宝君住太清境。"①《道教义枢》还指出三清天之外有大罗天，如其引《太真科》曰："三天最上号曰大罗，是道境极地。妙气本一，唯此大罗生玄、元、始三气，化为三清天也。"② 即大罗生三气，三气化三天，此"大罗"不过是"道"的代名词。③ 三天说之外，受佛教三界、二十八天、三十二天等说法的影响，道教又有三十二天、三十三天以及三十六天说。④ 三十二天说见于《度人经》，即东南西北四方各有八天，合为三十二天。三十二天之上有第三十三天三清天。《度人经》构建了诸天世界，但对三十二天说并没有进一步说明，后人在对其注疏中进一步发展了诸天理论，形成了三十六天说，至宋代《云笈七籤》三十六天说才逐渐定型。⑤ 受佛教思想影响形成的三十六天说为学道成仙提供了教义依据，逐渐成为道教天界说的主流。"九天"⑥ 说则以"九天"或"九玄三十六天"为天宫中心，但

① 《道教义枢》，《道藏》第24册，北京：文物出版社，上海：上海书店，天津：天津古籍出版社，1988年，第812页。

② 同上，第829页。

③ 大罗天乃天外之天，是天之最高位，其与三清天的关系较为复杂，道教经典有的认为大罗即三清，如《道教义枢》认为大罗生三气，三气化三清；有的认为大罗在三清之上，如《元始经》认为大罗包罗诸天，即大罗包含三天。《元始无量度人上品妙经四注》三十六天说中也认为称三清天之上有大罗天，但其又以大罗天为元始天尊所居似又将大罗天与三清天视为一体。这自相矛盾的本身也说明了大罗天与三清天关系之复杂。

④ 详参卿希泰主编：《中国道教史》第一卷，成都：四川人民出版社，1996年，526页。

⑤ 三十六天即地上之天共三十六层，每一层皆有神仙统辖，由低到高可分为三界二十八天、四梵天、圣境四天。三界二十八天则分为欲界六天，色界十八天，无色界四天。四梵天即四种人天，三清境与大罗天合称为圣境四天，大罗天为最高一层。

⑥ 道教理论中，九天是天的最高层，一为中天，二为羡天，三为从天，四为更天，五为睟天，六为廓天，七为咸天，八为沈天，九为成天。

由于诸天说相互影响，今《道藏》所见“九天”说大多夹杂着“三天”色彩。如《九天生神章经》认为，三气化生九气，九气化生九天仙境。沿此方向还形成了另外一个独具道教特色的三十六天之说，即以三天说为理论根基，以九天说为理论主干的九玄三十六天的仙境体系。从《太真科》的阐释来看，九玄三十六天是由大罗“妙一”之气化生为玄、元、始三气后层层推衍化生而来。[①] 这遵循了道教气化万物的哲学思想，但九玄三十六天构造简单，终不及吸收佛教思想而形成的“三十六天”有影响力。

道教诸天仙境义理水平较高，带有浓厚的彼岸色彩，是道教发展到一定程度才能达到的理论高度，其错综复杂的诸天理论也对非道教人士造成了一定的理解困难，这也成为道教受人诟病的一点。甄鸾在指斥道教时便曾指出：

> 但说天有五重，或三千六千，或八十一天，或六十大梵，或三十六天，或三十三天，或五亿五万余天，或九真天王，九气天君，四方气君，三元、三天，九宫天曹，玉清、太有，玄都、紫微，三皇、太极，诸如此类，理所有缘。岂有虚张，自取矫异，请说此天，为重为横？为虚为实？服何丹草，而获此天？脱所未详，则徒为虚指，更来可笑。[②]

道教天界仙境理论复杂，因为它是道教世族化发展的产物，其深奥驳杂的天界说出自于有较高宗教素养的世族精英之手。因

① 《道教义枢》，《道藏》第24册，北京：文物出版社，上海：上海书店，天津：天津古籍出版社，1988年，第829页。

② 《笑道论》，（清）严可均辑：《全上古三代秦汉三国六朝文·全后周文》，北京：商务印书馆，1999年，第301页。

此神仙道教仰慕天仙，致力于构建天界，发掘诸天仙境的精深义理。此外，神仙道教有一种理论与实践相分离的倾向，即天仙与天上仙境只是理论上的精习与研究，天界仙境既然是一种理论操作，便只能向着精细高深的方向发展。而神仙道教的实践操作则是修炼地仙，地仙游于人间，人间仙境应运而生。

（三）人间仙境：名山大川

葛洪在《抱朴子内篇·金丹》中引《太清观天经》曰："上士得道，升为天官；中士得道，栖集昆仑；下士得道，长生世间。"① 已指出不同层次的修道成仙者当进入不同的空间位置。因此可以说，道教仙境观的演变其实是与神仙观的变化相伴随的。最早的神仙是道家经典中的真人、至人、神人，此时的仙境便是"华胥氏之国""藐姑射之山"等以早期理想社会为范本绘制的仙境。方仙道中的神仙是存在于绝域中长生不老的神人，于是早期道教中的仙境变为了虚无缥缈、难以企及又令人心驰神往的海岛仙山。这些山岳岛屿富贵奢华，有明显的宫廷化、贵族化的倾向，反映了真实世界中的某种现实，却又远远超越世俗人间。至魏晋时期，随着神仙信仰的成熟，天仙逐渐成为道教尊神，加之北辰信仰的影响，"天"逐渐成为神灵居所，天界仙宫也随之诞生。但在同时，随着道教地仙观兴起，人们逐渐将视野投向了在世成仙，仙境也随之进入人间。人间仙境是"天人同构"思想的体现，比海上仙境和天界仙宫更具有世俗价值，至洞天福地仙境体系的形成，仙境从"天上"到"人间"的世俗化过程也正式完成。

---

① 王明校释：《抱朴子内篇校释》，北京：中华书局，1985 年，第 76 页。

人间名山仙境的形成与地仙观念的发展相辅相成。葛洪提出“神仙可学而致”的理论，强调个人的修为决定成仙的级别，并将神仙分为三等：天仙、地仙、尸解仙。其中地仙是指居住人间的神仙，因其兼顾长生不死与人世享乐而尤受推崇。在《神仙传》中彭祖曾比较天仙及地仙之差异，认为天仙“虽有不亡之寿，皆去人情，离荣乐”，相较而言，地仙则更符合人道：

> 人道当食甘旨，服轻丽，通阴阳，处官秩耳。目聪明，骨节坚强，颜色和泽，老而不衰，延年久视，长在世间，寒温风湿不能伤，鬼神众精莫敢犯，五兵百虫不能近，忧喜毁誉不为累，乃可贵耳。①

既不受仙界规矩的限制，又能尽享世俗之乐，这种自由逍遥是天仙无法达到的。葛洪在《神仙传》中塑造了大量的地仙形象，《神仙传》现存传主 84 位，有 63 位为地仙或具有鲜明的地仙特征，其他 21 位也或多或少具有地仙的品格。② 地仙长生得道却居住人间，游于山岳洞府，因此地仙观的流行助长了道教对名山仙境的开发。此外，葛洪还指出名山大川是修仙的最佳场所，强调“合作神药，必入名山”，《抱朴子内篇》中详细论述了应如何选择炼制金丹的场所，并记载了合药名山二十八座、海中福岛六所。其实，道教对名山大川的开发是对知识分子隐逸传统的发展，尤其是陶渊明之后，隐逸成为传统士人人生出处的一种选择，道教正是继承并保留了这种隐居山林的传统，并以隐士

① （晋）葛洪撰，胡守为校释：《神仙传校释》，北京：中华书局，2010 年，第 16 页。

② 黄景春：《秦汉魏晋神仙思想的继承与嬗变——兼谈小南一郎“新神仙思想”说存在的问题》，《武汉大学学报（人文科学版）》，2010 年第 3 期，第 290 页。

来附会神仙形象。“隐士被逐渐神仙化的过程，实质上也正是神仙道教形成的过程，葛洪在此问题上作了系统的发挥。他认为要想成仙，必须选择僻静幽深的地方去修炼，以避免俗人的干扰……换句话说，隐士不必全是为了成仙，但成仙必须经过隐士这个阶段。”① 可以说，神仙是隐士的宗教化，隐士是神仙的现实化，而这也进一步强化了名山大川在悟道修仙过程中的重要性，并最终在道教理论中被系统化为洞天福地仙境体系。洞天福地是神仙居住的人间仙境，主要有十大洞天、三十六小洞天和七十二福地，全部存在于名山秀谷之中。洞天福地是对名山仙境的总结，在东晋时期便已具雏形，② 至唐司马承祯《天地宫府图》以及杜光庭的《洞天福地岳渎名山记》才形成完整的体系。③ 除了洞天福地，人间仙境还包括其他诸多类型，杜光庭在《洞天福地岳渎名山记》中对仙境格局进行了整体论述，主要包括：岳渎众山、中国五岳、十大洞天、五镇海渎、三十六靖庐、三十六洞天、七十二福地、灵化二十四等。如此，道教的地上仙境不仅现实化为可视可感的名山大川，而且几乎将中国的名山全部囊括其中。

---

① 徐仪明、冷天吉：《人仙之间——〈抱朴子〉与中国文化》，开封：河南大学出版社，1998 年，第 48 页。

② 关于洞天福地的形成时间学术界尚无定论，除了部分学者认为洞天福地观念形成于东晋之前外，也有学者认为其似应形成于隋唐时期。如詹石窗指出其似乎形成于隋唐（《道家文化十五讲》，北京大学出版社，2003 年，第 265 页）。其实，洞天福地观念的形成经历了一个漫长的过程，甚至在杜光庭之后还继续发展，因此，历史文献中明确出现“洞天福地”的时间较晚，但洞天福地观念的出现则较早。

③ 《洞天福地岳渎名山记》中七十二福地与《天地宫府图》出入较大，盖道教关于洞天福地仙境的说法不止一种，《洞天福地岳渎名山记》可能不完全依据《天地宫府图》，或另有所本。详参卿希泰主编：《中国道教史》第 2 卷，成都：四川人民出版社，1996 年，第 455—456 页。

其实，仙境进入人间是道教发展的需要与必然，因为一个成熟的宗教必须具备三个条件：教义、教仪、教团，即宗教的思想观念及感情体验，宗教的崇拜行为及礼仪规范以及宗教的教职制度及社会组织。道教在葛洪改革之后才逐渐与民间道教分离，获得了独有的宗教思想观念及感情体验，并在其后寇谦之、陆修静、陶弘景等人的努力下，在宗教的崇拜行为、礼仪规范方面越来越成体系。在这种形势下，名山大川、洞天福地等人间仙境理论为建立完善的宗教教职制度及社会组织提供了可能。“名山即仙境”，这些人间仙境成为历代道教活动的圣地，直接推动了道教的发展。各大道观依山傍水，在中国的名山胜景之中争奇斗艳，形成了从古代延续至今的独特人文景观。

二 道教仙境洞天与福地

“道教形成以后，随着道士入山隐居、合药、修炼和求企成仙，群山壮丽的景色，奇峭的峰峦，幽奥的洞壑，从洞中涌出的溪流和山中变化的万千气象，都足以引起共鸣并激发他们的幻想，加之原有的种种传说，从而逐渐形成大地名山之间有洞天福地的观念。”① 洞天福地是能沟通天地仙凡两界的灵秀之地。所谓“洞天”即山中洞室，能通达上天，贯通诸山，道教认为在深山洞窟中修道可成神通天。“福地”是指福祥，在此修道可度仙，修成地仙。洞天福地是秦汉以来仙境理论现实化、世俗化发展的结果，该理论在东晋时期即已形成，至唐五代时期达到成

① 卿希泰主编：《中国道教》第四卷，上海：东方出版中心，1994 年，第 136 页。

熟。今虽以洞天福地并称，实际上洞天与福地是两个系统的结合。

洞天观念在道教经籍中最早见于《太上洞玄灵宝五符序经》①：

> 吴王阖闾十有二年孟春正月，命楫江湖耀旗蛟龙观兵于敌国，解带乎包山。包山隐居为使者，号曰龙威丈人。令极洞室之所深，履洪穴之源。包山隐居，得道者也。处于昊山，莫知其名，敖兀不群，高离世荣，时人号日包山隐居。阖闾数亲驾修敬，问以安危。是其时尝共讲此源路之由，故为其暂使乎。隐居于是带烛载火，昼夜行迈一百七十四日而返。既还具说云：不知其所极，隐居当步行可七千余里，忽遇群孔杂穴，千径百路，沙道乱来，俱会一处，形象相似，门户同类。其丛径之口，有金城玉屋，周回五百里，於众道中央，明月朗焕，华照逸光，其中帷帐床机，窗牖密房，错以紫玉，饰以黄金，云厦凌天，莫识其状。于是顾盼无人，瞻望城傍，见题门上曰"天后别宫"，题户上曰"太阴之堂"。②

上述引文中的包山已包含洞天福地的雏形，而且是一个小中有大的独特地理空间，这种小空间包含大空间的结构即是道教所谓"别有洞天"。物质世界相互包含的结构论与传统的"气化

① 刘师培《读道藏记》认为此经出自汉代，近代著名道教学者陈国符赞同此观点，并补充："按《太上灵宝五符序》卷中有弟子葛洪闻之郑君云云。则是亦有后人增益之处。"见陈国符：《道藏源流考》，北京：中华书局，2014年，第50页。

② 《太上灵宝五符序》，《道藏》第6册，北京：文物出版社，上海：上海书店，天津：天津古籍出版社，1988年，第317页。

论”相关，早在《列子》中就已有大小相互包含的思想：

> 故大小相含，无穷极也。含万物者，亦如含天地。含万物也故不穷，含天地也故无极。朕亦焉知天地之表不有大天地者乎？亦吾所不知也。①

道教“别有洞天”的空间结构显然是对传统气化论思想的继承，《神仙传》中壶公所展示的壶中洞天，以及志怪小说中经常出现的洞穴仙境故事都是对洞天思想的具体化演绎。早期上清经典《紫阳真人内传》中解释“洞天”说：

> 天无谓之空，山无谓之洞，人无谓之房也。山腹中空虚，是为洞庭；人头中空虚，是谓洞房。是以真人处天处山处人，入无间，以黍米容蓬莱山，包括六合，天地不能载焉。②

即天、地、人的“无”均可称之为“洞天”，天神、地仙、身神等不同等级的仙真分别居住其中。由此观之，洞天福地理论乃取狭义上的“洞天”之意，专指融入了宗教地理内涵的自然山洞景观。道教洞天有“十大洞天”“三十六小洞天”之说，对于二者的关系学术界存在一定的争议，主要围绕二者产生时间的先后进行。就现有典籍来看，“十大洞天”与“三十六小洞天”的确有先后之分，但并不是单纯的“十大洞天”产生于“三十六洞天”之前或之后的问题。早期道书中已有“三十六洞天”的概念，但只对十个洞天的具体情况作了详细描述，其余洞天未

① 杨伯峻：《列子集释》，北京：中华书局，2013 年，第 156—157 页。

② 《紫阳真人内传》，《道藏》第 5 册，北京：文物出版社，上海：上海书店，天津：天津古籍出版社，1988 年，第 546 页。

确定，此时并未有大小洞天的区分。[①] 如东晋早期上清经典《茅君内传》中有三十六洞天之说，但只有十个洞天的具体名称及位置。《太平御览》卷三十九引《茅君内传》云："仙家凡有三十六洞天，岱宗之洞，周回三千里，名曰三宫空洞之天"。[②]《太平御览》卷六七八又引《茅君内传》说：

> 至于地中洞天有三十六所，王屋、委羽、西城、西玄、青城、赤城、罗浮、句曲、林屋、括苍、昆仑、蓬莱、瀛洲、方丈、沧浪、白山、八停之属也。五岳及诸名山皆有洞室，或三十里、二十里、十里，岳洞方百里也。[③]

此处罗列了十洞天并诸神山与五岳名山。东晋《道迹经》也认为"五岳及名山皆有洞室"，[④] 并列举了十洞天，其所列均与十大洞天一一对应。[⑤] 北周武帝宇文邕敕纂的《无上秘要》中有《山洞品》《洞天品》，其中所论亦只有十洞天。南北朝时期，陶弘景在《真诰》中载：

> 大天之内有地中之洞天三十六所，其第八是句曲山之洞，周回一百五十里，名曰金坛华阳之天。[⑥]

---

① 关于十大洞天、三十六小洞天的争议，详参张广保：《唐以前道教洞天福地思想研究——从生态学视角》，载郭武主编《道教教义与现代社会国际学术研讨会论文集》，上海：上海古籍出版社，2003 年，第 296—297 页。

② （宋）李昉等撰：《太平御览》，北京：中华书局，1960 年，第 187 页。

③ 同上，第 3025 页。

④ 《道迹经》，《道藏》第 25 册，北京：文物出版社，上海：上海书店，天津：天津古籍出版社，1988 年，第 11 页。

⑤ 《道迹经》中所载十大洞天为：王屋山洞、委羽山洞、西城玉山洞、青城山洞、西玄三山洞、罗浮山洞、赤城丹山洞、林屋山洞、句曲山洞、括苍山洞。

⑥ （南朝梁）陶弘景撰，赵益点校：《真诰》，北京：中华书局，2011 年，第 195 页。

并有陶氏注曰：传中所载至第十天，并及丰都、五岳、八海、神仙远方夷狄之洞。既非此限，并不获疏出。由此可见，陶弘景所见《茅传》中同样有三十六洞天，但只有十洞天的次序、名号及地理状况等具体信息。任昉《述异记》曰："人间三十六洞天，知名者十耳。余二十六天，见《九微志》，不行于世也。"① 综考六朝之前的文献尚未见有完全列出三十六洞天之细目者。至唐代司马承祯以及五代杜光庭的手中，洞天理论才有了对大小洞天的区分，形成了"十大洞天"与"三十六小洞天"两个体系。

福地概念出现的时间较晚，但福地思想出现较早，早在中国的堪舆、形法等地理术中即已存在。早期有利用阴阳五行来判定宅墓凶吉祸福的方术，依靠数术原则推定福旺之地，即人们认为在选择住宅和坟墓地址的问题上存在空间上的优劣之别，这种特殊的大地空间理论就是福地观念的原型。《抱朴子内篇》中有"生地"的概念：

> 天下有生地，一州有生地，一郡有生地，一县有生地，一乡有生地，一里有生地，一宅有生地，一房有生地。②

所谓"生地"即吉善之地，道教的"福地"是那些特别适于修道者修行居住的地域。数术中吉地、旺地的选择是为了世俗福利，而道教对地域的选择则是为了宗教修行，并特别重视地域对修行者的重要影响。如《南岳九真人传》说：

---

① （南朝梁）任昉撰：《述异记》，《丛书集成初编》影印本，北京：中华书局，1991 年，第 28 页。

② 王明校释：《抱朴子内篇校释》，北京：中华书局，1985 年，第 127 页。

> 得道者若非其地，如植五谷于砂石之间，则不能成矣。虽有升飞之骨，当得福地灵墟，尔后可以变化。虽累德以为土地，积功以为羽翼，苟非其所，魔坏其功，兹道无由成矣。①

“洞天福地”在唐代道士司马承祯的《天地宫府图》中才形成完整的体系。晚唐杜光庭在《洞天福地岳渎名山记》中对洞天福地系统再次进行了论述，② 最终确立了洞天福地仙境系统。司马承祯、杜光庭所列洞天福地不完全相同，这表明七十二福地系统的形成经历了不同的历史阶段，或有不同的来源，但关于七十二福地系统的形成过程现已不可考。

洞天福地有许多分类方法，其中最流行的分类方法是将其分为大洞天、小洞天、福地三类，而其排列的依据为何，司马承祯、杜光庭都未说明。有学者认为：“大小洞天及福地之等级序列实际上是由它们在历史上出现的先后次序来决定。十洞天之名先出，故冠之于‘大洞天’字样；三十六洞天稍后，故名为小洞天；至于七十二福地的形成又较二者为晚。”③ 司马承祯《天地宫府图》已亡佚，但《云笈七籤》第二十七卷中保存有序言，《天地宫府图并序》云：

---

① 《南岳九真人传》，《道藏》第6册，北京：文物出版社，上海：上海书店，天津：天津古籍出版社，1988年，第861页。

② 《洞天福地岳渎名山记》中七十二福地与《天地宫府图》出入较大，盖道教关于洞天福地仙境的说法不止一种，《洞天福地岳渎名山记》可能不完全依据《天地宫府图》，或另有所本。详参卿希泰主编：《中国道教史》第2卷，成都：四川人民出版社，1996年，第455—456页。

③ 张广保：《唐以前道教洞天福地思想研究——从生态学视角》，载郭武主编：《道教教义与现代社会国际学术研讨会论文集》，上海：上海古籍出版社，2003年，第310页。

太上曰：十大洞天者，处大地名山之间，是上天遣群仙统治之所。……其次三十六小洞天，在诸名山之中，亦上仙所统治之处也。……其次七十二福地，在大地名山之间，上帝命真人治之，其间多得道之所。①

洞天福地即十大洞天、三十六小洞天、七十二福地，每地都由上天专遣仙官分而治之，均为神仙治所。杜光庭《洞天福地岳渎名山记序》还进一步指出，天上有仙境，人间亦有仙境，并论述了人间仙境的格局：五岳、三岛、十洲、三十六靖庐、七十二福地、二十四化、四镇诸山等。如此，十大洞天、三十六小洞天和七十二福地构成了道教地上仙境的主体部分。这几乎将中国的名山大川都囊括其中，这种将仙境现实化的做法，推动了道教的世俗化。自此，道教仙境变成了可视可感的名山大川，现实的自然风光也在道教思想的影响下，被描绘得如梦如幻、神奇多姿。

除了洞天福地之外，道教还多以仙境思想比附道教传统，如天师道早期教区的二十四治也带有仙境色彩。“天师道的治，是泛指其教区或传教活动的根据地。”② 道书对二十四治进行了全面的记载，如北周武帝宇文邕所著《无上秘要 · 正一炁治品》、唐王悬河撰《三洞珠囊》列《二十四治品》引《张天师二十四治图》、晚唐杜光庭所著《洞天福地岳渎名山记》、北宋张君房

① （宋）张君房编，李永晟点校：《云笈七籤》，北京：中华书局，2003 年，第 609—618 页。

② 王纯五：《天师道二十四治考》，成都：四川大学出版社，1996 年，第 71 页。

所著道书《云笈七籤》卷二十八《二十四治》等。[①] 应该注意的是道教典籍对二十四治的记载渗入了宗教叙事，这不仅改变了“治”的真实面貌，还进一步增加了其神秘色彩。如《云笈七籤》载：

> 太上以汉安二年正月七日中时下二十四治，上八治、中八治、下八治，应天二十四气，合二十八宿，付天师张道陵奉行布化。[②]

“二十四治”由太上命令张道陵所建，根据其大小和影响的不同，分为上八治、中八治、下八治，对应二十四节令，与二十八宿相合。如此二十四治便成了太上老君创立的仙界空间，这实际上是对仙境的一种比附。因此詹石窗指出：“道教形成之初出现的‘治’则可以视为洞天福地的一种雏形。”[③] 实际上，道教典籍也将二十四治视为仙境，如《云笈七籤》载：

> 二十四化各有一大洞，或方千里，五百、三百里。其中皆有日月飞精，谓之伏神之根，下照洞中，与世间无异。其中皆有仙王、仙官、仙卿、辅相佐之，如世之职司。有得道之人及积功迁神反生之者，皆居其中，以为民庶。每年三元大节，诸天各有上真下游洞天，以观其所理善恶。人世死生兴废，水旱风雨，预关于洞中焉。其龙神祠庙血食之司，皆

---

① 《无上秘要》、《三洞珠囊》，《云笈七籤》以及杜光庭《洞天福地岳渎名山记》各书对二十四治的记载大体相同。其中杜光庭为避唐高宗李治的讳，而将其称为“二十四化”或“灵化二十四”，且并未对其进行品级划分。

② （宋）张君房编，李永晟点校：《云笈七籤》，北京：中华书局，2003 年，第 632 页。

③ 詹石窗：《道教文化十五讲》，北京：北京大学出版社，2003 年，第 365 页。

为洞府所统也。二十四化之外，其青城、峨嵋、益登、慈母、繁阳、嶓冢，亦各有洞天，不在十大洞天、三十六小洞天之数。洞之仙曹，如人间郡县聚落耳，不可一一详记之也。①

二十四治不属于洞天福地系统，却几乎具备了成为洞天仙境的所有条件，由此可见道教洞天福地仙境说与二十四治关系之紧密。根据典籍记载以及王纯五所著《天师道二十四治考》的考证，张天师所设二十四治多在名山之中，其后天师道也多居山洞中进行修行。随着道教的成熟，道馆逐渐取代洞府成为新的道教组织方式，道观修行制度也因此成为道教的主要修行方式。从入山修炼到入观修行，中间过渡的时间便是各大名山被赋予神秘意义的重要时期。

第二节　山岳崇拜与道教“名山即仙境”信仰

山岳是人间仙境的载体，而山岳的神圣性在原始崇拜中便已凸显。原始山岳崇拜的产生一是因为山岳为古人提供了丰富的生活物资；二是出于对山中峰林峻峭、野兽出没等自然环境的敬畏。山岳在早期经典中扮演着重要的角色，如《山海经》中的奇异神话世界便是依山构建：“《山海经》中出世较早的《山经》

① （宋）张君房编，李永晟点校：《云笈七籤》，北京：中华书局，2003 年，第 635 页。

载当时祭祀的山系有二十六，总计四百五十一座。”[①] 早期的两大神话体系——昆仑与蓬莱也同样以山为主体。《山海经》还曾直接点明仙人柏高居住在肇山。[②] 进入阶级社会后，山岳崇拜依然反映在当时的许多典籍中，如早期文献中常记载山岳的神奇性与重要性：“山林、川谷、丘陵能出云，为风雨，见怪物，皆曰神。”[③] “山岳则配天，物莫能两大。陈衰，此其昌乎！”[④] 在不同的历史时期还形成了不同的名山系列，如《左传》中有四岳，[⑤]《说苑》中有五岳，[⑥]《周礼职方氏》有九州山镇，[⑦]《吕氏春秋》有九山[⑧]等。可以说，山岳崇拜是世俗生活中的重要内容，这种重要性也同样体现在道教理论中。

一　山岳崇拜与道教仙境理论

《释名》以“迁入山中者”释“仙”，可见“仙”与“山”之间的密切联系。成熟的仙境说出现相对较晚，但仙境思想的萌芽在早期神仙信仰中早已体现，山岳是其中举足轻重的角色，无

① 张广保：《唐以前道教洞天福地思想研究——从生态学视角》，载郭武主编《道教教义与现代社会国际学术研讨会论文集》，上海：上海古籍出版社，2003 年，第 300 页。

② 袁珂校注：《山海经校注》，上海：上海古籍出版社，1980 年，第 444 页。

③ （汉）郑玄注，（唐）孔颖达疏，李学勤主编：《礼记正义》，北京：北京大学出版社，1999 年，第 1296 页。

④ 杨伯峻编：《春秋左传注》，北京：中华书局，2009 年，第 224 页。

⑤ 四岳：东岳泰山、西岳华山、南岳衡山、北岳恒山。

⑥ 五岳：东岳泰山、西岳华山、南岳霍山、北岳恒山、中岳嵩山。

⑦ 扬州山镇会稽山，荆州山镇衡山、豫州山镇华山、青州山镇沂山、兖州山镇岱山、雍州山镇岳山、幽州山镇医巫闾山、冀州山镇霍山、并州山镇恒山。

⑧ 会稽山、泰山、王屋山、首山、泰华、岐山、太行山、羊肠山、孟门山。

论是天上仙境、海上仙境还是人间仙境，都是以山岳为原型进行构建的。如《庄子》中的理想乐土，以山的形式存在的如海外仙境姑射山、仙人广成子居住的崆峒山等。《列子》中描绘的姑射山仙境更加详细：

> 列姑射山在海河洲中，山上有神人焉，吸风饮露，不食五谷；心如渊泉，形如处女；不偎不爱，仙圣为之臣；不畏不怒，愿悫为之使；不施不惠，而物自足，不聚不敛，而已无愆。阴阳常调，日月常明，四时常若，风雨常均，字育常时，年谷常丰；而土无札伤，人无夭恶，物无疵厉，鬼无灵响焉。①

道家思想为道教理论提供了直接的借鉴，并且随着山岳与神仙关系的发展，神山几乎成了仙境的代名词。战国时期方仙道便宣扬海上有三神山：蓬莱、方丈、瀛洲。至汉代，仙境发展至三岛十洲，即《十洲记》中八方巨海之中的祖洲、瀛洲、玄洲、炎洲、长洲、元洲、流洲、生洲、凤麟洲、聚窟洲等。魏晋之后神仙以“人”为中心，因此，仙境也不再是传说中虚无缥缈的存在，现实的山岳进入道教活动，成为修仙者日常生活的一部分。东晋时期，葛洪进一步缩小了仙境与人境的距离，以“名山即仙境”的理论将仙境扩展到了人间的二十八名山，营造出人间仙境。与仙境进入人间的总格局相适应，仙境也以现实化、世俗化的方式来展现，其中最明显的表现便是山岳在神仙道教修炼之中的重要角色以及道教名山理论的诞生。

魏晋神仙道教以金丹为大要，山岳则是炼制金丹的最佳场

① 杨伯峻：《列子集释》，北京：中华书局，2013 年，第 46—47 页。

所。“山林之中非有道也，而为道者必入山林，诚欲远彼腥膻，而即此清静也。”① 入山是为了“清静”，凡为道合药及避乱隐居者，莫不入山。“作药者若不绝迹幽僻之地，令俗间愚人得经过闻见之，则诸神便责作药者之不遵承经戒，致令恶人有谤毁之言，则不复佑助人，而邪气得进，药不成也。”② 山林是炼制金丹最好的绝迹幽僻之地。葛洪同时指出，入山应选择名山大川：

> 凡小山皆无正神为主，多是木石之精，千岁老物，血食之鬼，此辈皆邪炁，不念为人作福，但能作祸，善试道士，道士须当以术辟身，及将从弟子，然或能坏人药也。今之医家，每合好药好膏，皆不欲令鸡犬小儿妇人见之。若被诸物犯之，用便无验。又染采者恶恶目者见之，皆失美色。况神仙大药乎？是以古之道士，合作神药，必入名山，不止凡山之中，正为此也。③

名山大川中有正神，在其中炼制仙药不仅可以不为俗人、精怪所扰，还会得到神人的佑护。因此葛洪还进一步列举出一系列合药名山，《抱朴子内篇·金丹》曰：

> 按《仙经》，可以精思合作仙药者，有华山、泰山、霍山、恒山、嵩山、少室山、长山、太白山、终南山、女几山、地肺山、王屋山、抱犊山、安丘山、潜山、青城山、峨眉山、绥山、云台山、罗浮山、阳驾山、黄金山、鳖祖山、大小天台山、四望山、盖竹山、括苍山，此皆是正神在其山

---

① 王明：《抱朴子内篇校释》，北京：中华书局，1985 年，第 187 页。
② 同上，第 84 页。
③ 同上，第 85 页。

中，其中或有地仙之人。上皆生芝草，可以避大兵大难，不但于中以合药也。若有道者登之，则此山神必助之为福，药必成。若不得登此诸山者，海中大岛屿，亦可合药。若会稽之东翁洲、亶洲、纻屿及徐州之莘莒洲、泰光洲、郁洲，皆其次也。今中国名山不可得至，江东名山之可得住者，有霍山，在晋安；长山太白，在东阳；四望山、大小天台山、盖竹山、括苍山，并在会稽。①

名山环境幽静，远离世俗，在此合药，对修炼大有裨益。此外，神仙道教还通过山中洞室藏有道经的设定赋予山岳以神圣性。山中石室有仙方、道书，修道者心诚精思则可得道成仙。《抱朴子内篇》中对此多有论述：

岷山丹法，道士张盖蹹精思于岷山石室中，得此方也。②

金液太乙所服而仙者也，不减九丹矣……老子受之于元君，元君曰，此道至重，百世一出，藏之石室，合之，皆斋戒白日，不得与俗人相往来，于名山之侧，东流水上，别立精舍，百日成，服一两便仙。若未欲去世，且作地水仙之士者，但斋戒百日矣。③

九转丹，金液经，守一诀，皆在昆仑五城之内，藏以玉函，刻以金札，封以紫泥，印以中章焉。④

诸名山五岳，皆有此书，但藏之于石室幽隐之地，应得

① 王明：《抱朴子内篇校释》，北京：中华书局，1985 年，第 85 页。
② 同上，第 78 页。
③ 同上，第 82—83 页。
④ 同上，第 324 页。

道者，入山精诚思之，则山神自开山，令人见之。①

此外，《三皇内文》《五岳真形图》等经书符箓都藏之于名山之中。山中石室藏有经书的内容在《神仙传》中也多有反映，如张道陵于万山石室中得隐书秘文及制命山岳众神之术；左慈于天柱山中精思，在山中石室中得《九丹金液经》；阴长生成仙，著经书藏于名山：

于是阴君裂黄素写丹经，一通封以文石之函，著嵩山；一通黄柜简，漆书之，封以青玉之函，置大华山；一通黄金之简，刻而书之，封以白银之函，著蜀经山；一通白缣书之，合为一卷，付弟子，使世世当有所传付。②

由此观之，名山洞府里的石室充满灵气，藏有仙方道书，在此修炼可与山之灵气相感通，从而达到回归自然的境界。也正因如此，山岳在道教活动中具有非同一般的重要意义。这种重要性又进一步通过一系列入山仪式与禁忌表现出来。如入山需要斋戒、佩戴符箓：

必入名山之中，斋戒百日，不食五辛生鱼，不与俗人相见，尔乃可作大药。③

凡人入山，皆当先斋戒七日，不经污秽，带升山符，出门，作周身三五法。④

---

① 王明：《抱朴子内篇校释》，北京：中华书局，1985年，第336页。

② （晋）葛洪撰，胡守为校释：《神仙传校释》，北京：中华书局，2010年，第172页。

③ 王明：《抱朴子内篇校释》，北京：中华书局，1985年，第85页。

④ 同上，第299页。

入山斋戒可以表示虔诚，但“山无大小，皆有神灵，山大则神大，山小则神小也。入山而无术，必有患害”。① 因此道士入山需有庇护，入山符有此效果，明镜亦可驱邪：

物之老者，其精悉能假讬人形，以眩惑人目而常试人，唯不能于镜中易其真形耳。是以古之入山道士，皆以明镜径九寸已上，悬于背后，则老魅不敢近人。或有来试人者，则当顾视镜中，其是仙人及山中好神者，顾镜中故如人形。②

为避灾邪，神仙道教对入山日期、时间也有严格的规定，如群山都有“受殃之岁”，故入山时间有禁忌：

大忌不可以甲乙寅卯之岁，正月二月入东岳；不以丙丁巳午之岁，四月五月入南岳；不以庚辛申酉之岁，七月八月入西岳；不以戊己之岁，四季之月入中岳；不以壬癸亥子之岁，十月十一月入北岳。不须入太华霍山恒山太山嵩高山，乃忌此岁，其岳之方面，皆同禁也。③

此外，关于入山时辰也有严格的规定：

入山之大忌，正月午，二月亥，三月申，四月戌，五月未，六月卯，七月甲子，八月申子，九月寅，十月辰未，十一月己丑，十二月寅。入山良日：甲子、甲寅、乙亥、乙巳、乙卯、丙戌、丙午、丙辰，已上日大吉。抱朴子曰：按《九天秘记》及《太乙遁甲》云，入山大月忌：三日、十一

① 王明：《抱朴子内篇校释》，北京：中华书局，1985 年，第 299 页。
② 同上，第 300 页。
③ 同上，第 299—300 页。

日、十五日、十八日、二十四日、二十六日、三十日；小月忌：一日、五日、十三日、十六日、二十六日、二十八日。以此日入山，必为山神所试。又所求不得，所作不成。不但道士，凡人以此日入山，皆凶害，与虎狼毒虫相遇也。①

入山仪式与禁忌从侧面反映出山岳在道教理论及道教活动中的重要性。另一方面，繁多的入山禁忌加之丹药炼制的困难，又加大了获取金丹的难度，任何一个环节的失误都将功败垂成。丹药获取难度的上升一方面凸显了金丹的重要性，另一方面也是在为服食金丹成仙设置阻碍。因为服食金丹成仙之事本即虚妄，层层的限制与禁忌，虽加大了修炼者的难度，但却更容易将服食金丹无法成仙的原因归咎于炼丹者的某些疏忽，为神仙难成找到新的掩饰理由。总之，魏晋神仙道教围绕山岳进行了一系列的理论构建，使山岳成为炼制丹药、得道成仙的理想之地，从早期的海上三神山、五神山到人间的二十八名山，山岳始终是距离仙境最近的地方。

二 “名山即仙境”及其在小说中的反映

山岳与神仙的关系渊源已久，它不仅是早期的仙境，也是神仙在人间活动的重要场所，许多成仙之术都与大山存在联系。如早期神仙观念崇尚服食成仙，服食的仙药有多种，如植物、动物、矿物等，都以山中最为丰富，可以说若不入神山皆不可得，这促进了修道之人游山采药的活动。史籍记载中即不乏入山采药

① 王明：《抱朴子内篇校释》，北京：中华书局，1985年，第301页。

者，如《晋书·嵇康传》："康尝采药游山泽。"[①] 又如《晋书·王羲之传》："羲之既去官，与东土人士尽山水之游，弋钓为娱。又曾与道士许迈采药石不远千里，穷名山，泛沧海，叹曰：我卒当以乐死。"[②] 葛洪在《抱朴子内篇》中对仙药有专门论述，其中有不少仙药出于名山之中，如"五芝"：石芝、木芝、草芝、肉芝、菌芝。其中石芝中的玉脂芝生于有玉之山，七明九光芝长于临水之高山石崖间，石蜜芝长于少室石户中，石桂芝见于名山石穴中等。木芝中的黄庐子、寻木芝、玄液华等生于太山要乡及奉高。草芝中的独摇芝生长在高山深谷之上。肉芝中的风生兽生长在大山、大林中。菌芝多生于深山之中，大木之下，泉水之侧。名山不仅生长仙草灵芝、珍禽异兽，还是神仙的修炼、升仙、居住的场所，因此无论是在仙传小说还是志怪小说中，山岳都扮演着重要的角色。仙传小说虽较少在理论上对名山进行理论阐发，但山岳却始终存在于其仙传故事的讲述中，构成了故事的重要背景。如《列仙传》中的神仙遍布齐、晋、梁、洛、楚、越、巴蜀等地，虽然文字简短，但神仙居名山的内容已反映出来。《神仙传》全面诠释了"地仙"理论，神仙与名山的联系更加紧密。现存的《洞仙传》虽内容简短，但神仙与名山的紧密关系也体现其中。以《列仙传》《神仙传》《洞仙传》三部唐前仙传小说为例，其仙传故事中的名山内容可统计如下：

① （唐）房玄龄等撰：《晋书》，北京：中华书局，1974年，第1370页。
② 同上，第2101页。

《列仙传》《神仙传》《洞仙传》名山内容统计表

出处	人物	成仙途径或身份	名山	备注
《列仙传·赤松子》	赤松子	尸解	昆仑山	名山之首
《列仙传·宁封子》	宁封子	尸解	葬于北山	不详
《列仙传·黄帝》	黄帝	尸解	葬于桥山，铸鼎于荆山	桥山在陕西，荆山亦名覆釜山
《列仙传·偓佺》	偓佺	古仙人	槐山采药	不详
《列仙传·方回》	方回	古仙人	隐于五柞山	不详
《列仙传·涓子》	涓子	得太极道	隐于宕山	不详
《列仙传·吕尚》	吕尚	尸解	匿于南山	不详
《列仙传·务光》	务光	水解	投浮梁山，后游尚父山	浮梁山亦名浮邱山，浮邱子成仙处，真武祖师道场。
《列仙传·仇生》	仇生	古仙人	在尸乡北山上	河南郡尸乡
《列仙传·邛疏》	邛疏	古仙人	往来入太室山	宋代七十二福地之一
《列仙传·介子推》	介子推	古仙人	介山	又称绵山，处汾河之阴
《列仙传·陆通》	陆通	古仙人	游诸名山，在蜀峨眉山上	第七小洞天

续表

《列仙传·葛由》	葛由	古仙人	上绥山、峨眉山	绥山为二十四治,峨眉山第七小洞天
《列仙传·王子乔》	王子乔	尸解	道士接引上嵩高山	第六小洞天
《列仙传·安期先生》	安期先生	北极真人	蓬莱山	传说中仙山
《列仙传·任光》	任光	古仙人	常在柏梯山上	不详
《列仙传·祝鸡翁》	祝鸡翁	古仙人	居尸乡北山下,后升吴山	吴山在山西
《列仙传·修羊公》	修羊公	地仙	华阴山上石室	不详
《列仙传·稷邱君》	稷邱君	古仙人	泰山下道士	不详
《列仙传·崔文子》	崔文子	地仙	居潜山下	第十四小洞天
《列仙传·赤须子》	赤须子	地仙	吴山下	吴山在山西
《列仙传·犊子》	犊子	古仙人	在黑山采药,后见于潘山下	不详
《列仙传·主柱》	主柱	古仙人	与道士俱上宕山	不详
《列仙传·鹿皮公》	鹿皮公	服丹尸解	上岑山	在江西

续表

《列仙传·昌容》	昌容	古仙人	常山（恒山）道士	第五小洞天
《列仙传·鸡父》	鸡父	古仙人	居山间	不详
《列仙传·谷春》	谷春	尸解	去太白山	第十一小洞天
《列仙传·毛女》	毛女	古仙人	在华阴山中	不详
《列仙传·服闾》	服闾	古仙人	方丈山	海上神山
《列仙传·子主》	宁先生	尸解	在龙眉山上	不详
《列仙传·赤斧》	赤斧	古仙人	上华山取禹余粮	第四小洞天
《列仙传·呼子先》	呼子先	古仙人	上华阴山	不详
《列仙传·负局先生》	负局先生	古仙人	止吴山绝崖头，后还蓬莱山	吴山在山西，蓬莱海上仙山
《列仙传·朱璜》	朱璜	古仙人	入浮阳山	不详
《列仙传·黄阮丘》	黄阮丘	古仙人	睢山道士	不详
《列仙传·陵阳子明》	陵阳子明	东极真人	上黄山采药	在安徽，相传黄帝曾在此炼丹

续表

《列仙传·邗子》	邗子	古仙人	随犬入山穴	不详
《列仙传·玄俗》	玄俗	古仙人	后人见于常山下	第五小洞天
《神仙传·广成子》	广成子	古之仙人	崆峒山	道教第一山
《神仙传·若士》	若士	古之神仙	蒙谷山	北方之山，古代传说日入之处
《神仙传·沈文泰》	沈文泰	服药升天	昆仑山	名山之首
《神仙传·彭祖》	彭祖	地仙	游行人间	不详
	青精先生	得道者	大宛山	虚构的地名
《神仙传·白石生》	白石生	地仙	白石山	第二十一小洞天
《神仙传·黄山君》	黄山君	地仙	不详	不详
《神仙传·凤纲》	凤纲	地仙	地肺山	第一福地
《神仙传·皇初平》	皇初平 皇初起	地仙	金华山	第三十六小洞天
《神仙传·吕恭》	吕恭	地仙	太行山	黄土高原、华北平原的天然分界线，兵要之地

续表

《神仙传·乐子长》	乐子长	地仙	霍林山、劳盛山	第一小洞天霍桐山洞霍林洞天，劳盛山或为劳山在山东即墨
《神仙传·卫叔卿》	卫叔卿	地仙	华山	第四小洞天
《神仙传·魏伯阳》	魏伯阳	地仙	入山作神丹	不详
《神仙传·李八伯》	唐公昉	地仙	云台山中合丹	二十四治
《神仙传·李阿》	李阿	地仙	青城山，后被昆仑山召	二十四治，名山之首
《神仙传·王远》	王远	尸解	昆仑山、罗浮山、括苍山	名山之首，第七大洞天，第十大洞天
《神仙传·伯山甫》	伯山甫外生女	地仙	华山	第四小洞天
《神仙传·墨子》	墨子	地仙	周游五岳	不详
《神仙传·孙博》	孙博	地仙	林虑山	太行山脉，河南林县西
《神仙传·班孟》	班孟	地仙	大冶山	未明在何处
《神仙传·玉子》	玉子	尸解	入崆峒山合丹	道教第一山

续表

《神仙传·天门子》	天门子	地仙	玄洲	神话仙境
《神仙传·马鸣生》	马鸣生	地仙	入山合药,周游天下	不详
《神仙传·阴长生》	阴长生	地仙	平都山白日升天	第四十五福地
《神仙传·茅君》	茅濛	得太清道	学道于华山	第四小洞天
	茅氏兄弟	地仙	恒山学道,治于句曲山(茅山),或治下于潜山	恒山第五小洞天,句曲山第八大洞天,潜山第十四小洞天
《神仙传·张道陵》	张道陵	三天法师	修炼于繁阳山,万山石室中得隐书,隐居鹤鸣山。	繁阳山、鹤鸣山二十四治
《神仙传·李少君》	李少君	尸解	泰山遇仙,周流五岳	第二小洞天
	董道生	不知竟得道	入鸡头山	黄帝、秦始皇曾登临,今宁夏固原
《神仙传·王真》	王真	地仙	女几山	李思聪《洞渊集》,宋代七十二福地
《神仙传·陈长》	陈长	地仙	苎屿山	又名纻屿山,在东海中
《神仙传·孔元》	孔元	地仙	入西华岳(西岳华山)	第四小洞天

续表

《神仙传·王烈》	王烈	不详	曾入太行山	黄土高原、华北平原的天然分界线，兵要之地
《神仙传·孙登》	孙登	地仙	尝住宜阳山	今河南
《神仙传·东郭延》	东郭延	地仙	诣昆仑山	名山之首
《神仙传·刘京》	刘京	地仙	周流名山五岳，后入衡山	第三小洞天
《神仙传·严青》	严青	地仙	入小霍山	在安徽六安
《神仙传·帛和》	王褒	地仙	西城山、瀛洲	第三大洞天，三神山之一在渤海中
《神仙传·赵瞿》	赵瞿	地仙	入抱犊山	第四十九福地
《神仙传·宫嵩》	宫嵩	地仙	入苎屿山	又名纻屿山，在东海中
《神仙传·倩平吉》	倩平吉	尸解	入山得道	不详
《神仙传·葛玄》	葛玄	尸解　地仙	遁迹名山（天台山）	二十四治
《神仙传·左慈》	左慈	尸解地仙	精思于天柱山，后入霍山	天柱山在安徽潜山，安徽霍山一名天柱山

续表

《神仙传·王遥》	王遥	地仙	马蹄山	江西鄱阳
《神仙传·太山老父》	太山老父	地仙	入岱山(泰山)	第二小洞天
《神仙传·刘根》	刘根	地仙	遁入嵩高山,后入华阴山,后入鸡头山中仙去。	第六小洞天
《神仙传·尹轨》	黄理	尹轨弟子	居陆浑山	在河南嵩县东
	尹轨	地仙	南阳太和山升仙去	道教圣山
《神仙传·介象》	介象	尸解地仙	入山精思,尸解后现于盖竹山。	第十九洞天,第二福地
《神仙传·董奉》	董奉	尸解	后还庐山下居	第八小洞天
《神仙传·李意期》	李意期	地仙	后入琅玡山中	今山东诸城
《神仙传·黄敬》	黄敬	地仙	学道于霍山,复入中岳(嵩山)	霍山即天柱山,嵩山第六小洞天
《神仙传·鲁女生》	鲁女生	地真	入华山中去	第四小洞天
《神仙传·甘始》	甘始	地仙	入王屋山仙去	第一大洞天
《神仙传·封君达》	封君达	地仙	入鸟鼠山,后入玄丘山仙去	鸟鼠山今甘肃渭源,玄丘山乃传说之山

续表

《洞仙传·蒲先生》	蒲先生	不详	采芝药于茅山	上清派茅山宗本山
《洞仙传·茅濛》	茅濛	得太清道	入华山修道	第四小洞天
《洞仙传·童子先生》	童子先生	不详	狄山学道	不详
《洞仙传·阳生》	阳生	不详	住金门山	不详
《洞仙传·公孙卿》	公孙卿	不详	学道于东梁甫山	一云滋液山
《洞仙传·任敦》	任敦	不详	少在罗浮山学道,后居茅山	第七大洞天 上清派茅山宗本山
《洞仙传·帛举》	帛举	不详	入山采薪	不详
《洞仙传·徐季道》	徐季道	得太清道	少住鹄鸣山	不详
《洞仙传·赵叔期》	赵叔期	得太清道	学道于王屋山	第一大洞天
《洞仙传·毛伯道》	毛伯道 刘道恭 谢稚坚 张兆期	尸解 地仙 得太清道	王屋山学道	第一大洞天
《洞仙传·刘道伟》	刘道伟	得太清道	少入嶓冢山学道	一在陕西,一在甘肃

续表

《洞仙传·匡俗》	匡俗	不详	游诸名山，至覆笥山	在江西，传说为仙家藏书宝地
《洞仙传·傅先生》	傅先生	南岳真人	学道于焦山	在江苏
《洞仙传·石坦》	石坦	不详	游赵魏诸名山	不详
《洞仙传·郑思远》	郑思远	得三官道	入庐江马迹山居	第五十二福地
《洞仙传·冯伯达》	冯伯达	不详	入庐山不返	第八小洞天
《洞仙传·戴孟》	戴孟	得三官道	入华阴山学道	不详
《洞仙传·郭文举》	郭文举	尸解	常游名山，观华阴石室，入吴居大辟山，后遁入临安白土山	不详
《洞仙传·王嘉》	王嘉	尸解	嵩高山	第六小洞天
《洞仙传·寇谦之》	寇谦之	不详	入东岳岱宗山	第二小洞天
《洞仙传·董幼》	董幼	不详	往峨眉山	第七小洞天
《洞仙传·刘憧》	刘憧	尸解	住武当山	宋代七十二福地之一

续表

《洞仙传·昌季》	昌季	不详	蓬莱山	古仙山
《洞仙传·杜契》	杜契	地仙	居茅山	上清派茅山宗本山
《洞仙传·青谷先生》	刘文饶	尸解　地仙	入太华山	即华山
《洞仙传·夏馥》	夏馥	地仙	后入吴山	在山西
《洞仙传·展上公》	展上公	得九宫道	学道于伏龙地	在华阳
《洞仙传·周太宾》	周太宾　姜叔茂	得太清道	学道于句曲山	第八大洞天
《洞仙传·郭四朝》	郭四朝	得九宫道	句曲山	第八大洞天
《洞仙传·周玄宾》	周玄宾	不详	少室山遇樊子明,蓬莱遇宋晨生,昔在天柱山,今来华阳	少室山宋代七十二福地之一,天柱山第五十七福地,华阳第八大洞天
《洞仙传·赵威伯》	赵威伯	地仙	入华阳	第八大洞天
《洞仙传·姜伯真》	姜伯真	地仙	猛山采药	不详

神仙隐遁山中本身即是对“名山即仙境”理论的体现。山岳同样是志怪小说中的重要内容，如地理博物小说《海内十洲

记》《玄中记》《博物志》等，均记载了许多仙山传说以及名山故事。除了地理博物以及入山采药、修炼等内容之外，志怪小说中还有许多直接阐释洞天福地仙境理论的内容。构成人间仙境的名山大川，并不是一个个独立的存在，“诸名山被组织化，即根据三十六、七十二等圣数观念分别组成名山群，认为名山群之间有管道、脉理潜通。因此原本并不连属的名山就被联结为一种神秘的关系”。[①] 即在道教理论中，名山之间是存在联系的，从道教典籍的记载看，华阳、林屋、西玄三洞天是洞天世界的枢纽，昆仑仙山为各洞天总汇，地位在十大洞天之上。早在汉代纬书中已有“名山大川，孔穴相通”[②] 的观念，道教借鉴该内容，也有名山互通的理论，并对名山仙境的形成进行了解释。如杜光庭《洞天福地岳渎名山记序》曰：

> 乾坤既辟，清浊肇分，融为江河，结为山岳，或上配辰宿，或下藏洞天。皆大圣上真主宰其事，则有灵宫阙府，玉宇金台。或结气所成，凝云虚构；或瑶池翠沼，注于四隅；或珠树琼林，疏于其上。神凤飞虬之所产，天骥泽马之所栖。或日驭所经，或星缠所属；含藏风雨，蕴蓄云雷，为天地之关枢，为阴阳之机轴。[③]

仙境乃“结气所成”，彼此之间互相感通，构成了交错纵横的山岳网络。这种名山相通理论在志怪小说中也有所体现：

---

① 李丰楙：《仙境与游历：神仙世界的想象》，北京：中华书局，2010 年，第 352 页。

② 《河图括地象》，〔日〕安居香山、中村璋八辑：《纬书集成》，石家庄：河北人民出版社，1994 年，第 1091 页。

③ 《洞天福地岳渎名山记》，《道藏》第 11 册，北京：文物出版社，上海：上海书店，天津：天津古籍出版社，1988 年，第 55 页。

《博物志》：名山大川，孔穴相内，和气所生，则生石脂、玉膏，食之不死，神龙灵龟行于穴中矣。①

《博物志》：君山有道与吴包山潜通②。

《玄中记》：吴国西有具区泽，中有包山，山有洞庭宝室。入地下潜行，通琅琊东武。

蜀郡有青城山，有洞穴，潜行，分道为三，道各通一处，西北通昆仑。

彭城北有九里山，有穴潜通琅琊，又通王屋，俗呼为黄池穴。③

各大名山通过孔穴可以相通，这种设想进一步加强了山岳仙境的神秘性。事实上，山中仙境的形成是随着道教徒与名山关系的日益密切逐渐形成的，即入山修炼等宗教实践是仙境化的现实依据。

“名山即仙境”，求仙、遇仙便与入山画上等号。仙传小说中山中遇仙的故事数量众多，此内容也成为志怪小说的重要题材。如《神异记》：

余姚人虞洪，入山采茗，遇一道士，牵三青牛，引洪至瀑布山，曰：“吾丹丘子也。闻子善具饮，常思见惠。山中有大茗，可以相给，祈子他日有瓯蚁之余，不相遗也。”因立奠祀。后令家人入山，获大茗焉。④

① （晋）张华撰，范宁校证：《博物志校证》，北京：中华书局，1980 年，第 13 页。

② 同上，第 97 页。

③ （晋）郭璞《玄中记》，鲁迅：《古小说钩沉》，济南：齐鲁书社，1997 年，第 234 页。

④ 《神异记》，鲁迅校录：《古小说钩沉》，济南：齐鲁书社，1997 年，第 245 页。

虞洪山中遇丹丘子，因此获大茗。戴祚《甄异传》中有谢允入武当山遇仙，祖冲之《述异记》中也有几则山中遇仙故事：

昔有人发庐山采松，闻人语云："此未可取。"此人寻声而上，见一异华，形甚可爱，其香非常。知是神异，因掇而服之，得寿三百岁也。①

南康南野有东望山，营民三人上山顶，有湖清深，又有果林，周四里许，众果毕植，间无杂木，行列整齐，如人功也。甘子正熟，三人共食致饱讫，怀二枚，欲以示外人。便还，寻觅向径，回旋半日，迷不能得。即闻空中语云："速放双甘，乃听汝去。"怀甘者恐怖，放甘于地。转眄即见向径，乃相与俱却还。②

山中即仙境，采食山中花草等同于服食仙药，故庐山采松者服食后得长寿，东望山之神不允许凡人携甘子而出，均彰显着山中仙境的奇异。《齐谐记》中还有这样一则故事：

余杭县有一人，姓沈名纵，其家近山。尝一夕，与父同入山；至夜三更，忽见一人着纱帽，披绛绫袍，云是斗山王。斗山在余杭县。③

简短的文字演绎了一个神仙降临故事，该神是山中神，显示出山岳与神仙、仙境之间的密切联系。由此可见，唐前志怪小说中的山岳始终与道教名山仙境等理论有着内在的联系。

---

① 《述异记》，（魏）曹丕等撰，郑学弢校注：《列异传等五种》，北京：文化艺术出版社，1988 年，第 154—155 页。

② 同上，第 154 页。

③ 《齐谐记》，鲁迅校录：《古小说钩沉》，济南：齐鲁书社，1997 年，第 141 页。

第三节　唐前志怪小说中的仙境描写

一　由虚幻到真实的仙境环境

早期成仙多是依赖仙人仙药，成仙实际上就是寻仙、访仙，只有找到仙境，得见神仙，获得仙药才能成仙。因此只有帝王或英雄才有能力远游访仙，进入虚幻的仙境，周穆王、齐威王、燕昭王、秦始皇、汉武帝等即为代表。寻访仙境与拥有权力二者相辅相成，仙境高高在上难以追寻，求仙则可以永葆帝王的权力延续，而拥有权力又是求仙的先决条件，因此寻访仙境成为一种肯定世俗权力的表现。在这种背景下，小说十分注重对求仙队伍及神仙降临场面的描写，早期仙境也同样带有宫廷化、富贵化的特点，神仙之境似是贵族生活的翻版。

以昆仑仙境为例，可以更直观地体现道教仙境的演变，如在《山海经》中昆仑山仙境贵族化的特点尚不凸显：

> 昆仑之墟，方八百里，高万仞。上有木禾，长五寻，大五围。面有九井，以玉为槛。面有九门，门有开明兽守之，百神之所在。在八隅之岩，赤水之际，非仁、羿莫能上冈之岩。①
>
> 昆仑南渊深三百仞。开明兽身大类虎而九首，皆人面，

① 袁珂校注：《山海经校注》，上海：上海古籍出版社，1980年，第294页。

东向立昆仑上。①

西海之南，流沙之滨，赤水之后，黑水之前，有大山，名曰昆仑之丘……其下有弱水之渊环之，其外有炎火之山，投物辄燃。②

神话式仙境带有浓厚的原始巫术色彩，只能视为仙境的雏形。最能代表早期仙境特点的是《海内十洲记》，仙境的十洲三岛存于巨海之中，虚幻缥缈，难以追寻，充满长生不死的氛围。岛上盛产神芝仙草，仙家无数，仙官宫室各异，有“金玉琉璃之宫”“宫第比门，不可胜数”，尤其是昆仑仙境：

其一处有积金，为天墉城，面方千里。城上安金台五所、玉楼十二所；其北户山、承渊山，又有墉城、金台、玉楼相似，如流精之阙、光碧之堂、琼华之室，紫翠丹房，景云烛日，朱霞九光，西王母之所治也，真官仙灵之所宗。③

可以说，仙境满足了人的所有物质欲望，这种对于物质的极度占有实际上是对帝王生活的比附。从《山海经》到《十洲记》，昆仑仙境彰显了贵族化特点，也因此而走向真实。除了直接展示仙境的富贵华丽之外，神仙下凡时的场面也是对仙境的间接体现，如《汉武帝内传》中汉武帝迎西王母到来时的场景：

忽天西南如白云起，郁然直来，遥趋宫庭间。云中有箫鼓之声，人马之响。复半食顷，王母至也。县投殿前，有似鸟集。或驾龙虎，或乘狮子，或御白虎，或骑白麐，或控白

① 袁珂校注：《山海经校注》，上海：上海古籍出版社，1980 年，第 298 页。
② 同上，第 407 页。
③ 王国良：《海内十洲记研究》，台北：文史哲出版社，1993 年，第 87 页。

鹤，或乘科车，群仙数万，光耀庭宇。既至，从官不复所在。唯见王母乘紫云之辇，驾九色斑龙。别有五十天仙，侧近銮舆，皆身长一丈，同执彩毛之节、金刚灵玺，戴天策，咸住殿前。王母唯扶二侍女上殿，侍女年可十六七，服青绫之袿，容眸流眄，神姿清发，真美人也。王母上殿，东向坐，着黄锦袷襡，文采鲜明，光仪淑穆。带灵飞大绶，腰分头之剑。头上大华结，戴太真晨婴之冠，履玄琼凤文之舄。视之可年卅许，修短得中，天姿掩蔼，容颜绝世，真灵人也。下车登床，帝跪拜问寒温毕，立如也。①

又如《神仙传》中王远下凡至蔡经家的场景：

未至经家，则闻金鼓箫管人马之声，比近皆惊，不知何所在。及至经家，举家皆见，方平著远游冠，朱服，虎头鞶裳，五色绶，带剑，少须黄色，长短中形人也。乘羽车，驾五龙，龙各异色，麾节幡旗，前后导从，威仪奕奕，如大将军也。有十二玉壶，皆以蜡蜜封其口。鼓吹皆乘麟，从天上下悬集，不从道行也。既至，从官皆隐，不知所在，惟见方平坐耳。②

神仙下凡旌旗昭昭，仆从相随，场面盛大，这场景是对古代帝王贵族出游场面的宗教化想象。升仙的场面也同样如此，如《神仙传》中的茅君升仙：

① 《汉武帝内传》，《道藏》第5册，北京：文物出版社，上海：上海书店，天津：天津古籍出版社，1988年，第48页。

② （晋）葛洪撰，胡守为校释：《神仙传校释》，北京：中华书局，2010年，第93页。

> 宾客既集，君言笑延接，一如常礼，不见指使之人，但见金盘玉盃，自到人前。奇肴异菓，不可名字，美酒珍馔，宾客皆不能识也。妓乐丝竹，声动天地。随食随益，人人醉饱。明日迎官来至，文官则朱衣紫带，数百人。武官则甲兵旌旗，器仗耀日，千余人。茅君乃与父母宗亲辞别，乃登羽盖车而去，麾幢幡盖，旌节旄钺，如帝王也。①

无论是对仙境的直接描写还是间接表现，均可从中看到早期仙境贵族化、宗教化的特点。仙境的贵族化还可以从志怪小说对宫殿环境的描写中得到反面印证，如《殷芸小说》中刘邦初入咸阳，所见咸阳宫殿：

> 有青玉九枝灯，高七尺五寸，下作盘龙，以口衔灯，灯燃则鳞甲皆动，烂炳若列星而盈室焉。复铸铜人十二枚，坐皆高三尺，列于一筵上，琴瑟笙竽，各有所执，皆点缀华彩，俨若生人。筵下有二铜管，上口高数尺，出筵后，其一管空，一管有绳，大如指，使一人吹管，一人约绳，则琴瑟笙竽等皆作，与真乐不殊。有琴长六尺，安十三弦二十六徽，用七宝饰之，铭曰“璠玙之乐。”玉笛长二尺三寸，六孔，吹之，则见车马山林，隐嶙相次；吹息，则不复见，铭曰：“昭华之管。”有方镜，广四尺，高五尺九寸，表里有明，人直来照之，影则倒见，以手掩心而照之，则知病之所在，见肠胃五脏，历然无碍。又女子有邪心，则胆张心动。

① （晋）葛洪撰，胡守为校释：《神仙传校释》，北京：中华书局，2010 年，第 183 页。

始皇常以照宫人，胆张心动者则杀之。①

刘邦眼中的咸阳宫完全是仙境的写照，其华丽的摆设有道教仙宫的味道，器物的形状、大小、尺寸、装饰都清晰明确，有道教神仙法器的幻影，尤其是小说中的方镜，俨然神仙世界中的照妖镜。将帝王宫殿描绘如仙境，一如早期将神仙仙境描绘如人间帝王殿宇，展现出帝王宫殿与道教仙境之间的高度相似性。

早期仙境故事中，仙境与权力二者相互促进。汉代之后这种情况逐渐发生了变化，一是仙境由昆仑、蓬莱等缥缈仙乡移转到舆地名山，在空间上更加接近民间；一是仙境故事主人公的身份不再局限于贵族，成仙者由贵族、方士逐渐转变为平民、道士。魏晋神仙道教地仙观的兴起以及道教洞天福地仙境理论的形成，将仙境拉入人间，名山大川皆仙境，神仙与人比邻而居，这使凡人进入仙境成为可能。“只有仙境世俗化，进入凡人生活领域，以凡人为主体的访仙故事才能真正发展。道教仙境说，特别是洞天福地说则为凡人访仙故事的大规模兴起提供了理论依据。”②整体上，进入仙境者虽然不局限于身份，但他们都具有某种成仙的条件，或有志学道，长期修炼；或至善至孝，救济百姓；或具有“仙缘”“骨相”“骨箓”等。这种限定反复传达出“神仙可遇不可求”的观点，从而对入山而不得仙境的现实有了充分的搪塞理由。

真实化、世俗化是道教仙境发展的总趋势，仙境除了向宫殿

① （南朝梁）殷芸编纂，周楞伽辑注：《殷芸小说》，上海：上海古籍出版社，1984 年，第 6—7 页。

② 苟波：《道中国古代“凡男遇仙”故事与道教》，《宗教学研究》，2004 年第 1 期，第 57 页。

靠拢之外，还越来越与人间胜景相近。名山大川美丽的自然坏境成了道教典籍中的洞天福地仙境，如《太上灵宝五符序》中描绘林屋洞天“九泉洞庭之墟”的美丽奇幻景色，此即为十大洞天中第九洞天“左神幽虚洞天”。陶弘景在《真诰》中描述洞天福地说：

> 虚空之内皆有石阶，曲出以承门口，令得往来上下也。人卒行出入者，都不觉是洞天之中，故自谓是外之道路也。日月之光既不自异，草木水泽，又与外无别，飞鸟交横，风云蓊郁，亦不知所以疑之矣。所谓洞天神宫，灵妙无方，不可得而议，不可得而罔也。[①]

山中的泉水山涧、飞禽走兽、花草树木等共同构成了美丽的仙境，仙境不再虚幻，拥有了人间名山胜景这样的实体。这也更具体、通俗地体现在仙传小说中，如《神仙传》中沈羲篇中描写仙界：

> 宫殿郁郁，有如云气，五色玄黄，不可名字。侍者数百人，多女子及少男，庭中有珠玉之树，蒙茸丛生，龙虎辟邪，游戏其间。但闻琅琅有如铜铁之声，不知何物。四壁熠熠，有符书著之。[②]

又如《桓真人升仙记》中描述神仙世界：

> 瑶池绛阙，阆苑蓬丘，紫府琼宫，昆仑方丈，群仙洞

---

① （南朝梁）陶弘景撰，赵益点校：《真诰》，北京：中华书局，2011 年，第 196 页。

② （晋）葛洪撰，胡守为校释：《神仙传校释》，北京：中华书局，2010 年，第 70 页。

> 府，自有长年之光景，日月不夜之山川，宝盖层台，四时明媚。金壶盛不死之酒，琉璃藏延寿之丹，桃树花芳，千年一谢，云英珍结，万载圆成。又闻雪鹤舞阶，灵仙歌舞，鸾翔翠羽，彩女吹箫。瑶池涌甘露之泉，玉树缀天香之粟。玲珑台榭，辉光晃曜，潇洒轩堂，烟霞缬绣，游宴之处，鼓乐天音，凤笛龙啸。飞仙吹拍，金乌玉兔，水晶盘上游行，瑶马青牛，灵芝圃中跃出。长乐国土，无变之乡，得如是乎？伏愿仙君指引，修何法门，而登此果。①

仙传小说中的仙境是在人间名山大川的基础上，加以宗教化塑造，从而带有宗教肃穆感。神仙道教的士族阶层性质，也为仙境覆盖上一层贵族化的华贵与雍容。因此，仙传小说很少从自然审美的角度描绘人间仙境，景色的天然性必须让位于世俗之境的富贵享乐。直至唐末杜光庭所撰的《仙传拾遗》中，仙境才逐渐向人境靠拢，走向平实。

相对而言，魏晋六朝志怪小说对仙境的展现则更加世俗化。其仙境表现比较多元，既有早期仙境的奇幻，又有环境的美丽、真宫仙馆的华贵、神仙生活的歌舞升平，还有民众对美好生活图景的憧憬与向往。不同的内容被安置在仙境中，彰显不同的主题，展现某个或多个视角下的神仙世界。但整体上，志怪小说对仙境的描写更加亲民，如王嘉《拾遗记》卷十中有对诸名山的记载，包括昆仑山、蓬莱山、方丈山、瀛洲、员峤山、岱舆山、昆吾山、洞庭山等。同样以昆仑山为例，《山海经》《十洲记》

---

① 《桓真人升仙记》，《道藏》第5册，北京：文物出版社，上海：上海书店，天津：天津古籍出版社，1988年，第513—514页。

中的昆仑仙境贵族化特点明显，到了六朝志怪小说中，《博物志》中的昆仑是“地南北三万五千五百里，地部之位起形高大者有昆仑山”。[①] 王嘉《拾遗记》中的昆仑山也不一般：

昆仑山有昆陵之地，其高出日月之上。山有九层，每层相去万里……昆仑山者，西方曰须弥山，对七星之下，出碧海之中。上有九层，第六层有五色玉树，荫翳五百里，夜至水上，其光如烛。第三层有禾穟，一株满车。有瓜如桂，有柰冬生，如碧色，以玉井水洗食之，骨轻柔能腾虚也……第九层山形渐小狭，下有芝田蕙圃，皆数百顷，群仙种耨焉。[②]

虽然文中的昆仑还带有“仙”的气息，但人们对于仙山有了更多客观的叙述与描绘，开始将山本身作为一个客观实体，反映出一种重视人间山岳本体的自信。“名山即仙境”在误入仙境的故事中有更直接的表现，如《神异记》中虞洪山中遇仙：

余姚人虞洪，入山采茗，遇一道士，牵三青牛，引洪至瀑布山，曰：“吾丹丘子也。闻子善具饮，常思见惠。山中有大茗，可以相给，祈子他日有瓯蚁之余，不相遗也。”因立尊祀，后令家人入山，获大茗焉。[③]

小说中虽没有对仙境的直接描写，但入山遇仙的模式展开了人间仙境故事的叙述。又如《幽明录》中刘晨、阮肇的故事：

---

① （晋）张华撰，范宁校证：《博物志校证》，北京：中华书局，1980 年，第 7 页。
② （晋）王嘉撰，（南朝梁）萧绮录，齐治平校注：《拾遗记》，北京：中华书局，1981 年，第 221 页。
③ 《神异记》，鲁迅校录：《古小说钩沉》，济南：齐鲁书社，1997 年，第 245 页。

汉明帝永平五年，剡县刘晨、阮肇共入天台山，迷不得返。经十三日，粮食乏尽，饥馁殆死。遥望山上有一桃树，大有子实，而绝岩邃涧，永无登路。攀援藤葛，乃得至上。各啖数枚，而饥止体充。复下山，持杯取水，欲盥漱。见芜菁叶从山腹流出，甚鲜新，复一杯流出，有胡麻糁。相谓曰："此知去人径不远。"便共没水，逆流二三里，得度山，出一大溪。溪边有二女子，资质妙绝。见二人持杯出，便笑曰："刘、阮二郎捉向所失流杯来。"晨，肇既不识之，何缘二女便呼其姓，如似有旧，乃相见而悉。问："来何晚邪？"因邀回家。其家筒瓦屋，南壁及东壁下各有一大床，皆施绛罗帐，帐角悬铃，金银交错。床头各有十侍婢。敕云："刘、阮二郎，经陟山岨，向虽得琼实，犹尚虚弊，可速作食！"食胡麻饭、山羊脯、牛肉，甚甘美。食毕，行酒，有一群女来，各持五三桃子，笑而言："贺汝婿来。"酒酣作乐，刘、阮欣怖交并。至暮，令各就一帐宿，女往就之，言声轻婉，令人忘忧。十日后，欲求还去。女云："君已来是，宿福所牵，何复欲还邪？"遂停半年，气候草木是春时，百鸟啼鸣，更怀悲思，求归甚苦。女曰："罪牵君，当可如何！"遂呼前来女子有三四十人，集会奏乐，共送刘、阮，指示还路。既出，亲旧零落，邑屋改异，无复相识。问讯得七世孙，传闻上世入山，迷不得归。至晋太元八年，忽复去，不知何所。①

① （南朝宋）刘义庆撰，郑晚晴辑注：《幽明录》，北京：文化艺术出版社，1988 年，第 1—2 页。

刘晨阮肇入山采药误入仙境，并与天台山神女展开了一段人神相恋的奇幻故事。入山而误入仙境，这本身就是对“名山即仙境”理论的阐释，仙境中的绝岩邃涧、山腹大溪，也是山中景色的再现。小说中仙女所居乃“铜瓦屋”，虽较朴素，但房内“施绛罗帐，帐角悬铃，金银交错”的摆设又彰显出仙境异于人境的华丽高贵。此处的天台山仙境不脱富贵色彩，但整体环境则真实自然。《搜神后记》卷一《剡县赤城》故事中仙境也十分朴素，故事中袁相、根硕入山打猎而误入赤城仙境，所见景色为：

> 上有水流下，广狭如布匹。剡人谓之瀑布。羊径有山穴如门，豁然而过。既入，内甚平敞，草木皆香。有一小屋，二女子住其中，年皆十五六，容色甚美，著青衣。①

此仙境中景色无甚神奇，草木芳香、屋舍俨然，没有富贵华丽的装饰，也没有凌人之上的高贵与权威，全似人间山脚处的某一幽僻之地。这是文人化、世俗化加工的结果，也是与魏晋神仙道教以来重视地仙、肯定人间乐趣的倾向相一致的。最能体现志怪小说对仙境理论解读的是按照理想社会的模样刻画的理想世界，其重点不是凸显长生不老，也不彰显富贵华丽，而是突出一种和谐美好的生活境界，也即陶渊明笔下的桃源世界。

二　洞穴仙境：洞天福地的世俗化解读

仙凡距离的拉近为凡人进入仙境提供了更多可能，这其中洞穴仙境又占较大比例。凡人进入仙境的方式有多种，早期多是通

① （晋）陶潜撰，汪绍楹校注：《搜神后记》，北京：中华书局，1981年，第2页。

过神仙引导，如《列子·周穆王》中周穆王梦中被人带领进入“化人之宫”。又如《神仙传》中费长房在壶公的引导下进入仙境，汉武帝梦中随李少君上嵩山等。需要神仙导引才能进入仙境，一方面意在凸显仙境的神性，另一方面则在传达一种传法弘道的宗教观。随着仙凡距离的缩小，凡人误入仙境的故事逐渐增多。当然凡人并不是直接进入仙境，而是要通过洞穴或某段隐幽密闭的路径，也即洞穴是仙境的必经之途，由此形成了洞穴仙境的故事模式。这种模式早在《列仙传》中便已出现：

> 邗子者，自言蜀人也。好放犬子，时有犬走入山穴，邗子随入十余宿，行度数百里，上出山头，上有台殿宫府，青松树森然。仙吏侍卫甚严，见故妇主洗鱼，与邗子符一函并药，便使还与成都令桥君，桥君发函，有鱼子也。著池中养之，一年皆为龙形。复送符还山上，犬色更赤，有长翰，常随邗子往来百余年，遂留止山上。时下来护其宗族。蜀人立祠于穴口，常有鼓吹传呼声。西南数千里共奉祠焉。①

该故事年代较早，以奇幻经历突出神仙异术与成仙的结果，带有浓厚的民间传说色彩。其虽不以表现仙境为重点，但却体现了神仙世界与凡人世界的同构性。这是建立在战国末期以来神仙思想盛行以及贵族寻仙实践基础之上的。整体上，误入仙境的故事在汉代仅是个例，到魏晋六朝时期，才成为小说的重要内容。

道教“洞天福地”思想逐渐成形对志怪小说也产生了一定

① 王叔岷校笺：《列仙传校笺》，北京：中华书局，2007年，第161页。

影响，而且受“名山大川，孔穴相通”① 观念的影响，洞穴被赋予了神秘意义，成为进入洞天的门户。如道教典籍《太上灵宝五符序》中已有道士入山进洞穴的故事：

> (隐居) 自说：初入乃小晻，须火而进，然犹自分别朦冥，道中四方上下，皆是青石，方五六丈许，略为齐等。时复有广狭处，其脚所履，犹有水湿，或一二里间。隐居行当出一千里，不复冥崦，自然光照，如白日大道，高燥扬尘；左右有阴阳沟，三十里辄有一石井，水味甘美，饮之自饱不饥。或见人马之迹，旁入他道其隐居所行路及左右壁，似白石，石皆洞照有光，广七八十丈，高暨二百许丈，转近至洞庭，不复见上所极，仰视如天，而日光愈明，明如日盛中时，又不温不凉，和气冲然，闻芳香之气郁勃。终而不休。及道旁，有房屋亭传，奇玮雕镂，不可名目。既至众道口，周行广狭，隐居回帀，相去，可四五十里，四面有玉柱为揭题，曰：九泉洞庭之墟。其间植林屋成行，绿叶紫荣，玄草白华，皆不知其名也。五色自生，七宝光耀晃晃，飞凤翔其巅，龙麟戏其下。斯实天地之灵府，真人之盛馆也。②

“九泉洞庭之墟”即道教第九洞天“左神幽虚洞天”。道教典籍十分重视对仙境环境的铺陈，通过对洞天环境的层层渲染与理论构建赋予其一种神圣的宗教色彩。而到志怪小说中，小说又将道教在洞天美景中所费的“心机”层层剥离，只留下其中最

① 《河图括地象》，〔日〕安居香山、中村璋八辑：《纬书集成》，石家庄：河北人民出版社，1994 年，第 1091 页。

② 《太上灵宝五符序》，《道藏》第 6 册，北京：文物出版社，上海：上海书店，天津：天津古籍出版社，1988 年，第 317 页。

具有世俗吸引力的部分。于是志怪小说借鉴了道教洞穴仙境的模式，通过“洞穴”展开对进入仙境的奇异经历的渲染以及仙境见闻的讲述。

与道教典籍中的洞穴仙境相比，志怪小说中的洞穴仙境并不阐释宗教思想，而以人文思想为主题，表达理想世界、长生不死、爱情婚恋等主题。志怪小说中的洞穴仙境故事如《搜神后记》中的《嵩高山大穴》《邵舞》《剡县赤城》《穴中人世》《桃花源》《刘麟之》，《幽明录》中的《洛下洞穴》（又名《痴龙珠》）《刘晨阮肇》《妙音》，《异苑》中的《武溪蛮人》等。洞穴只是志怪小说表现仙境的一种形式。志怪小说中的仙境故事大致可分为三类，其一是误入仙境食得仙草或学得道法的成仙故事；其二是误入仙境偶遇仙女的恋爱故事；其三是寄托社会理想、人民愿望的仙境乐土故事。第一种类型是对道教内部成仙理想的演绎，表达长生成仙主题。如《列仙传》邛子的故事中，已包含进入仙境食得仙草、学得道法的成仙故事因素。志怪小说中许多主人公在误入仙境之后，都会食用仙境中的仙草众芝，从而获得神异能力。入山遇到神人，得神人传授而得仙的故事，如《神仙传》中的刘根、介象、吕恭等。第二种类型的故事以人神恋为重点。这类故事中的仙境既有道教色彩的遗留，也有突出的人文化、贵族化特点。但故事并不以仙境为中心，而只是将仙境作为人神恋展开的背景。第三种类型的故事则是对仙境的世俗化解读，将仙境描绘成一个没有战争、赋税、疾病、饥饿的理想社会，从中反映出的是在魏晋时期社会动乱、政治黑暗背景下，道教神仙世界吸引名士脱离世俗隐居山洞，吸引百姓入山避难的现实。尽管有学者指出，“美化了的理想世界并不等于就是仙境，而长生不死才是仙境信仰最本质的特征，以长生不死为核心信仰的神仙思想才是仙境产生的真正思想根源”，[①] 但志怪小说仙境故事在故事模式、政治隐喻乃至地理位置方面，都是以道教仙境为原型的。志怪小说中的山中仙境尤其是洞穴是人们希望中的乐土，如《搜神后记》中的《韶舞》说：

> 荥阳人姓何，忘其名，有名闻士也。荆州辟为别驾，不就，隐遁养志。常至田舍，人收获在场上。忽有一人，长丈余，萧疏单衣，角巾，来诣之，翩翩举其两手，并舞而来，语何云："君曾见'韶舞'不：此是'韶舞'。"且舞且去。何寻逐，径向一山。山有穴，才容一人。其人即入穴，何亦随之入。初甚急，前辄闲旷，便失人，见有良田数十顷。何遂垦作，以为世业。子孙至今赖之。[②]

小说强调了进入洞穴仙境从而获得良田、荫庇子孙的故事结果，是对仙境的一种世俗化解读。有的洞穴仙境故事则对人们的生活理想、精神向往展现得较充分，如陶渊明的《桃花源记》：

> 晋太元中，武陵人捕鱼为业。缘溪行，忘路远近，忽逢桃花，夹岸数百步，中无杂树，芳草鲜美，落英缤纷。渔人甚异之。复前行，欲穷其林。林尽水源，便得一山，山有小口，仿佛若有光。便舍舟，从口入。初极狭，才通人。复行数十步，豁然开朗，土地旷空，屋舍俨然。有良田、美池、桑、竹之属。阡陌交通，鸡犬相闻。男女衣着，悉如外人。黄发垂髫，并怡然自乐。见渔人，大惊，问所从来，具答

---

① 李晟：《仙境信仰研究》，成都：巴蜀书社，2010 年，第 18 页。

② （晋）陶潜著，汪绍楹校注：《搜神后记》，北京：中华书局，1981 年，第 3 页。

之。便要还家，为设酒杀鸡作食。村中人闻有此人，咸来问讯。自云先世避秦难，率妻子邑人至此绝境，不复出焉。遂与外隔。问今是何世，乃不知有汉，无论魏、晋。此人一一具言所闻，皆为叹惋。余人各复延至其家，皆出酒食。停数日，辞去。此中人语云："不足为外人道也。"既出，得其船，便扶向路，处处志之。及郡，乃诣太守，说如此。太守刘歆即遣人随其往，寻向所志，不复得焉。①

武陵人进入的这个仙境，不似道教仙境般富丽堂皇，而是展现了一个衣食富足、怡然自得的人间乐土中自然风光的美丽。这样的世外桃源，实际上是对道教仙境理想的改造，以仙境的外壳寄托士人的精神苦闷以及普通大众的社会理想。即使脱离了宗教的范畴，这种仙境乐土故事也十分具有民众性，契合广大群众的心理，"桃花源"的仙境乐土故事由此得到了命名与定型，成为传统知识分子心中一方纯净的精神避难所。世外桃源的理想乐土与先秦道家中的理想世界是一脉相承的。关于桃花源，陈寅恪曾在《桃花源记旁证》中考察了桃花源的历史原型，认为桃源理想世界的形成与当时动荡的社会背景相关，并认为文中避秦乱可能也有具体所指，即避苻秦之乱，② 唐长孺则认为桃花源故事的原型与武陵蛮的历史及传说相关，③ 但都未以宗教的视角视之。有研究者指出以桃花源为代表的美化了的理想世界并不是仙

① （晋）陶潜著，汪绍楹校注：《搜神后记》，北京：中华书局，1981 年，第 4 页。
② 陈寅恪：《金明馆丛初编》，北京：三联书店，2015 年，第 188—200 页。
③ 唐长孺：《读〈桃花源记旁证〉质疑》，《魏晋南北朝史论丛》，石家庄：河北教育出版社，2000 年，第 622—635 页。

境。[1] 诚然，真正的仙境以长生不死为本质特征，彰显宗教神圣性，而志怪小说中的桃源乐土，则是文学对道教仙境思想的借鉴与改造。与之类似的故事还有《搜神后记 · 穴中人世》《搜神后记 · 刘麟之》《异苑 · 武溪蛮人》等，都是以别有洞天的仙境世界补偿现实缺憾。没有战乱与动荡，能过上安居乐业的美好生活的地方，在广大中下层群众眼中就是仙境。此外，长生不死并不是仙境唯一的、本质的特点，仙境本也是道教理论中的理想之世，修道者弃世入山修炼，本身也带有躲避动乱的成分。如：

> 昔左元放于天柱山中精思，而神人授之金丹仙经，会汉末乱，不遑合作，而避地来渡江东，志欲投名山以修斯道。[2]

"凡为道合药，及避乱隐居者，莫不入山。"[3] 面对社会动乱以及黑暗的现实，道教以仙境的和谐凸显凡世的无序，以仙境消解现实的苦难，从而达到仙道劝世的目的，道教仙境因此包含了一层政治隐喻。正因如此，道教典籍中的现实世界往往妖魔乱世，民不聊生，"国人非法，刑祸相罚，贼从下生，恶乱世界"。[4]《太平经》中现实社会的现状是：

> 今天地阴阳，内独尽失其所，故病害万物。帝王其治不和，水旱无常，盗贼数起，反更急其刑罚，或增之重益纷

① 李晟：《论仙境信仰产生的思想根源》，《四川大学学报（哲学社会科学版）》，2007 年第 4 期。

② 王明：《抱朴子内篇校释》，北京：中华书局，1985 年，第 71 页。

③ 同上，第 299 页。

④ 《洞真太极北帝紫微神咒妙经》，《道藏》第 1 册，北京：文物出版社，上海：上海书店，天津：天津古籍出版社，1988 年，第 874 页。

纷，连结不解，民皆上呼天，县官治乖乱，失节无常，万物失伤，上感动苍天，三光勃乱多变，列星乱行；故与至道可以救之者也。吾知天意不欺子也。天威一发，不可禁也。获罪于天，令人夭死。①

《神仙传·张道陵》中也多次提及当时的社会环境：

初，天师值中国纷乱，在位者多危，退耕于余杭，又汉政陵迟，赋敛无度，难以自安，虽聚徒教授，而文道凋丧，不足以拯危佐世。陵年五十，方退身修道，十年之间，已成道矣。②

张道陵传道的蜀中地区，其现实状况也十分混乱：

先时蜀中魔鬼数万，白昼为市，擅行疫疠，生民久罹其害，自六天大魔推伏之后，陵斥其鬼众，散处西北不毛之地，与之为誓曰："人主于昼，鬼行于夜，阴阳分别，各有司存，违者正一有法，必加诛戮。"于是幽冥异域，人鬼殊途，今西蜀青城山有鬼市，并天师誓鬼碑，石天地、石日月存焉。③

修道者正是由于不满于社会现实才追求大道，如《神仙传》中的左慈因"值此衰世，官高者危，财多者死，当世荣华，不足贪也"④ 而学道，《神仙传》中的淮南王也是因为深陷政治斗

① 王明编：《太平经合校》，北京：中华书局，2014年，第24页。
② （晋）葛洪撰，胡守为校释：《神仙传校释》，北京：中华书局，2010年，第190页。
③ 同上，第190—191页。
④ 同上，第275页。

争而招致杀身之祸，灾祸临近之时遂弃世成仙。现实人间是妖魔鬼怪的乱世，在这种背景之下，仙境的美好才具有吸引力，尤其是洞天福地环境优美，集天地之灵气，人们可以避乱其中。如《真诰》中曾描绘“末世”将来临，只有积德养善的“种民”居住在山岳中，才能安然度世，洞天福地如句曲之茅山便是地处人间有神灵护卫的人间仙境。洞天福地“此皆是正神在其山中，其中或有地仙之人。上皆生芝草，可以避大兵大难，不但于中以合药也”。[①] 入山避乱的意识以及道教仙境的政治隐喻，都是以现实世界的混乱无序为根本基础的，从这一点上看，其与志怪小说中洞穴仙境的理想世界是一致的。

若对志怪小说仙境故事发生的地理位置以及仙境故事主人公的身份进行分析，可以发现，小说中凡是点明故事地点和人物身份的，几乎都有着道教仙山背景。如《搜神后记》中袁相、根硕进入剡县赤城仙境，二人为会稽剡县人，剡县本身即道教上清派圣地，剡县界内有三十六洞天之第二十七洞天金庭山洞、七十二福地之第十五福地沃州、第十六福地天姥岑山。《搜神后记》中《嵩高山大穴》故事中的嵩高山即嵩山，为道教三十六小洞天之第六洞天中岳嵩山洞天。《搜神后记》中《桃花源记》主人公为武陵人，武陵县界内有三十六小洞天中第三十五洞天桃源山洞、七十二福地中第四十六福地绿萝山、第五十三福地德山。《搜神后记》中《刘驎之》入衡山，衡山为三十六小洞天之第三洞天南岳衡山洞天。《搜神后记》中《穴中人世》故事发生在长沙醴陵县，县界内有三十六小洞天中第十三小洞天小沩山洞天，

① 王明：《抱朴子内篇校释》，北京：中华书局，1985 年，第 85 页。

七十二福地中第四十八福地彰龙山。《幽明录》中剡县刘晨、阮肇入天台山，剡县在上文已述，而天台山是上清派仙山，上清派宗师茅盈曾于天台山拜谒西城王君。[①]《幽明录》中太山黄原入仙境遇妙音，太山乃三十六小洞天之第二洞天东岳太山洞。由此可见，志怪小说中的仙境故事虽是杜撰，却是以某种现实背景为基础的，其中道教的洞天福地思想便是其依据之一。

第四节　唐前志怪小说中仙境的时空观

“一切存在的基本形式是空间和时间。”[②] 即时间与空间是物质存在的基本维度，因此时空问题自人类文明伊始便受到广泛关注。中国古代文化对于时空的思考最初是从一种直观感悟与宏观视角角度进行的，主要是通过想象与夸张来表现空间的巨大与时间的久远，展现了时空的混沌状态。这种时空描写的模糊性尤其明显地体现在唐前志怪小说的仙境故事中。仙境是道教理论中的神圣领域，神幻时空的性质决定了仙境时空难以度量、不可把握的特点，这主要体现在相对性时间观以及小中寓大的空间观上。古代小说的时空特点受到传统哲学、佛教思想、神话思维等多元

---

① 朱封鳌：《天台山道教史》，北京：宗教文化出版社，2012 年，第 2 页。

② 〔德〕恩格斯：《反杜林论》，《马克思恩格斯全集（第三卷）》，北京：人民出版社，1972 年，第 91 页。

文化因素的影响，对此前人多有论述。① 实际上，仙境时空观深层的宗教意味与文化意蕴同样值得探究。

一　超越世俗的仙境时间

时间是宗教教义中的终极问题。“宗教的本能来自于对摆脱时间的渴望：我们努力想躲避这瞬息万变的世界中的各种变迁和挑战，并希望去到一个更高层次的世界，在那里，绝对存在的永恒规律就会突破生命短暂的局限，从而使我们短暂的生命存在摆脱那不可避免的死亡。”② 道教仙境便是这样一个超越时间近乎永恒的“更高层次的世界”，仙境对时间的超越具体表现在三个方面，一是神仙长生不死；二是仙境植物生长周期漫长；三是仙境时间流速远远慢于人间。

仙境作为神仙的居所，是神仙信仰的催生物，其本质在于长生不死，即仙境是人们对“生命长久”理想的演绎，可以说，神仙长生是仙境超越时间的一种间接表现。长生是神仙的本质特征，“诸神与人本质上相同，其不同仅在于神是无限制的，人是

① 对于古代小说尤其是唐前志怪小说时空特点，许多通论性质的小说研究专著均有涉及。此外许多学者对这一问题进行专门讨论并提出不同认识与观点，如刘书成指出古代文艺传统以及古代哲学思想都是造成小说模糊性时空叙事的重要因素（刘书成《论中国古代小说的时空模糊叙事构架》，《西北师范大学学报（社会科学版）》，1995 年第 5 期，第 24—30 页）；王青论证其是受到外来文化即印度文化的影响（《中国小说中相对性时空观的建立》，《南京师范大学学报（社会科学版）》，2004 年第 4 期，第 126—131 页）；朱占青则从神话思维的角度出发进行论证（《神话思维影响下中国古代小说的时空观念与生命意识》，《江西社会科学》，2010 年第 1 期，第 112—116 页）。

② 〔英〕里德伯斯编，章邵增译：《时间》，北京：华夏出版社，2006 年，第 148 页。

有限制的，尤其是神是永远的，人只是暂时的、片刻的”。[①] 不死体现了个体生命对有限时间的超越，如若不是这样，神仙便失去了“神”性。因此神仙容颜不老、长生不死几乎是小说暗示或体现神仙身份的通用手段。与神仙长生的神性相应，仙境是一个能够无限绵延时间的神异空间。此外，生长于仙境中的动植物也是超越世俗时间的，尤其是植物，这主要表现在它们漫长的生长周期上。仙境植物同样经历生长、开花、结果的过程，但其生长周期却以百年、千年、万年为基本时间单位，《庄子》中的上古大椿可视为仙境植物的原型。仙境植物是最早的仙药，早期神仙思想以求取草木仙药为长生成仙的主要途径，其漫长的生长周期不仅突出了仙药难得，更为仙境蒙上了一层神秘的面纱。虽然服食草木仙药的重要性随着神仙道教理论的成熟而逐渐减弱，但这种突出仙境植物生长周期漫长的传统却保留了下来，成为刻画仙境神秘的常用手段，在唐前志怪小说中的应用不胜枚举，如《汉武内传》中王母所赠仙桃三千年一生实；《洞冥记》中涂山之梨千年一花，吉云草二千年一花；《神异经·南荒经》中的如何树三百岁作花，九百岁作实；《拾遗记》中瀛洲影木树万岁一实等。其实无论是神仙长生还是仙境植物生长周期漫长，皆因其不受时间消逝的束缚，这本质上依赖于仙境这个神异空间中时间维度的特殊性。“山中方一日，世上已千年”，仙境计算时间的刻度标准与人世不同，其时间流逝的速度远远慢于人世。对神仙而言，他们超越时间，近于永恒，但对凡人而言，任何人都无法逃脱在时间流逝中消亡的命运，这种强烈的对比在仙凡相遇时被

---

① 〔德〕费尔巴哈著，王太庆译：《宗教的本质》，北京：商务印书馆，2015年，第66页。

鲜明地映衬出来。

仙境与人间强烈的“时差”对比在早期表现还不甚明显，西汉刘向《列仙传》中未出现明显的时间差的问题，至东汉王充《论衡·道虚》中则出现了项曼都的故事：

> 曼都好道学仙，委家亡去，三年而返。家问其状，曼都曰：“去时不能自知，忽见若卧形，有仙人数人，将我上天，离月数里而止。见月上下幽冥，幽冥不知东西。居月之旁，其寒凄怆。口饥欲食，仙人辄饮我以流霞一杯。每饮一杯，数月不饥。不知去几何年月，不知以何为过，忽然若卧，复下至此。”河东号之曰“斥仙”。①

项曼都身处仙境不知不觉，人间却已过去了三年，这里已经显示出仙境与人间时间维度的相对性，但此时还不似“一日”与“千年”那般悬殊，直到《神仙传》皇初平、吕恭等人误入山中仙境的故事中，强烈的时差对比才频繁显现。仙界与人世时间流逝迟缓不一在志怪小说中也有诸多表现，如《洞冥记》中东方朔朝发至紫泥海而中午返回，人世却已过去了一年。《拾遗记·洞庭山》中有采药石之人进入仙境后又返回故乡，“见邑里人户，各非故乡邻，唯寻得九代孙”。② 此外，《搜神记》《幽明录》中均载刘晨、阮肇在天台山中与仙女相处半年，回家后已过几世。对于仙境与人间时间的相对性，志怪小说还以“观棋”的方式展现，主要有《异苑》与《述异记》中的故事两则，如

① 黄晖：《论衡校释》，北京：中华书局，1990 年，第 325 页。
② （晋）王嘉撰，（梁）萧绮录，齐治平校注：《拾遗记》，北京：中华书局，1981 年，第 236 页。

《异苑·樗蒲仙》：

昔有人乘马山行，遥望岫里有二老翁相对樗蒲，遂下马造焉，以策注地而观之。自谓俄顷，视其马鞭，摧然已烂，顾瞻其马，鞍骸枯朽。既还至家，无复亲属，一恸而绝。[①]

又如《述异记·王质》：

信安郡有石室山，晋时王质伐木至，见童子数人棋而歌，质因听之。童子以一物与质，如枣核，质含之不觉饿。俄童子谓曰："何不去?"质起视斧柯烂尽，既归，无复时人。[②]

从汉代开始，下棋便与神仙产生了联系，并成为神仙生活的象征，汉墓六博图等表现升仙信仰的图像资料中便不乏下棋内容。因此棋戏是遇仙的重要暗示，《搜神后记》嵩高山大穴故事中，凡人误坠穴中，"为寻穴而行，计可十余日，忽然见明。又有草屋，中有二人对坐围棋"，[③] 即以神仙下棋来暗示其进入穴中仙界。棋局具有以小见大的哲学性和包容性，棋中的不知不觉是仙境时间的一种休现，与人世间的时光飞逝形成一种强烈的对比。关于仙境与人世时间维度不同的问题，钱锺书曾在《管锥编》中摘录志怪小说"人间天上日月迟速不同"的例子，并对这一问题表露出一定的佛教倾向，但并未对其追根溯源。[④] 对

① （南朝宋）刘敬叔、（北齐）阳松玠撰，范宁、程毅中、程有庆辑校：《异苑谈薮》，北京：中华书局，1996年，第48页。

② （梁）任昉：《述异记》，丛书集成初编本，北京：中华书局，1991年，第10页。

③ （晋）陶潜撰，汪绍楹校注：《搜神后记》，北京：中华书局，1981年，第2页。

④ 钱锺书：《管锥编》，北京：三联书店，2007年，第1029页。

此，王青则通过详细论证指出这种相对性时间观是受印度佛教思想影响。[①] 台湾学者黄东阳也认为该类型故事“自有其产生的文化背景，恐多少受到佛经传入的影响”。[②] 佛教对魏晋六朝志怪小说的影响是不言而喻的，而且佛教思想中也包含神异空间中特殊的时间维度问题，如《幽明录·王志》中地府府君怜悯琅琊人王志妻亡子幼，故为其延寿三年，“此间三年，是世中三十年”，[③] 王志遂得延寿三十年。又如《幽明录·柏枕幻梦》中展现了梦幻泡影般的宗教超凡之感，将汤林一生的宦海生涯压缩在短暂的梦境中。佛道两教中共有的这种时间现象体现了宗教对于时间问题的终极思考，至于志怪小说中的时间观是神仙思想发展的产物还是受佛教思想影响而产生还有待于进一步考证。也有学者对此进行折中处理，杨义便将这种时间现象称之为“时间幻化”，[④] 指出其“是与神仙思想或佛教观念的流行有关的，它们以时间幻化来改造、伸缩和反讽人间生存的时间状态”。[⑤] 宗教与哲学思潮是形成志怪小说独特时间意识必不可少的外在因素，而从内在因素上分析，仙境时间的永恒以及别样的时间意蕴是人类对于生命及生活的一种特殊的心理感觉。“仙境中在浑忘时间的‘无纪历’状态，短短一日或数日，待赋归之后，始知百年

---

① 详参王青《中国小说中相对性时空观的建立》，《南京师范大学学报（社会科学版）》，2004 年第 4 期，第 126—131 页。

② 黄东阳：《岁月易迁，常恐奄谢——唐五代仙境传说中时间母题之传承与其命题》，《新世纪宗教研究》，2008 年第 4 期，第 37—65 页。

③ （南朝宋）刘义庆撰，郑晚晴辑注：《幽明录》，北京：文化艺术出版社，1988 年，第 137—138 页。

④ 杨义在《中国叙事学》中指出时间幻化有多种表现形态，如仙凡形态、梦真形态以及古今错综形态。本文所论唐前志怪小说仙境时间观即杨义所指仙凡形态的时间幻化现象。

⑤ 杨义：《中国叙事学》，北京：中国社会科学出版社，2007 年，第 110 页。

匆匆，人事全非，以时空所造成的不同情境的强烈对照，来显示人世间的荒谬与虚无，实为乱世心境的写照……为人类心灵深处对‘时间’的一种悲情。”① 在社会动荡的历史背景下，生存环境的破坏、生死意识的激发以及由此而产生的内心焦虑引发了人们对于生命的深度思考，从而产生了白日梦般的仙境想象。

最后需要指出的是，仙境消解的主要是个人时间，而不是历史时间、社会时间。因为时间不仅是包含个体实存的个人性，它还包含人类实存的非个人性，“时间一定是关于人的时间，时间的起源就是人对时间的认识的开始”。② 时间只有被人类认识、掌握乃至利用才有意义，标记时间的标线都来源于社会生活，因此时间是社会性的。这种社会性、集体性的时间是保障社会活动规则性的基本范畴，难以改变。道教躲避现实战乱、政治黑暗的出世倾向也从侧面说明了道教无法避免战争、动乱等社会性事件的发生，只能通过逃避来获得个人暂时的安宁。因此道教设置了针对个体没有时间刻度的仙境，为人们提供了一个摆脱战乱与现实困窘的避难所，待危机度过后，人们可以返回人世。正是因为这个原因，小说中的仙境故事“坚持凡人对待时间的态度，只对时间极速地流动感到惊异，并未在此旅程得到启悟，令回归后态度及行为与他人无异”。③ 这种意识之下，仙境的宗教性有所减弱，而带有明显的世俗功利性。其实道教思想本身即带有极强的世俗色彩，归根结底，仙境不过是人们面对现实困境而创造出

① 李丰楙：《仙境与游历：神仙世界的想象》，北京：中华书局，2010 年，第 449 页。

② 谭长流：《空间哲学》，北京：九州出版社，2009 年，第 146 页。

③ 黄东阳：《岁月易迁，常恐奄谢——唐五代仙境传说中时间母题之传承与其命题》，《新世纪宗教研究》，2008 年第 4 期，第 37—65 页。

的精神乐园，永恒的时间则是人们赋予仙境的基本理想。

二 别有洞天的仙境空间

唐前志怪小说的空间叙事具有一定的模糊性，这主要通过两种处理空间的方法来实现，一是通过真实空间与虚幻空间交置共存来拓展自由空间，二是制造以小容大的变异空间。[①] 其实这种虚幻交置、大小相融的空间处理方法也正是仙境空间特点的一种侧面体现。在唐前志怪小说中，仙境的空间特点主要体现在两个方面，一是仙境在外在空间上远离人世，地理位置难以确定；二是仙境的内在空间小中寓大，别有洞天。

仙境外在空间的不确定性是仙境最基本的特点，并在不同时期有不同的表现形式。早期神仙信仰以寻仙境、求仙药为务，无形中助长了异域空间的开辟，因此继承神话传统，早期神仙信仰以远方异域、四海八荒之中的海岛仙山为仙境。它们位于一个虚空浩渺的空间中，在某个难以寻觅的地理位置上，而且这个位置一直处于运动状态，如《史记·封禅书》中海上三神山在渤海，乘船而去，"未至，望之如云，及到，三神山反居水下。临之，风辄引去，终莫能至云"。[②] 《列子·汤问》中的五神山"五山之根无所连箸，常随潮波上下往还，不得暂峙焉"。[③] 由此可见，空间位置的模糊不定是早期仙境外在空间的突出特点。随着神仙

① 详参刘书成《论中国古代小说的时空模糊叙事构架》，《西北师范大学学报（社会科学版）》，1995 年第 5 期。

② （汉）司马迁：《史记》，北京：中华书局，1959 年，第 1370 页。

③ 杨伯峻：《列子集释》，北京：中华书局，2013 年，第 160 页。

道教的发展，仙凡差距逐渐缩小，仙境进入人间，其外在地理空间上绝离人世的特点逐渐模糊，甚至完全消失。作为人间胜景的名山大川成为仙境，世俗世界通过山岳、洞穴等特殊地域便可与仙界相连，这也为人们进入仙境提供了可能，由此也产生了许多山中遇仙、误入仙境的故事，如《神仙传》中吕恭入太行山采药，遇神仙，得不死之方；乐子长入霍林山遇仙；李少君入泰山采药，遇安期先生；严青山中烧炭遇仙人；赵瞿山穴中遇仙；刘根华阴山中遇仙；汉武帝嵩山遇九疑仙人等。此外，《搜神后记》中有袁相、根硕入天台山遇仙的故事，《神异记》中有余姚人虞洪入山采茗遇仙的故事等。仙境存于人间，但却不因与人间距离的拉近而变得唾手可得，虽然其外在的地理位置已明确到人间的山川或岛屿，但仙境仍在此基础上保持着其位置的流动性与不确定性。仙境存在于山岳的隐秘空间中，凡人进入仙境几乎纯属巧合，非有意为之可寻，非按图索骥可得，因此对于世俗大众而言，仙境仍然是神秘且无法追寻的。

仙境的空间特点还体现在仙境内部空间结构的独特性上。早期神仙信仰对仙境内部空间的描写还较客观，几乎是按照人间空间意识与格局来铺陈仙境中的花草树木、亭台宫殿、诸神众仙等内容。洞天福地仙境说兴起后，名山即仙境，此时仙境的特殊性则主要体现在内部空间的折叠重构上。仙境是一个小中有大、别有洞天的空间，每一个洞天都是包含另一番天地的独立世界，“十天之内，有洞天三十六，别有日月星辰”。[1]《真诰》曾描绘过洞天世界的内部空间：

① 《洞天福地岳渎名山记》，《道藏》第11册，北京：文物出版社，上海：上海书店，天津：天津古籍出版社，1988年，第55页。

其内有阴晖夜光，日精之根，照此空内，明并日月矣。阴晖主夜，日精主昼，形如日月之圆，飞在玄空之中。

陶注：按诸洞天日月，皆各有此名，亦小小不同。盖犹是大天日月，分精照之。既云昼夜，便有出没，亦当与今日月同其明晦。今大天崖畔，了不得穷。此小天边际，殆可扪睹。日月出入，则应有限，当是忽然起灭，不由孔穴，但未知其形若大小耳。①

洞天福地存在于人间的名山大川中，但在人间日月之外，洞天仙境以“日精”为日，以“阴晖”为月，拥有二重空间结构。道教仙境的这种奇异空间在志怪小说中多以洞穴仙境的形式表现，人们在机缘巧合下进入的狭小洞穴实际上是一个空间无限的神幻仙境，如《搜神后记·桃花源》中武陵人进入洞穴，“初极狭，才通人。复行数十步，豁然开朗，土地旷空，屋舍俨然。有良田、美池、桑、竹之属”。②《幽明录·洛下洞穴》中被妻子推至洞穴中的丈夫“周皇觅路，仍得一穴，便匍匐从就。崎岖反侧，行数十里，亦有微明，遂得宽平广远之地”。③ 除此之外，魏晋六朝志怪小说中的洞穴仙境还见于《搜神后记》中的《嵩高山大穴》《邵舞》《剡县赤城》《穴中人世》《刘麟之》，《幽明录》中的《刘晨阮肇》《妙音》，《异苑》中的《武溪蛮人》等。狭小的洞穴连接着的却是另外一个广阔世界，这正是对道教

① （南朝梁）陶弘景撰，赵益点校：《真诰》，北京：中华书局，2011 年，第 195 页。

② （晋）陶潜著，汪绍楹校注：《搜神后记》，北京：中华书局，1981 年，第 4 页。

③ （南朝宋）刘义庆撰，郑晚晴辑注：《幽明录》，北京：文化艺术出版社，1988 年，第 23—24 页。

"洞中别有日月洞天"理论的具体阐释。仙境存在于现实世界的有限空间载体中，却包含着无限的洞天世界，这种双重空间产生了亦真亦幻的审美效果。与洞天类似的奇异空间还有"壶天"，《神仙传·壶公》中记载费长房曾目睹壶公入壶，后在壶公带领之下进入壶中天地：

> 公语长房曰："卿见我跳入壶中时，卿便随我跳，自当得入。"长房承公言，为试展足，不觉已入。既入之后，不复见壶，但见楼观五色重门阁道，见公左右侍者数十人，公语长房曰："我仙人也，忝天曹职，所统供事不勤，以此见谪，暂还人间耳。卿可教，故得见我。"①

此壶天故事《后汉书·方术列传·费长房》也有记载。其实，壶中天地与洞中天地只是外在载体不同，并无本质区别，都是对道教奇妙仙境空间的一种阐释。此外，井中世界、画中世界也都是这样的独特空间。可见道教仙境是一个十分具有弹性的空间，大小可以相互包含，三维与二维可以相互转化。其实一些道教方术如缩地术以及飞行术等，能瞬间快速地完成空间距离的移动，其中也存在道教弹性空间理论的影子。

对于仙境内部空间小中有大、别有洞天的结构特点，有研究者考证指出，这种小中寓大的空间观是受印度文化影响，并加以本土化的结果。② 其实，除了佛教思想，从古代宇宙论及道教宇宙观中也能找到仙境空间构造的基本原理。中国古代的宇宙结构

---

① （晋）葛洪撰，胡守为校释：《神仙传校释》，北京：中华书局，2010年，第307页。

② 详参王青《中国小说中相对性时空观的建立》，《南京师范大学学报（社会科学版）》，2004年第4期，第126—131页。

学说主要有盖天说、浑天说、宣夜说三种，对道教宇宙观影响较大的是西汉张衡提出的“浑天说”，其认为宇宙是球形的，地居于天中如同鸡子在鸡蛋内部一样。东晋葛洪吸收了“浑天说”理论，认为“天如鸡子，地如鸡中黄，孤居于天内，天大而地小……天出入水中，无复疑矣”。[①] 此观点在受到《云笈七籤》的肯定后，成了整个道教的宇宙观，可以说道教宇宙观是对科学宇宙观的宗教演绎，因此洞中天地的空间构造有着球形宇宙观的影子。此外，仙境内部空间的无限性是传统哲学精神的一种体现，从本源上讲，世界万物都是由元气化生而来，土地山川尤其如此，因此道教视大地为一个有机的生命体。《太平经》说：“泉者，地之血；石者，地之骨也；良土，地之肉也。”[②] 土地拥有生命，通过地穴、地脉、水脉等相互连接，因此山岳、洞穴成为内在连接的整体，所谓“名山大川，孔穴相通”[③] 正是如此。杜光庭在《洞天福地岳渎名山记序》中解释名山仙境的形成时陈述更加得详细：

> 乾坤既辟，清浊肇分，融为江河，结为山岳，或上配辰宿，或下藏洞天。皆大圣上真主宰其事，则有灵宫阙府，玉宇金台。或结气所成，凝云虚构；或瑶池翠沼，注于四隅；或珠树琼林，疏于其上。神凤飞虬之所产，天驎泽马之所栖。或日驭所经，或星缠所属；含藏风雨，蕴蓄云雷，为天

---

① （唐）房玄龄等撰：《晋书》，北京：中华书局，1974 年，第 281—282 页。

② 王明编：《太平经合校》，北京：中华书局，2014 年，第 125 页。

③ 《河图括地象》，〔日〕安居香山、中村璋八辑：《纬书集成》，石家庄：河北人民出版社，1994 年，第 1091 页。

地之关枢，为阴阳之机轴。[1]

仙境乃结气所成，由狭窄的孔洞与人界相连，即洞天福地并不是一个个独立的存在，而是一个相互连接的整体。仙境是无限的，因此可以说仙境其实只有一个，只是人们进入仙境的洞穴有许多罢了，通过文学手段演绎出来便形成了小中寓大的双重空间景观。

三　志怪小说中仙境故事的时空意蕴

宗教是最初的科学，描述事物最普遍属性的知性范畴大都是宗教的产物，[2] 时间与空间便都脱胎于宗教的知性范畴。但宗教时空较科学时空多了几分变幻莫测，在道教世界中，仙境时空维度超出凡人的现实经验之外，因此呈现出玄妙模糊的特点。受道教影响，奇幻时空也是志怪小说塑造奇异空间的重要手段，“它以时空的遥远和变幻，使幻想的真虚无从究诘，共同造成了审美上的陌生感、神秘感和惊奇感”。[3] 相较而言，唐前志怪小说的时间感较强而空间感较弱，具体表现为小说的历时性特征突出，即使是粗陈梗概也是以时间为依托，按时间顺序讲述跨度几年、几十年甚至几生几世的故事，但却“很少有意识地聚焦于某个空间场景或场面，自觉地利用空间场面组织矛盾，利用矛盾纠葛

① 《洞天福地岳渎名山记》，《道藏》第 11 册，文物出版社、上海书店、天津古籍出版社，1988 年，第 55 页。

② 被哲学家们称之知性范畴的有时间、空间、类别、数量、原因、实体、人格等。

③ 杨义：《中国古典小说史论》，北京：中国社会科学出版社，1995 年，第 160 页。

把故事情节吸引到空间场面中来”。[1] 这虽然不代表古代小说没有空间叙事，但至少说明人们对空间叙事的利用缺乏自觉意识。这或许是因为人们更容易感受并顺从时间，而对空间的认识则相对滞后。大致而言，时间源自于“有”，只能在物质的有中才能留下痕迹，因此更容易被人们认识、衡量及掌握；而“空间的本质是空”，[2] 即空间源自于“无”，是由“无”组成的无限的空，以无为基础，以空为本质，因此空间拥有各个维度上的自由，难以被认识与掌握。因此时间越早，人们的空间利用意识越淡薄。

就唐前志怪小说对仙境空间的描绘而言，其更多地是出于宗教文化认识而非空间利用意识。首先，仙境的二重空间结构及巨大弹性与神仙信仰的本质密切联系。“神仙”并不实际存在，只是一种信仰上的精神存在物，且与宗教、政治、文化等诸多意识形态观念存在着一定的交叉碰撞。可以说神并不存在于现实空间，而是存在于众多世界之间的空隙之中，“他们只存在于空的空间里，存在于现实世界与观念世界之间的空隙里、法则与法则的应用之间的空隙里、行为与行为的后果之间的空隙里、现在与将来之间的空隙里”。[3] 神仙本即存在于“空”的空间中，那么仙境也不过是一个建立在虚构空间中的理想世界，这也决定了仙境“空”的特点，因此仙境是百变的，没有固定的形态。其次，仙境外在空间上难以掌握、飘忽不定的特点是塑造并维持宗教神

① 张卫中：《中国现代小说时空观念的变革》，《贵州社会科学》，2005 年第 5 期，第 110 页。

② 谭长流：《空间哲学》，北京：九州出版社，2009 年，第 159 页。

③ ［德］费尔巴哈著，王太庆译：《宗教的本质》，北京：商务印书馆，2015 年，第 63 页。

圣领域的必需。宗教思想最显著的特点是对“神圣”与“凡俗”两大领域的划分，将世界划分为这两个领域并维持二者的绝对界限，是宗教思想维持并发展的根本。仙境便是道教的神圣领域，为了与凡俗领域保持绝对的距离，仙境必须与凡尘隔绝，因此它没有固定位置，更无法通过客观的地理标识、位置方向来确定。但另一方面，“神圣具有传染性”，[①] 仙境又有着向凡俗世界渗透的趋势，因此进入人间。但这并不代表它的神圣性也随之而消解，神圣与凡俗仍是两个不可混淆的领域，因此仙境存在于俗世却始终保持着外在空间上的难以确定性，这就形成了仙境与人世若即若离的空间状态。此外，若从更广阔的文化视野分析，仙境世界的时空意识还可追溯到悠久的文化传统中。如在哲学传统方面，“以无为本”的传统哲学孕育了气化万物的原始时空观，即人们认为世界的本体是生生不息且不断周流变化的元气。在这个本体上形成的世界，必定是一个具有动态性与流动性的空间，道教仙境是演绎原始时空观的良好载体，从而造就了仙境空间位置的不固定性及空间秩序的暂时性。而通过对中国传统文化艺术的类比可对古人的时空意识有更深入的了解。宗白华先生通过对中国诗画的分析指出，中国人的空间意识是“于有限中见到无限，又于无限中回归有限。他的意趣不是一去不返，而是回旋往复的”。[②] 因此中国人对空间和生命的态度是“纵身大化，与物推

① 〔法〕爱弥尔·涂尔干著，渠敬东，汲喆译，《宗教生活的基本形式》，北京：商务印书馆，2011 年，第 433 页。

② 宗白华：《中国诗画中所表现的空间意识》，《宗白华全集（第 2 卷）》，合肥：安徽教育出版社，2008 年，第 437 页。

移”,[①] 而不是抗衡与对立。钱穆也曾分析中国传统的时空观，指出作为人类文化源头的农业文明具有一定的保守性、封闭性和妥协性，“农耕民族与其耕地相连系，胶着而不能移，生于斯，长于斯，老于斯，祖宗子孙世代坟墓安于斯。故彼之心中不求空间之扩张，惟望时间之绵延。绝不想人生有无限向前之一境，而认为当体具足，循环不已。其所想象而蕲求者，则曰‘天长地久，福禄永终’”。[②] 由此可见，中国古代在传统文化及思想整体上更依赖于时间，而缺乏空间拓展和空间利用意识。

虽然古人的时空意识发展不均衡，时间与空间无法完全统一，但就志怪小说的仙境故事而言，时间与空间又存在着一定的一致性。首先是主题方向上的一致，即为适应仙境的神幻性质，突出仙境的神秘，仙境中的时间与空间都是难以衡量与掌握的。实际上，时间是物质的运动性质的一种外显，人们依靠记忆的积累可以对时间产生规律性的认识，因此时间不仅能被认识与掌握，还可以像工具一样被操控。正因为这种可操控性，时间也成了自由的束缚，人们若想获得自由，就必须颠倒时间、混乱时间，只有这样才能无时间之忧扰。而且，时间只有不被人们掌握，才能避免通过量化时间而丈量或定位空间现象的发生，因此仙境时间必须是混乱的——至少对于凡人来说它是混乱的、无法掌握的。至于仙境空间的虚幻性，前文已有所论述，这是空间的本质，是宗教思想发展的必需。空间只有是“空”的才不会被

---

① 宗白华：《中西画法所表现出的空间意识》，《宗白华全集（第 2 卷）》，合肥：安徽教育出版社，2008 年，第 148 页。

② 钱穆：《中国文化史导论》修订本“弁言”，北京：北京商务印书馆，1994 年，第 3 页。

完全认识，“倘若伟大的空间不是空的或空无一物的话，人类就可以通过时间统一的方法，把任何非空的存在摧毁或玩弄”。[①] 总之，仙境的时间与空间都保持着一种超乎经验之外的非常状态。此外，仙境时间与空间又是无法剥离、相互依赖的。一方面，仙境对时间的超越需通过神圣空间的构建而实现。尤其在志怪小说中，仙境是理想社会的一个缩影，这个没有贫穷、饥饿、战争、压迫的社会源自于人们对俗世时间的记忆，也是对俗世时间的超越。另一方面，时间本身又提高并强化了仙境空间领域的神圣性。仙境的二重空间结构是“自然时空模式与人文时空精神相叠合的结果”，[②] 它因脱离了俗世的痛苦，能够获得永恒的快乐，而始终保持着对人们的吸引力。可以说，时间与空间上的奇异共同造就了仙境的神秘，但道教神仙不过是长生不死的人，仙境也并非真正意义上的彼岸世界，神仙与仙境都是以对现实人生及生命意义的诠释为底蕴，在无限与有限的鲜明对比中突出人生况味。

---

① 谭长流：《空间哲学》，北京：九州出版社，2009 年，第 151 页。

② 詹石窗：《道教文化十五讲》，北京：北京大学出版社，2003 年，第 375 页。

结　语

唐前志怪小说有地理博物、鬼神怪异、佛法灵异等不同的表现内容，在一定程度上反映了当时社会的思想形态特点。其中志怪小说与宗教的关系尤为密切，原始宗教、道教、佛教等宗教思想都交融体现在志怪小说中。通过对道教与唐前志怪小说的考察，可以发现二者均具有十分宽泛的范围与内容，是内蕴多元的文化载体，这是二者的特点，也是相关研究的难点。这种宽泛性、多元性导致我们当前的研究以及日后进一步推进研究深度时仍要面临许多问题。

首先是早期道教的宗教界限不清的问题。道教对文学的影响是多方面的，尤其是在唐代以前，道教不仅渗透入大众生活成为民俗文化的一部分，也对中国古代士大夫阶层的精神世界产生了深刻影响。但是作为本土宗教的道教，是吸收了传统文化的精髓而形成的，其来源复杂，而且道教形成之后又经历了分层发展的过程，上层士族道教向着理论深度的角度发展，下层民间道教则经常借鉴道教理论内容来充实自我。可以说，道教与传统文化、民间文化之间始终是双向互通的动态演变。因此道教思想与民间文化的界限并非泾渭分明，二者相互交融，很难为道教划分一个明确的宗教范围。早期道教尤其如此，因此唐前道教的研究需要一个开放的视野，这也加大了相关研究的学术难度，需要长期不懈的坚持与努力。

其次，道教不仅反映民间文化，也包含着精英阶层的思想，而志怪小说的民间性特点更加突出，文人性特点较弱。自葛洪的神仙道教以来，民间道教一变成为上层道教，专为统治者服务。知识分子群体的加入大大提高了道教的理论高度，这是道教得以发展的理论基石。由此六朝道教文人化、士族化特点也越来越明显，鲜明地体现在道教教义及相关道教文学作品中。而唐前志怪小说受多方面因素的影响，更多的是反映民间生活与文化，表现文人情怀的内容较少，这种阶层属性上的不对等也是在二者的比较研究中应该注意的问题。

再次，唐前志怪小说文体不成熟，加之受作者身份及其成书方式的影响，志怪小说中往往蕴涵着复杂多元且又独特的思想文化特点。正是因为志怪小说的这种特殊性，它才能成为许多学术研究的重要参考材料，文学、宗教、民俗、艺术乃至探究古代社会相关自然科学领域的问题也都从中取材。志怪小说成书多元，因此其思想表现也没有统一标准，相互抵牾之处也十分常见。可以说唐前志怪小说是一个内容异常丰富的资料源，相关的研究首先需要对其进行细致的整理与分类。

上述问题是道教与唐前志怪小说研究资料的历史现状，其特点业已形成，无法改变。而通过本书对二者的专题研究可以发现，道教与志怪小说之间的关系，主要是道教理论丰富了志怪小说的内容，即道教影响志怪小说故事的讲述。另外一种情况是对于二者同源的故事，道教与志怪小说有不同的解读角度，而无论故事内容的来源如何，道教与志怪小说对其进行解读的角度都是相对固定的。这得益于士族知识分子对道教的理论提升，道教不仅改进了原始宗教、早期道教的原有内容，还发掘、创造了很多新的宗教故事，这些精深的宗教故事为志怪小说提供了宝贵借鉴。至于二者阐释视角的区别，可大致总结为：道教是从神圣宗教的角度出发，而志怪小说则是从世俗文化角度出发。因此无论是志怪小说对道教的借鉴，还是二者同源、表现相同的故事，均体现出一定的差异性。道教执着于对教义教理理论的层层构建，更关注理论阐释；而志怪小说则更留意于道教故事的志异猎奇，更关注现象与结果，因此志怪小说往往只表现道教神仙与法术的奇异性，而少有对道教义理的阐释。本书重点考察的道教神仙信仰、女仙崇拜、生死观、精怪鬼神、仙境信仰等几个专题中，均存在这样的问题。

道教与唐前志怪小说是两个十分丰富的资料体系，本书虽从多个专题对其进行了论述，但这是远远不够的。一方面，道教义理及内涵丰富，对道教的考察还需对道教义理进行深入的研究；另一方面，限于篇幅与精力及诸多原因，本书只以唐代之前为断代，以唐前志怪小说为主要研究对象。其实，道教的发展虽有时间断代，但道教的理论及思想却不为时间所断，而且随着道教的世俗化，其对后世小说的影响日益加深，这些都是十分具有研究意义的内容，尚需进一步的努力与研究。

参考文献

一、原典与资料

(战国）吕不韦著，陈奇猷校释：《吕氏春秋新校释》，上海：上海古籍出版社，2002 年。

周振甫译注：《周易译注》，北京：中华书局，2013 年。

程俊英、蒋见元：《诗经注析》，北京：中华书局，1991 年。

王聘珍：《大戴礼记解诂》，北京：中华书局，1983 年。

杨伯峻：《春秋左传注》，北京：中华书局，2009 年。

王利器：《文子疏义》，北京：中华书局，2000 年。

(战国）尸佼著，汪继培辑：《尸子》，上海：上海古籍出版社，1989 年。

吴则虞：《晏子春秋集释》，北京：中华书局，1962 年。

王利器校注：《新语校注》，北京：中华书局，1986 年。

何宁：《淮南子集释》，北京：中华书局，1998 年。

王利器校注：《风俗通义校注》，北京：中华书局，2010 年。

王明编：《太平经合校》，北京：中华书局，2014 年。

朱谦之：《老子校释》，北京：中华书局，2006 年。

饶宗颐：《老子想尔注校证》，上海：上海古籍出版社，1991 年。

郭庆藩撰，王孝渔点校：《庄子集释》，北京：中华书局，2004 年。

杨伯峻：《列子集释》，北京：中华书局，1997 年。

黄晖：《论衡校释》，北京：中华书局，1996 年。

（汉）严遵著，王德有点校：《老子指归》，北京：中华书局，1994 年。

（汉）桓谭撰，朱谦之校辑：《新辑本桓谭新论》，北京：中华书局，2009 年。

（汉）司马迁：《史记》，北京：中华书局，1959 年。

（汉）班固：《汉书》，北京：中华书局，1962 年。

（汉）郑玄注，（唐）孔颖达疏，李学勤主编：《十三经注疏·礼记正义》，北京：北京大学出版社，1999 年。

（汉）许慎：《说文解字》，北京：中华书局，1963 年。

（汉）刘向撰，王叔岷校笺：《列仙传校笺》，北京：中华书局，2007 年。

楼宇烈校释：《王弼集校释》，北京：中华书局，1980 年。

韩吉绍译：《黄帝九鼎神丹经诀校释》，北京：中华书局，2015 年。

王卡点校：《老子道德经河上公章句》，北京：中华书局，1993 年。

许维遹：《韩诗外传集释》，北京：中华书局，1980 年。

戴明扬：《嵇康集校注》，北京：人民文学出版社，1962 年。

（魏）王弼注，楼宇烈校释：《老子道德经注校释》，北京：中华书局，2008 年。

（魏）曹丕等撰，郑学弢校注：《列异传等五种》，北京：文化艺术出版社，1988 年。

（晋）陈寿撰，（南朝宋）裴松之注：《三国志》，北京：中华书局，2005 年。

（晋）葛洪撰，王明校释：《抱朴子内篇校释》，北京：中华书局，1985 年。

（晋）常璩撰，严茜子点校：《华阳国志》，济南：齐鲁书社，2000 年。

（晋）郭璞注，袁珂校注：《山海经校注》，上海：上海古籍出版社，1980年。

（晋）干宝撰，汪绍楹校注：《搜神记》，北京：中华书局，1979年。

（晋）干宝撰，汪绍楹校注：《搜神后记》，北京：中华书局，1979年。

（晋）张华撰，范宁校证：《〈博物志〉校证》，北京：中华书局，1980年。

（晋）王嘉撰，（南朝梁）萧绮录，齐治平校注：《拾遗记》，北京：中华书局，1981年。

（晋）郭璞撰，胡守为校释：《神仙传校释》，北京：中华书局，2010年。

（晋）无名氏、葛洪撰，程毅中点校：《燕丹子·西京杂记》，北京：中华书局，1985年。

（晋）干宝撰，李剑国辑校：《新辑搜神记》，北京：中华书局，2007年。

（晋）陶潜撰，李剑国辑校：《新辑搜神后记》，北京：中华书局，2007年。

（南朝宋）范晔撰：《后汉书》，北京：中华书局，1965年。

（南朝宋）刘敬叔、（北齐）阳松玠撰，范宁、程毅中、程有庆辑校：《异苑　谈薮》，北京：中华书局，1996年。

（南朝梁）殷芸编纂，周楞伽辑注：《殷芸小说》，上海：上海古籍出版社，1984年。

（南朝梁）沈约：《宋书》，北京：中华书局，1974年。

（南朝梁）萧子显：《南齐书》，北京：中华书局，1972年。

（南朝梁）陶弘景撰，赵益点校：《真诰》，北京：中华书局，2011年。

（南朝梁）陶弘景撰，王家葵辑校：《登真隐诀辑校》北京：中华书局，2011年。

（南朝梁）陶弘景集，王家葵校注：《养性延命录校注》北京：中华书局，2014年。

(南朝梁）释僧佑撰，(唐）释道宣撰：《弘明集　广弘明集》，上海：上海古籍出版社，1991 年。

(北齐）魏收：《魏书》，北京：中华书局，1974 年。

(北周）颜之推：《颜氏家训》，北京：中华书局，2008 年。

(唐）房玄龄注：《管子》，上海：上海古籍出版社，1989 年。

(唐）房玄龄：《晋书》，北京：中华书局，1974 年。

(唐）魏徵等：《隋书》，北京：中华书局，1973 年。

(唐）李延寿：《南史》，北京：中华书局，1975 年。

(唐）李延寿：《北史》，北京：中华书局，1974 年。

(唐）姚思廉：《梁书》，北京：中华书局，1973 年。

(唐）令狐德棻：《周书》，北京：中华书局，1971 年。

(唐）释道世撰，周叔迦、苏晋仁校注：《法苑珠林校注》，中华书局，2003 年。

(唐）徐坚等：《初学记》，北京：中华书局，1962 年。

(宋）张君房编，李永晟点校：《云笈七籤》，北京：中华书局，2003 年。

(宋）洪兴祖撰，白化文等点校：《楚辞补注》，北京：中华书局，1983 年。

(宋）司马光编著，(元）胡三省音注：《资治通鉴》，北京：中华书局，1956 年。

(宋）李昉等：《太平御览》，北京：中华书局，1960 年。

(宋）李昉等编，汪绍楹点校：《太平广记》，北京：中华书局，1975 年。

(宋）陈振孙：《直斋书录题解》，上海：上海古籍出版社，1987 年。

(宋）晁公武撰，孙猛校：《郡斋读书志》，上海：上海古籍出版社，1990 年。

(宋）郑樵：《通志》，北京：中华书局，1987 年。

（元）马端林：《文献通考》，北京：中华书局，1986年。

（明）胡应麟：《少室山房笔丛》，北京：中华书局，1958年。

（清）永瑢等：《四库全书总目》，北京：中华书局，1965年。

（清）章学诚撰，叶瑛校注：《文史通义校注》，北京：中华书局，1994年。

（清）王先谦撰，沈啸寰，王星贤点校：《荀子集解》，北京：中华书局，1988年。

（清）陈立疏证：《白虎通疏证》，北京：中华书局，1994年。

（清）苏舆撰，钟哲点校：《春秋繁露义证》，北京：中华书局，1992年。

（清）张志聪集注：《黄帝内经集注》，北京：中医古籍出版社，2015年。

（清）严可均辑：《全上古三代秦汉三国六朝文》，北京：商务印书馆，1999年。

鲁迅：《古小说钩沉》，济南：齐鲁书社，1997年。

王国良：《神异经研究》，台北：文史哲出版社，1985年。

王国良：《海内十洲记研究》，台北：文史哲出版社，1993年。

王国良：《续齐谐记研究》，台北：文史哲出版社，1987年。

丁锡根编：《中国历代小说序跋集》，北京：人民文学出版社，1996年。

侯忠义编：《中国文言小说参考资料》，北京：北京大学出版社，1985年。

程毅中：《古小说简目》，北京：中华书局，1981年。

袁行霈、侯忠义编：《中国文言小说书目》，北京：北京大学出版社，1981年。

宁稼雨：《中国文言小说总目提要》，济南：齐鲁书社，1996年。

陈国庆编：《汉书艺文志注释汇编》，北京：中华书局，1983年。

余嘉锡：《四库提要辨证》，北京：中华书局，1980 年。

《道藏》，北京：文物出版社，上海：上海书店，天津：天津古籍出版社，1988 年。

任继愈主编：《道藏提要》，北京：中国社会科学出版社，1991 年。

朱越利：《道藏分类题解》，北京：华夏出版社，1996 年。

逯钦立辑校：《先秦汉魏晋南北朝诗》，北京：中华书局，1983 年。

二、研究著作

（一）

鲁迅：《中国小说史略》，北京：中华书局，2010 年。

郭箴一：《中国小说史》，上海：上海书店，1984 年。

陈寅恪：《金明馆丛初编》，北京：三联书店，2015 年。

陈寅恪：《金明馆丛二编》，北京：三联书店，2015 年。

顾颉刚：《秦汉的方士与儒生》，上海：上海古籍出版社，2005 年。

冯友兰：《中国哲学史》，上海：华东师范大学出版社，2000 年。

葛兆光：《中国思想史》（第一卷），上海：复旦大学出版社，1998 年。

余英时：《士与中国文化》，上海：上海人民出版社，1987 年。

闻一多：《神话与诗》，北京：北京联合出版公司，2013 年。

茅盾：《神话研究》，天津：百花文艺出版社，1981 年。

茅盾：《中国神话研究初探》，南京：江苏文艺出版社，2009 年。

王瑶：《中古文学史论》，北京：北京大学出版社，1998 年。

唐长孺：《魏晋南北朝史论丛》，上海：三联书店，1978 年。

唐长孺：《魏晋南北朝史论拾遗》，北京：中华书局，1983 年。

吕思勉：《两晋南北朝史》，上海：上海古籍出版社，2011 年。

王仲荦：《魏晋南北朝史》，上海：上海人民出版社，2003 年。

南怀瑾：《禅宗与道家》，上海：复旦大学出版社，1991 年。

罗宗强：《魏晋南北朝文学思想史》，北京：中华书局，1996 年。

陈垣辑：《道家金石略》，北京：文物出版社，1988 年。

蒙文通：《古学甄微》，成都：巴蜀书社，1987 年。

汤用彤：《魏晋玄学论稿》，上海：上海古籍出版社，2001 年。

田余庆：《东晋门阀政治》，北京：北京大学出版社，1989 年。

李零：《中国方术正考》，北京：中华书局，2006 年。

詹鄞鑫著：《心智的误区——巫术与中国巫术文化》，上海：上海教育出版社，2001 年。

余嘉锡：《余嘉锡文史论集》，成都：岳麓书社，1997 年。

袁珂：《中国神话传说》，北京：中国民间文艺出版社，1984 年。

袁珂：《中国神话史》，上海：上海文艺出版社，1988 年。

钱锺书：《管锥编》，北京：三联书店，2007 年。

（二）

刘叶秋：《古典小说笔记论丛》，天津：南开大学出版社，1985 年。

石昌渝：《中国小说源流论》，上海：三联书店，1994 年。

陈文新： 《中国文言小说审美发展史》武汉：武汉大学出版社，2002 年。

侯忠义：《中国文言小说史稿》，北京：北京大学出版社，1990 年。

吴志达：《中国文言小说史》，济南：齐鲁书社，1994 年。

刘叶秋：《历代笔记小说概述》，北京：北京出版社，003 年。

吴光正：《中国古代小说的原型与母体》，北京：社会科学文献出版社，2002 年。

刘叶秋：《魏晋南北朝小说》，上海：上海古籍出版社，1978 年。

李剑国：《唐前志怪小说辑释》，上海：上海古籍出版社，2011 年。

李剑国：《唐前志怪小说史》，北京：人民文学出版社，2011 年。

侯忠义：《汉魏六朝小说史》，沈阳：春风文艺出版社，1989 年。

王枝忠：《汉魏六朝小说史》，杭州：浙江古籍出版社，1997 年。

陈文新：《六朝小说》，北京：文化艺术出版社，1997 年。

张庆民：《魏晋南北朝志怪小说通论》，北京：首都师范大学出版社，2000 年。

彭磊、鲜京宸：《先秦至唐五代妖怪小说研究》，重庆：重庆大学出版社，2012 年。

王国良：《魏晋南北朝志怪小说研究》，台北：文史哲出版社，1993 年。

王国良：《六朝志怪小说考论》，台北：文史哲出版社，1988 年。

周次吉：《六朝志怪小说研究》，台北：文津出版社，1986 年。

谢明勋：《六朝志怪小说研究述论》，台北：里仁书局，2011 年。

穆克宏：《魏晋南北朝文学史料述略》，北京：中华书局，1997 年。

徐公持：《魏晋文学史》，北京：人民文学出版社，2006 年。

程毅中编：《古体小说钞》，北京：中华书局，1995 年。

徐翠先编著：《道教文言小说选》，北京：中国文联出版社，1999 年

吴光正：《中国古代小说的原型与母题》，北京：社会科学文献出版社，2004 年。

（三）

王家佑：《道教论稿》，成都：巴蜀书社，1987 年。

中国大百科全书总编辑委员会《宗教》编辑委员会编：《中国大百科全书》宗教卷，北京：中国大百科全书出版社，1989 年。

任继愈主编：《中国道教史》，上海：上海人民出版社，1989 年。

李养正：《道教与中国社会》，北京：中国华侨出版社，1989 年。

钟肇鹏：《谶纬略论》，沈阳：辽宁教育出版社，1991 年。

中国道教协会研究室编：《道教史资料》，上海：上海古籍出版社，1991 年。

萧萐父、罗炽主编：《众妙之门：道教文化之谜探微》，长沙：湖南教育出版社，1991 年。

胡孚琛主编：《中华道教大辞典》，北京：中国社会科学出版社，

1995年。

卿希泰主编:《中国道教》,上海:东方出版中心,1996年。

金正耀:《中国的道教》,北京:商务印书馆,1996年。

牟钟鉴,胡孚琛,王葆玹著:《道教通论:兼论道家学说》,济南:齐鲁书社,1996年。

孔令宏:《中国道教史话》,保定:河北大学出版社,1999年。

潘雨廷:《道教史发微》,上海:上海社会科学院出版社,2003年。

詹石窗:《道教文化十五讲》,北京:北京大学出版社,2003年。

孔令宏:《从道家到道教》,北京:中华书局,2004。

卿希泰、唐大潮:《道教史》,南京:江苏人民出版社,2006年。

胡孚琛:《道教通论》,北京:社会科学文献出版社,2009年。

李养正:《道教义理综论(上下)》,北京:宗教文化出版社,2009年。

王卡:《道教史话》,北京:社会科学文献出版社,2012年。

胡孚琛:《魏晋神仙道教:〈抱朴子内篇〉研究》,北京:人民出版社,1989年。

姜生:《汉魏晋两南北朝道教伦理论稿》,成都:四川大学出版社,1995年。

柳存仁:《道家与道术——和风堂文集续编》,上海:上海古籍出版社,1999年。

熊铁基:《秦汉新道家》,上海:上海人民出版社,2001年。

吕锡琛:《道家道教与中国古代政治社会》,长沙:湖南人民出版社,2002年。

葛兆光;《屈服史及其他:六朝隋唐道教的思想史研究》,北京:三联书店,2003年。

顾颉刚:《秦汉方士与儒生》,上海:上海古籍出版社,2005年。

汤一介:《早期道教史》,北京:昆仑出版社,2006年。

钟玉英:《汉末魏晋南北朝道教与社会分层关系研究》,成都:四川大学出版社，2008 年。

陈国符：《道藏源流考》，北京：中华书局，2014 年。

慕容真点校：《道教三经合璧》，杭州：浙江古籍出版社，1991 年。

李养正、张继禹：《道教经史论稿》，北京：华夏出版社，1995 年。

朱越利：《道经总论》，沈阳：辽宁教育出版社，1997 年。

钟肇鹏编：《新编道藏目录》，北京：北京图书馆出版社，1999 年。

潘雨廷：《道藏书目提要》，上海：上海古籍出版社，2003 年。

丁培仁：《增注新修道藏目录》，成都：巴蜀书社，2008 年。

丁煌：《汉唐道教论集》，北京：中华书局，2009 年。

李小荣：《敦煌道教文学研究》，成都：巴蜀书社，2009 年。

赵益：《六朝隋唐道教文献研究》，南京：凤凰出版社，2012 年。

刘屹：《敦煌道经与中古道教》，兰州：甘肃教育出版社，2013 年。

王明：《道家与道教思想研究》，北京：中国社会科学出版社，1984 年。

黄钊主编：《道家思想史纲》，长沙：湖南师范大学学报，1991 年。

何建明：《道家思想的历史转折》，武汉：华中师范大学出版社，1991 年。

陈耀庭、刘仲宇：《道、仙、人——中国道教纵横》，上海：上海社会科学院出版社，1992 年。

钟来因：《长生不死的探求——道经〈真诰〉之谜》，上海：文汇出版社，1992 年。

李刚：《劝善成仙——道教生命伦理研究》，成都：四川人民出版社，1994 年。

姜生：《汉魏晋两南北朝道教伦理论稿》，成都：四川大学出版社，1995 年。

姜生：《宗教与人类的自我控制——中国道教伦理研究》，成都：巴蜀书社，1996 年。

卢国龙：《道教哲学》，北京：华夏出版社，1997年。

潘显一：《大美不言——道教美学思想范畴论》，成都：四川人民出版社，1999年。

李申：《道教本论：黄老、道家即是道教》，上海：上海文化出版社，2001年。

杨玉辉：《道教人学研究》，北京：人民出版社，2004年。

李霞：《生死智慧——道家生命观研究》，北京：人民出版社，2004年。

刘屹：《敬天与崇道：中古经教道教形成的思想史背景》，北京：中华书局，2005年。

卿希泰：《中国道教思想史》，北京：人民出版社，2009年。

郭树森：《天师道》，上海：上海社会科学院出版社，1990年。

胡孚琛：《道教与仙学》，北京：新华出版社，1993年。

王纯五：《天师道二十四治考》，成都：四川大学出版社，1996年。

张崇富：《上清派修道思想研究》，成都：巴蜀书社，2004年。

戈国龙：《道教内丹学溯源》，北京：宗教文化出版社，2004年。

王士伟：《楼观道源流考》，西安：三秦出版社，2007年。

胡海牙、武国忠：《陈撄宁仙学精要》，北京：宗教文化出版社，2008年。

宇汝松：《六朝道教上清派研究》，济南：山东文艺出版社，2009年。

丁长春：《道教性命学概论》，北京：社会科学文献出版社，2013年。

萧登福：《六朝道教灵宝派研究》，台北：新文丰出版社，1997年。

萧登福：《先秦两汉冥界及神仙思想探原》，台北：文津出版社有限公司，2001年。

萧登福：《道家道教与中土佛教初期经义发展》，上海：上海古籍出版社，2003年。

萧登福：《周秦两汉早期道教》，台北：文津出版社有限公司，

1998 年。

张勋燎、白彬：《中国道教考古》第 3 册，北京：线装书局，2006 年。

林富士：《中国中古时期的宗教与医疗》，北京：中华书局，2012 年。

刘屹：《神格与地域：汉唐间道教信仰世界研究》，上海：上海人民出版社，2011 年。

李能和、孙亦平：《朝鲜道教史》，济南：齐鲁书社，2016 年。

吕锡琛：《道家、方士与王朝政治》，长沙：湖南出版社，1991 年

张兴发：《道教神仙信仰》，北京：中国社会科学院出版社，2001 年。

范恩君：《道教神仙》，北京：宗教文化出版社，2007 年。

詹石窗：《道教与女性》，上海：上海古籍出版社，1990 年。

过伟：《中国女仙》，南宁：广西教育出版社，2000 年。

李玉珍，林美玫合编：《妇女与宗教：跨领域的视野》，台北：里仁书局，2003 年。

岳齐琼：《汉唐道教修炼方式与道教女性观之变化研究》，成都：巴蜀书社，2009 年。

徐复观：《中国艺术精神》，上海：华东师范大学出版社，2001 年。

李刚：《何以“中国的根柢全在道教”：道教哲学论稿之二》，成都：巴蜀书社，2008 年。

李晟：《仙境信仰研究》，成都：巴蜀书社，2010 年。

牙含章、王友三主编：《中国无神论史》，北京：中国社会科学出版社，2011 年。

陈耀庭、刘仲宇：《道·仙·人》，上海：上海社会科学院出版社，1992 年。

黄海德：《天上人间：道教神仙谱系》成都：四川人民出版社，1994 年。

马书田：《中国道教诸神》，北京：团结出版社，1996 年。

韩秉方：《道教与民俗》，北京：文津出版社，1997 年。

刘仲宇:《道教法术》,上海:上海文化出版社,2002年。

王建中:《中国画像石全集》,郑州:河南美术出版社,2000年。

郭武主编:《道教教义与现代社会》,上海:上海古籍出版社,2003年。

高国藩:《中国民俗探微——敦煌古俗与民俗流变》,南京:河海大学出版社,1989年。

余英时:《中国思想传统的现代诠释》,南京:江苏人民出版社,2004年。

(四)

宗力、刘群:《中国民间诸神》,石家庄:河北人民出版社,1987年。

葛兆光:《道教与中国文化》,上海:上海人民出版社,1987年。

徐仪明、冷天吉:《人仙之间——〈抱朴子〉与中国文化》,开封:河南大学出版社,1998年。

丁山:《中国古代宗教神话考》,上海:上海文艺出版社,1988年。

葛兆光:《想象力的世界》,北京:现代出版社,1990年。

卿希泰主编:《道教与中国传统文化》,福州:福建人民出版社,1990年。

郑土有、陈晓勤:《中国仙话》,上海:上海文艺出版社,1990年。

文史知识编辑部编:《道教与传统文化》,北京:中华书局,1992年。

詹石窗:《道教文学史》,上海:上海文艺出版社,1992年。

张浩:《思维发生学:从动物道人的思维》,北京:中国社会科学出版社,1994年。

王明:《道家与传统文化研究》,北京:中国社会科学出版社,1995年。

李生龙:《道家及其对文学的影响》,长沙:岳麓书社,1998年。

张松辉:《汉魏六朝道教与文学》,长沙:湖南师范大学出版社,1996年。

姚圣良：《先秦两汉神仙思想与文学》，济南：齐鲁书社，1998 年。

杨建波：《道教文学史论稿》，武汉：武汉出版社，2001 年。

张成权：《道家、道教与中国文学》，合肥：安徽大学出版社，2010 年。

路遥：《道教与民间信仰》，上海：上海人民出版社，2011 年。

张松辉：《先秦两汉道家与文学》，上海：东方出版社，2004 年。

葛晓音：《汉魏六朝文学与宗教》，上海：上海古籍出版社，2005 年。

蒋振华：《汉魏六朝道教文学思想研究》，长沙：中南大学出版社，2006 年。

赵益：《六朝南方神仙道教与文学》，上海：上海古籍出版社，2006 年。

孙逊：《中国古代小说与宗教》，上海：复旦大学出版社，2000 年。

王连儒：《志怪小说与人文宗教》，济南：山东大学出版社，2002 年。

黄景春：《道心人情——中国小说中的神仙道士》，上海：上海辞书出版社，2005 年。

刘敏：《天道与人心：道教文化与中国小说传统》，北京：中国社会科学出版社，2007 年。

黄勇：《道教笔记小说研究》，成都：四川大学出版社，2007 年。

苟波：《仙境、仙人、仙梦——中国古代小说中的道教理想主义》，成都：巴蜀书社，2008 年。

闵智亭编：《道教仙话》，北京：华夏出版社，1989 年。

梅新林：《仙话——神人之间的魔幻世界》，上海：三联书店，1992 年。

罗永麟：《中国仙话研究》，上海：上海文艺出版社，1993 年。

葛兆光：《中国宗教与文学论集》北京：清华大学出版社，1998 年。

张兴发：《道教神仙信仰》，北京：中国社会科学出版社，2001 年。

韩云波：《唐代小说观念与小说兴起研究》，成都：四川民族出版社，

2002年。

汪涌豪、渝灏敏：《中国游仙文化》，上海：复旦大学出版社，2005年。

干春松：《神仙传》，上海：东方出版社，2005年。

黄景春：《中国古代小说仙道人物研究》，南宁：广西师范大学出版社，2006年。

程丽芳：《神仙思想与汉魏六朝志怪小说研究》，成都：西南交通大学出版社，2008年。

李丰楙：《神话与变异：一个常与非常的文化思维》，北京：中华书局，2010年。

李丰楙：《仙境与游历：神仙世界的想象》，北京：中华书局，2010年。

李丰楙：《优与游：六朝隋唐仙道文学》，北京：中华书局，2010年。

王青：《汉朝的本土宗教与神话》，台北：洪叶文化事业有限公司，1998年。

王青：《先唐神话、宗教与文学考论》，北京：中华书局，2007年。

吴国富：《陶渊明与道家文化》，南昌：江西人民出版社，2006年。

(五)

〔日〕小南一郎著，孙昌武译：《中国的神话传说与古小说》，北京：中华书局，1993年。

〔日〕小林正美著，李庆译：《六朝道教史研究》，成都：四川人民出版社，2001年。

〔日〕吉川忠夫、麦谷邦夫撰，朱越利译：《真诰校注》，北京：中国社会科学出版社，2006年。

〔日〕吉川忠夫著，王启发译：《六朝精神史研究》，南京：江苏人民出版社，2010年。

〔日〕安居香山，中村璋八辑：《纬书集成》，石家庄：河北人民出版社，1994 年。

〔澳〕柳存仁：《道教史探源》，北京：北京大学出版社，2000 年。

〔韩〕文镛盛：《中国古代社会的巫觋》，北京：华文出版社，1999 年。

〔英〕泰勒：《原始文化》，上海：上海文艺出版社，1992 年。

〔德〕费尔巴哈：《宗教的本质》，北京：商务印书馆，2010 年。

〔英〕弗雷泽：《金枝》，北京：大众文艺出版社，1998 年。

〔法〕列维—布留尔：《原始思维》，北京：商务印书馆，1981 年。

〔法〕列维—施特劳斯：《野性的思维》，北京：中国人民大学出版社，2006 年。

〔英〕马林诺夫斯基：《巫术科学宗教与神话》，上海：上海社会科学院出版社，2016 年。

〔法〕马塞尔·莫斯：《巫术的一般理论》，桂林：广西师范大学出版社，2007 年。

〔德〕马克思·韦伯著，马容芬译：《儒教与道教》，北京：商务印书馆，1996 年。

〔德〕卡西尔：《人论》，上海：上海译文出版社，1985 年。

〔英〕李约瑟：《中国科学技术史》，北京：科学出版社，上海：上海古籍出版社，1990 年。

〔英〕里德伯斯编，章邵增译：《时间》，北京：华夏出版社，2006 年。

三、研究论文

（一）期刊论文

顾颉刚：《〈庄子〉和〈楚辞〉中昆仑和蓬莱两个神话系统的融合》，《中华文史论丛》，1979 年第 2 辑。

季羡林：《印度文学在中国》，《文学遗产》，1980 年第 1 期。

汤一介：《略论早期道教关于生死、神形问题的理论》，《哲学研究》，1981 年第 1 期。

李刚:《论黄老道》,《宗教学研究》,1984年第1期。

王明:《道教基本理论的几个来源》,《宗教学研究》,1985年第1期。

〔法〕马伯乐,徐益明译:《六朝时期的道教》,《宗教学研究》,1985年第6期。

曾召南:《天师道名称小议》,《宗教学研究》,1985年第6期。

葛兆光:《想象的世界——道教与中国古典文学》,《文学遗产》,1987年第4期。

卿希泰:《试论道教在中国传统文化中的地位》,《哲学研究》,1988年第1期。

伍伟民:《道教对中国古代文学影响刍议》,《世界宗教研究》,1988年第4期。

朱越利:《从〈山海经〉看道教神学的远源》,《世界宗教研究》,1989年第1期。

李刚:《魏晋道教哲学三题》,《四川大学学报》,1990年第2期。

郑士有:《中国古代神话仙话化的演变轨迹》,《民间文学论坛》,1992年第1期。

牟钟鉴:《道家学说与流派述要》,《道家文化研究》,1992年第1辑。

王青:《论齐楚两大方士集团及其对道教的影响》,《世界宗教研究》,1992年第3期。

王青:《道教神话研究》,《文学遗产》,1993年第2期。

詹石窗:《道教小说略论》,《道家文化研究》第四辑,上海:上海古籍出版社,1994年。

郭武:《论道教的长生成仙信仰》,《世界宗教研究》,1994年第1期。

梅新林:《中国神话的仙话化及其对文学的影响》,《浙江社会科学》,1995年第1期。

陈辽:《论我国古代小说中的宗教》,《吉林大学社会科学学报》,1995年第2期。

刘昭瑞：《“承负说”缘起论》，《世界宗教研究》，1995 年第 4 期。

张松辉、刘雪梅：《从三个女诗人看道教对唐诗的贡献》，《宗教学研究》，1997 年第 3 期。

杨立华：《论道教早期上清经的出世及其与〈太平经〉的关系》，《北京大学学报》，1999 年第 1 期。

孙亦平：《论道教女仙崇拜的特点——从杜光庭〈墉城集仙录〉谈起》，《中国道教》，2000 年第 1 期。

陈霞：《浅谈道教贵柔守雌与生态女权思想》，《西南民院学报》，2000 年第 8 期。

朱越利：《论六朝方士的房中术》，《江西社会科学》，2000 年第 11 期。

朱越利：《论六朝贵族道教房中术的产生》，《世界宗教研究》，2001 年第 3 期。

李素萍：《从道教成仙修炼看女性之地位》，《中国道教》，2001 年第 3 期

王贵生：《论〈山海经〉中的神灵复活机制》，《西北师范大学学报（社会科学版）》，2002 年第 3 期。

陈静：《道教的女仙——兼论人仙和神仙的不同》，《宗教学研究》，2003 年第 2 期。

苟波：《道教与“女仙降临”故事》，《宗教学研究》，2003 年第 3 期。

陈建宪：《论道教对中国神话的继承与发展》，《华中师范大学学报（人文社会科学版）》，2003 年第 6 期。

苟波：《中国古代“凡男遇仙”故事与道教》，《宗教学研究》，2004 年第 1 期。

黄勇：《方士小说向道士小说的嬗变》，《新疆大学学报》，2004 年第 1 期。

杨英：《神仙家渊源考》，《宗教学研究》，2004 年第 2 期。

詹石窗：《道教神仙信仰及其生命意识透析》，《湖北大学学报》，2004

年第 5 期。

苟波:《中国古代的“仙境”观念、“游历仙境”小说和道教伦理》,《江西社会科学》,2004 年第 9 期。

刘晓峰:《论重数节日序列及其阐释系统的形成》,《民俗研究》,2005 年第 3 期。

宁胜克:《试析中国神话的道化现象》,《郑州大学学报(社会科学版)》,2007 年第 2 期。

陈云:《“女性原则”与道教的生态关怀》,《中华文史论坛》,2007 年第 4 期。

邵正坤:《北朝家庭的道教信仰》,《史学月刊》,2008 年第 2 期。

刘敏:《汉魏神怪小说的宗教形态述论》,《四川师范大学学报(社会科学版)》,2008 年期第 3 期。

黄东阳:《岁月易迁——唐五代仙境传说中时间母题之传承与其命题》,《新世纪宗教研究》,2008 年第 4 期。

曾维加:《汉魏六朝道教与民间信仰的关系——以志怪小说为中心》,《西南民族大学(人文社科版)》,2008 年第 10 期。

刘晓峰:《论月望节日序列》,《民俗研究》,2009 年第 1 期。

李大伟,薛莹:《魏晋南北朝时期的蓬莱仙话与佛教志怪》,《东岳论丛》,2009 年第 2 期。

曾礼军:《〈太平广记〉神仙小说中“青竹”的宗教文化意蕴探析》,《宗教学研究》,2009 年第 3 期。

陈洪:《〈列仙传〉的道教意蕴与文学史意义》,《文学评论》,2010 年第 3 期。

陈杉、赖全:《“鬼神志怪之书”的神仙思想初探》,《中华文化论坛》,2010 年第 3 期。

黄景春:《秦汉魏晋神仙思想的继承与嬗变——兼谈小南一郎“新神仙思想”说存在的问题》,《武汉大学学报(人文科学版)》,2010 年第 3 期。

刘惠卿：《佛经文学与六朝仙道类小说创作》，《西南民族大学学报（人文科学版）》，2010 年第 4 期。

刘湘兰：《论儒释道梦观念对六朝志怪小说的楔入》，《安徽大学学报（哲学社会科学版）》，2011 年第 2 期。

程丽芳：《六朝隋唐神仙考验小说道教意蕴》，《北方论丛》，2013 年第 6 期。

杨燕：《女性大美与道教养生的现代意义解读》，《宗教学研究》，2016 年第 2 期。

万晴川：《道教上清派存思术对宋前小说创作的影响》，《文艺理论研究》，2016 年第 3 期。

（二）学位论文

1. 硕士学位论文

武锋：《秦汉魏晋神仙观念的历史考察》，华东师范大学 2004 年。

胡蔚：《唐五代说部道教女仙考》，四川大学 2005 年。

肖娟：《从〈墉城集仙录〉论唐代道教的女仙谱系和女仙崇拜》，四川大学 2006 年。

张光元：《魏晋南北朝志怪小说汇考》，东北师范大学 2007 年。

张立敏：《神仙传记中的神仙信仰研究》，四川大学 2007 年。

唐娜：《先唐服食与文学》，南京师范大学 2007 年。

薛莹：《魏晋南北朝蓬莱仙话研究》，山东大学 2007 年。

李勤：《女神降格研究》，四川师范大学 2007 年。

樊伟俊：《魏晋南北朝博物类志怪小说研究》，东北师范大学 2009 年。

李敬：《中古神仙传记研究》，广西师范大学 2009 年。

丁伟田：《神仙思想与魏晋南北朝志怪小说》，浙江工业大学 2010 年。

陈俊荣：《汉魏六朝道教仙传故事类型研究》，西南大学 2011 年。

张德兰：《道教神仙谱系流变中女仙形象及地位演变初探》，华中师范大学 2012 年。

陈思菡：《汉唐小说中的飞升母体研究》，北京大学 2012 年。

杨欢：《六朝志怪小说的文化解读》，华侨大学 2012 年。

毛婷婷：《唐前小说“死后升仙”情节模式研究》，西南大学 2012 年。

陆扬：《道教的女仙崇拜——以仙传为中心的考察》，南京大学 2013 年。

王雅静：《道教上清派与汉魏六朝小说研究》，浙江工业大学 2013 年。

孔图雅：《汉魏六朝神仙题材小说研究》，内蒙古师范大学 2013 年。

刘三婷：《先唐仙传研究》，湖南师范大学 2013 年。

何桂花：《道教女仙的起源、信仰特征及其社会意义》，华侨大学 2014 年。

刘敏锐：《汉魏至唐五代小说仙人下凡母题研究》，西南大学 2014 年。

申玲玲：《道教神仙观念与唐前小说研究》，河南师范大学 2014 年。

宋晓玉：《齐梁志怪小说研究》，郑州大学 2014 年。

张月：《先唐女仙形象研究》，北华大学 2015 年。

2. 博士学位论文

张宏：《秦汉魏晋游仙诗的渊源流变论略》，北京大学 1994 年。

苟波：《道教与神魔小说》，四川大学 1999 年。

赵益：《六朝道教与文学》，南京大学 1999 年。

党芳莉：《八仙仙事演变及相关文学研究》，复旦大学 2000 年。

李乃龙：《道教与唐诗》，陕西师范大学 2000 年。

凤录生：《道教与唐五代小说》，上海师范大学 2000 年。

杨莉：《道教女仙传记〈墉城集仙录〉研究》，香港中文大学宗教系 2000 年。

桑宝靖：《仙歌考论》，南开大学 2002 年。

李小光：《生死超越与人间关怀——神仙信仰再道教与民间的互动》，四川大学 2002 年。

罗争鸣：《道教与唐五代小说研究》，复旦大学 2003 年。

张文安：《中国神话研究与文化要素分析》，陕西师范大学 2004 年。

蔡堂根：《中国文化中的人神恋》，浙江大学 2004 年。

张勤：《西王母神话传说研究》，苏州大学 2005 年。

张文安：《周秦两汉神仙信仰研究》，郑州大学 2005 年。

黄勇：《道教笔记小说宗教思想研究》，四川大学 2005 年。

伍成泉：《汉末魏晋南北朝道教戒律规范研究》，华中师范大学 2005 年。

刘敏：《道教与中国古代通俗小说研究》，四川大学宗教学 2006 年。

姚圣良：《先秦两汉神仙信仰研究》，山东大学 2006 年。

王宪昭：《中国民族神话母题研究》，中央民族大学 2006 年。

盛莉：《〈太平广记〉仙类小说类目及其编纂》，华中师范大学 2006 年。

马得禹：《〈搜神记〉与中国古代巫方文化》，兰州大学 2006 年。

邱健：《魏晋南北朝游仙小说研究》，广西大学 2007 年。

张亚南：《魏晋小说类文献研究》，山东大学 2008 年。

于春魅：《道家思想与魏晋玄学——以隐逸、游仙、玄言文学为中心的研究》，首都师范大学 2008 年。

杨显：《神仙与阴阳——〈淮南子〉道家神仙思想研究》，武汉大学 2010 年。

刘杰：《汉武帝故事及其文化阐释》，南开大学 2010 年。

卢晓辉：《宋代诗歌与道教》，南京师范大学 2010 年。

赵爱华：《乱世与古小说》，南开大学 2010 年。

王兴芬：《唐前传说研究》，西北师范大学 2010 年。

罗文卿：《唐前游仙文学研究》，山东大学 2011 年。

陈刚：《唐前蓬莱神话流变考》，华中师范大学 2011 年。

罗文卿：《唐前游仙文学研究》，山东大学 2011 年。

刘巍：《汉魏六朝至唐五代悟道求仙小说研究》，西南大学 2011 年。

刘育霞：《魏晋南北朝道教与文学》，山东大学 2012 年。

杨显：《汉代神话研究》，四川师范大学 2012 年。

张辟辟：《宋前志怪小说与方术》，湖南师范大学 2012 年。

张华：《汉代文学中的神话研究》，陕西师范大学 2013 年。

段祖青：《宋前茅山宗文学研究》，湖南师范大学 2013 年。

胡百涛：《六朝道教上清派存思道法研究》，中国社会科学院研究生院 2013 年。

林飞飞：《刘宋帝王与宗教关系研究》，南开大学 2013 年。

王鹏飞：《道家与道教思想史批判》，浙江大学 2014 年。

杜文平：《西王母故事的文本演变及故事内涵》，南开大学 2014 年。

向群：《葛洪〈神仙传〉研究——以文本流变为中心的考察》，山东大学 2015 年。

后　记

三年的时间，深刻体会到学术研究的艰辛，对于资质平平的我而言，一路走来的焦虑更是铭记在心。但也正是这个过程让我知道，只要坚持与努力，一切梦寐以求的东西都会如期而至，哪怕过程有些曲折，但终会有所收获。

最初本论文的研究更多的是从文学角度出发，然而在撰写过程中，越来越多地涉及到道教理论的知识，我也因此得以进入道教研究领域。面对驳杂深奥的道教理论以及浩瀚渊博的典籍与研究成果，完成该论文的撰写对我而言，无疑是一个巨大的挑战。幸而在师友们的教导与帮助下，我得以克服学术研究上的困难，顺利完成该论文的撰写。不过由于时间和能力所限，文章难免有一些疏漏与不足，我会在日后的积累与研究中，慢慢发掘、完善。因此该论文的完成只是一个开始，浩瀚的学术海洋、道教博大精深的思想世界，都有待进一步的探究。

在这里首先应该感谢辛勤付出的老师们，感谢我的硕导王青老师成为我的引路人，也同样真心感谢我的博导徐克谦老师，让我在三年的博士生涯中感受到值得永生珍藏的温暖。其次，感谢我的家人总是坚定地站在我背后，给予我面对困难的力量。再次，同门同窗之间的手足情谊也将是我留在随园里的美好回忆。最后，感谢曾经陪我走过山山水水，最后相忘于江湖的人。千言万语难以还原过往的种种，结束只是另一种形式的开始，最好的纪念就是自勉前行。

博士毕业后，我在东南大学从事博士后研究工作，并由此进入道教艺术相关的研究领域，在此期间对本论文进行了一定的修改。博士后期间得到中国博士后科学基金第64批面上资助项目“唐前道教考古材料与志怪小说研究”（项目编号：2018M642127）、江苏省社科基金青年项目“传世文献与考古材料中的神仙意象与图像研究”（项目编号：19YSC002）基金资助，特此致谢。

徐胜男

2020年8月

《儒道释博士论文丛书》已出书目

第一批(1999 年)

道教斋醮科仪研究　张泽洪著

道教炼养心理学引论　张　钦著

道教劝善书研究　陈　霞著

道教与神魔小说　苟　波著

净明道研究　黄小石著

第二批(2000 年)

神圣礼乐

——正统道教科仪音乐研究

蒲亨强著

魏晋玄学人格美研究　高华平著

明清全真教论稿　王志忠著

佛教与儒教的冲突与融合

彭自强著

经验主义的孔子道德思想及其历史演变　邓思平著

第三批(2001 年)

宋元老学研究　刘固盛著

道教内丹学探微　戈国龙著

汉魏六朝道教教育思想研究

汤伟侠著

般若与老庄　蔡　宏著

刘一明修道思想研究　刘　宁著

晚明自我观研究　傅小凡著

第四批(2002 年)

近现代以佛摄儒研究　李远杰著

礼宜乐和的文化思想　金尚礼著

生死超越与人间关怀

——神仙信仰在道教与民间的互动　李小光著

近现代居士佛学研究　刘成有著

生命的层级

——冯友兰人生境界说研究

刘东超著

第五批(2003 年)

中国佛教僧团发展及其研究

王永会著

实相本体与涅槃境界　余日昌著

斋醮科仪　天师神韵　傅利民著

荷泽宗研究　聂　清著

精神分析与佛学的比较研究

尹　立著

太虚对中国佛教现代化道路的抉择　罗同兵著

终极信仰与多元价值的融通

姚才刚著

第六批(2004 年)

西学东渐与明清实学 李志军著

上清派修道思想研究 张崇富著

北宋《老子》注研究 尹志华著

相国寺
——在唐宋帝国的神圣与凡俗之间 段玉明著

熊十力本体论哲学研究 郭美华著

关于知识的本体论研究
——本质 结构 形态 昌家立著

明代王学研究 鲍世斌著

中国技术思想研究
——古代机械设计与方法 刘克明著

朱熹与《参同契》文本 钦伟刚著

中国律宗思想研究 王建光著

第七批(2005 年)

元代庙学
——无法割舍的儒学教育链 胡 务著

牟宗三"道德的形而上学"研究 闵仕君著

隋唐五代道教美学思想研究 李 裴著

宋元道教易学初探 章伟文著

杜光庭《道德真经广圣义》的道教哲学研究 金兑勇著

天台判教论 韩焕忠著

杜光庭道教小说研究 罗争鸣著

魏源思想探析 李素平著

泰州学派新论 季芳桐著

《文子》成书及其思想 葛刚岩著

傅金铨内丹思想研究 谢正强著

第八批(2006 年)

汉末魏晋南北朝道教戒律规范研究 伍成泉著

两性关系本乎阴阳
——先秦儒家、道家经典中的性别意识研究 贺璋瑢著

陈撄宁与道教文化的现代转型 刘延刚著

扬雄《法言》思想研究 郭君铭著

《周易禅解》研究 谢金良著

明清道教与戏剧研究 李 艳著

王弼易学解经体例探源 尹锡珉著

唐代道教管理制度研究 林西朗著

四念处研究 哈 磊著

天人之际的理学新诠释
——王夫之《读四书大全说》思想研究 周 兵著

第九批(2007 年)

晚明狂禅思潮与文学思想研究 赵 伟著

先秦儒家孝道研究 王长坤著

致良知论
——王阳明去恶思想研究 胡永中著

伍守阳内丹思想研究　丁常春著

贝叶上的傣族文明
——云南德宏南传上座部佛教社会考察研究　吴之清著

朱子论“曾点气象”研究　田智忠著

二十世纪中国道教学术的新开展　傅凤英著

道教与基督教生态思想比较研究　毛丽娅著

汉晋文学中的《庄子》接受　杨　柳著

马祖道一禅法思想研究　邱　环著

道教自然观研究　赵　芃著

第十批(2008 **年**)

王船山礼学思想研究　陈力祥著

王船山美学基础
——以身体观和诠释学为进路的考察　韩振华著

马来西亚华人佛教信仰研究　白玉国著

《管子》哲学思想研究　张连伟著

东晋佛教思想与文学研究　释慧莲著

北宋禅宗思想及其渊源　土屋太祐著

早期道教教职研究　丁　强著

隋唐五代道教诗歌的审美管窥　田晓膺著

道教与明清文人画研究　张明学著

道教戒律研究　唐　怡著

第十一批(2009 **年**)

驯服自我
——王常月修道思想研究　朱展炎著

道经图像研究　许宜兰著

阳明学与佛道关系研究　刘　聪著

清代净土宗著述研究　于海波著

宗教律法与社会秩序
——以道教戒律为例的研究　刘绍云著

老子及其遗著研究
——关于战国楚简《老子》、《太一生水》、《恒先》的考察　谭宝刚著

汉唐道教修炼方式与道教女性观之变化研究　岳齐琼著

宋元三教融合与道教发展研究　杨　军著

都市佛寺的社会交换研究　肖尧中著

早期天台学对唯识古学的吸收与抉择　刘朝霞著

第十二批(2010 **年**)

道教社会伦理思想之研究　何立芳著

印度佛教净土思想研究　汪志强著

社会转型下的宗教与健康关系研究　冯小林著

教化与工夫
——工夫论视域中的阳明心学系统 陈多旭著
心性灵明之阶
——早期全真道情欲论思想研究 刘 恒著
中古道书语言研究 冯利华著
近现代禅净合流研究 许 颖著
永明延寿心学研究 田青青著
中国传统社会宗教的世俗化研究
——以金元时期全真教社会思想与传播为个案 夏当英著
成玄英《庄子疏》研究 崔珍皙著

第十三批(2011年)

道医陶弘景研究 刘永霞著
汉代内学
——纬书思想通论 任蜜林著
一心与圆教
——永明延寿思想研究 杨文斌著
三教关系视野中的陈景元思想研究 隋思喜著
蒙文通道学思想研究 罗映光著
敦煌本《太玄真一本际经》思想研究 黄崑威著
总持之智
——太虚大师研究 丁小平著
明清民间宗教思想研究
——以神灵观为中心 刘雄峰著
东晋宋齐梁陈比丘尼研究 唐 嘉著
《贞观政要》治道研究 杨 琪著

第十四批(2012年)

老子八十一化图研究 胡春涛著
马一浮思想研究 李国红著
《老子》思想溯源 刘鹤丹著
"仙佛合宗"修道思想研究 卢笑迎著
方东美论道家思想 施保国著
湛甘泉哲学思想研究 王文娟著
仪式的建构与表达
——滇南建水祭孔仪式的文化与记忆 曾 黎著
智旭佛学易哲学研究 张韶宇著
悟道·修道·弘道
——丘处机道论及其历史地位 赵玉玲著
隋唐道教与习俗 周 波著

第十五批(2013年)

庄子哲学的后现代解读 郭继明著
法藏圆融之"理"研究 孙业成著
汉传佛教寺院经济演变研究 于 飞著
魏晋南北朝社会生活与道教文化 刘 志著

中古道官制度研究　刘康乐著
金元道教信仰与图像表现
——以永乐宫壁画为中心
刘　科著
元代道教戏剧研究　廖　敏著
明代灵济道派研究　王福梅著
中国宗教的慈善参与新发展
及机制研究　明世法著
两晋南北朝时期河陇佛教
地理研究　杨发鹏著

第十六批(2014 年)

道教气论学说研究　路永照著
历史中的镜像——论晚明
僧人视域中的《庄子》　周黄琴著
从玄解到证悟——论中土
佛理诗之发展演变　张君梅著
回归诚明——李翱《复性书》
研究　韩丽华著
图像与信仰——中古中国
维摩诘变相研究　肖建军著
中国道教经籍在十九世纪
英语世界的译介研究　俞森林著
四川道教宫观建筑艺术研究
李星丽著
道与艺——《庄子》的哲学、
美学思想与文学艺术　胡晓薇著
李光地易学思想研究　冯静武著
显隐哲学视域中的文艺
审美　杨继勇著

第十七批(2015 年)

赞宁《宋高僧传》研究　杨志飞著
自我与圣域——现代性
视野中的唐君毅哲学　胡　岩著
明代道教文化与社会生活
寇凤凯著
道教医世思想溯源　杨　洋著
近代以来中国佛教慈善事
业研究　李湖江著
现代性和中国佛耶关系
(1911－1949)　周晓微著
西域佛教演变研究　彭无情著
藏族古典寓言小说研究
觉乃·云才让著
藏传佛教判教研究　何杰峰著
藏彝走廊北部地区藏传
佛教寺院研究　李顺庆著

第十八批(2016 年)

重庆华岩寺佛教仪式音乐
与传承　陈　芳著
明末清初临济宗圆悟、法
藏纷争始末考论　吕真观著
《文子》思想研究　姜李勤著
汉末至五代道教书法美学
研究　沈　路著
佛教传统的价值重估与重建

——太虚与印顺判教思想研究　邓莉雅著
边缘与归属:道教认同的文化史考察　郭硕知著
道教时日禁忌探源　廖　宇著
清代清修内丹思想比较研究——以柳华阳、闵一得、黄元吉为对象　张　涛著
闵一得研究　陈　云著

第十九批(2017 年)

中医运气学说与道教关系研究　金　权著
《道枢》研究　张　阳著
全真教制初探　高丽杨著
道教师道思想研究　孙瑞雪著
生命哲学视域下的道教服食研究　徐　刚著
"真心观"与宋元明文艺思想研究　曹　磊著
礼法与天理:朱熹《家礼》思想研究　彭卫民著
儒佛融摄视野下的马一浮、熊十力思想比较研究　王　毓著
道教与书法关系研究　阳志辉著
近代城市宫观与地方社会——以杭州玉皇山福星观为中心　郭　峰著

第二十批(2018 年)

法相唯识学认知思想研究　石文山著
禅观影像论　史　文著
早期道教经韵授度体系研究　陈文安著
明清禅宗"牧牛诗组"之研究　林孟蓉著
道教内外丹关系研究　盖　菲著
先秦道家人性论研究　周　耿著
王弼易学研究——以体用论为中心　张二平著
究天人之际——从《尚书》上探儒家本色　黄靖雅著
上阳子陈致虚生平及思想研究　周　冶著

第二十一批(2019 年)

《春秋》纬与汉代思想世界　王小明著
道教与唐前志怪小说专题研究　徐胜男著
康有为、梁启超与谭嗣同佛教思想研究　赵建华著
先秦儒道本体论研究　王先亮著
张万福与唐初道教仪式的形成　田　禾著

“三纲九目”：朱子《小学》思想研究　徐国明著

先秦儒家天命鬼神观研究　胡静静著

汉末道教的“真道”观及其展开——基于《太平经》《老子想尔注》《周易参同契》的研究　孙功进著

道德与解脱：中晚明士人对儒家生死问题的辩论与诠释　刘琳娜著

王阳明与其及门四大弟子的情论研究　张翅飞著

大道鸿烈——《淮南子》汉代黄老新“道治”思想研究　高　旭著

图书在版编目（CIP）数据

道教与唐前志怪小说专题研究/徐胜男著．—成都：巴蜀书社，2020.8
（儒道释博士论文丛书）
ISBN 978-7-5531-1349-4

Ⅰ.①道…　Ⅱ.①徐…　Ⅲ.①志怪小说—小说研究—中国—古代　Ⅳ.①I207.41

中国版本图书馆 CIP 数据核字（2020）第 150871 号

道教与唐前志怪小说专题研究
DAOJIAO YU TANGQIAN ZHIGUAI XIAOSHUO ZHUANTI YANJIU
徐胜男　著

责任编辑　易欣铧
出　　版　巴蜀书社
　　　　　成都市槐树街 2 号　邮编 610031
　　　　　总编室电话：(028) 86259397
网　　址　www.bsbook.com
发　　行　巴蜀书社
　　　　　发行科电话：(028) 86259422　86259423
经　　销　新华书店
印　　刷　成都春晓印务有限公司
　　　　　电话：(028) 88450462
版　　次　2020 年 8 月第 1 版
印　　次　2020 年 8 月第 1 次印刷
成品尺寸　203mm×140mm
印　　张　14.75
字　　数　400 千字
书　　号　ISBN 978-7-5531-1349-4
定　　价　65.00 元